KB054596

김태영 著

글터
GEUL TER

안녕하세요. 독자여러분

글앤북출판사가 새롭게 시작하는 계기로 2018년 2월 13일부로 출판사명을 "글앤북"에서 "글터"로 변경하였습니다. 앞으로도 많은 관심 부탁드립니다.

글터출판 일동.

『선도체험기』 117권을 내면서

예정대로라면 『선도체험기』 117권이 시판될 무렵, 남북 정상 회담, 북미 회담들이 열려있을 것이다. 그리고 어쩌면 성과 있는 회담 결과를 기대할 수도 있을 것 같다. 그러나 이와 비슷한 회담들은 한국 북한 미국 사이에서 휴전 이후 숱하게 열렸다가 북한의 무성의로 아무런 성과 없이 끝나버리곤 했다. 그러나 지금처럼 회담이 열리기도 전에 남북 사이에 악단들이 교환되고 '우리는 하나다'라는 상대방 가수들의 외침을 직접 듣고 남북의 청중들이 감격한 나머지 눈물을 흘린 일은 없었다.

국토와 민족이 외세에 의해 1945년에 북위 38도선에서 인위적으로 갈라진 지 73년이란 장구한 세월이 흘렀으니 어쩌면 비록 분단 당사국인 미국과 소련(1991년 해체되고 러시아가 후계국이 되었다)이 무능하면 피해국 국민들이라도 자각하여 통일을 위해 무슨 일이든지 해야 할 때가 되지 않았나 하는 생각이 문득 든다.

그래서 천안함 폭침의 주범임을 자처하는 북측 악단 인솔자 김영철이 천안함 사건은 한국의 자작극이라고 생떼를 부렸는데도 남쪽에서는 아직 이렇다 하게 공식적으로 항의하는 일이 없다. 지금의 남쪽 분위기로는 전에 늘 북에서 주장했듯이 육이오 남침은 북침이라고 해도 새삼스레 개의치 않을 것 같다. 앞으로 닥쳐올 통일을 위해서는 그런 말싸움은 백해무익하다는 것을 8천만 한민족은 이미 깨달은 성숙함을 보여주는 것 같다. 그러나 현실을 살펴보자.

북핵 문제 외에도 난제는 산적해 있다. 과거 동독인의 생활수준은 서독의 3분의 1밖에 안 되었는데도 불구하고 서독에 흡수 통일되어 그 후유증으로 동 서독 국민들이 두고두고 지금까지도 내분을 겪고 있는 것을 감안할 때 우리도 은근히 걱정이 안 될 수 없다. 통일 당시 동독인의 생활수준은 서독인의 3분의 1밖에 안 되었지만, 지금 북한인의 국민소득은 겨우 2천 달러로서 남한인의 3만 달러의 15분의 1밖에 안 되기 때문이다.

이 냉엄한 현실을 어떻게 극복할 수 있을지 지금부터 걱정이 아니 될 수 없다. 그러나 지금 같아서는 남북이 단합만 된다면 남북 사이에 안될 일은 없을 것 같은 분위기다. 독일의 경우를 피하기 위해서라도 북한 주민들의 소득 수준이 적어도 5천 달러 이상이 될 때까지는 서로 왕래를 자제하는 지혜를 구사할 수도 있을 것이다.

그 외에도 문제가 되는 것은 3만 명이나 되는 탈북자들과 요덕 수용소에서 강제노동을 하면서 죽을 날만 기다리는 12만 명에 달하는 반체제주의자들의 운명이다. 남북 당국자들의 현명한 판단을 기대한다.

이메일: ch5437830@naver.com

단기 4350(2018)년 5월 22일

서울 강남구 삼성동 우거에서 김태영 씀

차 례

Contents

일본의 핵보유 능력

2017년 12월 13일 수요일

우창석 씨가 말했다.

"일본의 집권 자민당의 이시바 시게루 전 간사장은 2017년 11월 18일 한 강연회에서 '일본은 핵무기를 만들 생각은 전연 없지만 여차직하면 만들 수도 있다는 것이 얼마나 억제력이 되고 있는지 잘 알아야 한다'고 말했습니다.

그는 또 최근 다른 한 강연회에서 '북 · 중 · 미 · 러가 핵보유국임을 감안하면 일본이 핵무기를 만들 수 있는 기술을 가져야 한다'고 말했다고 합니다. 이시이 전 간사장은 아베 이후 일본 총리가 될 가능성이 가장 높은 인사들 중의 한 사람입니다.

더구나 일본은 지금까지 한번도 자기들의 핵무장 능력을 후퇴시키는 조치를 취한 일이 없습니다. 핵연료 재처리 권한을 확보한 상태에서 핵물질을 축적하고 이것을 고도화하여 지금은 완전한 수준의 핵 잠재력을 갖추고 있습니다. 이제 일본이 마음만 먹는다면 당장 내일이라도 핵무기를 만들 수 있다는 말이 공공연히 나돌고 있는 것이 사실입니다.

물론 미국의 동의 없는 일본의 핵무장은 불가능합니다. 지금 당장은 일본 국민들도 핵무기를 원하는 것은 아닙니다. 그러나 국가안보를 책임진 정치인들이 안보의 최소한의 조건에 대하여 늘 준비하고 고민하는 것은 다른 차원의 문제입니다.

핵무장 할 능력이 있을 뿐 아니라 명백한 핵 위협 앞에서는 그것을 실행할 권리를 가진 나라와 핵 능력 자체가 아예 없거나 그럴 의지조차 없는 나라는 하늘과 땅의 차이가 있습니다.

일본 수준의 핵무장 능력은 그 자체로 핵 억지력으로 작용할 수 있습니다. 이시바 전 간사장은 일본이 그 능력을 포기해서는 안된다는 점을 강조하고 있습니다. 그는 '핵에 대한 자신이 없으면 핵으로부터 몸을 지키는 지식도 얻을 수 없습니다'라고 말했습니다. 다시 말해서 원자력 관련 기술을 반드시 유지 발전시켜야 한다는 것입니다. 실제로 일본은 쓰나미로 인한 후꾸시마 원전 사고를 겪고도 원전을 재가동하고 있습니다.

한국도 일본, 남아공과 함께 1~2년 안에 핵무장이 가능한 국가로 분류됩니다. 재처리 권한을 빼고는 원자력 인프라와 인력과 기술면에서 우리나라는 일본과 큰 차이가 없습니다.

탈원전

그러나 우리나라 현 정부는 탈(脫)원전을 고집하여, 지금 가지고 있는 핵 능력마저 거세하는 방향으로 나아가고 있습니다. 탈원전으로 원자력산업 연구 자체가 붕괴되면 10 내지 20년 안에 우리는 사실상 핵무장 능력 자체까지도 거세된 나라로 전락할 가능성이 충분히 있습니다.

북한의 핵은 일본만이 아니라 한국을 첫째 목표로 삼고 있습니다. 현실적으로 북핵의 목표는 한국뿐이라는 것이 틀림없습니다. 이러한 처지에 있는 우리나라의 집권자들은 핵은 핵으로서만 막을 수 있다는 절대 진리조차 외면하고, 이미 사기극으로 끝나버린 한반도 비핵화에만 매달려 있습니다.

최악의 경우 나라와 국민을 무엇으로 어떻게 지킬 것이냐고, 기자들이 물어봐도 당국자들은 아무 대답도 하지 않습니다. 선생님께서는 이러한 그들의 태도를 어떻게 생각하십니까?"

"우선 자주국방력을 갖추어야 합니다. 북핵의 위협을 받는 나라로서 미국과의 동맹으로 미국 핵우산으로부터 보호받는 우리나라는 핵을 보유한 독자적인 군사력이 구축되기 전에 미군이 철수하는 것만큼 위험천만한 위기 상황은 없습니다.

박정희 전 대통령이 비밀리에 핵무기 제조에 착수하여 1979년 거의 완성 직전에 심복으로 여겼던 중앙정보부장인 김재규에게 암살당한 10.26사건의 발단도 인권 문제로 카터 미국 대통령과의 격심한 불화 끝에 갑자기 그로부터 미군 철수 통고를 받았기 때문이었습니다.

미군이 앞으로도 영원히 한국에 주둔하기만을 바랄 수는 없는 일입니다만 미군이 한국에서 철수하더라도 북한과의 핵 대결에서 우리가 살아남을 수 있는 대책을 우리도 일본처럼 반드시 세워놓아야 합니다.

국제 정세는 언제 어떻게 돌변할지 아무도 모릅니다. 그래서 국제사회에서는 영원한 친구는 있을 수 없고, 있는 것이란 오직 국익뿐이라고 하지 않습니까? 우리도 어떻게 하든지 나라만은 보전하여 후세에게 물려주어야지 대한제국 말년의 집권자들처럼 될 수는 없는 일이 아니겠습니까?

그러자면 거듭 말하지만 우리도 일본처럼 유사시 최단 시간 안에 핵무기를 제조할 수 있는 체재와 능력을 갖추어 놓아야 합니다. 지금 한국과 일본은 유사시 2개월 안에 핵무기를 만들 수 있다고 전문가들은 말합니다."

"그런데도 현 정부가 그에 대하여 아무런 준비도 하지 않고 도리어 탈원전 일변도 정책만 고수하고 있습니다. 이것을 보고 어찌 나라다운 나라의 운영방식이라고 말할 수 있겠습니까? 이런 때는 국민들은 어떻게 해야 합니까?"

"무슨 일이 있어도 나라만은 보존해 놓고 보아야 하니까 결국 유권자들은 다음 대선 때 안보를 제일로 치는 정당에게 정권을 넘겨주는 길밖에 더 있겠습니까?"

"현 정부가 북핵 앞에서 탈원전으로 핵 앞에 벌거숭이가 되려고만 하는 이유가 도대체 무엇일까요?"

"아마도 남북정상회담으로 뚫고 나가겠다는 최고통치자의 결심 때문이 아닌가 생각됩니다."

"그거야 말로 북한을 크게 잘못 본 가장 위험한 발상이 아닐까요?"

"왜요?"

"북과 정상회담을 하려면 우리가 핵 없는 벌거숭이가 아니라 북 이상으로 그들을 능가하는 핵무기로 무장을 해야 합니다. 그런데도 불구하고 지금도 새로 개발된 대륙간 탄도미사일로 미국과 맞짱을 뜨겠다고 호언장담하는 북한의 김정은에게 아무 준비도 없이 핵 없는 남북정상회담을 하자고 하면 그들이 거들떠보려고나 하겠습니까?"

"나는 그렇게 생각지 않습니다."

"그럼 어떻게 생각하십니까?"

"1950년 그들의 육이오 남침 실패 후 지금까지, 1995년 전후에는 3백 만의 주민들을 굶겨 죽여가면서 미국과 전 세계의 각종 제재를 무릅쓰고 핵과 미사일을 개발하여 와신상담(臥薪嘗膽) 재침을 노려온 북한에게는, 남북정상회담이야말로 도리어 천재일우의 기회가 아닐 수 없을 것입니다."

"천재일우의 기회라뇨?"

"북한에게는 그들의 오래된 숙원을 조건으로 내걸 수 있는 그야말로 천재일우의 기회가 될 수도 있다는 말입니다."

"그 오래된 숙원이 무엇입니까?"

전시작전권

"전시작전권입니다. 지금 한미연합사의 미군 사령관이 갖고 있는 한국군 전시작전권을 한국군이 회수하면 남북협상에 응하겠다는 겁니다."

"5천만 국민의 안전보장을 책임진 대한민국의 현 정부는 제아무리 진보좌파 출신이 실세라고 해도 그러한 조건에 합의하는 일은 결코 있을 수 없을 것입니다. 김대중 대통령과 김정일 국방위원장이 2000년 남북정상회담에서 6.15공동선언을 하고도 실현되지 못한 것이 무엇 때문인지 아십니까?"

"6.15공동성명이 그대로 실천되면 대한민국은 꼼짝없이 북한의 고려연방제로 흡수 통일되도록 되어 있기 때문이었습니다. 다시 말해서 대한민국이 북한에 흡수되어 적화 통일될 우려가 있다는 것을 우리 국민들은 알았기 때문입니다. 북한의 전시작전권 회수 조건 역시 6.15공동성명 속의 고려연방제와 유사한 음모의 시초일 수 있습니다.

더구나 한미연합사는 세계에서 그 유례를 찾아 볼 수 없는 완전무결한 것으로서 북대서양조약기구 회원국들도 한결같이 무척 부러워하는 지역 방위체재입니다. 나토 회원국들 중에는 영국, 독일, 프랑스, 이탈리아 같은 강국들도 끼어 있다는 것을 감안해야 할 것입니다."

"유럽연방 회원국들은 독일 프랑스 같은 강국이든 스위스 스웨덴 같은 강소국이든 간에 세계 유일의 초강대국인 미국을 자기네 지역 방위체재에 끌어들여 전시작전권을 위임함으로써 자국의 자존심 세우기보다는 국가의 안보를 확고히 한다는 실리적인 이득을 무엇보다도 먼저 취하려 하고 있군요."

"그렇습니다."

"우리도 응당 그래야 하는 것 아닙니까?"

"당연히 그래야 합니다. 그런데도 불구하고 앞으로 더욱 더 강화해야 할 한미동맹 강화로 원교근공(遠交近攻)의 실을 거두어야 할 이때에 친북과 친중에 기울어지는 듯한 인상을 줌으로써 미국과 중국으로 하여금 어리둥절케 하여 우리의 본심을 의심케 하는 것은 국가의 안보를 위해서는 결코 취해야 할 태도가 아닌 위험천만하기 짝이 없는 일이라고 봅니다.

유럽에는 현재로는 아무리 강대국 러시아라고 해도 유럽의 어느 한 나라를 타도 병합하려는 의도를 가지고, 북한이 대한민국을 노리듯, 호시탐탐 장기간 준비를 해 온 나라는 없습니다. 그러나 동

아시아에서는 그렇지 않습니다. 북한이 육이오 남침에 실패하자 그 후 68년 동안 내내 남침 적화 전쟁을 준비하여 왔고 주민들은 굶주려 죽어 가는데도 지금은 핵과 미사일까지 개발하여 미국을 위협하기에 이르렀습니다.

그러한 북한에게 맨몸으로 협상을 하자는 것은 당장 잡아먹으려고 으르렁대는 호랑이 굴 앞에 맨몸으로 나서서 사이좋게 잘 살아보자고 애원하는 노루와 같은 어리석은 짓이 아닐 수 없습니다. 또 그것은 마치 임진왜란 직전에 선조(宣祖)가 정탐차 왜에 파견했던 정사(正使) 황윤길이 말한 왜군이 쳐들어 올 것이라는 보고는 무시하고 그런 일은 없을 것이라는 부사(副使) 김성일의 제보만 믿고 아무 준비도 하지 않은 지 얼마 안 되어 왜군의 침입으로 7년 동안 나라 전체를 쑥밭으로 만들었던 것과 같은 어리석은 태도가 아닐 수 없습니다.

그건 그렇고 최근에 문재인 정부는 아랍에미레이트와 27조 원 상당의 일연의 원전 공사를 수주하게 된 것은 무엇보다도 국익을 우선시하는 정책을 채택한 유연성을 보여주어 대단히 고무적인 현상이 아닐 수 없습니다. 앞으로도 계속 이런 방향으로 나라를 운영한다면 국민 대다수가 찬성하는 국가 운영을 해나갈 수 있을 것입니다."

북한의 미래

"그건 그렇다 치고 선생님, 북한은 앞으로 어떻게 될 것 같습니까?"

"최근에 판문점 공동경비구역에서 여섯 발의 총탄을 맞고도 한미 의료진의 빈틈없는 유효적절한 치료로 용하게도 목숨을 건진 오청성 귀순병의 상태를 감안하면 북한은 식량난 때문에 더 이상 버티기도 어려울 것 같습니다. 치료 도중에 그의 위장에서는 옥수수만 나왔고 내장에서 나타난 기생충들 중에는 길이가 27센치나 되는 회충(蛔蟲)이 있었습니다. 그러한 종류의 기생충 감염은 남한에서는 육이오 이전에 이미 사라진 구식 질병입니다.

더구나 판문점 공동경비병으로 차출된 병사들은 북한에서는 고위층 충성파 출신임을 감안할 때 그러한 그들의 영양과 위생 상태가 이 정도라면 이 귀순병보다 훨씬 더 열악한 상태에 있을 밑바닥 병사들이나 주민들이 얼마나 더 버티어나갈 수 있을지 의문입니다.

일이 이쯤 되었으면 북한은 한미연합군에 의해서가 아니라 핍박

받은 밑바닥 군인과 주민들이 27년 전 동유럽에서처럼 먼저 들고 일어나든가 동독 주민들처럼 대규모 탈북을 감행함으로써 그들 스스로 자기네 앞길을 개척해야 할 단계가 도래한 것이 아닌가 생각됩니다."

"그럼 정감록, 격암유록 등 각종 예언서나 증산도 도전의 천지공사에는 어떻게 나와 있습니까?"

"도전에는 총각 씨름판이 끝나고 상 씨름판도 끝나면 병란(兵亂)과 병란(病亂)이 한꺼번에 나타나고 사람들이 숱하게 죽어나가는데 열 명에 한 명 꼴로 살아남는다고 합니다. 이것이 곧 닥쳐 올 개벽(開壁)이라고 합니다. 개벽이 끝나면 그때 비로소 세상이 통채로 바뀌어 해원(解寃) 상생(相生), 상부상조(相扶相助)하는, 도솔천이나 광명천(光明天) 같은 차원이 다른 지상천국이나 무릉도원(武陵桃源)이 열린다고 합니다.

그때는 스웨덴보르그가 가 보았다는 영계(靈界)에서처럼 여자는 월경이 없어져 새로운 형태의 분만법이 생겨나고 인간의 수명도 상이 1200세, 중은 800세, 하는 500세까지라고 합니다.

이상은 도전에 나오는 얘기고 정감록 격암유록 등 그밖의 예언서들에는 이때에 살아남는 사람은 수승화강(水昇火降) 할 수 있는 선도 수련을 생활화하는 사람들이라고 했습니다. 또 그때 살아남은 도덕군자들 역시 선도수련을 생활화해 온 사람들이었습니다."

"그럼 그때 무릉도원에 살아남을 사람들은 어떤 기준으로 선정이 됩니까?"

"신아일치(神我一致), 우아일체(宇我一體)가 된 사람입니다. 하느님이되 사람이고, 사람이되 하느님입니다. 사람이되 하느님의 분신으로서 하느님의 무한한 사랑, 무한한 지혜, 무한한 능력을 구사한다는 자부심을 가진 사람들입니다. 다시 말해서 사람은 본래 하느님이라는 중심 자각을 가진 사람 즉 성통공완(性通功完)한 사람들이 새로운 세상의 지도층으로 부상하게 될 것입니다."

"대개벽 때는 지축정립(地軸正立)도 같이 일어난다고 하는데 그럴까요?"

"지축정립은 12만 9천 6백 년에 한 번씩 일어났다고 지질학자들은 말하고 있습니다. 지축정립 초기에는 정구형(正球形)이었던 지구가 세월이 흐르면서 오랜 동안 지구 위에 떨어져 쌓이는 우주의 낙하물로 점차 북극을 향하여 23.5도 기울어진 타원형(楕圓形)으로 변하게 됩니다. 그렇게 되면 자체 중량을 이기지 못하여 지축정립이라는 자정(自淨) 운동으로 다시 정구형으로 되돌아가게 됩니다. 이것을 개벽 또는 지축정립이라고도 말합니다.

도전에 따르면 바로 지축정립과 개벽이 동시에 일어나는 것으로 되어 있습니다. 지축정립이 되면 그 즉시 1년 365일이 360일이 되고 1개월은 28, 29, 30, 31 등 구구각각이었던 것이 어느 달이든지 똑같이 30일이 됩니다. 그리고 봄, 여름, 가을, 겨울과 같은 4계절도 없어지고, 봄과 가을을 합쳐놓은 것 같은 온화한 날씨가 찾아온다고 합니다. 그것은 요즘과 같은 초겨울에 마치 혹한기 같은 기후가 계속되는 것을 보아도 수긍이 갑니다."

화둔(火遁) 공사

"그럼 미국, 영국, 러시아, 프랑스, 중국, 인도, 파키스탄, 이스라엘과 같은 기존 핵무기 보유국들은 어떻게 될 것이며 세계에서 가장 가난한 나라이면서도 핵보유국이 되려고 지금도 기를 쓰고 발버둥치는 북한은 어떻게 되겠습니까? 그리고 이들 아홉 개 나라들에서 만들어놓고 애지중지해 오던 핵무기들은 어떻게 될 것 같습니까?"

"적어도 도전에 나오는 화둔 공사를 믿는 한 지구상에서 핵폭발은 일어나지 않을 것 같습니다."

"그 이유가 무엇입니까?"

"인류가 만든 핵무기는 어떻게 될 것인가 하는 문제에 대하여 예언을 한 것으로는 오직 증산도 도전(道典)이 있을 뿐입니다. 도전 5편 227조에는 핵무기가 변산만한 불덩어리로 묘사되어 있습니다. 증산 상제님은 이 변산만한 불덩어리를 그대로 놔두면 큰일 난다면서 지금부터 백오십 년 전에 '화둔(火遁) 공사'라는 천지공사를 하는 장면이 소상하게 나오는데 이 공사는 여러 곳에서 치밀하고도 용의주도하게 이중삼중으로 진행됩니다.

도전에 기록된 증산 상제님의 천지공사로서 지금까지 적중되지 않은 것이 없다는 것을 감안한다면 핵무기가 인명 살상용으로 폭발하는 것 같은 불상사는 히로시마와 나가사키 원폭 투하를 끝으로 더 이상 인류에게 자행되지 않을 것으로 보입니다."

"믿을 수 있는 얘기일까요?"

"적어도 증산 상제님의 천지공사를 믿는 수준에 도달한 사람에게는 그렇다는 말입니다."

"북한에 대한 얘기는 더 이상 없습니까?"

"그렇습니다."

"선생님은 어떻게 보십니까?"

"도전에는 남북통일 얘기가 나올 만한 때에 대개벽과 지축정립 얘기가 겹쳐서 나오는 것을 보면 이 두 사건 속에 남북통일 얘기는 함몰되어버린 것 같은 느낌이 듭니다. 그러나 한국에 대한 얘기는 자주 나옵니다."

"그 중에 대표적인 것으로 기억나시는 것이 있으면 말씀해 주시겠습니까?"

"도전 5편 306쪽에 보면 다음과 같은 글이 보입니다.

만국활계남조선(萬國活計南朝鮮) 청풍명월금산사(淸風明月金山寺)
문명개화삼천국(文明開化三千國) 도술운통구만리(道術運通九萬里)

우리말로 번역하면 다음과 같습니다.

만국이 살아나갈 방도는 남조선에 있고, 맑은 바람 밝은 달 비치는 금산사로부터 지구상의 모든 나라의 문명이 개화되고, 도술 문화는 지상 곳곳 속속들이 퍼져나가리라."

"그 밖에 한국과 관련된 것으로는 어떤 것이 있습니까?"

"도전을 자세히 읽어보면 앞으로 대한민국이 지금의 미국에 뒤이어 세계를 해원(解冤) 상생(相生)의 도리로 이끌어나가게 되어 있다고 합니다. 그리하여 세계 공용어와 문자는 지금의 영어와 영자 알파벳 대신에 한국어와 한글이 쓰여진다고 도전에는 나와 있습니다."

원교근공(遠交近攻)

2017년 12월 20일 수요일

우창석 씨가 말했다.

"선생님, 문재인 대통령이 삼박사일 동안 갖가지 구설 속에서 중국을 다녀온 지 미쳐 하루도 지나기 전에 중국은 아무런 통보도 없이 여섯 대의 항공기 편대를 띄워 우리의 관할 구역인 이어도 상공을 통과하여 동해까지 들어갔다가 회항했습니다. 이에 맞서 우리 항공 편대가 뜨자 통상적인 순항이라고 회신했다고 합니다. 그런가 하면 중국은 베이징(北京)과 산둥성(山東城)에서 자기네 관광객들의 한국 단체관광 사업을 중단했다고 합니다.

대한민국 대통령의 국빈 방문이 끝나자마자 그 여흥이 채 가시기도 전에 어찌 이러한 일이 일어날 수 있습니까? 문 대통령이 이번 국빈 방문에 대한 자평을 100점 만점에 120점이라고 자화자찬한 것이 무색할 지경입니다. 이에 대한 야당의 65점 혹평이 도리어 현재의 한중 관계의 실정을 있는 그대로 파악한 것이 아니냐는 비아냥이 여론을 주도하고 있는 느낌입니다.

국빈으로 초대해 놓고 3박 4일 동안 국빈만찬은 겨우 한번뿐이고 그 외는 서민 시장바닥, 혼밥, 식당에서 자체 해결하게 했는가 하면 국빈만찬을 취재하는 한국 사진기자를 중국 공안이 관장하는 폭력단이 집단 구타하여 안면 골절이라는 중상을 입히고도 확실한 대책도 세우지 않고 어물쩍 넘겨버릴 심산을 엿보이게 하고 있습니다.

당당한 주권 국가이고 전 세계에서 경제강국으로 대우받는 자기네 이웃나라이고 덩샤오핑 시대에 중국의 자유경쟁 시장제도 도입과 공업화를 이끌어준 스승의 나라에게 배은망덕하기 짝이 없는 행패가 아닐 수 없습니다.

중국은 시장 개방 초기에 일본에게 공업화의 스승이 되어주기를 원했건만 바늘 만드는 기술 하나 제대로 가르쳐주지 않았던 것을 감안하면 우리가 알고 있는 모든 생산 비법을 아낌없이 다 전수해 준, 그들에게는 스승의 나라요 선진국인 한국에 대하여 배사율을 범하면서까지 이런 식으로 홀대할 수는 없습니다. 우리가 중국한테 과연 이러한 푸대접을 과연 받아야 할 대상인가요? 선생님께서는 어떻게 생각하십니까?"

"아무리 생각해 보아도 이번 국빈 방문을 기하여 우리를 길들이려고 잔뜩 노려왔던 그들의 고약한 검은 중화주의(中華主義) 심보가 백일하에 그대로 드러난 것이라고 말하지 않을 수 없습니다. 게

다가 설상가상으로 외무부를 비롯한 관계 부처들이 이번 국빈 방문의 의전 절차에 도저히 간과해서는 안 될 실책과 허점을 노출한 것이 아닌가 생각됩니다."

"그런 것은 오히려 사소한 지엽적인 문제에 지나지 않고 한국과 중국이라는 국가 대 국가의 대외관계에 중대한 허점이 도사리고 있었던 것이 아닌가 심각하게 되새겨 보지 않을 수 없습니다.

중국은 한국을 별 보잘것없는 변두리 나라로 깔보았던 것 같습니다. 그리고 자기네는 전통적인 중화국(中華國)으로 거드름을 피우자는 중화사상을 과시해 보고자 벼르고 있었던 것으로 밖에 볼 수 없습니다."

"그럼 이런 때 우리의 국격을 본래대로 회복할 수 있는 지름길은 무엇일까요?"

"나 역시 그 문제를 곰곰이 생각해 보았는데 그에 대한 정답은 오직 원교근공책(遠交近攻策)이 있을 뿐이라고 생각됩니다. 다시 말해서 멀리 떨어져 있는 미국과의 전통적인 동맹관계는 한층 더 강화하고 중국과는 매사에 굽신대지 말고 당당하게 맞서는 겁니다."

"우리의 대 중국 수출량이 미국보다 많은데도 그럴 수 있을까요?"

"물론입니다. 그럴수록 우리는 미국과의 동맹관계를 한층 더 강화해야 합니다. 그렇게 하지 않고 지금처럼 한국 대통령이 미국에 가서는 미국과의 동맹관계를 더욱 더 돈독히 한다고 말해 놓고는 중국에 가서는 그들의 비위에 맞는 소리를 하면 결국에 가서는 미국과 중국으로부터 동시에 신용을 잃게 될 뿐 아니라 경박하다고 깔보임을 당하게 될 것입니다. 이번에 중국 국빈 방문 직후에 중국이 우리에게 가하는 모욕적인 행태가 바로 그것을 입증하는 것입니다.

가령 갑이라는 사람이 을이라는 친구와 그에게 적대적인 병이라는 친구에게 다 같이 말과 행동으로 친한 친구 대하듯 한다면 갑을 대하는 을과 병의 태도는 어떻게 될 것 같습니까? 결국은 갑은 을과 병으로부터 다 같이 신뢰를 잃게 될 것이고 어떤 계기로 처지가 위태롭게 되었을 때 우리는 영락없이 낙동강 오리알 신세가 되지 않을 수 없게 될 것입니다. 미, 중, 러, 일의 균형추 역할을 자처하고 나섰다가 이들 나라들로부터 도리어 조롱을 받았던 과거 노무현 정부의 전철을 또 다시 되풀이해서는 안 될 것입니다.

그러나 한국 대통령이 미국에 가서는 전통적인 동맹관계를 가일층 강화하기로 트럼프와 굳게 약속해 놓고는 중국에 가서는 시진핑과는 전과 다름없는 관계 정상화 정도에만 합의한다면 중국은 지금처럼 한국을 홀대하는 일은 절대로 없었을 것입니다."

"왜요?"

“시진핑은 한국 대통령의 속마음을 알아버렸기 때문입니다. 한국처럼 중국이라는 강대국을 이웃에 두고 있는 약한 나라는 멀리 떨어져 있는 초강대국 미국과 운명적으로 긴밀한 사이가 되지 않고는 나라를 보전하기 어려운 이유가 여기에 있습니다.

원교근공책(遠交近攻策)의 이치를 모르는 사람들은 무조건 수출량이 가장 많은 가까이 있는 강대국과 친하게 지내야 한다고 생각하고 중국과는 물론이고 멀리 떨어져 있는 미국과 다 같이 친밀하게 지내야 한다는 단세포적인 생각을 갖고 양다리를 걸친다면 양쪽으로부터 동시에 신용을 잃고 미구에 한국은 이들 두 나라로부터 동시에 따돌림을 당하지 않을 수 없게 될 것입니다.”

“그럼 어떻게 해야 됩니까?”

“글자그대로 이승만 대통령 이래의 원교근공책을 그대로 계속 밀고 나가야 합니다. 우리가 미국과의 동맹관계를 한층 더 강화한다면 중국이 어찌 감히 한국을 깔볼 수 있겠습니까?

백여 년 전에 자그마한 섬나라 일본은 바로 이 원교근공책을 제대로 구사했기 때문에 멀리 떨어져 있는 강대국 영국 및 미국과 밀접한 관계를 맺고 이웃에 있는 제정 러시아와 청국이라는 대국들과 전쟁을 벌였습니다. 결국 일본은 영, 미의 물심양면의 도움을 받아 러시아와 청국을 격파함으로써 세계를 깜짝 놀라게 했습니다.

일본은 그 후 중일전쟁을 계기로 나치 독일 그리고 파쇼 이탈리아와 삼각 동맹을 맺고 영, 미에 대들었지만 결국은 태평양 전쟁에서 미국에 참패하여 대일본제국은 속절없이 망해버렸습니다. 그 후 신생 일본은 미국과 동맹관계를 회복하여 지금도 미국과의 원교근공책을 일사분란하게 찰떡같이 고수하고 있습니다."

"일본이 만약에 미국보다 중국과 더 가깝게 지낸다면 어떻게 될까요?"

"일본은 결국은 중국의 속국이 되고 말 것입니다."

"일본은 35년 동안이나 우리의 국권을 유린한 침략국이었는데 선생님은 너무 두둔만 하시는 것 같아서 듣기가 좀 거북합니다."

"그렇게 생각할 수도 있겠지만 우리는 냉정해야 할 때는 냉정할 줄도 알아야 합니다. 그리고 비록 원수를 진 나라라고 해도 필요할 때는 그들의 지혜를 이용할 수도 있을 만큼 지혜로운 아량을 가져야 된다고 봅니다.

임진왜란 때 우리의 내륙을 유린했던 카토오 기요마사를 비롯한 육군부대를 이끌었던 장수들은 단 한 사람도 고향 땅을 밟아보지 못하고 충무공과의 23전 23패의 해전을 치르는 동안 모조리 다 전사하고 말았습니다. 그래서 그들의 유골은 단 한 점도 현해탄을 건너지 못했으므로 일본에 있는 그들의 가묘(假墓) 속은 텅 비어 있다고 합니다. 따라서 충무공은 그들에게는 분명 불구대천의 원수이건만 일본 해군은 그를 자가네 수호신(守護神)으로 모셔왔고 그의 전략 전술을 연구 발전시켜 충무공의 학익진을 정자진으로 발전시킴으로써 러, 일 전쟁 때 현해탄에서 전함 8척을 주력으로 한 러시아의 발틱 함대를 괴멸시켰습니다.

베트남의 동향

일본은 그렇다 치고 베트남 전쟁에서 중국의 도움으로 남북 베트남의 공산 통일에 성공한 북 베트남은 지금 도리어 과거의 적이었던 미국과의 동맹관계를 추구하고 있습니다. 중국과는 고대로부터 수많은 생존 전쟁을 치루어 온 베트남은 중국과 국토가 남북으로 서로 맞붙어 있기 때문에 삼국지에도 제갈량이 베트남과 싸우는 장면이 나올 만큼 숙명적으로 그들의 남침 압력에서 벗어날 수 없었습니다.

따라서 국토와 나라를 보존하는 유일한 살길은 될수록 멀리 떨어져 있는 미국과 같은 초강대국을 위시하여 주변 여러 나라들과 군사적으로 동맹관계를 맺는 것이 유리합니다. 그리고 될 수 있으면 중국과 영토가 붙어 있는 나라일수록 군사동맹을 맺는 것이 좋습니다."

"그럼 우리나라가 통일이 되어 중국과 국경을 공유하게 되면 어떻게 됩니까?"

"그때 베트남과 같은 나라가 상호군사방위조약을 체결하자고 하면 기꺼이 응해주어야 할 것입니다."

"그럼 어떻게 됩니까?"

"중국이 국경을 넘어 베트남에 쳐들어가면 우리는 한중 국경을 넘어 중국으로 쳐들어가기로 베트남과 상호군사방위조약을 체결해 놓으면 적어도 한국 중국 베트남 세 나라가 국경 전쟁을 일으키는 일은 불가능하게 될 것입니다."

"그럼 그것도 원교근공책이라고 할 수 있을까요?"

"물론입니다. 이런 방식의 상호방위조약이 효력을 발휘한다면 한국과 베트남은 중국과 국경을 나누고 있는 라오스, 미얀마, 네팔, 인도, 키르키스스탄, 카자흐스탄, 러시아 등으로 확장될 수도 있을 것입니다.

좌우간 중국과 같은 거대한 나라와 맞붙어 있는 한 숙명적으로 그들과 친하게 지낼 수밖에 없다는 현 정부의 운동권 실세들의 주장은 역사와 현실을 모르는 한갓 망상에 지나지 않는다는 것을 깊이 깨달아야 할 것입니다.

그런데도 불구하고 원교근공책을 주장하는 것은 야당의 잘못이라고 보는 정치인들이 집권을 하고 있는 한 국가의 안전을 도모하기는 지극히 어렵다는 것을 대한민국 국민이면 누구나 깊이 깨달아야 할 것입니다."

"운동권 실세들이 원교근공을 반대하는 진정한 이유는 어디에 있습니까?"

"그들이 80년대에 반정부 운동을 벌일 때 미국이 자기네 주장을 무시하고 군사정부 측을 지지했기 때문에 품게 된 반미 감정 때문이라고 합니다. 그러나 정치의 중심은 현실적인 이해득실을 존중하는 실사구시(實事求是) 정신과 국리민복에 두어야지 한때의 원한 따위에 좌우된다면 우리 국민들과 세계인들의 웃음거리밖에 더 되겠습니까?"

기항 거절당한 미 핵잠함

2018년 1월 18일 목요일

우창석 씨가 말했다.

"부산 해군 작전기지에 보급과 휴식을 위해 기항하려고 미국의 핵잠수함 1척이 우리 정부와 협의 중이었는데 한국측이 '북한에 압박 메시지를 주려는 것이 아니라면 들어오지 않는 것이 좋겠다'는 뜻을 전한 것으로 안다고 정부 관계자가 말했습니다. 한국 측은 부산 대신 진해항을 제시했지만 미국 측은 '그렇다면 입항하지 않겠다'며 부산 입항을 포기하고 일본의 사세보항으로 간 것으로 알려졌습니다.

북한은 핵과 미사일을 개발해 놓고 우리를 위협하고 평창 올림픽 때 대외에 과시하려고 잔뜩 벼르고 있는 판에 우리만 북의 위협을 받으면서 북한에 굽신거리다간 까딱 잘못하면 동맹국인 미국과 소원해지는 어리석음을 범하는 것은 아닌지 의구심을 품지 않을 수 없습니다. 선생님께서는 이러한 사태에 대하여 어떻게 생각하십니까?"

"미국이 중심에 선 유엔과 전 세계의 물샐 틈 없는, 지속적인 대북 제재와 압박으로 심하게 궁지에 몰린 북한이 평창 올림픽을 둘러싼 한국의 화해 제스처에 고무되어 대규모 선수단과 악단을 파견함으로써 남남 및 한미 갈등을 야기하는 한편 남북관계에서 살길을 모색하고 있습니다.

이런 때야말로 우리의 자주국방 강화와 지금까지 대북관계에서 미국으로부터 받아온 도움을 갚는 뜻에서라도 북한에 대하여 당당하고 떳떳하게 나와야 한다고 봅니다. 그런데 현 정부의 대북 자세를 보면 김대중 노무현 시대의 무조건 퍼주기와 굽신거림을 그대로 따르려 하고 있는 것을 알 수 있습니다. 북한은 한국이 자기네한테 굽신거린다고 해서 그들의 대남 적화 전략을 바꾸는 일은 결코 없을 것이고 오히려 속으로 비웃을 것입니다."

"그 이유가 무엇입니까?"

"북한에는 헌법이라는 것이 형식상으로 있긴 하지만 사실상의 헌법은 조선노동당 강령입니다. 그들의 당 강령 제1조에 따르면 '조선 로동당은 남조선을 해방함으로써 통일을 완수한다'로 되어 있습니다. 따라서 지금과 같은 체제가 북한에 생존하는 한 항구적인 남북 평화란 구조적으로 불가능하게 되어 있습니다.

북한이 소련과 중공의 도움을 받아 6.25 남침 전쟁을 일으킨 것도 바로 이 조선노동당 강령 1조를 실현하기 위해서였습니다. 따라서 북의 갖가지 대남 전략은 아무리 변한다고 해도 적화 통일을 실천하기 위한 전술과 수단의 일시적 변화에 지나지 않습니다. 그러니까 북한에 노동당 강령이 유효한 이상 한국은 항상 북의 적화 통일 대상으로 시달릴 수밖에 없게 되어 있습니다.

이러한 상황 속에서 조직적으로 감행된 6.25 전쟁 초기에 그들에게 낙동강까지 밀렸을 때 미국이 적극 개입하지 않았더라면 한국은 그때 이미 적화 통일되고 말았을 것입니다. 솔직히 말해서 한국은 미국의 개입으로 적화 통일당하는 것을 간신히 면한 나라입니다.

그리고 한국전쟁 개시 직전까지만 해도 '애치슨 라인'이라는 미국의 극동 방위선이 있었는데 대한민국은 그 라인 안에 들어 있지도 않았습니다. 김일성은 이것을 보고 전쟁이 일어나도 미국이 개입하지 않으리라고 안심하고 남침 전쟁을 개시했습니다.

만약에 위에 말한 핵잠수함의 부산항 기항 요청을 완곡하게 거절한 한국 측 요원들이 6.25 때 미국의 참전으로 한국이 지금까지 생존하고 있다는 것을 잠시라도 잊고 있지 않았더라면 '북한에 압박 메시지를 주려는 것이 아니라면 들어오지 않는 것이 좋겠다'는 말을 할 수 없었을 것입니다. 왜냐하면 한국군이 낙동강까지 밀렸을 때 미국이 참전하지 않았더라면 한국은 지금 지구상에 존재할 수 없었을 것이기 때문입니다."

"그럼 한국 측의 기항 거부 발언은 결국 배은망덕(背恩忘德)이라는 말씀입니까?"

"국민의 한 사람으로서 심히 자존심은 상하는 일이긴 하지만 사실은 사실대로 인정해야 할 것입니다."

"그럼 우리는 장차 어떻게 해야 합니까?"

"해결책은 원교근공책(遠交近攻策)에 따라 미국과의 동맹을 한층 더 강화하고 우리 스스로, 이스라엘이 당당하게 핵을 보유한 군사 강국이 되어 아랍제국들을 제압하듯 북한을 관리하고 회담장으로 이끌어내어 노동당 강령 1조를 남북이 합의하는 평화적 남북 공존을 거쳐 통일을 모색하는 방향으로 개정해야합니다. 한편 동족에게 핵을 쓸 생각이 아니라면 남북이 다 같이 핵보유를 포기하고 군사력을 각각 20만 정도로 점차 줄여나가야 할 것입니다. 남북이 평화통일을 주장하는 것이 진심이라면 군비 축소는 필수적이니까요."

"그렇게 모든 것이 일사천리로 진행된다면 그 이상 더 좋은 일이 없겠지만 만약에 한국이 핵무장을 하기도 전에 미군이 한국에서 철수하는 비상사태가 벌어지지 말라는 법이 없습니다. 그럴 땐 어떻게 해야 할지 그것이 문제입니다."

"그거야말로 대한민국과 국민의 존망이 달려 있는 중차대한 일이므로 그런 일이 일어나지 않도록 국가와 국민, 여야를 막론하고 정신 바짝 차려야 할 것입니다. 북한의 위장 평화 공세에 말려들어

육이오 때 대한민국을 사지(死地)에서 건져준 미국을 추호라도 섭섭하게 하여 그들이 한국에서 일방적으로 철수하게 한다면 그때의 집권당이, 진보든 보수든 가릴 것 없이 한국인은 물론이고 세계인의 지탄을 받게 될 것입니다."

"그것은 최악의 시나리오고 미군 철수가 있기 전에 남북이 한국인의 자존심을 걸고 양쪽이 합의할 수 있는 무슨 획기적인 방안은 없을까요?"

"그런 방법이 왜 없겠습니까?"

"그것을 좀 말씀해 주시겠습니까?"

"남북이 평화 공존하는 길이 있습니다. 평화 통일은 그 다음에 등장해도 늦지 않습니다."

"어떻게 하면 남북이 평화 공존할 수 있겠습니까?"

"미군이 비록 남한에서 철수한다고 해도 북한 단독으로는 한국을 이길 수 없다는 것을 북한 스스로 인정할 만큼 한국이 군사적으로 막강해질 수밖에 없습니다. 육이오 때 북한은 소련과 중공의 원조하에 한국보다 우세한 막강한 군사력으로 남침을 감행했지만 유엔과 미국의 개입으로 실패했습니다.

그러자 그때부터 북한은 와신상담(臥薪嘗膽), 미국과 싸워도 생존할 수 있는 방법을 연구하기 시작했습니다. 그 결과 생각해 낸 것이 핵과 미사일 개발이었고 지금은 미국 본토를 위협하기에 이르렀습니다. 그러나 북한만이 핵을 보유하는 한 남북한의 평화 공존은 불가능합니다.

그렇다고 해서 김대중, 노무현, 현 정부들이 다 같이 시도했었고 지금도 시도하고 있는 햇볕 정책으로 북한과의 평화 공존 방식 역시 북한 노동당의 대남 적화 통일 전략이 불변하는 한 있을 수 없는 일입니다. 따라서 현재 상태로는 을지문덕이 나타난다고 해도 뚜렷한 해결 방안이 나올 것 같지 않습니다."

"미국과 유엔이 북한에 대하여 실시하고 있는 핵 폐기를 위한 각종 제재와 압박에 대해서는 어떻게 생각하십니까?"

"아무리 머리를 짜내어 보아도 미국과 유엔의 대북 제재야말로, 현 정부의 무모한 대북 접근 시도와는 비교도 할 수 없는 가장 현실적 대책이라고 봅니다."

"현 정부 실세가 그런 말을 듣는다면 펄쩍 뛸 텐데요."

"그래도 그것은 엄연한 사실이 증명하고 있지 않습니까?"

"무엇이 엄연한 사실인데요?"

실사구시(實事求是)

"김대중 대통령과 김정일 위원장이 서명한 6.15 공동성명과 노무현 대통령과 김정일 위원장이 서명한 10.4 공동성명이 실현되지 못하고 사장(死藏)되어 있는 이유가 무엇인지 압니까?"

"글쎄요. 잘 모르겠는데요."

"6.15 공동성명이 그대로 실현된다면 대한민국은 고려연방으로 흡수 통일되어 공산화될 우려가 있고, 10.4 공동성명이 실현되면 인천 앞바다는 북한 해군 통제 하에 들어가 수도권 전체가 틀림없이 북한 땅이 될 가능성이 있기 때문입니다.

김대중, 노무현 대통령이 북한을 너무 만만하게 보았기 때문에 생겨난 실수였습니다. 부디 문재인 대통령은 이 두 가지 공동성명을 거울삼아 앞으로 대북 접근에 신중에 신중을 기하여 그들에게 깔보이는 일이 없게 해야 할 것입니다."

"결국은 북한 노동당 규약 1조가 남한의 공산화 대신에 남북 평화 공존으로 바뀌고 북핵이 폐기되지 않는 한 다른 대안은 없는 것으로 보입니다. 그리고 미국과 유엔뿐 아니라 중국과 러시아를 포함한 전 세계의 제재를 상대로 무한정 지구전을 벌일 각오가 되어 있는 북한과의 회담에서 현 정부가 제대로 북한을 다룰 수 있을지 의문입니다."

"결국 현 정부의 햇볕 정책과 유엔의 대북 제재 둘 중에서 한국 국민은 하나를 선택할 수밖에 없게 되었군요."

"그렇습니다."

"그렇다면 김대중, 노무현 정부가 이미 실패한 햇볕 정책을 현 정부가 과거와는 달라진 북한과 미국을 맞아 어떻게 능숙하게 요리해 나가는지 유심히 지켜볼 수밖에 없겠군요."

"국민이 뽑은 정부가 하는 일이니 국민들은 촛불과 태극기는 선반에 올려놓고, 정부 측의 일거수일투족일상념(一擧手一投足一想念)을 빠짐없이 살펴보아야겠지요. 그리고 현 정부의 문재인 대통령에게는 김대중, 노무현 두 전직 대통령들이 가지고 있지 않는 신속한 대국민 소통과 임기응변(臨機應變) 능력이 있다는 겁니다. 이 능력 때문에 인기도가 급격히 떨어지는 우는 범하지 않을 것이고 어쩌면 난관들을 그런대로 잘 극복해 나갈 수도 있을 것입니다. 그리고 한국 사회와 경제에 사회주의 이념을 실현하는 문제를 말해 볼까 합니다.

사회주의로 인한 난국을 잘 극복한 사람들 중의 하나가 중국의 덩샤오핑입니다. 그는 마오쩌둥의 사회주의 통치와 홍위병 난동 속에서 3천만 명의 주민들이 굶어죽었고 그 외 주민들은 빈부 격차 없이 다 같이 골고루 거지 신세로 전락했다는 것을 발견한 중국의 사회주의자입니다.

다시 말해서 생생한 현실 속에서 그는 검은 고양이든 흰 고양이든 쥐 잘 잡는 고양이가 제일이라는 흑묘백묘(黑猫白猫)의 진리에 새롭게 눈 뜬 사람입니다. 혁명의 선배요 스승인 마오쩌둥의 이념보다는 중국식 실리주의를 택한 그는 2050년이면 중국은 경제력으로 미국을 추월할 것이라는 세계의 일부 학자들의 예언까지 나돌게 할 정도로 중국을 부강하게 만들었습니다. 문재인 대통령이 진정 국리민복을 첫째로 생각한다면 마오쩌둥보다는 응당 덩샤오핑의 사회주의를 거부한 실리주의를 타산지석(他山之石)으로 삼아야 할 것입니다."

"동감입니다. 그리고 현 정부가 소위 과거의 적폐 척결을 위해 아까운 인력과 금쪽 같은 시간을 너무 함부로 낭비하고 있다는 다수 국민들의 여론을 묵과할 수 없습니다. 어떻게 생각하십니까?"

"그렇지 않아도 일찍이 영국 수상 윈스턴 처칠은 말했습니다. '과거와 현재가 맞붙어 싸우면 미래가 없다'고. 그렇지 않아도 국정농단 사건으로 박근혜 전 대통령을 탄핵하고 파면하는 동안 1년 이상 끌어오면서 아직도 여죄를 추구하느라고 죄수복 차림으로 법정에 드나드는 화면만 보면 자기도 모르게 얼굴이 잔뜩 찡그려지는 국민들에게 이번에는 이명박 전직 대통령까지 추가한다는 것은 국민들에게는 또 하나의 고문이 아닐 수 없을 것입니다.”

“그럼 과거의 적폐가 자꾸만 이렇게 드러날 때는 어떻게 해야 합니까?”

“이런 때 과거사는 굳이 현실 정부가 다룰 것이 아니라 역사 연구 분야로 넘겨 사학가들의 냉정한 심판과 평가에 맡겨져야 합니다. 어린 조카인 단종을 죽이고 왕이 된 세종이 그 사건을 굳이 그의 치세에 시시비비를 가려놓지 않았어도 그 사건은 생생하게 후세에 전해져서 지금도 텔레비전 화면에 훌륭하게 되살아나고 있지 않습니까?

이 나라의 과거사는 한 정부의 실세들만이 꼭 다루어야만 하는 법은 없기 때문입니다. 과거사를 다룰 정치권력을 초월한 인재들은 사방에 얼마든지 깔려 있으니까 그들에게 안심하고 맡겨야 할 것입니다. 그 대신 기왕에 과거사를 다루던 행정부와 경찰과 검찰 그 밖의 사법부 인력들은 현재에 벌어지는 일과 가까운 미래에 야기될 산적한 업무에 집중해야 할 것입니다.”

“한국 경제에 사회주의를 실험했다가 17대 대선에서 여당의 참패를 몰고 온 노무현 전 대통령도 재임 중에 일부 국민들의 반대를 무릅쓰고 강행한 한미 자유무역협정(FTA) 체결 협상과 한국군의 유엔 평화유지군의 중동 파견 및 제주도 해군기지 공사 등은 실사구시(實事求是) 정신에서 나온 좋은 본보기가 아닐 수 없습니다.

그런데 최근에 이러한 실사구시를 어기고 정부에서 일괄적으로 중소기업청 산하 기업 종업원들의 임금을 일괄적으로 인상한 결과 경영이 어려워진 중소기업들이 해외로 옮기지 않을 수 없는 딱한 처지라고 합니다.

노무현 정부가 이와 똑 같은 난관으로 약진하던 한국 경제의 기반을 무너뜨린 결과 17대 대선에서 정동영 후보가 이명박 후보에게 530만 표의 큰 차이로 대패했습니다. 만약에 중소기업들의 해외 유출을 막지 못할 경우 그때와 비슷한 양상이 재연되는 것은 불을 보듯 뻔한 일입니다.

노무현 정부 시 청와대 비서실장을 역임한 문재인 대통령이 반드시 주목해야 할 대목이 아닐 수 없습니다. 왜냐하면 실사구시(實事求是)를 준수한 이들 정부 시책들은 다른 것들과는 달리 확실히 성공한 정책들이고 지금도 잘 가동되고 있기 때문입니다."

삶과 죽음

2018년 2월 14일 수요일

오후 3시. 삼공재에는 세 사람의 수행자가 앉아 있었는데 그 중의 한 사람이 물었다.

"선생님, 어떤 철학자가 삶과 죽음에는 원래 구별이 없다고 말했는데 그 말이 과연 옳다고 말할 수 있습니까?"

"그럼요. 옳고말고요. 철학을 하는 사람이고 진리를 추구하는 사람이고를 가릴 것 없이 그 말이 뜻하는 핵심을 파악하지 못하고는 철학이나 진리 수행(修行)을 한다고 감히 말할 수 없습니다."

"그게 진실입니까?"

"진실이고 또 진리입니다. 예부터 생사일여(生死一如)라는 사자성어가 도인들 사이에서 전해 내려오는 것도 바로 이러한 진리를 깨달았기 때문입니다."

"진실과 진리는 어떤 차이가 있습니까?"

"진실은 정말 있었던 일이고 진리는 사물의 진정한 이치입니다."

"견성, 해탈했거나 성통공완한 사람들이 세속사에 도움이 되는 일이 무엇일까요? 다시 말해서 깨달은 사람들이 세속인들에게 긍정적으로 도움이 될 수 있는 방법에는 어떤 것이 있을 수 있겠느냐 그겁니다."

"남을 돕는 것이 자기를 돕는 것 즉 여인방편자기방편(與人方便自己方便), 홍익인간(弘益人間), 해원(解寃), 상생(相生), 역지사지방하착(易地思之放下着) 등등이 있습니다. 모두가 견성을 하지 않으면 일상생활화하기 어려운 일들입니다."

"견성(見性)은 무엇입니까?"

"자기 자신의 마음속에서 우주와 하늘의 섭리를 발견하는 것입니다. 즉 자기 자신과 우주의식 즉 하느님은 하나라는 것에 눈뜨는 것을 말합니다. 이런 사람에게는 삶과 죽음이 따로 있을 수 없습니다."

급변하는 동북아

2018년 3월 29일 목요일

우창석 씨가 말했다.

"김정은은 그의 일행이 중국에서 시진핑을 갑자기 만남으로써 북미, 남북 회담에서 우위를 차지해보려고 가히 필사적이라는 느낌을 줍니다. 어떻게 하면 김정은의 돌발 행위를 무산시키고 의연하게 우리의 갈 길을 헤쳐나갈 수 있을까요?"

"조금도 당황하지 않고 이번 사태를 주의 깊게 통찰해 보면 우리와 동맹국 미국의 갈 길이 하나둘 선명하게 떠오르게 될 것입니다. 김정은은 시진핑 방문에 뒤이어 러시아의 푸틴을 찾거나 특사를 파견하여 그의 지원도 얻으려 할지도 모릅니다.

그러나 걱정할 것은 없습니다. 이 두 나라는 지금 유엔의 제재에 찬성하고 있는 이상 김정은을 위해 이렇다 할 실질적인 지원을 당장 구사할 수는 없게 되어 있습니다. 해보았자 미국의 북핵에 대한 일괄 해법 대신에 단계적 해결 방식을 제시할 김정은을 물질적으로 후원해 주고 싶어도 당장 유엔 제재를 어기고 북한에 이렇다 할 도움을 줄 수는 없을 것입니다. 기껏 김정은을 지지해 주는 정도에 그치게 될 것입니다."

"그럼 미국은 어떻게 나올까요?"

"기존 방식 그대로 북핵 일괄 처리안을 밀고 나올 것이며 불연이면 코피 작전을 불사할 것입니다."

"그럼 한국은 어떻게 나올 것 같습니까?"

"다소 어정쩡한 태도로 나올 공산이 있지만, 한국이 선택해야 할 가장 확실한 길은 미국과의 동맹을 강화하는 전통적인 원교근공(遠交近攻) 정책을 강화해야 할 것입니다. 그러기 위해서 한국은 지금까지 사드 문제에 반대하는 촛불 시위대들의 반대 운동을 못 본 척함으로써 사드를 운영할 미군이 자기 부대에 공급되는 유류를 지금도 항공기로 운반케 하여 오던 모호한 태도에 확실한 종지부를 찍어야 할 것입니다.

그렇게 함으로써 동맹국으로서의 한국을 의심해 온 미국을 안심시키는 확실한 계기로 삼아야 할 것입니다. 행여 한국이 지금과 같이 미국, 중국, 러시아, 북한 사이에서 애매모호한 태도로 일관하다가 트럼프 대통령의 분노를 촉발하여 갑작스런 미군철수 소동을 초래함으로써 낙동강 오리알 신세가 되는 일이 있어서는 결코 안 될 것입니다. 자주 독립국의 국민으로서 이런 말 하기는 좀 창피한 일이긴 하기만 막상 미군이 남한에서 철수할 경우 그 공간을 메워

줄 대체 군사력이 있느냐 하는 것입니다.

그리고 경제에 밝은 카우보이 승부사 기질인 트럼프 대통령은 궁지에 몰릴 경우 한국에서의 미군 철수를 들고 나올 공산이 충분하다는 겁니다. 그리고 미국 국민들은 이처럼 흥정에 밝은 경제인을 대통령으로 뽑았으므로 그가 두 번째로 미투 사건에 연루되어 있는데도 아랑곳 않고 경제적 이득을 몰고 올 그를 여전히 지지해 주고 있다는 것입니다."

"그럼 한국이 나아갈 길은 무엇입니까?"

"요즘 북의 레이더망을 뚫고 들어가 김정은의 거처를 정밀 타격하고도 무사 귀환할 수 있는 스텔스 전폭기, 탱크, 장거리포 같은 첨단 무기로 계속 국방력을 강화해야 할 것입니다.

원칙적으로 말해서 우리도 핵과 미사일을 구비해야 하지만 그 문제로 북미와 남북 사이에 흥정에 들어갈 모양이니 당분간 지켜보아야 할 것이므로 여기서는 언급을 보류하기로 하겠습니다.

그건 그렇고 남북 회담이 성립되어 남북 사이에 왕래가 이루어졌을 때 해방 후 73년 동안 북한 당국의 통제로 세계정세에서 완전히 소외당했던 북한 기층 주민들이 한국의 실상을 알게 되었을 때 일어나는 당국에 대한 불만을 어떻게 다스릴지 의문입니다.

동독과 동유럽 공산 위성국 주민들은 소련이 공중분해되면서 그 동안의 공산 통치에 불만을 품은 항의 시위로 공산당 정부들이 줄

줄이 붕괴되고 서구식 민주 정부가 수립되었습니다. 동독의 경우는 엘리트층이 서독으로 대량 이동하는 바람에 정부기관 운영이 중단되고 공장들이 문을 닫고 서독에 흡수 통일될 수밖에 없었습니다. 이 때문에 대혼란이 야기되어 당시 탄탄하기로 유명했던 세계 제2위의 서독 경제마저 휘청거릴 정도였습니다. 남북 회담에 임하는 당국자들은 이에 대여 어떤 준비가 되어 있는지 의문입니다."

"그 말씀을 들으니 등골이 오싹합니다."

"당장 밀어닥칠 문제들이니 당국자들에겐 대비책이 세워져 있겠죠. 4월 27일 판문점에서 예정된 남북 정상회담에 뒤이어 6월 12일의 북미회담이 열리기 전에 나오는 정보는 추측성 기사밖에 더 있겠습니까?"

"그렇습니다."

구도(求道)의 목표

구도에 입문한 지 1년 된 27세의 이종목이라는 수련생이 물었다.

"선생님 저는 삼공재 수련을 시작한 지 1년이 되었지만 아직도 구도의 마지막 목표가 무엇인지 확실히 모르고 있습니다. 구도의 최후 목표가 무엇입니까?"

"이종목 씨는 이 세상에서 가장 중요한 것이 무엇이라고 생각하십니까?"

"좀 막연한 느낌이 들긴 하지만 적어도 생사(生死)를 초월하는 것이라고 생각합니다."

"생사를 초월하는 것이 무엇입니까?"

"죄송합니다. 저는 지금까지 선생님 슬하에서 관법 수련에 매진하는 한편 단전호흡, 등산, 달리기, 도인체조, 오행생식을 준수하면 자연 생사초월의 경지에 도달하는 것으로 막연하게 알고 있었습니다."

"길은 제대로 들었는데 바로 그 생사초월의 경지(境地)에서 한 걸음 더 전진해야 합니다."

"한 걸음 더 전진하면 어떻게 됩니까?"

"생사초월(生死超越)에서 생사일여(生死一如)를 깨달아야 합니다."

"생사일여란 생사가 따로 있는 것이 아니고 통틀어 하나라는 뜻입니까?"

이종목 씨는 아무 말도 없이 두 눈만 억울하게 매맞은 황소처럼 꿈벅꿈벅하고 있었다.

"생사여일을 지식이나 정보로 알려고만 해서는 안되고 몸과 마음으로 깨달아야 합니다. 생불생(生不生) 사불사(死不死) 생사불이(生死不二)를 일상생활에서 실천해야 한다는 뜻입니다."

"죄송하지만 무슨 말씀인지 통 이해가 되지 않습니다."

"이종목 씨는 사람에게는 누구나 몸과 마음이 있다는 것은 알고 있습니까?"

"그야 누구나 다 아는 일이 아닙니까?"

"사람은 누구나 일단 목숨이 끊어지면 금방 몸이 싸늘하게 식기 시작합니다. 왜 그렇다고 생각합니까?"

"글쎄요. 갑자기 그런 질문을 하시니까 말문이 막힙니다."

"잘 기억해 두세요. 중요한 것이니까."

"네 명심하겠습니다."

"급소를 심하게 얻어맞은 사람의 몸이 싸늘히게 식기 시작하는 것은 그때까지 깃들어 있던 몸에서 마음이 떠나기 때문입니다. 그러나 마음이 몸에서 떠나지 않는 한 몸이 식어 송장이 되는 일은 결코 있을 수 없습니다."

"그럼 선생님, 사람이 죽은 후 몸은 송장이 되어 장례식장으로 가게 되겠지만, 방금 전에 몸에서 떠난 마음은 어떻게 됩니까?"

"그야 인과에 따라 자기 갈 곳을 찾아 가겠지오."

"좀 더 알기 쉽게 구체적으로 말씀해주셨으면 좋겠습니다."

"그렇게 문제를 확대해나가면 끝이 없습니다. 여기서는 우리가 흔히 말하는 죽음이란 것은 없다는 것을 밝히는 것으로 끝내기로 하겠습니다. 다시 말해서 생불생(生不生), 사불사(死不死), 생사불이(生死不二), 생사여일(生死如一)를 증명하는 것으로 끝내기로 하겠습니다.

다시 말해서 사람이란 몸과 마음이 합쳐져 있고 그 마음이 몸에서 떠나지 않는 한 죽어 없어지는 존재가 결코 아니라는 것입니다."

하느님의 분신(分身)

"어제 선생님은, 생사는 마음이 떠나지 않는 한 몸과 따로 떨어져 있는 존재가 아니라고 말씀하였습니다. 그래서 생불생(生不生) 사불사(死不死)요, 생사불이(生死不二)라고 말씀하셨습니다. 다시 말해서 삶은 삶이 아니요 죽음은 아니고 삶과 죽음은 따로 떨어져 있는 별개의 존재가 아니므로 삶과 죽음은 둘이 아니라고 말씀하셨습니다. 그렇다면 구도의 목적은 무엇입니까?"

"구도의 목적은 구도자가 삶과 죽음을 초월한 대우주의 주인임을 몸과 마음으로 깨닫는 것입니다. 다시 말해서 구도자 자신들뿐만 아니라 중생들 육안에 보이는 것들과, 그들의 육안으로 보이지 않는 우주 전체의 주인임을 깨닫는 것을 말합니다. 이 대우주의 주인을 우리는 흔히 하느님, 하나님, 천주님, 부모미생전본래면목(父母未生前本來面目), 진리, 양심, 도(道)라고 말합니다."

"그러나 현실적으로 우리가 하느님 자신은 아니지 않습니까?"

"사실입니다. 그러나 어느 한 순간의 깨달음으로 하느님을 터득해야 합니다."

"어떻게 말입니까?"

"하나는 전체고 전체는 하나라는 것을, 매일 천부경을 염송하는 우리는 잘 알고 있습니다. 따라서 깨달은 사람들 전체가 다 하느님이 되어 일사분란하게 행동한다는 것은 물리적으로 불가능합니다. 그 대안으로 등장한 것이 하느님의 분신(分身)입니다. 대각경은 다음과 같습니다.

나는 하느님의 분신으로서 하느님의 무한한 사랑, 무한한 지혜, 무한한 능력을 구사하고 있다. 이 큰 깨달음을 통하여 나는 뜬 구름과 같은 오감의 세계를 벗어나 상부상조하는 대조화의 세계, 하느님과 나, 남과 나, 우주와 내가 하나로 합쳐지는 실상의 세계 속에 살고 있다.

대각경(大覺經) 속의 분신이 전체의 분신이면서도 그 전체를 이루고 있는 한 부분인 우리들임을 말해주고 있습니다."

북한 반체제주의자

2018년 5월 28일 월요일

우창석 씨가 말했다.

“요즘 신문에 보면 김정은 위원장은 북경에 뒤이어 다렌에서 시진핑을 두 번째로 만나고 돌아 온 후부터 회담 상대국인 미국에 대한 협상 태도가 요상하게 바뀌어 가고 있으며 이로 인해 트럼프 대통령이 화가 났다고 하는가 하면 6월 12일 싱가포르에서 예정된 북미 정상회담을 전격적으로 취소시켰다가 뒤이어 다시 취소했다고 보도되고 있습니다.

협상 상대에게 화가 났다는 것은 이성을 잃고 있다는 것인지 아니면 이것 역시 일종의 회담을 이끌어나가는 기법의 하나인지 아리송합니다. 선생님께서는 어떻게 생각하십니까?”

“신경 쓸 것 없습니다. 서부의 노련한 승부사 기질인 트럼프가 그렇게 경솔하게 진짜로 화를 낼 이유도 없는 일이고 더구나 상대에게 화를 냄으로써 최고급 정보를 노출시키는 일은 상상도 할 수 없는 일입니다.”

"아니 그렇다면 진짜 화를 낸 것은 아닐 수도 있다는 얘기인지요?"

"그거야 장본인에게 직접 알아보지 않는 한 어떻게 알 수 있겠습니까? 신문의 추측 기사일 수 있으니 너무 과민할 필요는 없다는 얘기입니다."

"그러나 정말 트럼프가 화를 낼 수도 있을까요?"

"유명한 거래(去來)의 달인(達人)이 그럴 리가 있겠습니까? 국가적인 극비 상황을 그렇게 쉽사리 노출시킬 리가 없습니다. 예정된 문대통령의 미국 방문이 끝나면 어느 정도 윤곽이 밝혀질 것입니다."

"백악관 두뇌들은 중국의 시진핑이 장난을 치고 있다고 생각하고 있는 모양인데 그럴 만한 이유라도 있습니까?"

"있죠."

"그게 뭡니까?"

"순망치한(脣亡齒寒)입니다. 결국 중국은 북한을 자기네 입술로 본 겁니다. 입술이 떨어져나가면 이가 시릴 수밖에 더 있겠습니까? 그래서 북한이 일본과 한국처럼 미국 쪽으로 더 가까워지기 전에 미리미리 신경을 쓰고 있는 것입니다."

"북한은 도대체 어떻게 된 것일까요?"

"개꼬리 삼년 묻어보았지 여우꼬리 되겠습니까? 그리고 한국은

4.27 남북정상 회담 후 겨우 한달 만인 5월 26일 김정은 국무위원장의 긴급 요청으로 또 전격적으로 남북회담을 가졌다고 합니다.

김의 요구사항은 트럼프가 취소한 싱가포르 북미회담을 어떻게 하든지 성사시키자는 것입니다. 결국 김의 요구사항은 트럼프와의 북미 회담이 예정대로 추진키로 결정됨으로써 실현되었습니다."

"좌우간 요즘 남 북 미 간의 상황 변화는 눈부시게 돌아가고 있습니다. 그러나 문재인 대통령이 지금쯤이면 응당 그의 존재감을 만천하에 드러낼 수 있는 절호의 기회를 헛되이 보내는 것 같아서 안타깝기 그지없습니다."

"그게 무엇입니까?"

"문재인 대통령은 지금 김정은 위원장에게 무슨 요구 사항이든지 말할 수 있는 위치에 있습니다. 북한에는 지금 한번 들어가면 살아나올 수 없는 요덕 강제노동수용소 같은 시설이 깊은 산간 곳곳에 10여 개 정도 산재해 있습니다. 유엔에서도 해마다 12여만 명에 달하는 이들의 문제가 논의되고 있지만 한국의 좌파 정부들에서는 지금껏 이들에 대하여 입도 벙끗한 일이 없습니다. 그러나 지금은 그렇지 않다고 봅니다. 이들 북한의 반체제주의자들이야말로 북한의 야당 정치인들이 아닙니까?

통일 전에 동독에 구금되어 있던 반체제주의자들은 두당 3천 달러씩 내고 서독 정부가 매입했다고 합니다. 한국의 집권당인 현 정부가 지금처럼 손 놓고 있다면 야당들이라도 여당을 대신하여 자기 소임을 수행해야 되는 거 아닌지 모르겠습니다."

"과연 그렇겠는데요. 대의명분이 분명한 일을 보고도 못 본 척 고개를 돌리는 일이야말로 국회의원들이 할 짓이 아니라고 봅니다. 대한민국 국회의원들이 못 본 척한다면 80년대 주사파 학생들과 같은 학생 조직이라도 관심을 표명해야 되는 거 아닐까요?"

"요즘은 그런 학생 단체 없어진 지 오래되었습니다. 그건 그렇고 북한은 함경북도 길주군 풍계리에서 핵실험장 갱구를 미 영 중 러시아 한국 등 5개국 기자들만 초청하여 폭파했습니다. 전문가도 못 오게 하고 방사능 점검도 못 하게 했습니다."

"그럼 2008년 6월 27일에 있었던 영변 원자로 냉각탑 폭파와 다른 점이 무엇입니까?"

"영변 원자로 냉각탑은 폭파된 그대로 방치된 채 원자로 작업은 다른 곳에서 그대로 계속되었습니다."

"그렇다면 풍계리 핵실험장도 폭파된 그대로 방치된 채 다른 곳에서 핵무기 제조는 얼마든지 계속할 수 있다는 얘기 아닙니까?"

"북한의 진의는 바로 그겁니다. 그러니까 북한의 핵무기 제조에 관한 한 변한 것은 아무것도 없다는 얘기가 아닙니까?"

"그렇고말고요. 개꼬리 10년 묻어놓고 헛꿈만 꾸어온 것일 뿐 변한 것은 아무것도 없습니다."

"그럼 우린 이제 어떻게 해야 합니까?"

"별수 없이 미국과 유엔이 지금까지 해온 대로 북한을 물샐 틈 없는 압박포위망 속에 가두어놓고 계속 조여가면서 북으로 하여금 협상을 구걸하여 핵을 완전무결하게 포기하게 만들어야죠."

"언제까지 말입니까?"

"북한에서 핵이 완전 소멸될 때까지죠."

"북한이 언제부터 핵을 갖기 시작했죠?"

"북한이 핵 소유를 선언한 것이 2006년이니까 벌써 12년의 세월이 흘렀습니다."

"그러나 북한은 핵 소유 12년 만에 미국과 유엔의 압박 전술에 손을 들고 협상을 구걸한 것을 보면 비핵화할 때까지 그 압박 전술을 더욱 강화하는 길밖에 다른 길은 없는 것이 명백해졌습니다. 결국은 세계 인류가 핵 위협에서 벗어나는 가장 확실한 길이 이제야 환히 열렸군요."

"그렇습니다."

"그건 그렇고 북한이라는 나라는 세계 인류 전체를 지난 12년 동안 그렇게도 끈질기게 괴롭혀 왔습니다. 그러한 나라의 현 체재를 지켜주어야 할 만한 가치가 있을까요?"

"글쎄요. 국호(國號)를 보면 그 나라가 어떤 나라인지 대충 알 수 있습니다. 그래서 나는 북한의 정식 국호를 분석해 보았습니다.

결론은 현실과는 너무나 달랐습니다."

"어떻게요?"

"북한은 그들이 불러주기를 원하는 조선민주주의인민공화국과는 180도로 다릅니다. 북한에는 민주주의도 없고 인민을 위한 선거제도도 없고 더구나 세습 독재국일망정 공화국은 더욱 아닙니다. 그것이 현실입니다. 그러니까 193개 유엔 가입국 전원이 북한의 핵소유를 반대하고 있습니다. 그러한 북한의 운명이 6월 12일 북미정상회담에서 윤곽이 잡힐 것 같으니 지켜보도록 합시다."

"그럽시다."

【이메일 문답】

기몸살

오랜만에 스승님께 인사드립니다. 마지막으로 메일 보내드린 때가 올 1월 초이니 벌써 3개월이 지났네요. 그간 연락을 못 드려 죄송합니다. 달리 이유가 있다기보다 제가 게으른 탓이지요. 굳이 핑계를 대자면 특히 수련에 있어 큰 진전이 없어 그런 제 자신을 글로 묘사하여 보여 드린다는 게 민망하였습니다. 몸공부는 꾸준히 매일 해 나가고 있습니다만, 기공부에 있어서는 뚜렷한 향상이 없습니다. 특히 마음공부는 오히려 뒷걸음치는 것 같습니다. 예를 들면, 지난번 메일에서 아내와 다툰다거나 직장에서도 욱 하는 감정을 참지 못하고 사고를 치는 것처럼요.

아내와 다투고 나서 얼마 지나지 않아 와이프에게 '내가 밥상을 뒤집은 것은 입이 열 개라도 할 말이 없다. 다시는 그러지 않겠다'고 다짐하며 사과했습니다. 또한, 직장 사무실에서도 컵을 바닥에 내동댕이쳐 깨뜨린 사고도 그런대로 잘 수습하였습니다. 하지만,

문제는 화가 치밀어 오르는 것을 제 자신이 알아차리고 있는데도 불구하고 제어가 안된다는 데 있습니다. 제 아상의 껍질이 얼마나 두꺼운지 단적으로 말해 주고 있는 것 같습니다. 아마 이기심으로 똘똘 뭉쳐져 있겠지요. 그 껍데기를 하나하나 벗기 위해 전심전력으로 노력하겠습니다.

현재 저는 직장에 잠시 휴직계를 내고 올해 여름 있을 세무사 자격시험을 대비하고 있습니다. 시험공부를 하고 있기는 하지만 최우선순위는 물론 수련입니다. 아침에 일어나 조깅 후 단전호흡을 30분 정도 하고 있으며 오후에는 도인체조를 합니다. 그리고 일주일에 한번은 북한산 등반을 하고 있습니다.

지난 겨울에는 눈이 상당히 많이 왔지만 특별한 경우를 제외하고는 등산을 거르지 않았습니다. 아이젠을 하지 않아 빙판에서 미끄러져 넘어진 적도 많았지만 어린아이마냥 미끄럼도 많이 타고 좋았던 것 같습니다. 등산과 조깅을 꾸준히 한 상태에서 단전호흡을 해서인지 단전에 이물감도 느껴질 뿐더러 축기도 잘되는 것 같습니다. 스승님이 『선도체험기』에서 자주 쓰셨던 표현인 '젖은 장작을 말리는 과정'이 아마 암벽등반과 달리기를 기반으로 한 단전호흡이 아닐까 싶습니다.

3월말부터는 기몸살이 시작되었습니다. 2016년 7월초 선생님을 처음 뵙고 본격적으로 수련을 시작한 후로는 이렇다 할 명현반응이 없었는데, 1년 반이란 시간이 지나고 나서야 시작된 것입니다. 수련을 한 다음부터는 일반 감기에 걸린 적이 한번도 없었기 때문에 감기가 아닌 기몸살이라는 것을 금방 알 수 있었습니다. 처음에는 감기몸살에 걸렸을 때처럼 몸이 쑤시더니 미열이 나기 시작되었습니다. 또한 왼쪽 어금니 근처 잇몸이 사탕 크기만큼이나 부어올랐으며 어금니도 덩달아 흔들거리는 것 같아 음식을 오른쪽으로만 씹을 수밖에 없었습니다.

몸이 다운된 상태에서 등산을 한 날에는 너무 힘들어 바위에 퍼질러 눕는 등 자주 쉬다 보니 5시간 등산 코스를 6시간이 다 되어서야 끝마친 적도 있었습니다. 몸의 컨디션이 저하되고 열이 나는 증상, 그리고 이가 흔들리는 증상은 일주일이 지나자 금방 완화되었지만 부어오른 잇몸은 2주가 지나도록 가라앉을 줄을 모릅니다. 하지만 정상적인 몸의 개조작업이라고 생각하고 소우주에 맡기려고 합니다. 아무튼 이번 기몸살 과정이 끝나면 수련이 한 단계 더 향상되리라 기대해 봅니다.

몸이 어느 정도 정상을 회복해서 그런지 오늘 등산은 북한산성 매표소에서 의상봉을 거쳐 문수봉까지 갔다가 되짚어 오는 데 4시간 만에 다녀왔습니다. 군데군데 진달래가 진홍빛으로 피어 있고 연두빛 나뭇잎이 생동하는 듯 느껴져 피곤함도 잊었던 것 같습니다. 돌아오는 길에 비탈진 바위에 서서 제가 걸어왔던 산등성이를 되돌아보았습니다. 불현듯 '내가 지금 여기에 존재하는 이유는 뭘까' 하는 생각이 들었습니다. 내가 전생 또는 과거에 만든 인과로 인한 것이겠거니 생각하니 마음이 편해졌으며 이 의문을 방편삼아 마음공부를 해 볼까 합니다.

스승님! 사모님도 안녕하시지요? 항상 건강하셔서 선도 후배들에게 많은 가르침을 펼쳐 주시길 바랍니다. 그리고 생식 4봉지 발송 부탁드립니다. 대금은 이미 입금하였습니다. 감사합니다.

단기 4351년 4월 10일

제자 김강한 올림

【필자의 회답】

선도 수련자는 기문만 열리면 그때부터 수련이 한 단계씩 상승할 때마다 기몸살 또는 명현반응이라는 선병(仙病)을 앓게 됩니다. 대체로 한 달 이상 길게는 몇 해씩 앓게 되는데, 보통 때보다 많은 기운이 온몸에 흐르는 것이 특징입니다. 습관적으로 병원에 가서 주사 맞거나 수술을 하는 일만 없으면 무난히 낫게 될 것입니다. 의문 나는 점이 있으면 자주 메일을 보내기 바랍니다.

유영숙 현묘지도 수련기

유 영 숙

1. 글을 시작하며

나는 1956년 전남 영광의 농촌마을에서 2녀 3남중 장녀로 태어났다. 할아버지는 상당한 부농으로 내가 초등학교 다닐 때까지도 머슴을 두고 농사를 지었고, 집안은 대가족으로 항상 식구가 많아 나는 어머니와 둘이 사는 친구를 부러워하곤 했다.

할아버지와 할머니는 자손에 대한 사랑이 남달라 첫 손녀인 나를 늘 데리고 다니셨고 정말 예뻐해 주셨다. 초등학교 졸업 후 중학교는 광주에 있는 전남여중에 친구와 두 명이 시험을 보러 갔는데, 교무실에서 선생님들이 처음이자 마지막으로 전남여중에 합격하라고 격려해준 기억이 난다.

우리 초등학교에서 당시까지 한 명도 전남여중에 합격하지 못하였고 우리가 중학교 시험 마지막 세대이기 때문이다. 둘 다 전남여중은 떨어지고 후기인 중앙여중에 같이 합격하였다. 하지만 할아버지께서 중풍으로 쓰러지시고 집안이 급격하게 기울어 2학년 1학기를 마치고 고향으로 전학하여 중학교를 졸업하였다.

아버지는 당시 마을에서 드물게 고등교육까지 받았고 좋은 직장에 취직도 했지만 한 달을 다니지 못하고 사업을 한다면서 할아버지의 재산을 탕진했고, 평생 돈을 벌어 보지 못했으면서도 소비 수준은 높아서 우리 가족 모두를 힘들게 했다.

중학교 졸업 후 서울로 올라와 직장생활을 하면서 나는 공부를 계속하고자 했지만 상황은 녹녹치 않았다. 할아버지는 중풍으로 15년을 앓으셨고 이제 남동생의 고등학교 학비마저 내가 도와야 할 만큼 집안은 몰락했다.

더하여 내가 2년간 벌어 놓은 돈마저 아버지가 가져다 써버렸다. 중학교 졸업 후 10여년이 지난 스물일곱 연초에 고등학교 졸업 검정고시 학원을 야간에 다니게 되었는데 국어 수학 기타 과목은 따라 갈만 했지만 영어는 너무 어려웠던 기억이 난다.

학원 다닌 지 3개월 만에 모의시험을 봤는데 전체 3등을 했다고 노트 등을 상품으로 받고 자신감을 얻어 대학에 가기로 마음먹었다. 검정고시 보는 해에 대학을 가기 위해 직장을 그만두고 대입학원을 병행해 다녔는데, 새벽에 영어단과, 오전부터 오후까지 대입종합반, 야간에 검정고시 학원 등 하루 종일 학원을 다닌 몇 개월은 지금 생각해도 아득하다.

검정고시 본 첫해에는 대입에 실패했지만 서른 살이 되는 그 다음해 감사하게도 성균관대 회계학과에 합격했다. 늦은 나이의 대학생활은 내 인생의 선물 같은 것이었다. 대학 갈 때부터 공인회계사가 될 생각이었기 때문에 회계사 공부에 전념했다. 졸업한 다음해 1차 시험에 합격한 것은 다른 친구들과 비슷했다. 그러나 2차 시험에서 정말이지 간발의 차로 계속 떨어지면서 1차 시험을 6번 합격하고도 2차는 합격하지 못하였다.

시간이 가면서 2차 성적도 합격권에서 점점 멀어졌다. 할 수 없이 시험을 포기하고 부산 해운대에 새로 설립하는 건설 시행사에 취직을 하였다. 하나의 프로젝트가 끝나 회사를 폐업할 때까지 10여 년 직장생활을 하다가 퇴직하였다. 그 후 서울로 올라와 직장생활 했던 경력으로 관련 일을 프리랜서로 몇 년 했고, 백수생활도 몇 년 하고, 올 겨울에는 내년 지방선거에 나오는 어느 후보자의 회계담당으로 준비를 하고 있다.

2. 선도 수련과의 인연

1996년 여름 당시 회계사 2차 시험에 연속 4번 간발의 차로 떨어지면서 최악일 때 같이 공부했던 동생을 만났는데 단전호흡을 했더니 너무 행복하다고 하여 아무 생각 없이 단학선원을 다니면서 선도 수련과 인연을 맺게 되었다.

다닌 첫날부터 기를 느끼고, 처음 등록할 때 나눠준 "신인이 되는 길" 이란 책을 받고 고압선에 감전되듯 읽다가 밑줄을 긋고 뭔가를 쓰기도 하고, 숨을 들이쉬기만을 한참 하다가 내쉬더니 그때부터 통곡하고 소리 지르고 나 스스로는 통제 불능 상태가 상당기간 계속되었는데 나중에 어느 글에서 각성되는 과정 중에 그럴 수 있다는 글을 보고 이해가 되었다.

선원에서 어느 날은 모여서 서로 등을 두드려주는 수련을 하는데 뒷사람이 내 등을 두드리자 거대한 파도가 내 등을 휘몰아치는 듯한 느낌이 몇 번 나더니 갓난아기처럼 누워서 손발을 내 의지와 무관하게 휘저었다.

그 후 설사를 많이 하고, 온몸에서 탁기를 배출하는데, 마치 거센 바람이 불 듯 탁기가 옷자락에 바람을 일으키며 빠져 나갔다. 사실 공부하면서 스트레스로 몸이 많이 아파 2차 시험 앞두고 1분이 아까운 시점에 이틀에 한 번씩은 사우나를 가야 견딜 수 있었다.

집에 와서는 다른 사람이 꿈꾼 것을 내 의지와 상관없이 말하기도 해서 식구들, 특히 어머니는 나이든 딸이 결혼도 못하고 공부한다고 하더니 무당이 되나 하고 걱정이 많았다. 당시 나는 단전호흡에 대한 지식이 전혀 없었고 관련된 책 한권도 읽어본 적 없었다. 나의 여러 상황에 대해 이유를 묻는 내게 선원에서는 고향에 와서 그렇다면서 선원으로 들어와 공부하라고 했지만 동의할 수 없어 2달 남짓 다니고 선원을 그만두었다.

당시 2차 시험을 몇 달 앞두었기 때문에 마지막 정리를 위해 학원을 다녔는데 앉아 있기 무척 힘들었고, 두 팔로 화장실 벽을 힘껏 밀면 팔이 시원하곤 했다. 당시 누워서 아랫배에 손을 대보면 농구공 같은 게 왔다 갔다 하는 게 느껴지면서 뿌듯했던 기억이 있다. 여러 과정을 겪으면서 몸 아픈 것은 거짓말처럼 나았고 근원적인 외로움이 없어졌으며 하늘, 바람, 구름 등 자연이 너무 좋아졌다. 걸어 다니면 누군가 밀어주는 것처럼 가볍고 누워 있으면 구름 위에 떠있는 것 같았다.

막연하게 내가 너무나 중요한 기회를 놓치고 있지 않을까 하는 생각도 했다. 많은 궁금증이 남아 있어서, 단학선원에서 선사라는 분이 구민회관에서 일주일에 하루씩 하는 수련을 다니면서 선원에서 시행하는 어떤 프로그램에 참가시켜 달라고 요청해서 갔는데 거기서 또 이상한 경험을 했다.

1박 2일 진행하는 어느 과정에서 참가자가 모두 마룻바닥을 걷는데 누군가 내 뒷머리를 세게 때려서 쓰러지는 순간 어떤 물체에 얼굴이 부딪혀 턱밑을 다쳐서 피가 났다. 그때부터 선원에서처럼 통곡하여 울기 시작했다. 그 소리는 내가 들어도 소름 끼치도록 슬프게 들렸다. 사실 턱밑 얼굴이 찢어져서 피가 나는 것은 여자인 내게 큰일인 데도 그것과 상관없이 하늘 멀리 크게크게 소리쳐 울고 울었다.

같이 갔던 후배가 말하기를 그렇게 슬픈 소리는 처음이라면서 걱정했다고 했다. 얼굴의 상처는 열 바늘 정도 꿰맸는데 지금도 턱밑에 상처 자국이 있다. 같은 해 또 다른 경험은 당시 고시원에서 후배들에게 어떤 과목을 가르쳐주고 끝나서 쫑파티를 하기 위해 고시원 입구에 서 있었고 내 주위에 아무도 없었는데 갑자기 누군가 나를 미는 것처럼 느끼면서 경사진 상당히 높은 계단을 저절로 뛰어 내려가다가 끝에서 앞으로 넘어지면서 앞이마와 눈썹 근처 그리고 이가 하나 부러지고 하나는 흔들리는 대형사고가 발생했다.

이 사고로 앞머리와 이마 경계선을 30바늘 정도, 눈썹을 15바늘 꿰매고 이빨도 3개를 브릿지 하였다. 많이 적응되었지만 여러 의문은 또다시 나를 흔들었다. 여러 의문을 풀기 위한 노력은, 이후 직장생활 하면서 천화원에서 하는 명상수련도 참석하고, 선원 관련 힐링센터에도 찾아가 일종의 마사지 같은 것을 받았는데, 끝나고 부산 내려 갈 때 백회에서 아이스크림 같은 액체가 온몸으로 녹아 내리면서 너무나 행복했던 기억이 생각난다.

힐링센터에서도 나보고 센터로 들어와야 한다고 하면서 두어 번 전화가 왔지만 나의 의문을 풀기는 어렵다고 보고 가지 않았다. 그곳에서의 수확은 천부경을 노트로 만들어 매일 쓰도록 했는데 이후 천부경에 관심을 가져 암송했더니 나도 모르게 항상 천부경을 암송한다.

여러 상황을 겪으면서 교보문고 다니면서 관련 책을 많이 보았고 어느 날 문을 닫는 서점이 책을 싸게 팔아서 몇 권의 책을 사면서 단전호흡과 관련된 듯하여 『선도체험기』도 십여 권 구입하였다.

그러나 집에 와서 펼쳐본 내용이 하필 빙의 관련 내용으로 당시에는 공감하기 어려워 보지 않다가 2014년 겨울 복잡한 일로 마음 정리할 일이 생겨 여러 책을 보다가 갑자기 『선도체험기』를 다시 보게 되면서 유림사에 40권을 추가로 구입하여 2015년 여름까지 50여 권을 몰입하여 보고 선생님께 전화 드려 2015년 7월부터 삼공재에서 수련하게 되었다.

좀 더 일찍 『선도체험기』를 보았더라면 나의 혼돈의 시간이 줄었을 것이지만 이제라도 삼공 선생님과 인연을 맺게 되어 현묘지도 수련까지 받게 된 것은 내 인생 최대의 행운이라 생각한다.

3. 유영숙 화두수련 체험기

2015년 7월부터 일주일에 두 번씩 삼공재에 다니면서 삼공 선생님 지도하에 수련을 하였고, 2017년 6월 현묘지도 카페 가입을 계기로 수련은 상승곡선을 이루면서 선생님께서는 2017년 8월 14일 461번째로 백회를 여는 대주천 인가를 해 주셨다.

대주천 인가를 하시면서 현묘지도 수련을 하려면 선배들의 현묘지도 체험기를 읽고 자신 있을 때 말하라고 하셔서 『선도체험기』에서 현묘지도 체험기 목록을 작성하여 체크하면서 계속 현묘지도 체험기를 읽었다.

어느 날 새벽꿈에 선 채로 하늘로 1미터 정도를 날아오르더니 옆으로 날기 시작하는데 앞에 두꺼운 벽이 나타나자 “내가 저 벽을 넘을 수 있을까” 생각하니 휙 스쳐 통과한다. 순간 가슴 깊은 곳에서 환희지심이 일어난다. 빠르게 구조물들을 통과하는데 앞은 어둡고 아무것도 보이지 않지만 현묘지도 체험기에서 보면 하늘도 날고 우주 공간도 가던데 나는 기력이 달려서 바닥에 바짝 붙어 날아가나 보다고 꿈에서도 생각한다.

이제 현묘지도 수련을 받아도 되겠다고 생각했다. 내가 현묘지도 수련을 받을 수 있으리라고는 생각 못 했는데 너무나 감사하게도 이를 받게 되어 지극정성으로 수련에 임할 것을 스스로 다짐해 본다.

1단계 천지인 삼재 (2017년 9월 8일~9월 18일)

2017년 9월 8일 삼공재 수련

삼공재 방문하여 선생님께 현묘지도 수련 받겠다고 말씀드리니 첫 번째 화두를 주신다. 좌선하고 앉아 화두를 외우니 하단전이 먼저 타오르고 이어서 중단전이 타오르면서 백회에서 강한 기운이 들어오고 자세가 바르게 세워진다. 온몸에 주천화후가 일어나면서 땀이 전신으로 흐른다. 저녁 식사 후 어머니와 성북천을 걸으면서도 화두에 집중한다.

2017년 9월 9일

오전 뒷산 산책을 갔다 와서 샤워 후 선계의 스승님들, 삼공 선생님, 지도령, 보호령께 삼배를 드린 후 좌선에 들어 화두를 외우니 고개를 좌우로 천천히 돌리는데 너무나 아프고 시원하면서 중단전을 쭉쭉 펴준다. 목과 등이 시원하게 풀리는 스트레칭을 계속하는 걸로 봐서 긴장된 근육을 먼저 풀어야 되나 보다. 저녁 수련 시 천부경 삼일신고 참전계경 등 삼대경전을 소중히 여겨야 한다는 메시지가 가슴에 사무치게 느껴진다.

2017년 9월 10일

오늘도 삼배를 드린 후 입정에 드니 고개를 들어 얼굴은 하늘을 보고 목과 등의 근육 이완을 위한 스트레칭은 계속되는데 화두가 종종 생각나지 않는다. 쉬운 단어인데 이상하다. 저녁에 성북천을 걸으면서도 화두에 집중한다.

2017년 9월 11일 삼공재 수련

생식으로 점심을 먹고 삼공재에 가서 수련하다. 좌선하고 앉아 화두를 외우니 온몸으로 열감이 휘돌면서 바람 같은 기운이 막힌 기혈을 뚫어 주는 듯하다. 저녁수련 시 화두를 외우니 입정에 들면서 목을 천천히 돌리는 자동 스트레칭을 한참을 하다가 두손을 모아 합장 하다가 절에서 본 부처님의 각종 동작들을 두손으로 기기묘묘하게 표현한다.

이어서 각종 요가동작들, 춤추는 듯한 동작들, 고대 조각들의 모습과 같은 동작들을 순간순간 재현한다. 두손을 높이 들어 열 손가락으로 천기를 흡수하기도 하고 온몸의 탁기를 배출하기도 하는 동작들을 반복한다. 열 손가락 끝은 강한 기감으로 감전된 듯 찌릿찌릿하다. 밤에 누우니 꽃향기가 난다.

2017년 9월 12일

오전에 북한산 백운대에 친구와 둘이 올랐다. 백운대 근처는 몇 번 왔지만 백운대는 처음인데 오르고 보니 이런 바위 정상까지 오를 수 있는 게 신기하다. 자주 와야겠다고 생각했다. 저녁수련 시 빙의령 천도하다. 명상음악 틀고 수련하는데 화두와 음악과 내 몸은 하나가 되어 깊은 입정 상태에 들다. 오늘도 열 손가락으로 기운을 받아 단전에 쌓고 탁기 배출 위한 동작을 반복하다가 간절한 기도 같기도 하고 춤추는 것 같기도 한 동작을 계속한다.

2017년 9월 13일 삼공재 수련

좌선하고 천부경 3독하고 화두를 외우니 백회에서 들어온 기운이 단전에 쌓인다. 백회가 아프면서 넓이가 넓어진다. 백회에 보석이 쏟아지는 듯하더니 액체 같은 게 수도꼭지에서 흐르듯 백회로 흘러 들어온다. 저녁 10시부터 12시 30분까지 수련. 백회로 강하고 시원한 기운이 들어오고 온몸에 상서로운 기운이 가득하고 마음이 더없이 평화롭다. 좁은 돌계단이 있는 골목길이 희미하게 보인다.

2017년 9월 14일 삼공재 수련

오전 10시 선계 스승님들께 삼배 드리고 수련 시작하다. 백회에서 지속적으로 시원한 기운이 들어오고 단전은 열감으로 뜨겁다. 현묘지도 수련기를 읽다. 머리가 띵하고 어지럽다. 빙의령이다. 삼공재 가는 지하철에서도 머리는 어지럽다. 삼공재에서 선생님께 일배 드리고 좌선하니 중단전 구석구석 쌓인 탁기를 배출하며 백회가 아프면서 무슨 작업을 하듯 요란하다.

선생님께서는 1단계가 아직 끝나지 않았는지 물으셔서 아직 끝나지 않았다 말씀드렸다. 기운이 딸리는지 화면은 보이지 않고 기운은 계속 들어온다. 돌아오는 길 빙의령이 천도되었는지 어지러움은 사라지고 머리가 맑다.

2017년 9월 15일 삼공재 수련

오전 동네 앞산인 북악산에 올라갔다 왔다. 가끔 가는 산으로 한양도성 중 와룡공원에서 말바위 매표소를 지나 숙정문을 거쳐 북악산 정상에서 되돌아오는 코스이다.

어제부터 백회에서 요란한 공사를 계속하더니 오늘 삼공재 수련 시도 계속 공사를 진행하다가 머리 윗부분이 바늘로 찌르듯 따끔거린다. 그러더니 굵은 통이 상, 중, 하단전에 연결되면서 삼합진공이 시작되면서, 삼합진공 회로도에서처럼 기운이 폭포처럼 쏟아지면서 마음은 더없이 평화롭다.

2017년 9월 16일 삼공재 수련

여동생은 고등학교 3학년, 1학년인 두 아들을 두고 2002년 6월 월드컵이 한창일 때 위암으로 사망했다. 제부는 그보다 10여 년 전 애들이 초등학생일 때 사망해서, 여동생 사망 후 조카들은 외할머니인 어머니가 뒷바라지를 했고 나는 부산에서 직장생활 하면서 어머니가 하는 것 이외의 모든 일로 조카들을 보살폈다. 요즘도 무슨 일이 생기면 나에게 상의하곤 한다. 큰 조카가 오늘 상견례를 했는데 색시감이 요즘 보기 드물게 참해서 마음이 흐뭇하다.

점심으로 상견례가 끝난 후 삼공재 수련에서 여동생 부부가 내 가슴속 깊은 곳에 있음을 느끼면서 천도를 시도했다. 아직 어린아이들을 두고 가면서 걱정하는 그들의 슬픔이 느껴지기도 하고, 오늘 상견례를 기뻐하면서 나에게 감사함을 전하기도 하면서 그들은 백회로 빠져 나가는 것 같다. 내가 선도수련한 보람을 느끼는 순간이다.

2017년 9월 17일

저녁 9시 3배 후 수련 시작. 하단전에 화두를 쓰면서 수련. 중단전이 아프다. 깊은 입정 상태에 들면서 몸밖에 막이 씌워지는 듯하며 몸이 가벼워지고 중단전의 아픔이 사라지면서 깊은 명상 상태에 들다.

2017년 9월 18일 삼공재 수련

삼공재에서 좌선하니 백회가 송곳으로 찌르듯 하고 기운이 단전으로 내려온다. 온몸에 땀이 흐르고 뒷머리에서 공사를 요란하게 한참 진행하더니 화두와 의식과 호흡이 일치하면서 집중되다가 온몸이 사라지면서 단전만 남는다.

단전에서 심장이 뛰듯 쿵쿵거리다. 저녁 수련 시 내 마음속에서 "모두가 하나다" "모두가 하나다" "하늘 땅 사람 모두 모두 하나다" 소리가 계속 들리며 기운이 끊긴다. 1단계가 끝났음을 감사드리며 삼배 드렸다.

2단계 유위삼매(2017년 9월 19일~9월 25일)

2017년 9월 19일 삼공재 수련

삼공재에서 선생님께 2단계 화두를 받아 외우니 백회, 장심, 용천으로 부드러운 기운이 들어와 단전에 쌓인다. 화두가 낯설고 익숙치 않다. 돌아오는 길 백회 위에 신령스런 기운이 나와 함께한다. 조심조심 걸으면서 단전에 의식을 집중한다.

2017년 9월 20일 삼공재 수련

오전 산에 가면서 불어오는 바람과 하나가 되고, 이 바람은 어디서 올까 생각해 본다. 매일 다니는 산길 큰 소나무에 기대어, 내게서는 이산화탄소가 나무에게로, 나무에서는 산소가 내게로, 자신에게는 불필요하지만 상대방에게는 꼭 필요한 것을 상대에 보낸다고 생각하면서 수목지기를 해본다.

아침부터 졸리더니 삼공재 가는 지하철에서도 환승역에서 졸다가 한 정거장을 더 가고, 삼공재에서도 초반 졸립다. 기운이 들어오는 것을 보니 명현반응인 거 같다. 한참 졸다 정신 차리고 집중하니 백회가 아프면서 삼합진공이 된다. 저녁 식사 후 어머니와 성북천을 걸으면서도 화두에 집중하다.

2017년 9월 22일 삼공재 수련

오늘은 단독수련이다. 인사드린 후 입정에 드니 명문 장심 용천으로 기운이 들어오면서 대맥에 이어 소주천이 돌고 온몸 구석구석으로 기운이 돌면서 막힌 부분을 유통시킨다.

2017년 9월 23일

수련시간을 좀 더 늘리기 위해 새벽수련을 시작하다. 오전 산책 시 화두에 맞추어 걷다. 오전 11시 30분부터 삼배 후 좌선 수련. 깊은 명상 상태에서 양손을 이리저리 움직이면서 어깨와 등의 탁기를 제거한다. 열 손가락 끝에 기의 장이 형성되면서 유장한 손놀림을 하다.

마음은 더없이 평화롭고 화두에 지극정성 집중하다. 중단전이 아프다. 화두를 중단전에 두고 암송하니 중단전이 점점 시원해지면서 화두가 중단전에 퍼져가면서 막힌 곳을 뚫어준다. 발바닥 전체가 전기 오듯 찌릿찌릿하다.

2017년 9월 25일

아침에 일어나니 온몸이 천근만근 실컷 두들겨 맞은 것 같다. 계속 관을 하면서 빙의령 천도를 위해 해원상생 인과응보 극락왕생을 암송해 본다.

오후 7시 30분부터 밤 12시까지 좌선 수련. 양손을 높이 들어 느린 동작으로 각종 동작을 하면서 탁기 배출한다. 두 팔을 옆으로 쭉 뻗으면 누군가 양 옆에서 잡아당기듯 하고, 고개는 하늘을 보며 깊은 입정 상태에 들고 숨을 멎은 듯하다.

양손을 가슴 앞에서 합장한 채 선계의 스승님들, 삼공 선생님, 지도령께 깊이깊이 감사드리며 현묘지도 수련이 잘 끝날 수 있기를 간절히 기원 드리면서 기운이 끊어지는 것을 보니 2단계가 끝난 것 같다. 몸이 새털처럼 가볍고 말로 표현 할 수 없는 기쁜 마음이 까닭 없이 샘솟으면서 피부호흡이 계속된다.

3단계 무위 삼매(2017년 9월 26일~10월 7일)

2017년 9월 26일 삼공재 수련

오전 뒷산 산책에서 운동기구 있는 의자에 누워 하늘을 보니 하늘이 높고 푸르다. 생식으로 점심을 먹고 삼공재에 가서 3단계 화두를 받다. 2단계 화두 받을 때 3단계 화두가 예상되었는데 예측한 대로다. 3단계 화두를 외우니 강한 기운이 들어오면서 백회에서 전선이 나와 하늘로 연결되기도 하고, 명문 장심 용천 등에서 기운이 강하게 들어오고 숨을 쉬는지 쉬지 않는지 모호한 피부호흡이 계속된다. 집에 돌아와 저녁 식사 후 동네를 한 바퀴 돌았다.

2017년 9월 27일~9월 30일

요 며칠 현실적인 몇 가지 일이 있어 30분 이상 수련에 집중하지 못했더니 기적인 변화를 느끼지 못했다. 하지만 항상 염념불망 의수단전하고 화두를 놓치지 않으려 했으며 몸공부인 걷기는 매일매일 잊지 않았다.

강한 원령인지 몹시 피곤하고 눈 실핏줄이 터져 눈이 충혈되었다. 빙의령 천도를 위해 업장소멸 해원상생 인과응보 극락왕생을 염원하였다. 등 뒤에서 백회로 조금씩 빠져 나가는 느낌이 들지만 화면으로 보이지는 않는다.

2017년 10월 1일

오전 산에 오르면서 화두에 발걸음을 맞추어 화두를 노래처럼 부르며 걷는다. 산에서 돌아와 천부경을 3회 염송하고 화두를 외우니 백회에서 기운이 쏟아져 들어온다. 열 손가락을 비롯한 양손이 얼얼하도록 장심으로 기운이 들어와 쌓인다.

현실적인 머리 아픈 일이 아주 좋은 쪽으로 해결되었다. 선도 수련으로 운명이 좋아진 걸까? 좋은 일이 생겼지만 마음은 덤덤하고 "평상심"을 유지한다. 희노애락에 흔들리지 않는 "부동심"이 생긴 걸까? 저녁 식사 후 어머니와 성북천 산책하다. 밤에 좌선하고 화두 암송하다.

2017년 10월 2일

오전 산에 갔다 와서 좌선 수련하면서 화두에 집중. 오후 2시부터 태을주 동영상 틀어 놓고 와공하면서 잠도 자고... 며칠간 몇 가지 일로 피곤했나 보다. 6시까지 수련하니 등을 면도칼로 잘게 잘라서 기운으로 씻어내듯 아프면서도 시원하다. 나는 등 쪽에 특히 탁기가 많이 쌓여 있었던 듯하다. 저녁에 성북천을 산책하는데 내일 모레가 추석이라서 둥근달이 선명하다.

2017년 10월 4일

추석날인 오늘 새벽 꿈결에 커다란 호랑이 한 마리가 넓고 잔잔한 호수 위를 달려서 내가 있는 곳으로 온다. 물에 빠지지 않고 달리는 것을 보고 신통력을 발휘하나 보다고 꿈속에서도 생각한다. 양지바른 곳에 호랑이와 둘이 앉아 이야기를 하는데 조금도 무섭지 않고 자연스럽다.

지나고 생각하니 어떻게 대화가 통했는지 궁금하다. 꿈이 너무나 생생하다. 오후부터 밤까지 이어진 수련에서 강한 스트레칭을 동반하면서 양손을 높이 올려 다양한 동작들을 구사하고 깊은 입정 상태에 들면서 숨을 쉬는지 쉬지 않는지 피부호흡이 계속되면서 온몸이 새털처럼 가볍고 몸이 사라지는 듯하다.

2017년 10월 7일

지난 밤 깊은 입정 상태에서 피부호흡이 계속되고 내 몸이 허공과 하나가 된 듯한 느낌이다. 이것이 우아일체일까? 양쪽에 가로수가 늘어선 한적한 2차선 도로가 보이고 알 수 없는 여러 형상들이 어지럽게 보인다.

4단계 11가지 호흡 무념처 삼매(2017년 10월 8일)

2017년 10월 8일

오전 수련 중 기운이 끊기면서 3단계가 끝났음을 느낀다. 4단계 11가지 무념처 삼매는 그동안 강하고 깊은 자동 스트레칭과 대부분 겹치는 부분이 많았고 나머지 몇 가지는 화두를 암송한 지 몇 시간 안 되어 거의 나타난다.

선생님께 전화하여 5단계 화두를 받으니 화두를 듣자마자 가슴이 철렁한다. 누구나 살면서 한번쯤은 생각해 봤을 만한 화두인데 나는 아직 깊이 고민해 보지 않아서인가 보다. 좌선하고 앉아 화두를 외우니 온몸이 즉각 반응하니 신기하다.

아~ 그런데 30분 이상 집중하지 못한다. 화두가 두려운가? 화두에 적응할 시간이 필요한 걸까? 늦은 밤까지 긴 시간 수련했지만 집중한 시간은 얼마 안 된다. 정신을 가다듬고 "선계 스승님들께 모든 것을 맡기겠습니다" 하고 삼배를 드렸다.

5단계 공처 (2017년 10월 9일~10월 31일)

2017년 10월 9일

저녁수련 11가지 호흡을 동반한 강한 스트레칭이 계속되고, 백회가 몹시 아프기도 하고 얼음이 박힌 듯 시원하기도 하고 양손을 높이 들었다가 합장한 손을 상, 중, 하단전 앞에서 화두를 지극정성으로 외운다. 단전이 뜨겁고 명문, 양손바닥 발바닥 전체가 따끔거리고 기운이 온몸을 휘돈다. 마음은 더없이 평화롭고 고요롭다. 나 자신이 귀한 존재가 된 듯하다.

2017년 10월 10일 삼공재 수련

오전 뒷산 산책 가는 길 가을빛이 완연하다. 지난 여름의 무더위가 생각나면서 현상계에서 변하지 않는 것은 없다는 무상함이 생각난다. 용변부동본, 쓰임은 바뀌어도 본바탕은 변하지 않는다는 구절이 생각난다. 삼공재에 가서 선생님께 인사드린 후 좌선에 드니 단전이 끓고 중단전도 뜨겁고 무념무상의 상태가 지속되면서 단전은 용광로처럼 소용돌이친다.

2017년 10월 11일

지난밤부터 비가 오더니 아침까지도 계속 내린다. 어제 저녁부터 몸이 무겁더니 아침에 일어나기도 어렵다. 머리가 아프고 눈이 뻑뻑해 뜨기도 어렵고 가슴이 답답하고 등이 빠개지는 것 같다. 최대의 강력한 손님이다. 계속해서 해원상생을 외워도 소용없더니 밤이 되어서야 등에서 백회 쪽으로 조금씩 조금씩 빠져나간다.

2017년 10월 12일

정도는 나아졌지만 어제의 손님은 오늘까지도 영향이 막강하다. 하루 종일 천도를 위한 해원상생을 염원하면서 관하였다. 영안이 열렸으면 이유라도 알 텐데... 계속 백회로 빠져나가다가 밤이 되어서야 정상으로 돌아왔다.

2017년 10월 13일 삼공재 수련

오전 산길에서 걷는 걸음걸음에 화두를 맞추어 걷는데 오늘은 얼굴 스트레칭을 계속한다. 얼굴을 늘리고 당기고 찡그리고 입을 벌리고 오므리고를 반복한다. 당기는 부분이 시원하면서 뭉친 근육이 쭉쭉 늘어나는 게 신기하다. 얼굴 근육을 풀어주고 평소 쓰지 않던 굳은 표정도 부드럽게 하려는 것 같다. 오전부터 가슴이 답답했는데 삼공재 수련 시 등 쪽에서 빙의령이 줄줄이 빠져나간다. 며칠 전 등이 빠개지듯 아프더니 그 잔영들인가?

2017년 10월 14일~10월 15일

오전 산에 오고 가면서 얼굴 스트레칭은 오늘도 계속된다. 사람이 별로 없어 다행이다. 얼굴 스트레칭을 하면 얼굴만 시원한 게 아니고 등 근육도 같이 시원하다. 아마도 얼굴 근육과 등 근육이 밀접하게 연관되어 있나 보다. 저녁부터 밤까지 깊은 입정 상태에서 수련하였다.

2017년 10월 16일

아침 산에 갔다 와서 샤워 후 삼공재 갈 준비 하는데 사모님께서 전화하시어 선생님이 편찮아서 오늘 삼공재 쉰다고 하셨다. 선생님 연세가 있으셔서 걱정된다.

오후 와공 수련 시 열 손가락 장심 용천에서 강한 기운이 들어온다. 오후 좌선 수련 시 등 쪽이 시원하면서 깊은 명상 상태에 들면서 등이 많이 풀어진 것 같다. 귀에서 딱딱 소리가 난다. 선배들의 체험기를 보면 귀에서 관음법문이 들린다는데 나도 그 현상인지 모르겠다. 관해 보아야겠다. 독수리가 날아가는 모습이 잠깐 보인다.

2017년 10월 20일

오전 수련시 깊은 입정 상태에 들면서 새털처럼 가볍고 피부호흡이 지속된다. 한 무리의 사람들이 말 타고 활 쏘고 칼로 싸우는 모습이 스쳐 지나간다. 전쟁하는 장면이 나와 무슨 상관이 있는지 모르겠다. 이어서 소녀의 모습이 보이고 유관순이 떠오른다. 아직 기력이 약한지 화면이 흐리다.

오후부터 밤까지 긴 시간 깊은 입정 상태가 상당 시간 계속되면서 마음은 지극히 평화롭고 몸과 밖의 경계가 사라지는 듯하다. 내 몸은 허공과 하나가 된다. "비무허공" 있지도 않고 없지도 않으면서 어디나 있지 않은 곳이 없는 존재, 허공이면서 허공 아닌 그러한 존재...

2017년 10월 21일

오전 산에 오르내리는 길 그 후 수련에도 얼굴 스트레칭은 계속된다. 오후 수련 시 인당에 압박감이 상당하고 의식과 화두와 호흡이 일치하지만 화면이 보이지는 않는다. 『선도체험기』를 몇 시간 계속 보고 저녁부터 밤까지 깊은 입정 상태에서 수련하다.

2017년 10월 23일 삼공재 수련

선생님께서 며칠간 편찮으셨다고 하여 걱정이 많았는데 오늘부터 수련 가능하다고 해서 삼공재에 다녀왔다. 선생님 얼굴이 핼쑥하긴 하지만 표정이 밝아서 다행이다. 좌선에 들자 선생님에게서 오는 기운이 다른 때보다도 두 배 이상 강렬하다. 입정에 들자 단전이 뜨겁고 온몸으로 뜨거움이 번지면서 열탕 속에 앉아있는 듯 얼굴이 특히 후끈거린다.

호흡이 깊어지자 내 몸이 사라지고 단전만 남는다. 단전 속에 화두를 넣고 계속 암송하니 한 시간이 금방 간다. 오늘 이렇게 수련

할 수 있음이 얼마나 감사한 일인가? 선생님의 건강 회복을 간절히 기원한다.

2017년 10월 24일

어제 삼공재 다녀오고부터 하단전에 뭔가 장착된 느낌이다. 발전기? 원자로? 하여튼 단전이 다른 날과 비교할 수 없다. 선생님께서 어려운 고배를 넘나들면서 획득한 기운의 파장에서 얻어진 숭고한 그 무엇... 거의 하루 종일 좌선하고 앉아 있는데 보이지는 않지만 단전에서 사방으로 빛이 퍼져 나가는 느낌이다.

2017년 10월 26일

오전에 볼일이 있지만 오늘 삼공재 갈 예정이기 때문에 서둘러 뒷산에 갔다 왔다. 다른 날도 뒷산 산책은 일상이지만 운기를 위해 삼공재 가는 날은 특히 빠뜨리지 않으려 하기 때문이다.

오전 일 보고 삼공재 가서 수련하니 온몸에 열감이 휘돌고 단전은 타들어 간다. 백회로 기운이 들어와서 단전에 쌓이는 삼합진공이 계속되고 깊은 입정상태에 든다. 선생님에게서 오는 기운은 뭐라 말로 표현하기 어려운 경이로움, 언어도단의 경지이다. 내가 무슨 복으로 이런 경험을 하고 있는지 감사함이 가슴 저 깊은 곳에서 계속 올라온다. 『선도체험기』 115권을 구입하여 선생님의 사인을 받았다. 내가 쓴 글도 있어서 부끄러우면서도 이상했다.

2017년 10월 27일

오늘도 산에 가는 길 얼굴 스트레칭은 계속되는데 아무리 생각해도 현묘지도 수련은 현묘하다는 생각이 든다. 일부러 얼굴 근육을 풀기 위한 스트레칭을 하려면 얼마나 신경을 써야 할 것인가? 아니 지속적으로 하는 것이 가능하기나 하겠는가? 그런데 이렇게 저절로 스트레칭을 통하여 근육 사이사이 세포 하나하나에 쌓인 탁기를 배출해 내면서 스스로의 삶을 뒤돌아보게 하는 것은 어떤 종교적 행위보다도 실질적이고 현실적인 것 같다.

2017년 10월 29일

오전 뒷산 산책 후 오후 수련 시 얼굴 스트레칭은 입 주변으로 범위가 좁혀져서 입을 벌리고 하는데 입 벌림을 통해 내장기관에 있는 탁기를 배출하는 동작을 반복한다. 연관된 등 근육이 풀어지는 시원한 느낌은 계속된다. 온몸이 봄볕을 쬐듯 따뜻한 기운이 감돈다.

2017년 10월 31일 삼공재 수련

새로운 직장 관련 일 때문에 밤을 거의 세워 작업했더니 몹시 피곤하여 누워 와공수련 하는데 기운을 보충하기 위함인지 온몸으로 기운이 들어오고 단전이 뜨겁더니 내 몸이 허공중에 사라지면서 내 몸에서 빛이 사방으로 퍼진다. 이대로 누어있고 싶지만 삼공재를 가기 위해 집을 나섰다.

삼공재에서 좌선하니 전신에 시원함이 흐르고 등에서 백회로 빙의령이 계속 빠져 나간다. 내 몸은 허공 중에 사라지고 아무것도 없다. 5단계 공처 수련에서는 전생을 볼 수 있다고 해서 기대를 많이 했었는데, 화면으로 보이는 전생의 장면은 못 보았지만 주변과의 경계선이 없어지면서 나와 남, 나와 허공인 나와 우주가 하나임을 무수히 경험했다. 우아일체... 오늘로 5단계가 끝나감을 느낀다.

6단계 식처 (2017년 11월 1일~11월 7일)

2017년 11월 1일 삼공재 수련

선생님께 6단계 화두를 받아 외우니 초집중이 되면서 부드러운 기운이 온몸으로 강하게 들어온다. 마치 이 화두를 기다리고 있었던 것처럼... 5단계 화두를 받을 때 예상해서일까?

이상하게 이 화두는 어색하지 않다. 꼭 끼는 왕관을 썼을 때 머리 둘레를 누르듯 압박감이 느껴지면서 인당이 터질 듯하다. 단전이 재건되는지 아랫배가 요동을 하고 옆 사람도 들릴 정도로 꼬르

륵거리고 난리도 아니다. 화두 하나가 바뀌었을 뿐인데 신기하다.

돌아오는 지하철에서도 화두에 집중한다. 저녁 수련 시 화두를 외우니 중단전이 타는 듯하고 임맥을 따라 인중까지 둥근 막대가 느껴지면서 막대기 내부가 막힌 듯하면서 답답하다.

2017년 11월 2일

아침에 일어나니 목감기 걸린 것처럼 목이 아프고 코에서 귀 연결 부분까지 아프면서 불편하다. 평소 목에 뭔가 낀 듯하여 편치 않았는데 이것이 치료되는 과정인가 하고 기대해 본다. 목 뒤, 어깨, 뒷머리도 아프고 눈알이 아픈 것이 강력한 빙의령이다. 점심 약속이 있었지만 견디기 힘들어 간단히 밥만 먹고 집에 와 와공으로 천도를 시도하니 등을 시원하게 하면서 서서히 빠져 나간다.

2017년 11월 3일

저녁 수련 시 중단전에서 시원함이 퍼지고 전신에 기운이 돈다. 목에서도 시원함이 퍼진다. 거울을 보니 아직 눈 흰자위가 붉고 목도 아프다.

2017년 11월 4일

오전 뒷산 산책 시 경치 좋은 곳에서 도인체조하고 왔다. 시원하고 상쾌하다. 입 주변 스트레칭을 계속하면서 입을 벌리고 몸 내부에 있는 탁기를 계속 배출한다. 스트레칭 따라 목 근육 하나하나가 시원하다.

2017년 11월 6일

오늘은 뒷산 산책을 위해 다른 날보다 1시간 늦게 집을 나섰다. 화두에 발걸음을 맞추어 걷고 있는데 옆 도로에서 자전거 탄 사람이 비명을 질러 보니 자전거에 다람쥐를 치었다. 다람쥐는 기절했는지 죽었는지 꼼짝 안하고 누워 있다. 사고 낸 사람은 그냥 가버리고 그대로 두면 다른 차에 또 치일 것 같아 다람쥐를 들고 보니 다행히 외상은 없어서 나뭇잎 많은 곳에 뉘어 놓고 왔다.

기절했으면 깨어날 테고 죽었으면… 『선도체험기』에 보면 사고도 인과라고 하던데 이 사고도 인과 때문일 테고, 다른 날보다 1시간 늦게 산행을 시작해서 하필 이 순간 내가 여기를 지나다가 다람쥐를 안전한 장소로 옮긴 것도 어떤 인과 때문일까?

2017년 11월 7일

부동심, 평상심에 대해 생각해 본다. 오후 수련 시 깊은 입정 상태에서 한반도 지도가 보인다. 내 고향 마을을 하늘에서 내려다본다. 고향 마을의 저수지와 주변 산들이 익숙하고 정겹다.

젊은 엄마가 웃으면서 어린 나를 달려와 안아준다. 행복했던 유년 시절들이 생각나면서 가슴이 따뜻해진다. 내 모습이 사라지고 텅 비어지면서 "부모미생전본래면목"이란 단어가 떠오른다.

7단계 무소유처 (2017년 11월 8일~ 11월 12일)

2017년 11월 8일 삼공재 수련

선생님께 인사드린 후 7단계 화두를 받았다. 좌정하고 화두를 외우니 내 주변에 울타리 같은 막이 쳐진다. 백회에서 나무뿌리에서 잔가지가 펴지듯 온몸으로 기운이 흘러내린다. 돌아오는 지하철에서 화두를 외우니 내 목소리로 "시작도 끝도 없는 존재" "일시무시일, 일종무종일"을 반복하면서 노래처럼 흥얼거리며 왔다.

2017년 11월 9일

오전 산에 갔다 오는데 오른쪽 눈이 불편하고 머리가 몹시 아프면서 등이 뻐근하다. 집에 돌아온 후 운장주 동영상 틀어 놓고 와공수련 하면서 화두를 외우다. 2시간 이상 지나니 등이 시원해지면서 백회로 빠져나간다.

2017년 11월 10일

오후 좌선 수련 시 마음이 한 없이 편해지며 나 자신이 고귀하고 기품 있고 사랑이 가득한 귀한 존재로 느껴지며, 나 자신뿐만 아니라 내 주변 모두가 사람이든 사물이든 모두 소중하고 원래 귀한 존재라는 생각이 든다.

2017년 11월 11일

아버지의 건강이 급격하게 나빠져 어머니가 보살피기 어려워 남동생들과 요양원을 몇 군데 알아보고 그중 환경 좋은 한 군데를 결정했다. 식사 중인 어르신들 모습은 대부분 애기 같은 표정들이다.

수련을 열심히 하여 건강하게 살다가 의연하게 죽음을 맞아야겠다고 다짐해 본다. 오후에 시장에 가서 요양원에 가져갈 물건들을 준비하면서도 내가 할 수 있는 최선을 다하고 마음은 평상심을 유지한다.

2017년 11월 12일

아버지가 요양원에 가시는 날이다. 그동안 가장으로서의 책임감이 전혀 없을 뿐만 아니라 가족들을 희생시키면서 오직 본인만을 위해 평생을 살았기 때문에 나와 참 많이 부딪혔지만 모든 것이 허무하다.

요양원 차에 오르면서 두려워하는 모습을 보니 마음이 짠하다. 늙는다는 것과 죽음에 대하여 많은 생각을 해 본다. 인생무상이다. 오후에 누워 와공수련 하니 내 몸이 사라지면서 몸에서 빛이 난다. 빛 속에 내가 있다. 눈부신 하얀 빛 빛 빛 빛... 7단계가 끝나가고 있다.

8단계 비비상처 (11/13~11/19)

2017년 11월 13일

오전부터 서둘러 아버지가 다니시던 병원에 들러 서류 몇 가지 떼고 동생 차로 어머니와 함께 요양원에 들렀다. 아버지는 식사도 잘하셨다는데 불편하다고 하소연하신다. 아마도 담배를 못 피운 영향이 큰 것 같다. 사실 집에서 담배 피우다 실수로 불 낼 까봐 걱정이 컸었다. 요양원에 적응하는 데 한 달 정도 걸린다고 한다. 아버지는 평생 놀고 사셨기 때문인지 사교성이 좋은 편이므로 요양원에서도 잘 적응하실 것이다.

오후에 삼공재에 들러 생식을 주문하고 8단계 화두를 받았다. 오늘 여러 군데 다니면서 머리도 아프고 목 뒤가 뻣뻣하면서 눈도 아팠는데 좌선하고 앉으니 빙의령이 백회로 빠져 나간다. 중단전에 박하향 같은 게 퍼지면서 중단전 구석구석까지 시원하다. 고개를 뒤로 젖혀 좌우로 돌리기를 반복하니 아프면서도 시원하다.

2017년 11월 14일

지난주부터 성당 다니는 친구가 자원봉사 할 인원이 부족하다고 나에게 도움을 요청하여 동자동 쪽방촌에 사는 사람들에게 줄 반찬 만드는 일에 동참했다. 이런 일은 처음인데 감자 껍질 벗기기, 고구마 씻기, 파 다듬기, 옷 정리하기 등 보조적인 일을 주로 했다.

대략 40대 이상으로 30명 정도에게 일주일에 2번 4가지의 반찬을 해준다고 한다. 오늘은 닭도리탕, 무생채, 깻잎김치, 김칫국, 찐 고구마 등을 그들이 가져온 통에 담아 준다. 원래는 집에 배달했는데 너무 집에만 있어서 밖에 나오게 하기 위해 가져가게 한다고 한다.

기다리는 동안 수녀님이 동요나 가요를 함께 부르면서 손뼉도 치고 웃는 연습도 함께한다. 오늘은 기부받은 겨울옷을 나누어 주는데 수녀님은 옷 하나당 1000원을 받고 팔아서 그들의 자존감도 키워주고 한 사람이 불필요하게 여러 개 가져가지 못하게 한다고 한다.

대부분 얻어먹는 것을 당연하게 생각하지만 그중 몇은 일찍 와서 야채 다듬는 것을 돕기도 하고 끝나고 바닥 청소도 하고 간다고 한다. 끝나고 식사 시간에 자원봉사 같이 하신 분 중 한 분이 저 사람들(쪽방촌 사람들)과 우리는 모두 같은 사람이라면서 우리 모두는 하나라는 취지로 얘기하셔서 좀 놀랬다. 연세도 많고 교육 수준도 높아 보이지 않았지만 올바른 종교인의 모습을 보여주신다.

저녁 수련시 삼배 드리고 좌선 하고 앉아 화두를 외우니 단전만 남는다.

2017년 11월 15일 삼공재 수련

며칠간 쉬었던 뒷산 산책을 하면서 화두에 발걸음을 맞추면서 걷는다. 산 정상에서 몸이 움직이는 대로 도인체조를 하고 나서 산길을 내려오니 발걸음이 경쾌하다.

오후에 삼공재에 가서 좌선 수련하니 청아한 기운이 전신을 감싸고 따뜻한 봄볕에 앉아 있는 듯하다. 저녁 수련 시 오직 단전만 남고 단전에서 빛이 사방으로 퍼진다.

2017년 11월 16일

새로운 일 관련하여 자료를 얻기 위해 선관위 방문하고 교보문고에 들러 선거 관련 책도 몇 권 샀다. 이제 현묘지도 수련이 끝나면 내게 너무나 감사하게 주어진 일에 최선을 다할 생각이다. 참

모로서 후보자가 당선되도록 나의 모든 역량을 쏟아 부어야겠다. 밤늦은 시간까지 좌선 수련하였다.

2017년 11월 19일

저녁 수련 시 깊은 입정 상태에서 고개를 뒤로하고 천천히 돌리기를 반복한 후 피부호흡을 계속하는 상태가 지속되더니 "공이다" "공이다" 천리전음이 내 안 깊은 곳에서 들린다. 현묘지도 8단계가 끝나감을 느낀다. 일어나 선계 스승님들과 삼공 선생님, 지도령, 보호령께 감사의 삼배를 드렸다.

4. 글을 마치며

두 달 반 정도의 현묘지도 수련 기간 대부분의 시간을 수련에 집중할 수 있었음을 감사하게 생각한다. 다행히 놀고 있는 기간이어서 시간이 많았고 집안 살림도 어머니께서 하셨기 때문이다. 어머니는 대부분의 어머니 세대가 그러하듯 아들들을 더욱더 정성들여 키우셨지만 노후를 딸인 나에게 의지할 뿐만 아니라 가족 간 갈등(경제적, 의견 차이 등)이 발생할 때마다 결국 내가 해결해야만 하는 상황이 반복되어서 내게 미안한 마음이 크다 보니 집안일을 손도 못 대게 하신다.

아직 정정하시고 나보다 살림은 월등 잘하시니 전체 집안일을 맡아 하셔서 나는 수련에 전적으로 전념할 수 있었다. 긴 세월 수련 관련하여 많은 의문을 품고 살았는데 『선도체험기』와 삼공재에서의 수련, 현묘지도 수련을 통하여 많은 부분 해소되었다.

선배들의 수련기처럼 화려한 화면들은 보지는 못하였지만 현묘지도 수련 중 나는 아무 것도 아닌 존재이면서 우주 전체이고, 작으면서도 무한히 크고 영원한 존재이고 눈부시게 빛나는 존재임을 알았다. 억겁을 살아오면서 쌓인 습을 벗는 보림의 과정을 성실히 수행할 것을 다짐해 본다.

이런 수련을 할 수 있도록 도움을 주신 선계 스승님들과 삼공 선생님, 보호령, 지도령께 감사의 인사를 드린다. 28대 현묘지도 통과자인 현묘지도 카페의 카페지기인 김우진 님과 카페의 선후배들께도 감사함을 전한다.

【필자의 회답】

이제 또 한 사람의 구도자가 세상에 나간다. 그녀의 수련기를 읽은 독자들은 우선 군더더기 하나 없는 그 간결하고 객관적인 관찰에서 온 차분하고 독특한 문장에 흥미를 느끼게 될 것이다.

그녀가 삼공재에 나타난 것은 2015년 7월 13일로 2년 남짓밖에 안 되지만 적어도 10년 이상된 고참으로 느껴질 수도 있을 것이다. 수련 기간보다는 깨달음의 질에 따라 평가되기 때문이다.

"아무 것도 아닌 존재이면서 우주 전체이고, 작으면서도 무한히 크고 영원한 존재이고 눈부시게 빛나는 존재임을 알았다. 억겁을 살아오면서 쌓인 습을 벗는 보림의 과정을 성실히 수행할 것을 다짐해본다."

수련기를 마치면서 남긴 위와 같은 한 마디가 그녀의 수련 정도를 대변하고도 남는다. 이에 그녀가 삼공재에서 32번째로 현묘지도 수련을 성공적으로 마쳤음을 인정한다. 도호는 우해(宇海).

마음공부의 어려움

근 2달 만에 스승님께 메일을 보냅니다. 아직 11월인데도 겨울이 이미 곁에 와 있는 것처럼 차가움이 느껴지는 요즘입니다. 저는 매일매일 아침 1시간 조깅을 하고 직장에 출근하여 30분 정도 단전호흡을 하고 퇴근해서는 집에서 도인체조를 하는 생활을 하고 있습니다. 주말에는 북한산에 등산을 다녀오고 있으며 평일에 많이 하지 못했던 마음공부에 보탬이 되는 책들을 주로 읽습니다.

제가 제 자신을 돌아보건대 몸공부는 어느 정도 정착이 되었고, 기공부 면에서는 많이 더디기는 하지만 끊임없이 단전에 정성을 두고 축기(蓄氣)를 하고 있습니다. 그러나 마음공부 면에서는 『선도체험기』 등을 통하여 어느 정도 방법론에 대해 알고 있을지 몰라도 실생활에 적용하는 데 있어서는 아직 잼병이라는 것이 최근의 해프닝을 통해 밝혀졌습니다.

사건의 발단은 이렇습니다. 제가 현재 다니는 직장에서 하는 일이 세무조사 업무인데 그 중에 탈세 제보 처리 건이 있습니다. 시민이 제보한 자료를 근거로 조사하여 탈루한 세금을 추징하는 업무입니다. 그런데 유사한 제보 건이 13건 한꺼번에 접수된 것이 있었는데 그 업무 담당자가 저로 지정되었습니다. 그러나 이 13건이 완전히 같은 내용은 아니고 각 사안별로 조금씩 내용이 달라서 개별적으로 검토 및 결재가 이루어져야 하는 것들이었습니다. 추석이 지난 10월 중순부터 11월 중순까지 1달 남짓의 기간 동안 이 일에 매달려야 했습니다. 다른 조사를 진행하면서도 이 탈세 제보를 처리하느라 여간 신경이 쓰이는 것이 아니었습니다.

11월 17일 금요일 오전이었습니다. 출근하여 급한 일을 처리한 다음 커피 한잔을 마시고 있었습니다. 그런데 함께 일하는 팀원이 하는 말이 다른 탈세 제보 건이 지정되었다는 것입니다. 조사과에는 4개의 팀이 있었는데 순서대로 1, 2, 3, 4팀 순으로 제보 건이 배분되고 있습니다. 연유를 물어보니 그 탈세 제보 건의 내용이 동일하여 13건이 아닌 1건의 탈세 제보로 간주되어 그냥 순번대로 지정되었다는 겁니다. 그동안 힘들게 일했던 게 떠올랐습니다. '다른 팀에서 1건 처리할 동안 우리 팀은 13건을 처리하느라 눈코 뜰 사이 없이 바빴는데 이건 너무하지 않은가' 하는 생각이 치밀어 올라왔습니다.

순간, 들고 있던 찻잔을 사무실 바닥에 내동댕이쳤습니다. '퍽' 하는 요란한 소리가 조용하던 금요일 오전 사무실 공기를 갈랐습니다. 사기로 만든 커피잔이 바닥에 떨어지며 산산조각이 나 파편이 사방팔방으로 튀었습니다. 마시던 커피가 바닥에 쏟아져 바닥은 흥건히 젖었습니다. 주위에 있던 직원들은 깜짝 놀라 그 상황을 지켜보고만 있었습니다. 저는 제가 저지른 일이었지만 어떻게 처신을 해야 할지 몰라 그만 사무실에서 나와 버렸습니다. 화장실에 가서 거울을 보았습니다. 처음에는 당황해서 그런지 거울 속에 비친 제 모습이 잘 보이지 않았습니다. 찬찬이 쳐다보고 있자니, 얼굴은 빨갛게 상기되었고 표정은 일그러져 있었으며 셔츠는 커피 방울로 얼룩진 채 제가 그 자리에 서 있었습니다. '대체 무슨 일을 한 거지?'

마음을 추스르고 다시 사무실에 들어가 과장님께 '소란을 피워 죄송하다'고 말씀드리고 제 자리에 와 보니 옆의 직원들이 화장지로 바닥을 닦고 사기 조각을 쓸어담는 등 제가 저지른 사고 현장(?) 뒷수습을 하고 있었습니다. '내가 치우겠다'고 했으나 동료들은 오히려 '피곤할 테니 좀 쉬라'고 하더군요. 그 날은 도저히 업무가 손에 잡히지 않아 하루 연가를 냈습니다. 문을 나서면서 뒤돌아보니 사무실에는 화기애애한 분위기가 사라지고 냉냉한 기운이 감돌고 있었습니다. '시간을 1시간 전으로 되돌릴 수만 있다면 좋을 텐데' 하는 생각이 들었지만 이미 엎질러진 물이었습니다.

집에 와서 많은 생각들이 스쳐 지나갔습니다. 과연, 구도자의 삶을 평생 살아가기로 작정한 사람이 한순간의 짜증이나 억울함을 이겨내지 못하고 화를 내고 사고를 치다니, 보통 사람보다도 더 못하다는 생각이 들었습니다. 일 배분이 불합리하다고 생각되면 담당자에게 조용히 가서 얘기할 수도 있는데도 그러지 못하고 한 순간의 욱 하는 심정을 참지 못했으니 말입니다. 짜증이나 화가 불같이 일어날 때 즉시 관(觀)을 하여 제 자신의 상태를 지켜봐야 하는데... 평소 저는 '사회생활에서 내가 다른 사람보다 조금 손해 본다'고 생각하고 그렇게 처신하려고 노력했는데 아직 갈 길이 먼 것 같습니다. 나아가 '너와 내가 따로 없는데 내가 좀 더 일하면 되지 뭐!' 하는 대범함을 보여 줘야 할 터인데 부끄럽습니다.

위 사건은 조그만 에피소드에 불과하지만 사실은 제 마음공부의 수준을 말해주는 단초를 제공하고 있습니다. 스승님이 『선도체험기』에서 숱하게 말씀하신 '역지사지 방하착' '애인여기(愛人如己)' '바르고 착하고 지혜롭게 생활하기' 등 머릿속으로는 달달 외우고 있습니다. 그러나 실제 상황에서는 써먹지 못한 것입니다. 하루하루 부딪히는 실생활에서 이를 적용하지 못한다면 한낱 공염불에 지나지 않을까 생각해 봅니다. 수영 이론을 잘 아는 것과 실제 수영을 잘하는 것은 전혀 다른 것처럼요. 그러고 보면 『선도체험기』는 목적지에 이르는 길을 제시해 줄 뿐 그 길을 뚜벅뚜벅 걸어가야 하는 것은 구도자 본인의 몫이라는 점을 다시금 깨달았습니다. 스승님이 말씀하신 진리들을 실체험을 통해 100% 자기 것으로 만들어야 웬만한 일에도 흔들리지 않는다는 것을요.

부끄러운 마음에 위 내용을 쓸까 말까 망설였는데 일기를 쓰는 심정으로 솔직하게 적었습니다. 몸·기·마음 공부의 상관관계는 뭘까요? 피라미드 모양으로 본다면 몸공부와 기공부는 삼각형의 하단에, 마음공부는 상단에 위치하지 않을까 싶습니다. 몸공부와 기공부는 마음공부를 위한 기초 내지 보조 역할을 해 주는 것일 터인데 결과적으로 마음을 닦지 못한다면 말짱 도루묵이 아닐까 생각됩니다.

이번 메일에는 기공부에 대해 보고드리겠다고 했는데 마음공부의 어려움에 대해서만 말씀드린 것 같습니다. 기공부 측면에서는 현재 축기 진행 중입니다. 하단전에 약간의 이물감이 느껴지는 단계에 와 있는 것으로 판단되며 축기가 어느 정도 완성되었다고 생각되면 스승님을 찾아뵐까 합니다. 그리고 표준생식 4봉지 발송 부탁드립니다. 대금은 계좌로 이미 입금하였습니다. 감사합니다.

단기 4350년 11월 28일

김강한 올림

【필자의 회답】

참을 수 없이 짜증이 나고 화가 치밀 때 드라마 주인공들은 영락없이 책상 위의 책이나 필기도구 등을 휩쓸어버리거나 내동댕이치는 것을 예사로 합니다. 그래 봤자 짜증과 화가 가라앉는 것도 아닙니다. 그러나 자신의 돌발행동이 스트레스를 다소나마 해소해 주는 것으로 만족해야 합니다. 이런 때 관이 습관화된 구도자는 단 한번으로 끝내버려야 합니다. 습관화되면 중생과 다른 점이 무엇이겠습니까?

연말인사 겸 안부

삼공 김태영 선생님께

그동안 선생님 사모님 추운 날씨에 강령하신지요?

지난번에 뵈올 때 기 몸살로 고생하시면서 제자들 수련에 도움을 주느라 애쓰시는 걸 옆에서 지켜보는 제 마음이 도움은 못 되어 드리고 오히려 도움만 받고 가는 무명중생 안타깝고 죄송할 따름입니다. 또한 지난 11월 3일 심한 기몸살로 불편하신데도 불구하고 저에게 대주천 수련을 해 주심에 다시 한번 머리 숙여 감사 인사 올립니다.

요사이 저는 생활 자체가 무사무념무심으로 바르고 착하고 지혜롭게 살자와 여인방편 자기방편을 마음에 새기면서 오매불망 의수단전하며 생활행공을 하고 있으나 12월 중순부터 빙의령의 장난이 심하여 실수를 하고 나면, 이것이 빙의령의 장난이구나 하고 때 늦은 후회를 할 경우도 있고 어느 땐 무사히 넘긴 때도 있습니다. 좀 더 관을 철저히 하여 실수의 빈도수를 줄이려고 노력하고 있습니다.

현재 『선도체험기』 87권까지 읽고 88권 읽는 중이고 평소 특별한 날이 없는 한 산과 헬스장에 갔다(1시간 40분 정도 소요)와 책을 읽거나 행공 시는 수승화강이 잘 진행됩니다만, 오후 10시 이후에 꼭 생목이 올라 물을 많이 마심으로 수승화강에 차질이 있는 듯합니다.

지난 12월 19일~23일 동안 백회와 인당으로 들어오는 기운이 시원함을 넘어 차가운 기운이 들어와 몸이 으슬으슬 추우면서 단전은 미지근함(어떤 때는 단전이 없어진 듯한 감이 있음)만 있을 때가 있었습니다. 제가 느끼기에는 기몸살 같은데 선생님의 의견을 부탁드립니다.

오늘 산책 반환점에서 접시돌리기 운동과 팔법체조를 하고 되돌아오는데 갑자기 누군가 누룽지탕을 입으로 코로 넣어줘 가슴과 배속까지 들어온 느낌이 들었습니다. 이것이 빙의령의 장난 같다는 생각이 드는데 맞는지요? (참고로 아침 겸 점심을 오후 12시~오후 1시 사이에 생식, 저녁은 오후 5시 30분경 화식하고 되도록 음양식을 겸하고 있으며 오전 2시에 잠을 자는 관계로 중간에 배고프면 먹고 배고프지 않으면 먹지 않는 습관이 몸에 뱄습니다.)

『선도체험기』에서 말씀하신 것처럼 미친 듯이 정성을 들여 수련하는 동안 일어나는 일상생활의 난제는 자연스럽게 풀릴 것이라는 느낌이 최근에 너 자각합니다. 아직 어리석은 제자 더욱 분발하도록 노력하겠습니다. 1월 초순에 뵙길 바라며 연말연시를 맞이하여 더욱 강령하시고 새해는 가정에 편안하시길 빌겠습니다.

2017년 12월 28일

천안에서 오성국 올림

【필자의 회답】

오성국 씨는 지금 기몸살과 명현반응을 함께 겪고 있습니다. 매사에 조심하고 신중해야 합니다. 생목이 오를 때는 체한 음식이 완전히 소화될 때까지 식음을 일체 중단해야 합니다.

이번 기몸살이 끝나면 수련이 몇 단계 향상될 것입니다. 일종의 시련이기도 하니 부디 잘 극복하기 바랍니다.

현묘지도 수련기

성 민 혁

어렸을 적부터 막연하게 동경했던 단전호흡이나 그와 관련된 여러 수련법들… 그 당시 하고자 하는 욕망은 있었으나 금전적 시간적인 여유가 구비되지 않았기에 책을 보고 독학으로 몇 번 시도는 해봤지만 책에 나오는 내용대로의 진전은커녕 부자연스러운 호흡으로 인해 상기만 돼서 내려놓았다가 새로운 책을 보면 다시 시도해 보는 그런 과정들을 많이 겪었습니다.

그러한 과정을 거치면서 선도라는 부분은 실체가 아닌 환상이라는 쪽으로 생각이 바뀌게 되었고 몸공부 쪽으로 신경을 많이 썼습니다. 그러던 중 우연찮게 『선도체험기』를 접하게 되었고 이는 잠들어 있던 수련 욕구를 다시 불러 일으켰습니다. 처음 책을 보면서 단독수련 1년 정도 이후 단독수련은 발전이 더딘 것 같아 다른 단체에 들어가 1년 반 해보았지만 그곳에서도 항상 제가 생각하던 선도와는 거리가 먼 것 같아 그만두고 6개월 정도 단독수련을 진행했습니다.

그러나 이대로는 예전과 같은 전철을 다시 밟을 것이란 생각이 들어 선생님한테 삼공재 방문을 요청하게 되었습니다. 첫 방문 시 느꼈던 난로같이 따스하면서도 뜨뜻한 기운 그리고 난생 처음으로 느꼈던 진동. 원래는 일하던 직장의 근무 시간하고 겹쳐 삼공재 수련이 아닌 단독수련 및 타 단체 수련을 택했던 것인데 이렇게 기운을 느끼고 나니 더 이상 어영부영할 수 없다는 생각이 들어 월 2~4회씩 삼공재 수련을 시작하게 됐고 약 1년 정도 지나 대주천 인가 및 현묘지도 수련까지 진행하게 되었습니다.

여여하게 흘러갈 줄 알았지만 수련을 진행하면서 여러 사건들이 생기고 이로 인해 인생의 진로와 수련 방향에도 많은 변화들이 있었습니다. 이러한 것들에는 수련을 진행시키기 위한 선계의 스승님들의 영향이 컸다고 봅니다. 덕분에 어영부영하다가 끝나버릴 수도 있었던 현묘지를 완수할 수 있게 되었고 부족한 체험기지만 다른 구도자분들에게 도움이 되었으면 하는 마음입니다.

2016년 4월 9일 〈현묘지도 첫 화두〉

삼공재 수련 마치고 선생님에게 현묘지도 수련을 받고 싶다 말씀드리니 첫 화두를 주셨다. 집에 가는 길에 암송을 하는데 첨에는 오싹한 느낌이 순간 들다가 시간이 조금 지나니 백회 쪽이 욱신거렸다. 컨디션이 좋은 편은 아니라 가볍게 화두 암송 후 수련 마침.

2016년 4월 10일

화두를 외우기 시작한 지 얼마 되지 않아 백회 쪽이 먼저 욱신거리기 시작하면서 기운이 들어오는 게 느껴진다. 예전 신성주를 처음 외울 때도 백회 쪽이 욱신거리는 느낌이 있었는데 그때에 비하면 기운이 더 강하고 집중적으로 들어오는 느낌이다.

시간이 지날수록 인당까지 욱신거리면서 집중이 된다. 하단전에 집중을 해야 하는데 인당 쪽이 뻐근하다보니 자꾸 눈앞에 아른거리는 느낌이 있어 안대를 착용하고 다시 수련 진행. 시간이 지날수록 백회에 들어오는 기운은 점차 안정화되어 가고 머리의 욱신거림도 점차 줄어들면서 기운이 몸 전체로 뻗어가면서 진동이 시작되었다. 원래 진동이 잦은 편이지만 이때 진동은 평소보다도 몸의 움직임이 격렬하다. 그와 동시에 기운도 처음에는 독맥으로 확 올라오다가 임맥으로 올라오는 식으로 기운 유통이 강하게 일어나는 게 감지된다. 화두 하나로 인해 기운이 바뀌고 이로 인해 몸과 마음이 변화될 수 있는 현묘지도 수련기를 쓸 수 있게 되어 감사하는 맘이 들었다.

2016년 4월 13일

기운이 아직까지는 익숙지 않아서 백회와 인당이 많이 뻐근하다. 어제 저녁부터 눈이 많이 충혈됐는데 아침에도 그 여파가 남아있다. 저녁에 대회 준비하는 형님과 같이 운동을 하는데 어느 순간 다리에 땀이 줄줄 흐르는 느낌이 들면서 뭔가 시원하면서 찌릿함이 다리 중간중간에 느껴진다. 그동안 수련을 하면서 다리에 대해서는 기운이 유통되는 느낌이 없었는데 오늘은 그 느낌이 너무나도 선명하게 느껴진다.

2016년 5월 7일

요즘 피로가 가중되었다. 여러 가지 요인이 있긴 하겠지만 기운 자체가 바뀌면서 거기에 명현현상이 진행 중인 듯하다. 이전에는 삼공재에 가면 단전과 장심 위주로 기운이 들어오는 게 느껴졌는데 이제는 백회로도 계속 기운 들어오는 게 느껴진다. 그런데 지속적으로 들어온다는 느낌보다는 간질간질하고 콕콕 쑤시는 듯한 느낌이다. 백회가 완전히 열리지 않은 듯하다. 화면이나 소리가 들리지 않고 기운으로만 판단해야 되다 보니 언제 끝나겠다는 느낌이 올진 모르지만 아직은 갈 길이 먼 것 같다.

2016년 5월 28일

화두수련을 한 지도 2달 정도 되가는데 화면이나 이렇다 할 메시지는 없지만 기운 유입으로 인한 변화는 꾸준히 진행 중이다. 그 중 제일 큰 변화는 백회의 감각적인 부분인 듯하다. 대주천 인가를 받고 한동안은 백회에 기운이 들어오긴 해도 어딘가 좀 약하다고 느껴졌는데 요새는 장심이나 단전보다도 백회를 통해 기운 유입이 점차 강해지고 있다.

강남구청역부터 백회가 간질간질하기 시작하더니 삼공재에 들어오고 어느 정도 시간이 지나자 백회 쪽에 기운 들어오는 게 너무 강해서 관을 꽂아 놓고 기운을 퍼붓는 느낌이다. 그 순간 구부정했던 허리가 확 펴지면서 온몸에 묵직한 기운이 계속적으로 느껴진다. 확실히 대주천 이후 삼공재 방문 시 들어오는 기운이 점점 강해진다고 느꼈는데 오늘이 여태껏 방문한 날 중에 기운을 제일 강하게 느꼈다.

보통 수련을 하다가 잠깐 다리를 풀거나 다른 분들 얘기하는 것에 집중을 하다보면 그 순간은 기운이 잘 느껴지지 않았었다. 그런데 오늘은 새로 방문하신 분이 있어서 그쪽에 신경을 상당히 많이 썼다. 그런데도 불구하고 백회에 들어오는 기운이 너무 강해서 들어오는 순간부터 나갈 때까지 단 한순간도 빠지지 않고 느낄 수 있었다.

평소 책상 다리를 오래 하지 못해 수련시간 채우기가 힘이 들었는데 기운이 너무 강하게 들어오는 느낌이 좋아서 수련시간이 끝났는데도 더 앉아 있고 싶었다. 『선도체험기』를 다시 보기 시작했는데 내가 경험하고 읽는 내용들이 늘어나다보니 가슴에 와 닿는 것들이 많아졌다.

2016년 7월 21일

요 근래 들어 화두를 외우다 보면 독맥 쪽을 통해서 백회로 기운이 올라오는 게 종종 느껴진다. 그리고 백회가 들썩들썩 기운이 움직이는데 『선도체험기』를 보다 보니 빙의령이 빠져나가기 위해서 기운이 몰리는 현상과 일치하는 것 같아 그쪽으로 관을 했더니 한참 뒤에 기운이 스르륵 하면서 빠져 나가는 게 느껴진다. 확실히 기운이 빠져나가고 나니 백회로 기운이 확 들어오는데 머릿속이 뻥 뚫린 기분이다. 보통은 삼공재 방문 후 며칠 지나면 기운이 달린다는 느낌을 많이 받았는데 오늘은 백회 명문 장심 단전 전중으로 기운이 확확 들어오니 컨디션이 다른 날에 비해서 매우 좋아졌다.

2016년 7월 31일

삼공재 수련을 하면서 평소보다 격한 진동이 일었다. 그리고 수련 자체의 집중도 잘돼서 다른 날에 비해 수련시간도 짧게 느껴졌다. 화두수련을 하다보면 기운이 너무 쎄서 다 수용하지 못한다는 느낌이 들었는데 책을 읽다보니 들어오는 기운에 비해 마음이 열리지 못해서 정체되어 있다는 대목을 보고 나니 지금의 내 상태를 가리키는 것 같았다.

요 근래 화두수련을 하면서 마음공부보다는 기운에만 집중했던 것 같은데 그로 인해 들어오는 기운 자체를 다 소화시키지 못했다는 생각이 들었다. 그걸 의식하고 다시 수련을 하자 머리 주변에 옥죄던 느낌이 사라지면서 기운이 한결 부드럽게 변하더니 시간이 좀 더 지나자 화두를 외울 때 강하게 느껴지던 기운의 유입이 거의 멈추게 되었다.

혹시나 해서 이전에 하던 주문수련과 사람들의 기운을 불러봤을 때 기운 유입이 다시 되는 걸 봐선 1차 화두는 여기서 끝났다는 생각이 든다. 화면이나 소리를 통해 느낌이 오지 않을까 했지만 내 경우는 기운의 유입으로 수련의 마무리 신호가 온 것 같다.

2016년 8월 3일 〈2단계 화두〉

지난 삼공재 수련 이후로도 1차 화두를 암송해 봤지만 기운 유입도 약하고 더 이상 하지 않아도 된다는 느낌이 와서 다음 화두 받기 위해 삼공재 방문. 1차 끝났다고 말씀드리니 별 말씀 안하시고 화두를 주신다. 화두를 외우는 순간 바로 기운이 다시 유입이 되는데 1차 때는 기운이 전반적으로 센 느낌이었으면 2번째는 부드러운 듯하지만 묵직한 느낌이 들었다. 백회로도 들어오긴 하지만 인당으로 유입되는 기운이 더 많은 것 같다.

2016년 9월 3일 〈서울시장배 보디빌딩 대회〉

작년 이맘 때 쯤에 운동을 배우는 과정에서 첫 육체미 대회 준비를 했었는데 4위 입상을 했었다. 그 당시 3등 안에는 들겠지 하고 있었는데 그게 아쉬워서 올해도 작년 나갔던 대회를 다시 나가게 되었다.

올 여름이 너무 덥다 보니 집에 있기도 힘들고 해서 연휴 기간에도 체육관에 계속적으로 나가서 운동을 했었고 다이어트 막바지다 보니 머릿속은 배고프다 덥다 이 두 가지 생각만 났던 것 같다.

다이어트 들어가기 전 체중이 계측 맥시멈 체중이다 보니 다이어트 이후에는 상당히 외소하다는 느낌. 다른 선수들을 봤을 때 체격들이 나보다 커서 압도되는 느낌은 있었지만 여기까지 온 이상 확실하게 하나 가져가자는 생각으로 대회 시작.

시상식에서 하위 입상자부터 차례로 호명을 하는데 3등부터는 가슴이 조마조마하고 2등에서 내 이름이 불리지 않았을 때 가슴이 터져나갈 것 같은 기분이다. 끝나고 같이 왔던 지인들 얘기 들어보니 사이즈는 좀 작았어도 다이어트하고 포즈가 잘돼서 다른 선수들보다 눈에 확실히 띄었다고 한다. 대회 준비하는 걸 센터에서 좋아하지 않다보니 얘기도 안하고 준비를 하면서 악으로 운동을 했었는데 이러한 것들이 보상받는 느낌이다.

2017년 1월 28일

2차 화두를 시작한 지도 4개월 정도가 지난 것 같다. 처음에는 부드럽고 묵직한 듯한 느낌의 기운이었지만 시간이 지남에 따라 기운이 점점 강해짐을 느낄 수가 있다. 화두를 외지 않다가도 수련 시작하면서 화두를 외기 시작하면 바로 기운이 쏟아져 들어오면서 백회 쪽이 빼근해짐이 바로 느껴질 정도로 기운이 강렬하다.

그와 동시에 독맥 쪽을 쭉 뚫고 들어오면서 나도 모르게 허리가 쭉 펴지고 시간이 좀 더 지나면서 양팔 쪽으로도 기운이 뻗쳐 나간다. 진동은 여전히 1차 때와 마찬가지로 강하게 나온다.

하지만 작년 대회 이후로 운동 가르쳐 주는 형님이 내가 타고난 근육질이 좋기 때문에 체중 늘리는 부분만 제대로 된다면 상위권 대회에서도 충분히 입상을 노릴 수 있으니 제대로 준비를 해보자고 한다.(미스터 서울, 미스터 코리아) 이 두 가지 대회 준비를 해보자고 했고 그러려면 목표 체중을 90kg 정도까진 만들어 놓고 다이어트를 해야 된다고 한다.

삼공재 다니기 이전부터 몸을 만드는 것과 수련을 하는 것 이 두 가지 성격이 판이하게 다르다 보니 몸을 만들기 위해 체중을 불리다가 과정이 잘못돼서 다시 밥물 일일이식으로 컨디션을 조절하는 식으로 오락가락 하는 측면이 있었는데 이번 기회에 몸을 제대로 한번 만들어 보고자 하는 욕심이 있어 올해 있을 대회 준비에 일단 치중하고 그 이후에 수련을 다시 잡는 쪽으로 생각을 하게 된다.

2017년 5월 13일 〈미스터 서울 보디빌딩 대회〉

저번 대회 직후부터 시작해서 준비한 것들을 오늘 다 풀어버리는 시간이다. 목표 체중인 90kg까지는 못 갔지만 87kg까지 체중을 늘린 후 다이어트를 들어가니 지난번 대회 대비 75kg→82kg으로 사이즈를 상당히 많이 붙여서 나갔다. 그래서인지 저번 대회에선 몸이 왜소해서 다른 선수들을 봤을 때 압도되는 느낌이 있었는데 이번에는 계측하러 다른 선수들 몸을 봤을 때 내가 1등이구나 하는 걸 직감했었다.

인원이 워낙 많다보니 비교심사를 2번 진행했는데 막상 끝나고 나니 허탈한 느낌. 시상식이 시작되고 밑에 등수부터 한명한명 호명해주는데 지난 대회 같은 긴장감이 전혀 없다. 1등 호명되고 나선 그래 내가 1등이지 이 생각 말고는 크게 별 생각은 없었던 것 같다. 이후 응원 해 주러온 지인들 식사 사주고 집으로 돌아오는데 뭔가 좋은 거 같으면서도 마음의 공허함이 자꾸 생기는 기분. 이후 미스터 코리아를 나갈지 여기서 끝낼지를 결정해야 하는데 여기까지 와서 내려놓기에선 미련이 남는다.

2017년 5월 17일

대회도 원하는 결과가 나왔고 이제는 잠시 소홀해졌던 일에 대해서 집중하고자 생각했다. 앞으로 나갈 방향이나 전단 디자인을 어떻게 할지 구상하기 위해 직원들 회의를 열었는데 형님 한 분이 어딘가 표정이 떨떠름하다. 뭐가 안 좋나 싶었는데 한참 있다가 운을 뗀다.

센터가 넘어갈 거 같은데 아마 90% 정도는 기정사실이라고 보면 될 것 같다고 했다. 센터를 매입하는 사장님하고 가끔 연락하는 사이다 보니 미리 얘기를 전해들은 모양이다. 듣고 나니 멍해진다. 이제는 센터 돌아가는 좀 더 세부적인 부분까지 일을 신경 써보라면서 광고적인 부분이나 여러 가지를 얘기를 해 놓고선 뒤에선 일언반구 없이 센터를 내놨다는 게 참 기가 차다. 일을 하면서 내 센터라는 생각으로 애정을 가지고 일을 했는데 돌아오는 결과가 이러니 기분이 참참하다.

2017년 5월 25일

센터가 넘어가는 건 지난주에 기정사실이 됐고 내일이면 잔금 치르고 실질적으로 매매가 이뤄지는데 오늘에서야 얘기를 한다. 미리 알았어도 바뀌는 건 없다고 하면서 본인은 미리 언질을 줬었다고 했는데 생각해보니 1개월쯤 전에 다른 지점으로 가서 일 하라고 하면 일 할 수 있냐고 물어본 적이 있긴 했었다.

차라리 있는 그대로 얘기를 했다면 이후에 같이 일하는 걸 고민을 해봤겠는데 적당히 사람 떠보고 반응을 살피는 게 참 기분이 나쁘다. 그래도 전 지점 통틀어 제일 오래 일을 했는데 이정도로밖에 못해준다면 앞으로는 더 이상 볼 필요도 없다는 생각이 든다.

앞에서는 위해 주는 척하다가 뒤에서는 깎아내리고, 이전에도 알고는 있었지만 몸이 온전치 않은 상태다 보니 그걸 들었을 때의 감정 추스르기가 참 쉽진 않다. 앞으로는 절대 같이 일하지 않을 사람이지만 마무리는 확실하게 지어 놓고 끝내야겠다.

2017년 6월 5일

5월 달 부로 내가 할 수 있는 모든 업무는 마무리 됐고 앞으로의 진로에 대해서 고민을 하게 된다. 이 직업이 매력적이지만, 오너에 따라서 워낙 영향을 많이 받아보니 일을 하면서도 마음 한쪽에는 언제까지 일을 할 수 있을까 하는 불안감이 항상 있었다.

그래도 처음 이 직업을 했을 때 구속받는 게 덜하고 식단이나 생활 패턴을 내 마음대로 할 수 있다는 부분과 다른 사람들을 가르친다는 성취감으로 시작을 했던 것 같다. 하지만 지금은 내가 하고 있는 파트의 전문성이나 스펙을 쌓으려면 지식적인 부분과 보여지는 부분이 중요한데 이론적인 부분만 가지고는 한계를 느껴 지속적인 대회 준비를 하게 되었다.

문제는 적당히 하면 괜찮은데 성격상 적당히 해서 적당한 결과가 나오는 것에 대해서 못 참는 성격이다 보니 그 과정에서 건강적인 부분의 리스크가 항상 생길 수밖엔 없었던 것 같다.

이는 수련을 위해 이 직업을 선택했던 처음의 내 결정과는 배치되는 부분이다. 그리고 이렇게 대회를 준비하는 과정에서 센터 측에 피해가 되지 않도록 내 할 일은 놓지 않으면서 준비를 했음에도 그 자체를 부정적으로 보거나 지원해주는 부분이 전혀 없다시피 하니 회의감이 들었던 것도 사실이었다.

1년 정도 된 레슨 회원 중에 경찰시험을 준비하는 형님이 계신데 30세 중반이 거의 다 돼서 준비를 시작하셨다. 이전에는 늦었다 생각하고 생각지도 않았었는데 그 형님을 보면서 그쪽 방향으로 하나의 가능성을 생각해 봤었고 지금 내가 선택할 수 있는 부분 중에 쉽지는 않지만 충분히 도전해볼 만하다는 생각이 들었다. 올해는 몸 추스르면서 어떤 식으로 움직여야 될지 방향을 잡아보도록 해야 될 것 같다.

2017년 6월 6일

보름 정도는 쉬면서 그동안 못했던 걸 해보려는데 그 중 하나가 마니산 등반이다. 우리나라에서 생기가 가장 강한 산이라는 얘기를 들어서 몇 년 전부터 가려고 했지만 시간적 여유 때문에 못 가다가 드디어 가게 됐는데 확실히 다른 산이나 장소에 비해서 기운이 강하다는 느낌이 든다.

대회 이후 체중이 89kg까지 올라갔다 조금씩 빠지는 중이긴 한데 힘든 코스가 아님에도 너무나 숨이 찬다. 그나마 날씨가 선선해서 좀 낫긴 했는데 이렇게까지 체력이 떨어졌음을 체감하기는 처음이다. 참성단에 도착하니 확실히 기운이 강하게 들어오는 게 느껴진다. 백회로 기운이 관통하면서 노궁과 명문 쪽이 묵직해질 정도로 기운이 강한 게 느껴졌다. 사람들만 많이 없으면 좀 더 있고 싶었지만 잦은 소나기와 등산인들로 인해 10분 정도만 정좌하다가 하산.

2017년 6월 9일

마니산 등반 이후 다음날 몸살기가 느껴져 가급적 무리하지 않고 휴식을 취했는데도 몸살기가 더 심해졌다. 약속이 있어 나갔지만 몸이 너무 안 좋아져서 다시 귀가. 휴식을 취하려고 누우면 두통과 더불어 왼쪽 눈까지 아프면서 승모근 라인이 전체적으로 뻣뻣한 느낌이 너무 심해 눕지도 못하고 엎드렸다 앉았다 누웠다 반복하다 다음날 아침이 되고나서야 취침.

2017년 6월 10일

마니산 등반으로 인한 기갈이와 빙의로 인해 오늘도 아무것도 하기 싫을 정도로 힘들다.

몸은 안 좋아도 마냥 누워 있을 수도 없기에 삼공재 방문. 확실히 방문 이후 머릿속에서 조여지던 느낌은 많이 사라졌고 눈 쪽 압박은 거의 사라짐.

덕분에 저녁에는 편히 잘 수 있을 것 같았는데 간부터 시작해서 심장 위 장 전체적으로 오장육부가 두근거리면서 빵빵하게 부푼 듯한 느낌이 강하게 오면서 어제와 마찬가지로 취침 불가. 수련이라도 하려고 주어진 화두 암송을 해봤지만 할 때는 좀 나아지는 거 같은데 워낙 컨디션이 안 좋다보니 집중 자체가 잘 안 되서 결국 전날 밤과 마찬가지로 왔다 갔다 하다가 아침 이후 취침.

2017년 6월 11일

컨디션이 좋아지면서 기운 유입도 점차적으로 늘어나고 있다. 바디빌딩을 위한 쪽으로 훈련 및 식단을 강하게 가져가다보니 빙의와 기갈이를 하는 과정에서 몸과 마음이 너무나도 힘들었고 이제는 방향을 다시 수련 포커스로 맞춰서 식단과 생활 패턴을 조정해야 될 것 같다.

일지 작성하면서 화두 받은 날짜를 보니 9개월이 다 되어간다. 이전 『선도체험기』를 보다보면 2단계에서 더 나아가지 못하고 그만두는 내용을 볼 수 있었는데 그 당시 보면서 왜 그만두지 하는 생각을 했었다. 하지만 지금 내 모습을 보니 여기서 멈췄더라면 그게 내 모습이 될 수도 있었겠다는 생각이 든다.

2017년 6월 13일 3단계 〈무위 삼매〉

어제에 이어 오늘도 삼공재 방문. 수련 시 전반적인 진동이 약해진 것 같아서 오늘도 그 부분에 유의해서 수련을 진행을 해보는데 시간이 지나니 발동이 좀 걸리는가 싶더니만 역시 어제와 비슷하다.

컨디션이나 빙의 문제는 아닌 것 같고 다른 주문수련 시 들어오는 기운과 비교해 보니 이제는 다음 단계로 넘어가야겠다는 생각이 든다. 수련 마무리 후 다음 화두 받아야 될 것 같다 말씀드리니 내가 현묘지도 진행 중이신 걸 잊으신 듯하다. 상황 설명해 드리고 2차 화두 내용 확인 후에 3차 화두를 받았다. 그리고 수련 변화에 대해선 기록을 하라고 당부하신다. 그걸 통해서 현묘지도 마무리 시 종합적인 평가가 이뤄진다고...

글쓰기가 잘 안되는 것도 문제지만 바디빌딩 쪽으로 초점이 맞춰져 있을 때는 외적인 변화에만 포커스가 맞춰져 있다 보니 수련기라고 하기에는 내용이 부실해서 손을 놔버렸던 게 더 컸던 것 같다.

3차 화두를 암송 하니 독맥이 뻐근해지면서 기운이 위로 올라간다. 어느 정도 기운 유통이 되고 나서는 하단전을 중심으로 복부 전체적인 부분이 꽉 조여지는 느낌이 굉장히 강하다. 그와 동시에 진동이 일어나는데 이전에 일어나던 진동 패턴과는 전혀 다른 움직임이 나오기 시작. 백회나 장심으로 들어오는 기운의 강도는 은은한데 하단전을 기점으로 임맥으로 기운 유통이 강하게 느껴진다.

수련을 하면서 좀 더 여러 가지가 바뀌어야 하는데 아직은 많이 부족하다. 지금 바뀐 상황이 힘들지만 이러한 부분들을 통해 더 많은 것들이 변할 수 있다는 생각이 든다.

2017년 6월 24일

요즘 수련의 시작과 식사 패턴이 바뀌면서 손님들이 찾아오는 횟수가 부쩍 늘은 게 체감이 된다. 눈은 항상 침침하고 머리를 짓누르는 느낌이 어마어마하다. 덕분에 주말 쉬는 날이 되면 계속해서 누워 있는데 자도 자도 끊임없이 졸린다. 특히 꿈을 꾸는 횟수가 잦아졌는데 현실적이지는 않지만 뭔가 부정적인 분위기인 건 어렴풋이 기억에 남는데 그러고 나면 말로 표현 못할 무기력증에 빠지곤 한다.

체중도 84kg에서 고정되던 게 한번 내려가기 시작하더니 82kg 초반까지 확 내려가 버렸다. 원래 식사를 하면 2인분에 가까운 양을 혼자 먹었는데 이제는 1인분 식사하기가 점점 힘들어진다. 단걸 워낙 좋아해서 초코바를 하루에 2~4개씩은 매일 먹었는데 이제는 별로 당기지 않아서 하루에 1개 먹는 날도 드물고 그냥 생식 입에 털어놓고 5분 이내로 식사를 마치는 날이 많아졌다. 운동하면서는 1kg 늘리려고 그렇게 악을 썼는데 이렇게 빠지는 체중을 보니 뭔가 허탈하다.

삼공재 도착해서도 머리가 멍하니 집중이 잘되지 않아 책장에 기대서 수련 진행. 머리가 멍한 상태로 수련을 하려니 집중은 잘되지 않아서 책장에 기대서 화두만 암송. 백회가 들썩이면서 손님이 나갈 듯한 느낌은 들지만 집중력 부족으로 딴 생각이 나버린다. 수련 이후 토요 멤버님들과의 가벼운 식사. 이전과는 달리 수련 이후 정보 교류하고 격려를 받으니 수련 진행함에 있어 많은 도움이 된다.

2017년 7월 17일

머리가 묵직하여 빙의령 천도 목적을 두고 화두 진행. 오늘은 별다른 잡념 없이 집중이 잘되다 보니 장심부터 시작해서 하단전 독맥 쪽이 달아오르는 것이 느껴지고 백회에 꽉 막혀 있던 기운이 점차 느슨해지면서 빠져나간다.

이후 기운이 들어오나 싶더니 다른 기운이 등줄기를 타고 올라와 다시 백회를 막아 버린다. 그래도 페이스가 나쁘진 않아서 별 생각 없이 집중을 하니 30분 정도 지나서 서서히 약해지는 게 감지된다. 이분까지 보내드리고 나니 시간이 1시간이 좀 넘게 지나간 것 같다.

3차를 받은 이후에도 몸 회복이 덜 돼서 졸음도 많이 오고 감으로 기운이 흘러가는 양이 상당히 많았다. 이제는 좀 회복이 됐는지 간으로 흘러가는 기운도 많이 적어졌고 흰자위도 많이 깨끗해졌다. 확실히 몸이 건강하지 못하면 기운이 치유되는 쪽으로 쓰이다보니 수련 진도가 더딜 수밖에 없는 것 같다.

2017년 7월 29일

최근 들어 자기 전에 수련시간을 늘리고 나니 기감이나 진동이 강해지고 있다. 삼공재 도착 이후 화두 시작과 동시에 기운이 느껴지며 장심과 백회로 유입 시작. 평상시는 안개 같은 느낌으로 기운이 느껴질 듯 말 듯하다가 그 페이스로 쭉 가는 경우가 많았다. 그러나 오늘은 액체 같은 느낌으로 기운이 장심으로 시작해서 어깨까지 타고 올라가 독맥으로 합쳐지며 전신으로 확장되는 느낌을 받았다. 기운이 변화하다보니 진동도 새로운 형태로 발산된다.

워낙 몸이 여기저기로 움직여서 많은 분들이 방문하셨다면 다소 민폐가 될 수도 있겠다는 생각이 든다. 진동이 너무 거세서 체력적으로 힘이 달린다. 어쩔 수 없이 진동을 누르고 수련 진행.

이번 주는 혼자 수련을 하다보면 기운이 크게 치고 나가려고 하는데 독맥 중간중간 길이 좁아서 등 쪽이 상당히 뻐근했던 적이 있는데 이번에도 역시 막히는 느낌이 살짝 있었지만 치고 들어오는 기운이 세니까 얼마 지나진 않아서 완전히 뚫려버렸다. 잠시 후 임맥으로도 기운이 올라가면서 중단까지 뚫린다. 뚫린 중단을 통해 기운이 확 들어오는데 가슴이 뻐근하다.

기감이나 전반적인 페이스가 좋아서 지난 화두를 외우면 어떻게 반응할까 싶어 화두를 외워보니 그 순간부터 들어오던 기운이 거의 끊기면서 몸을 감싸고 있던 기운들이 일순 사라진 느낌. 더 이상은 해도 의미가 없다는 느낌이 들어서 중단.

2017년 7월 30일

어제 삼공재 방문 이후 백회로 관이 박혀서 묵직하다는 느낌이 수시로 든다. 자시가 조금 넘어 수련 시작. 화두 암송과 더불어 백회 장심으로 기운 유입 이후 전체로 퍼져 나간 후 한바탕 진동이 일어난다. 진동 이후 단전이 빵빵해지며 복부 전체가 거대한 풍선처럼 부풀어 오르는 느낌이다.

이후 임맥으로 기운이 올라가면서 중단이 한번 뚫리고 거기서 멈추지 않고 인당까지 강하게 치솟았다. 인당이 뻐근해지면서 기운 유입. 처음 대주천 받을 때 인당으로 받은 기운이 뜨거웠다면 지금 들어오는 기운은 묵직한 느낌이다. 대주천 인가 이후 인당으로 이렇게 강하게 기운 들어오기는 처음이다. 기운이 어느 정도 안정화 되면서 눈앞이 어질어질하면서 우주처럼 보이는 형상이 펼쳐진다.

수련시간이 어느 정도 지나서 태을주로 전환. 고개가 뒤로 확 제껴지면서 어깨도 뒤로 같이 넘어가 버린다. 그리고 얼마 되지 않아 팔이 위로 들어 올라가며 한동안 고정. 이어서 인당 쪽이 다시 뻐근해지면서 어두운 가운데 황금빛이 희미하게 보이다가 사라진다.

2017년 8월 5일

요 근래 수련 페이스가 점차 올라가는 게 보여서 오늘은 삼공재 가는 게 많이 기다려진다. 지하철 타고 가면서 화두 암송하는데 기운이 묵직하게 머리를 누르는 게 느껴진다. 삼공재 방문 하니 오늘은 많은 분들이 와 있다. 덕분에 거실에서 수련하게 됐지만 수련만

들어가면 진동이 심해져서 다행이라는 생각이 들었다.

좌선하고 화두 암송하니 백회 장심으로 기운이 들어오는데 특히 백회 느낌보다도 장심으로 들어오는 기운이 강하다. 호스를 하나 넣어놓고 물을 넣어주는 느낌이다. 기운이 전체적으로 한번 주천하고 나니 진동이 시작되는데 전체적으로 부르르 떨리면서 손을 가볍게 털다가 왼손 진동 오른손 진동 순으로 왔다 갔다 하는데 진동이 점점 세지다가 순간 주먹이 꽉 쥐어지면서 중단전을 쾅쾅 두드리는 동작이 나왔다. 소리가 너무 컸는지 선생님께서 무슨 소리야 하는 소리가 들리고 진동입니다 하면서 선생님께 말하는 소리가 들린다.

진동이 어느 정도 더 지속되다가 중간에 기운이 덜 느껴지기 시작하면서 나도 모르게 꾸벅 졸아버렸다. 시간을 보니 아직 한참이라 태을주로 바꿔서 진행. 끊겼던 기운이 다시 들어오면서 진동도 다시 시작되는데 이제는 단순 흔들거림이 아니라 선이 살아 있는 움직임으로 체조나 무술 동작 같다는 느낌이 든다.

2017년 8월 10일

이번 한 주는 생활 패턴이 한번 깨지고 나니 밤낮이 거의 바뀐 듯하다. 그래도 오늘은 운동을 쉬는 날이라 다 내려놓고 4시에 잠들어 13시 정도에 일어나니 그동안 쌓였던 피로가 다 풀리는 느낌.

간단히 식사 및 집안 일 마무리 지어놓고 출근. 요즘 들어 느끼는 건 집에 있는 게 편하긴 하지만 밖으로 나와 걷는 순간에 기운이 나면서 뭔가 해야 되겠다는 생각이 많이 든다. 수련을 포함해서 내가 지금 하고 있는 모든 일들에 대해서 의욕이 일면서 일을 나가는 발걸음이 상당히 가벼워진다.

몇 개월 전만해도 내가 하고 있는 모든 것들이 의무적으로 해야 되기 때문에 어쩔 수 없이 끌고 나가다 보니 몸과 마음이 지치면서 아무것도 하기 싫다는 생각을 하루에 몇 번이고 했었는데 이러한 부분이 많이 바뀌었다는 게 느껴진다.

2017년 8월 11일

오늘부터 휴가인데 특별히 가고 싶은 곳도 없고 그냥 집에서만 쉬자니 무의미해서 삼공재에 방문. 몇 분 와 계실 거라 생각 했는데 오늘은 단독 수련이다. 요즘은 자주 나가려고 해서 그런지 선생님의 표정이 "요즘 열심히 해서 뿌듯하네"라고 말씀하시는 것 같다.

앉아서 화두를 외우니 바로 진동이 시작되지만 지난번처럼은 강렬하지 않다. 중간중간 진동이 크게 오려고 하지만 그렇게 되면 진동 자체에만 너무 집중이 되는 것 같아 호흡이 거칠어지지 않는 선에서 멈추고 호흡과 화두 자체에만 집중을 해본다.

그 상태로 얼마 지나고 나니 강하게 들어오는 기운이 점차 줄어들면서 주변에 아무것도 없는 느낌이 든다. 하지만 그와 동시에 잡념도 같이 생기면서 어느 순간 졸려고 하는 내 자신을 보게 된다.

일단은 태을주를 암송하니 기운이 바뀌면서 진동도 다시 살아나고 정신이 바짝 차려진다. 시간을 보니 1시간 정도 지났는데 아직 남은 시간이 많아 오늘은 집중 하면서 뭔가 제대로 해보자는 생각이 들어 다시 화두에 몰입.

항상 수련을 하다보면 다리가 저린 것 때문에 흐름이 끊기는데 예전에 조광님이 이마저도 없다고 생각하다보면 그러한 부분이 많이 경감된다고 해서 없다 없다 결국은 아무것도 없다는 느낌으로 화두를 암송하다보니 시간이 꽤 지난 것 같은데도 다리 저림이 확실히 줄어든 느낌이다.

그리고 백회로 들어온다고 생각했던 기운이 인당으로 들어오고 있었는데 눈앞이 울렁거림이 시작된다. 시간이 좀 지나고 나니 형체가 더 확실해지는 느낌이다. 어딘가를 계속해서 달려가는데 위에 사람이 한명 타고 있고 갑옷을 입은 듯한 느낌이지만 거기서 화면은 끝났다.

2017년 8월 19일

오늘은 도선님의 현묘지도 통과로 많은 분들이 올 거라 생각 했는데 역시 도착하고 나니 서재에는 앉을 자리가 없다. 거실에 앉아서 수련 들어가니 집중은 잘된다. 기운이 장심으로 시작해서 하단전에 훅 몰리다 점차 올라가면서 중단전 쪽으로 몰리면서 뻐근하게 기운이 안으로 뚫고 가려는 느낌이 한동안 진행.

그 이상으로는 기운이 치고 나가는 건 없고 진동도 잔잔하게 일어나다 다시 없어진다. 요즘에는 화두 수련 진행하다보면 눈앞에 어떤 형체가 계속 일렁거림이 보인다. 뭔가 하고 한 동안 집중해서 봐도 알아볼 수 없는 부분이고 보이든 안보이든 그냥 나는 내 수련할 부분만 하면 되는데 뭘 자꾸 보려고 하나 하는 생각이 들었다. 화두 암송 시에는 울렁거림이 계속된다.

수련 마무리 후 선생님이 도선님에게 현묘지도 통과 축하 및 도호 내려주실 걸 기대하고 있었는데 그냥 평상시와 똑같이 가길래 내가 오기 전에 말씀하셨나 했는데 그것도 아닌 것 같다. 조만간 나올 115권에서 도호 및 선생님의 평을 봐야 될 듯하다.

저녁 식사를 하러 가면서 조광님과 이런 저런 얘기를 하면서 가는데 하단전이 후끈하고 피부 모공이 확장되면서 찌릿찌릿한 느낌이다. 내가 감각이 예민해진 건지 아니면 조광님이 기운이 세어진 건지 긴가민가했었는데 다른 분들과 있을 때는 평상시와 비슷하다. 마무리 티타임까지 마치고 조광님과 가는 방향이 같아 얘기를 하는데 아까와 똑같은 현상.

요즘 수련이 잘 안된다고 하시지만 기운이 이렇게 느껴질 정도면 조만간 엄청 치고 나갈 것 같다는 생각이 든다. 카페 개설 이후 토요반에 참석 인원도 늘어나고 전반적으로 진도들이 빠른 편이다 보니 나도 자극 받고 더 열심히 하게 되는 것 같다.

2017년 8월 25일 〈11가지 호흡 및 5단계〉

지난주부터 화두수련 시에 진동이 점차 약해지기 시작했는데 어제는 화두수련이 끝났을 때 느껴지는 텅 빈 느낌이 왔다. 혹시나 해서 몇 번 확인을 해봤는데 이 단계는 마무리 됐고 어서 다음 화두를 받아야 된다는 생각이 계속해서 든다.

마침 오늘은 시간 여유가 되서 삼공재 방문. 3단계 화두 마무리 되서 다음 화두 받아야 될 것 같다고 말씀드리니 화두 내용 확인해보시고 11가지 호흡을 해보라 하시면서 종이를 한 장 주신다. 끝날 때 다음 단계 화두를 주신다는 말과 함께...

내용을 보니 이전 수련하면서 체험했던 부분들이지만 다시 한번 정리하고 지나가는 차원에서 진행. 처음에는 내용대로 기운을 돌리면서 따라갔는데 어느 정도 진행이 되니 내가 생각하지 않아도 순차적으로 적혀 있는 단계대로 호흡진행이 되는 것을 확인했다.

수련 이후 11가지 호흡 유무 물어보시고 나서 다음 화두를 주셨다. 그런데 그 내용이 생소한 게 아니라 어렸을 적부터 가끔 생각하던 내용이라 순간 어리둥절했다. 화두 내용 듣고 아무 말도 안하니 선생님이 다시 말씀해주시고 확인한 이후 수련 마무리했다.

평상시 같으면 집에 와서 바로 화두를 외면서 바로 수련 들어갔을 텐데 아직 어벙벙한 느낌이 있어 오늘은 지하철 타고 출퇴근하는 도중에만 잠시 화두 암송. 아직은 처음이라 그런지 기운의 유입이 느껴지기는 하지만 발동이 걸리려면 며칠간은 공을 들여야 할 것 같다.

2017년 8월 28일

하루 일과 마친 후 새로 받은 화두 암송을 해본다. 아직은 입에 붙진 않지만 어렵진 않은 문구다 보니 시간이 지날수록 암송이 자연스러워진다. 백회 장심으로 기운이 들어오는 게 느껴지긴 하지만 포근한 느낌이고 시간이 지날수록 호흡이 점점 길어지면서 나중에는 멈춘 듯한 기분이 든다. 그리고 주변이 고요해서 내 주변으로 자기장이 펼쳐져 다른 공간에 있는 느낌이다. 진동은 거의 일어나지 않았고 그 이후로는 별다른 변화가 없어 수련 종료.

2017년 9월 9일

요즘 제시간에 잠자는 게 쉽지가 않다. 오늘도 5시 넘어서 잠들었다가 12시 정도에 기상.

일어나니 개운하지도 않고 뭔가 하루가 훅 지나가는 느낌이다. 잠이 잘 안 오는 이유를 생각해보니 첫 번째로는 중단이 꽉 막혀서 눕고 나면 속이 더부룩한 게 문제다. 수련이 어느 정도 들어가고 나서는 이런 부분 때문에 불편함을 느낀 적은 없었는데 이번 한 주 동안은 풀면 막히고 풀면 막히고 계속적인 반복인데 그 정도가 심하다 보니 누웠다 일어났다 반복이다. 두번째는 모기의 기승. 이런 와중에 어느 정도 잠이 들려고 하면 모기소리가 들리거나 여기저기가 가려워서 나도 모르게 일어나게 된다. 이게 2번 정도 반복되면 그날 밤은 잠들기를 포기한다.

식사하고 뭐 정리하다보니 삼공재 갈 시간이다. 그런데 오늘은 정말 마음이 오락가락한다. 다 준비하고 나가면서도 마음이 오락가락한다. 가방 챙기고 나가다가도 중간에 발걸음을 돌렸는데 이렇게 한번 두번 빠지면 나중에 후회할 것 같아 예정대로 삼공재 방문.

오고 나니 확실히 마음은 편안해진다. 이번 주간은 여러 손님들과 탁기에 이래저래 치였는데 아무것도 없는 듯한 포근한 기운이 이러한 것들을 다 풀어주는 느낌이다. 중단이 막히면서 간이 욱씬거리는 느낌이 같이 와서 한 주간 어떻게 해야 되나 고민이 있었는데 중단이 풀림과 동시에 이러한 증상이 거의 없어졌다. 삼공재 방문 이래 가장 힐링이 됐다고 느끼는 날이었다.

요즘 손님이 오는 강도나 중단이 막히는 것도 그렇고 먹는 양을 줄이려고 하는 건 아닌데 자꾸 줄어들고 있다. 그 때문에 체중도 70kg대로 떨어졌다. 확실히 기운적인 부분이 변화하다 보니 나를 둘러싼 환경들이 변화하는 게 느껴지는데 따라가기가 아직은 좀 빡빡한 느낌이다.

이전에 지감 금촉 부분이 머리로만 아는 부분이었다면 지금은 이렇게 안 했을 때 내가 힘들어진다고 하다가도 점차 피하게 되는 쪽으로 방향이 바뀌고 있다. 이러한 부분 중에는 나를 지도하는 스승님들의 작용도 크다는 느낌이 온다. 이렇게 되니 신경 쓰는 게 점차 줄어들어서 수련에 무의식중에 더 신경을 많이 쓸 수 있게 되어 감사하다는 생각이 든다.

2017년 9월 15일

이번 한 주는 여러모로 벌려 놨던 일들이 많아서 해야 될 것은 많은데 몸이 따라가기 벅찬 한 주였던 듯하다. 아침 개인 레슨이 있어 아침 5시 반 기상. 지하철을 타고 가면서 능엄주 청취. 예전에는 가요를 많이 들었는데 요샌 가요보다는 능엄주를 듣는 게 마음이 편안해서 자주 듣는 편이다.

나갈 때는 나름 개운했는데 3시간 정도밖에 못 자서 그런지 피로가 몰려온다. 출근 전같이 운동하는 동생이 오늘 안색이 영 안 좋아 보인다고 한다. 확실히 잠을 못자면 얼굴에 바로 바로 나타나는 것 같다. 언제쯤이야 잠으로부터 자유로워질 수 있을까?

퇴근 후 수련 시작. 처음에는 호흡도 거의 느껴지지 않고 주변이 굉장히 조용해지는 느낌. 백회 인당 옥침으로 기운 유입되면서 눈앞이 울렁거리기 시작. 머리가 지끈거리는 느낌이 들어 상단전으로 기운 들어오는 건 무시하고 의식을 단전 쪽으로 가져가지만 기운이 상단전으로 확 몰린다.

집중이 한창 되는데 모기소리 때문에 잠시 중단. 다시 수련 진행을 해봤지만 똑같은 이유로 수련 흐름이 깨져서 잠이나 자려고 누웠지만 운동 전 먹은 카페인 음료 때문인지 정신이 말똥해서 와공 자세로 수련 시작.

백회로 기운이 느껴지긴 하지만 와공 시에는 그러한 부분은 신경 쓰지 않고 화두 자체에만 집중한다. 얼마 지나지 않아 눈앞이 일렁거리면서 원 형태로 위에서 아래로 왔다 갔다 하면서 불교 벽화풍의 그림이 보인다. 처음에는 갑옷과 검을 찬 장군의 모습이었고 이후에 4번 정도 벽화가 보였는데 어떤 직업인지 잘 모르겠다. 무엇인지 더 자세히 보려고 하였더니 점차 어두워지면서 화면 종료.

삼공재 처음 방문 했을 때 선생님께서 내가 전생에 장수였었는데 전쟁과 관련해서 그것과 관련된 빙의령이 붙어 있다고 말씀해 주셨던 기억이 난다. 그때는 크게 와닿는 부분은 아니었고 또 거기에 대해서 뭔가 계속 물어본다는 게 왠지 실례되는 것 같아 별 다른 질문은 하지는 않고 넘겼었다. 아직은 좀 더 확실하게 체감해야 하는 부분이지만 내 성향이나 직업에 관한 화면으로 보아 무관으로 지내왔던 적이 많았던 것 같은 느낌이다.

2017년 9월 30일

이번 한 주는 수련이나 공부 부분에 있어서 긴장감이 떨어진 한 주였던 듯하다. 기운 자체는 잘 들어오는데 기운이 간으로 상당히 많이 가면서 뻐근한 느낌이 많이 든다. 그리고 이상할 정도로 잠이 많아져서 자도자도 피곤한데 빙의에 의한 것도 있지만 몸 자체적으로 피로가 쌓였다는 느낌이 들고 수면 시간이 다른 주간에 비해 굉장히 길어진 것 같다.

삼공재 도착하니 9분이 먼저 와 계신다. 수련 들어가서 얼마 안 되어 진동 시작. 최근 집에서 혼자 수련할 때는 30분 넘어가도 진동이 나올까 말까 하는데 삼공재 수련 시에는 진동이 바로바로 와 버린다. 진동에 몸을 맡기는 동안 기운의 일부는 간으로 몰리면서 특유의 뻐근함이 계속된다. 이후 상단전으로 기운 유입되면서 벌거벗은 남자가 뒤돌아 앉아 있는 듯한 형상이 떠오르고 이후 늑대의 형체를 한 동물이 뛰어가는 듯한 이미지가 순간 지나간다. 이후 진동이 짐승이 네발로 걷는 듯한 형태로 손과 무릎으로 기어가려는 듯한 진동이 한동안 진행되고 별다른 변화 없이 수련 마무리했다.

조광님의 현묘지도 졸업 축하를 해 드리고 도선님이 만들어 오신 케이크 촛불을 같이 끄자고 하신다. 다음에는 내가 수련 마무리하면 케이크 선물을 해주겠다고 한다. 토요 멤버님들과 헤어지고 전 센터에서 일하던 직원들과 회식.

오랜만에 보는 얼굴들인데 한결 같은 반응들이 살이 빠졌냐고들 한다. 당시에는 몸을 유지하기 위해서 수시로 체중계 올라가고 먹을 것 체크하고 하다 보니 몸은 확실했던 것 같은데 계속 신경을 쓰니 나도 모르게 긴장되어 있었던 것 같다.

지금은 놓아버리고 나니 맘이 참 편한데 얼굴에도 나타나는 것 같다. 말투나 표정에서 이전에 보지 못했던 여유가 생겼다고들 한다. 그런 얘기를 들으니 수련을 하면서 여러 가지가 바뀌고 있다는 게 느껴지는 순간이었다.

2017년 10월 13일

전에 같이 일하던 직원 부탁으로 오전 타임 센터 카운터 업무. 크게 힘든 건 없는데 아침 일찍 일어나서 가만히만 있으려니 잠이 와서 견디기가 힘들다. 회원들 어느 정도 빠지고 난 뒤 기구 점검 및 수리. 오너가 센터를 넘기려고 내놓은 상태라 센터를 제대로 관리해줄 사람이 없다보니 여기저기 삐걱대는 게 은근히 보인다. 어디든 마음이 떠나면 시간이 지나면서 그 부분이 눈에 보이는 건 어쩔 수 없는 것 같다.

점심시간 일 부탁한 직원이 고맙다고 피자와 치킨 주문을 해준다. 어제부터 군것질은 최대한 지양하고 몸의 건강을 끌어올리기 위해 생식 및 인스턴트식품을 최대한 자재하려고 하는데 첫날부터 쎈 게 들어온다.

어제 저녁 이후 18시간 동안 공복 상태여서 일단 먹고 보자는 생각으로 먹는데 생각보다 많이 들어간다. 식사 이후 속이 더부룩하거나 답답한 느낌은 별로 없는데 몸에 힘이 빠지는 게 영 좋지 않다. 이 페이스로 운동까지 진행되는데 정말 노동하는 기분.

점심 여파로 배가 고프진 않아서 생식 가볍게 입에 털어놓고 저녁 식사 마무리. 20살 초부터 사타구니 쪽이 쓸려서 짓물러서 여름에는 심해지다 날이 선선해지면 가셨는데 이번에는 생각보다 오래 가고 가려움까지 동반. 일 끝나고 집에 오면 맨날 가려워서 긁다보니 피부가 점점 거칠어지고 각질이 많이 났는데 오늘은 뭔가 역한 내가 확 풍긴다. 속옷을 보니 사타구니 쪽만 누렇게 물들어 있는 부분이 보임. 씻고 나니 가려움이나 각질은 특별히 나지 않는다. 중간 공복이 길어지니 기운은 좀 딸리는데 몸안에 독소를 해독시키는 쪽으로 몸의 방향이 변하고 있는 것 같다.

2017년 10월 20일

며칠 동안 밥물 2식으로 전환해 봤는데 배고픔과 빈혈 증세가 살짝 살짝 일어나서 3식으로 전환. 첫날은 아침이 잘 들어갔는데 다음날부터는 식사가 별로 땡기진 않지만 먹어 놔야 배고픔에서 해방이 되는 것 같다.

인강을 듣다보면 1시간쯤 됐을 때 무섭도록 잠이 와버린다. 살짝 졸린 정도면 그냥 참고 가겠는데 눈을 부치고 나면 누가 업어 가도 모를 정도로 2~3시간은 그냥 가버리는데 요 근래 계속 이 패턴으로 진행 중. 자고 일어나면 상당히 몸이 회복되는 느낌이라 일단은 참지 않고 잠이 오는 대로 놔두고 지켜보는 중이다. 그나마 오늘은 잠이 안와서 1시간만 가볍게 낮잠을 잤다.

출근 시 능엄주 들으면서 화두 암송. 요즘은 백회로 들어오는 느낌은 거의 없다시피 한데 단전을 중심으로 하복부 전체가 땡땡한 고무공을 넣어놓은 느낌이다. 그리고 기운이 대맥 임독맥으로 동시에 빙글빙글 도는데 걷다보면 몸이 흔들흔들 한다.

간만에 체중을 재보니 78kg 후반에서 고정되어 있던 체중이 77kg 대로 떨어졌다. 이제는 그만 떨어져도 될 것 같은데 야식과 군것질의 힘이 큰 것 같다. 그리고 사타구니도 거칠었던 게 많이 부드러워지고 가려움도 많이 완화. 얼굴에 자잘하게 보이던 여드름도 들어가고 나니 얼굴이 좀더 말끔해 보이는 느낌.

저녁에 새로나온 햄버거가 있어서 먹어봤는데 이전 같으면 정말 좋아할 것 같은데 느끼하고 속이 답답하다. 안 좋은걸 먹으니 물 생각이 간절하지만 2시간 참고 나니 갈증은 많이 가셨다.

정좌하고 수련을 하다보면 눈앞에 일렁임이 생기면서 무언가 보이는 건 많은데 지난번처럼 확실한 건 없다. 그리고 전반적으로 들어오는 기운들이 약해졌다. 다른 주문수련하고 비교 해보았다. 기운의 강도와 진동 유무에서 차이가 난다. 다음 삼공재 방문 때까진 최대한 해보고 다음 진도로 넘어가야 될 것 같다.

2017년 10월 26일

요즘 저녁 이후 군것질을 안 하니 배가 고파서라도 아침 기상이 자동적으로 된다. 이제는 7시간 정도 취침을 하고 나면 이후에 졸리지 않았다. 아직은 4시간 정도만 자고나면 중간에 오는 잠을 막기 힘들다.

오늘도 인강을 듣고 잠시 눕자 눈앞이 환해지면서 푸른 하늘을 배경으로 황금빛 구체가 보인다. 모양을 보니 축구공처럼 생겼는데 가까이 가서 자세히 보려 하니 보호막이 쳐져 있어서 그 이상 접근하지는 못하고 그대로 있다가 공이 서서히 없어지면서 화면이 꺼지고 잠이 들어버렸다.

몸이 회복되면서 들어오는 기운 자체가 많이 강해졌다. 지금은 화두를 통해서 들어오는 기운이 미비하여 들어오는 기운 자체에만 집중하는 편이다. 하단전 기운이 제일 강하고 인당 부근으로는 묵직하게 기운이 들어온다. 그리고 출근 전까지는 삐 하는 소리가 지속적으로 나고 공부하는 도중에도 느껴지니 적응이 안 되었다.

몸이 나아진다는 느낌은 있지만 전반적으로 나른해져서 아무 의욕도 없었다. 할 건 많은데 마음만 있고 실천은 못 따라가고 있다. 지금은 뭔가 하려고 하기보단 그냥 보면서 어떻게 변하나 관찰 중이다.

2017년 10월 28일 〈6단계 화두〉

지난번 선생님 몸이 안 좋으셨다가 다시 회복되시면서 기운이 바뀌었다는 얘기가 있다. 오늘은 어떤 느낌이 올지 기대가 된다. 지금 식단 조절도 같이 하는 중이라 몸이 회복되면서 약간의 명현반응과 민감성이 다시 살아나는 중이라서 제대로 된 감각을 느낄 수 있을 것 같다.

삼공재 방문하니 미리 오신 5명 계시고 선생님 얼굴을 보니 좋아 보이셔서 다행이라는 생각이 든다. 좌선하니 5분도 안 되서 진동이 일어나기 시작하는데 상당히 강렬했다. 옆에 다른 분들이 있어서 최대한 민폐 안 끼치게 조용 조용하려고 했는데 퍼덕거린 듯하다.

이전 삼공재 방문 시 수련 중 텅 비어있는 느낌이었다면 지금은 포근한 막 같은 게 내 몸을 둘러싸고 있는 기분이다. 화두가 끝나서인지 5차 화두 암송을 하는데 기운 들어오는 것도 약하고 마무리된 느낌이 있어 수련 마무리 짓고 선생님에게 6차 화두를 받았다.

2017년 10월 29일

전날 저녁에 데이트하면서 간만에 자극적인 음식들을 먹었더니 아침이 피로하다. 수련에 집중될 컨디션은 아니라서 공부하고 중간중간 『선도체험기』를 보면서 안보 시사 편까지는 읽고 현묘지도 수련기는 접어놓고 수련 시작.

화두 암송한 지 얼마 안 되어서 진동 시작. 기운이 크게 들어오는 느낌은 모르겠는데 진동이 일어나는 순서나 호흡이 일정치가 않다. 피로감이 생겨서 시계를 보니 30분 정도 경과. 좀 더 수련시간을 늘리면서 관찰을 해봐야 될 것 같다.

2017년 10월 30일

출퇴근 시 5단계 화두에서는 손을 쥐었다 폈다를 반복했다면 이번에는 주먹이 꽉 쥐어져서 펴지지 않고 그대로 고정이 된다. 쉬는 시간에 114권 현묘지도 수련기를 보는데 진동이 시작된다. 고개가 크게 돌아 가길래 몇 번 지켜보다가 눌러 놓으니 다리가 퍼덕거리면서 멈출 생각을 안 한다. 중간에 일이 생겨서 많이 보진 못했는데 글을 읽으면서 자동적으로 진동이 일어난 건 이번에 처음인 것 같다.

2017년 11월 1일

화두 받고 둘째 날까지는 기운이 들어오고 진동도 잘 왔었는데 오늘은 거짓말같이 모든 것이 딱 끊겨버린다. 그나마 잡념은 안 생겨서 계속적으로 화두 암송을 하는데 그냥 뭘 봐야겠다든가 느껴야 한다는 생각 없이 그냥 화두만 암송. 다음날 일찍 일어나야 할 일이 있어서 시간을 보니 1시간 정도는 수련을 한 것 같은데 느낌이 애매하다.

2017년 11월 2일

어제에 이어 출근하면서부터 화두 암송 시작. 내 마음에 절실함이 부족한가 생각하면서 더욱 화두에만 몰입 또 몰입. 이 정도 되면 뭔가 하나쯤 와야 하는데 뭔가 애매하다. 퇴근 후 다시 수련 들어가는데 앞에 벽이 하나 크게 있는 느낌이다. 계속 진행하다보니 기운이 들어오긴 하는데 느껴지긴 하지만 없는 듯한 기운이 들어와서 묵직했다. 독맥 단전 중단전으로는 느껴지지만 그것마저도 강한 느낌은 아니다. 안되겠다 싶어 태을주로 한번 갈아타니 바로 진동이 와버린다. 그 기세를 몰아 다시 화두 전향하니 처음보단 낫지만 이렇다 할 건 없었다.

2017년 11월 3일

어제에 이어 지속적인 화두 암송. 도선님도 6단계에서 이렇다 할 만한 반응이 없어서 몇 번 더 시도해보시다가 다음 단계로 넘어갔는데 이렇게 아무것도 없이 끝날 수 있나 하는 의문점이 든다.

내일은 주말이라 부담도 없고 요즘 들어 머릿속에서 떠오르는 건 정성과 집중력 이 두 가지다. 뭘 하든 이 두 가지 요소가 있어야 빛을 발하고 더 나아갈 수 있고 지금 이 상황에선 다른 어느 때보다도 이 두 가지가 더 절실하다고 여겨졌다. 오늘은 시간제한을 두지 않고 갈 때까지 가보기로 하고 수련 시작.

초반에는 다소 이런저런 잡념들이 머릿속을 스쳐 가지만 해야 된다는 생각이 강하게 머릿속에 있다 보니 잡념이 오래 남아있진 않는다. 시간이 지나면서 간헐적으로 진동이 오기 시작했다. 얼마 안 있어 화두 특유의 호흡이 나오면서 진동의 강도가 점점 강렬해진다. 이번 화두는 외부에서 유입되는 것보다는 내부적으로 폭발하면서 정체되어 있는 흐름을 활발하게 해주는 느낌이 강하다.

처음에는 독맥으로 해서 위로 치고 들어가는데 중간중간 흐름이 원활하지 않은 곳들이 있어서 굉장히 빼근하다. 독맥이 끝나고 한

참 있다가 하단전부터 시작해서 임맥으로 치고 올라가는데 중단전에서 한참 막혀 있다가 서서히 뚫리면서 다시 한번 백회까지 치고 들어간다.

고개가 하늘로 치켜 올라가고 다음에는 양손이 위로 쭉 뻗어 올라갔다가 서서히 떨어진다. 몸이 전체적으로 더워지고 인당을 중심으로 순간 몰입이 된다. 보여지는 화면은 없지만 그냥 그 자체로 충분하다는 기분. 이후 잔잔한 진동이 몇 번 더 반복된 후에 수련 마무리.

2017년 11월 4일

어제 수련은 잘된 것 같은데 아침에 일어나니 몸은 영 찌뿌둥하다. 다른 날과 차이가 있다면 관음법문이 귀에서 잘 들린다는 경혈과 단전을 중심으로 해서 기운이 묵직하게 차 있는 느낌이다. 점심시간쯤 되니 또 다시 졸음이 오기 시작. 눕고 나니 간 쪽으로 기운 유통이 되면서 묵직하게 느낌이 온다. 이게 회복이 다 되야 이 피로감으로부터 벗어날 수 있을 것 같다.

다음 주 생일이라 어머니가 식사하자고 해서 삼공재 방문은 다음으로 미루게 됐다. 어머니하고 있으면 건강 쪽으로 얘기가 많이 나오는데 대장 내시경에 관한 얘기를 종종 하신다. 용종이 있으면 나중에 암으로 되니 정기적으로 검진하고 그때그때 제거를 해야 된다고 한다.

나는 내 몸에 칼 대는 걸 별로 안 좋아하고 설사 있다 하더라도 내 식습관을 개선해야 된다 생각하므로 의견 차가 좁혀지진 않는다. 지금은 따로 살다보니 부딪칠 일은 많이 없지만 내 가족 설득하는 일이 제일 힘든 것 같다는 느낌이다.

2017년 11월 11일 〈7단계 화두 무소유처〉

이번 주 수련을 하면서 6단계가 끝난 느낌이 와서 삼공재 방문이 다른 날보다 기다려진다. 선생님께 일배드리고 나니 당분간 수련시간은 70분만 진행하신다고 하신다. 얼굴은 좋아보이시는데 아직 체력 회복이 덜 되셨다는 생각이 들었다.

좌선 하자마자 몸이 팽이처럼 빙글빙글 돌아가기 시작한다. 마지막 확인 차 6차 화두 암송. 역시나 들어오는 기운도 약하고 진동도 멈춘다. 더 이상은 안 해도 된다는 느낌이 계속 들어서 태을주로 전환하니 기운 유입과 함께 진동이 다시 시작된다.

4시가 거의 다 되서 안종윤 도우가 왔는데 처음 뵙지만 어딘가 낯이 익은 느낌이다. 수련하면서 동생분 몇 번 수련하시는 걸 봤는데 진동이 워낙 격렬해서 기억에 남는다. 수련 마무리하고 나서 다음 화두 받고 싶다 말씀드리자 지금 하고 있는 화두 내용 확인받고 7단계 화두를 받았다.

이후 뒤풀이 자리서 조광님의 제안으로 안종윤 님의 수련 시작부터 해서 현묘지도 때는 어떤 식으로 수련 진행이 되고 지금은 어떻게 수련하는지 등등 여러 가지에 대해서 얘기를 해주는데 목소리는 잔잔하지만 힘이 있다. 그동안 카페 멤버 외 현묘지도 통과자와의 만남이 없었는데 이렇게 시간 내서 열정적으로 얘기 해주시니 감사한 마음이다.

2017년 11월 13일

아침 기상해서 단어 공부 이후 화두 암송 시작. 중단과 백회로 기운 유입. 요즘 개인적으로 신경 쓰이는 게 있어 속이 답답했는데 그 때문에 중단이 막힌 것 같다. 얼마 안 가 중단이 뚫리고 크게 진동이 한번 온 뒤에 피로가 엄습해 왔다. 옆으로 누워 화두 암송을 하는데 어떤 존재가 내 뒤로 다가오는 게 느껴진다. 1m가 조금 넘고 굉장히 어두운 느낌이며 가까이 올수록 너무 무섭다는 생각이 든다. 화두 암송을 멈추고 태을주로 전환.

다가오던 존재는 느껴지지 않고 얼마 안 있어 점같이 작은 tv가 보이는데 채널이 고정되지 않고 지직거리는 상태다. 점차 내 앞으로 가까이 오더니 화면이 크게 고정. 예전에 한창 보던 어떤 만화가 나오는데 처음에는 보여지기만 하다가 어느 순간 내가 그 안에 들어가서 활동을 하고 있다. 이건 꿈이고 환상이다라고 생각하니 눈앞의 것들이 흐릿해지면서 그 형체가 사라졌고 얼마 안 되서 잠에 빠졌다.

꿈을 꿨는데 그 안에서 내가 가지고 있는 힘은 굉장히 많지만 어떤 이유로 힘을 감추고 어떤 마을에서 생활을 하고 있었다. 그 안에서 마찰이 생겨 힘을 쓰게 되는데 너무 지나치게 쓰게 돼서 마을 사람들의 대부분이 마을을 떠나게 되고 촌주와 동생 몇몇 사람들만이 마을에 남아 있는 걸로 끝이 난다.

예전부터 힘이 있다면 억울하게 당하는 상황이 됐을 때 시원하게 복수를 해주고 싶다는 생각을 많이 해봤었고 그 때문인지 학원 액션물 주인공이 쎄서 악을 일방적으로 징벌하는 종류의 만화들을 즐겨봤었다. 그런데 꿈에 힘을 쓰는 순간은 통쾌했었지만 마을 사람들이 떠나면서 나를 보고 화내고 욕하면서 지나갈 때 뭔가 착잡하고 내가 그동안 생각했던 것과는 다른 찝찝함만이 남았다. 그냥 내가 참았더라면 다른 사람들은 잘 살고 있을 텐데...

잠들면서도 바로 기록해야 더 살릴 수 있는 내용이 많다고 생각하면서도 쏟아지는 수마를 이기지 못해 요 정도밖에는 내용 기억이 안 난다. 아마 기억하지 않아도 될 내용들인 듯하다.

2017년 11월 14일

이제는 아침 일찍 기상을 해도 몸도 가볍고 컨디션도 많이 좋아진 것 같다. 새벽 공기가 많이 쌀쌀해졌는데 벌써 올해도 다 지나간다는 생각이 들면서 내가 해야 될 일들이 생각난다.

어느 것 하나도 무시할 수 없는 것들이지만 우선 현묘지도를 마쳐야 다른 부분들에 대해서도 더 집중할 수 있으므로 마냥 여유 있게 갈 수는 없는 일이다. 출근 시 화두 암송. 이렇다 할 만한 반응은 없다.

일 마치고 다시 수련 시작. 기운이 특별히 들어오는 느낌이 없고 빛이다 빛이다라는 생각이 드는데 이게 다른 분들의 수련기를 본 탓인지 내 내면의 목소리인지는 긴가민가하다. 한동안 고개가 크게 한 번씩 돌아가는 것 빼고는 조용하다.

6단계에서도 비슷한 경우를 경험했기 때문에 반응이 없더라도 할 때까지 해보고 그래도 안되면 넘어가자는 생각이 든다. 어느 정도 시간이 지나니 백회 쪽으로 크게 기운이 한번 꽂히는데 독맥 쪽으로 기운이 흘러내려간다. 걸쭉한 액체 같은 느낌인데 독맥 중간중간 기운이 들어오는 만큼 수용을 못한 탓인지 정체되어 있다가 서서히 뚫려서 단전까지 돌아간 뒤 중단전까지 쭉 치고 올라간다.

그 상태로 한동안 독맥에서 중단전까지 쭉 연결된 느낌으로 가다가 가벼운 진동이 살짝 일어난다. 이후 기운이 명문으로 들어오면서 기운의 흐름이 반대로 올라가기 시작하는데 처음보다도 통로가 더 막혀 있는 느낌이다. 이전 소주천 돌릴 때도 독맥이 중간중간 막혀 있어 뚫을 때 고생 좀 했었는데 그때보다 올라가는 속도는 빠르지만 뚫고 올라갈 때 뻐근함은 그때 배 이상은 되는 느낌이다.

2017년 11월 20일

전날 과식을 해서 속이 답답하다보니 1시간 반 정도 눈 부치고 나갈 준비. 요즘 체중이 너무 떨어져서 웬만하면 아침을 챙겨 먹는데 안 먹어도 될 걸 괜히 먹었다는 느낌이다. 찹쌀빵 2개만 먹었는데도 배가 빵빵하다. 그리고 다시 집에 와서는 에라 모르겠다는 심정으로 집에 남아 있던 우유와 씨리얼로 마무리.

덕분에 점심은 생략하고 저녁은 생식으로 가볍게 마무리. 저녁에 피부를 보니 확실히 거칠어지고 완화되던 증상들이 다시 안 좋아지는 게 보인다. 다음에 웬만해선 10시 이후 먹는 건 자재해야 될 것 같다.

2017년 11월 21일

속이 답답해서 전날 저녁 식사를 조심하니 속이 확실히 편해지기는 했다. 집 밖을 나가는데 강한 기운이 백회로 콱 들어온다. 그 페이스를 이어서 화두 암송을 해보지만 뭔가 좀 되려고 하니 이미 도착 시간이라 뭔가 한 것도 안 한 것도 아닌 느낌이다.

집에서 속을 비워냈는데도 계속 방구가 나온다. 그런데 아직 독소가 남았는지 냄새가 상당히 지독하다. 거의 퇴근 할 때까지도 방구가 계속 나오는데 막판에는 거의 냄새도 없어지고 호흡이 깊게 들어가니 기운 유통이 잘됨이 느껴진다.

퇴근 후 수련하니 지난번과 같이 독맥의 좁아진 통로를 기운으로 확장하고 좁아지고 확장하고 좁아지고의 과정 반복. 한번 뚫렸으면 그대로 유유히 가면 좋겠는데 들어오는 기운을 제대로 수용을 못 하다 보니 빼근함의 연속이다.

어느 정도 안정화가 되니 진동이 시작. 좌우 움직임도 크고 중간중간 손날로 위아래 양 옆으로 치는 동작을 반복하는데 휙휙 소리가 날 정도로 몸에 힘이 많이 들어간다. 이후 손바닥이 양옆으로 제껴지면서 하늘로 쭉 뻗는데 백회와 더불어 장심으로도 기운이 들어와 독맥으로 만나서 단전으로 흘러들어간다.

2017년 11월 22일

전날 기운을 많이 받은 덕인지 예상했던 시간보다 1시간 일찍 기상. 생각보다 피로감도 없고 잠이 와야 될 시간이 됐는데도 나름 견딜 만하다. 이대로만 갔으면 참 좋았을 거 같은데 운동 진행하면서 컨디션 급 다운. 집중도 잘 안되고 운동 거의 끝날 때쯤 거울

보니 눈이 충혈되 있고 상당히 피로해 보이는 기색이 보인다.

이후 저녁 식사하고 들어오니 몸이 으슬으슬하고 추운 게 몸살 올 듯한 느낌이긴 한데 이전 마니산 다녀왔다 며칠 고생 한 게 생각난다. 더 이상 무리하면 안될 듯해서 수업 급하지 않은 건 캔슬하고 수업도 패딩 껴입고 진행. 명현반응에 손님까지 겹친 것 같은데 앓아눕지 않도록 컨디션 조절을 잘해야 될 것 같다.

퇴근 후 수련 시작. 얼마 안지나 귀에서는 관음법문이 요동치고 잔잔하던 호흡은 무식 호흡으로 바뀌어 있었다. 명문으로 시작해서 독맥으로 기운이 치고 올라가는데 오늘도 역시 빽빽하다. 페이스 조절하면서 백회 라인을 넘기고 나니 단전까지 기운 연결은 금방 진행이 됐다. 연결된 이후 기운이 더 세게 유입되는데 처음은 물을 반 정도 틀어 놨다면 지금은 수도꼭지를 완전히 개방한 느낌이다.

기운이 고르게 가지 않고 꿀렁꿀렁하면서 올라가는데 몸도 그 리듬에 맞춰 좌우로 꿀렁꿀렁하게 움직인다. 단전까지 기운 유입이 되고나선 임맥 독맥이 연결되어 하나의 커다란 고리를 형성, 장심으로부터 유입되는 기운도 같이 연결되어서 온몸이 기운으로 충만함을 느낀다. 수련 도와주신 스승님들에게 감사 인사드리고 마무리.

2017년 11월 28일

주말이 지나고 몸살기가 좀 가라앉나 싶었는데 아직도 기운에 적응을 못한 탓인지 오히려 더 심해진 느낌이다. 기운은 잘 들어오는데 무기력하고 수면 패턴도 오락가락한다.

출근 전 이전 대회 영상을 보니 화이팅이 샘솟는다. 같이 운동하는 동생에게 이 얘기를 하니 지독한 나르시즘이라고 하면서 내가 젊었을 땐 이랬지 하는 거 같다고 별로 좋아 보이진 않는다고 한다. 틀린 말은 아닌 것 같은데, 어느 순간부터는 다른 좋은 분들 봐도 이렇다 할 만한 감흥이 많이 떨어졌는데 내 건 그냥 보면 또 재미가 있어서 보게 된다.

컨디션에 비해 몰아붙인 게 과했는지 어깨 운동을 하다가 대추혈 쪽에서 전기가 찌릿하는 느낌이 오면서 근육통이 왔다. 대회 준비할 때도 뭉쳐서 3일 정도는 목도 제대로 못 돌렸는데 또 말썽이다. 다행이도 증상이 그때보단 약한 것 같아서 관리만 잘해주면 될 듯싶다.

운동 전 약간의 카페인 섭취와 회원님이 사다주신 카페라떼까지 합쳐지고 나니 집에 돌아가서도 잠이 올 기미가 보이지 않는다. 수련 시작하니 20분 정도는 무진동으로 수련 진행되다 이후 목 쪽으로 해서 진동이 오는데 너무 아파서 진동을 중간중간 억누르면서 수련 진행. 2시간 정도는 한 느낌인데 시계 보니 70분 정도 경과.

목 때문에 누워서 수련 진행하는데 문구가 중간에 생략이 되고 자꾸 끊긴다. 옆으로 돌아누워 좀 있다 눈앞이 훤해지다가 얼마 안 있어 눈앞에 검은 공들이 수없이 떨어진다. 최근 내 자신은 운전자, 몸은 자동차라는 『선도체험기』 내용이 떠오르는데 감정에 이끌리려고 할 때 종종 생각이 난다.

그동안은 하고 나면 후회할 거야라는 걸 생각해도 실행을 하고 봤으면 지금은 갈팡질팡 하다가 안 하게 될 정도로 자재력이 나름 강해졌다. 자동차 트렁크에 넣어져 끌려다니지 않고 온전히 내 맘대로 운전하려면 더 많은 수련과 자아 성찰이 필요할 것 같다.

2017년 11일 29일

아침에 일어나려니 목이 굳어서 일어나기가 쉽지 않다. 손으로 받치고 겨우 일어나긴 했는데 어디 한 군데가 불편하면 전반적인 생활의 불편함이 많이 생기는 걸 다시금 느낀다.

요새 잠이 올 때 간간이 즐기는 게임이 하나 있는데 이벤트 때문에 온 신경이 그쪽으로 가 있다. 시간이 한정적이라 남은 시간에 모든 집중이 그쪽으로 계속해서 간다. 이럴 때의 집중력과 집착은 남들보다 한 발작 앞서나가는 데 도움은 되지만 이후 모든 일에 있어 무기력증을 유발하는 원인이 되곤 했다.

그리고 남들과의 경쟁에서도 정말 못 하는 걸 제외하고 어지간

해선 이겨야 된다는 성격까지 더해지면 며칠간은 오로지 그것만이 내 머릿속을 지배한다. 그 폐해로 급격한 허무감을 느끼고 모든 걸 정리한 뒤에 아무것도 안 하는 식의 패턴이 반복이 됐는데 오늘도 이전처럼 심하진 않지만 그런 양상이 다시 한번 보였다.

저녁쯤이 돼서 하고자 하는 건 마무리 됐는데 오늘은 뭐 했지 하는 느낌이 강하다. 그래도 이전보단 조금 나아졌다는 것에 의의를 둬야 될 것 같다.

2017년 12월 1일

컨디션 회복도 전반적으로 되고 하루 스케줄에 여유가 있어서 맘이 가볍다. 요즘은 수련 마치고 누우면 새벽 2시 반이나 3시 정도에 눕는데 무리하지만 않으면 6시 반에 기상은 된다.

오전 10시 반쯤 피로가 몰려와서 낮잠 겸 누워서 화두 암송을 잠깐 하는데 밑에는 바다가 펼쳐져 있고 동서남북으로 하얀 장막이 펼쳐져 있다. 눈앞 장막으로 그림자 실루엣이 보이는데 관복을 입고 의자에 앉아 있는 모습이다. 익숙한 실루엣이었는데 이순신 장군이라는 느낌이 들었다.

그리고 봉산탈춤에서 볼 수 있는 사자가 나타나서 어디론가 데려가는데 그 이후에는 내용이 잘 기억나지 않는다. 기록으로 남기려고 생각했는데 막상 일어나니 기억나는 건 이 정도고 오늘 수련에 있어 집중을 더 해야겠다는 느낌이 온다.

일 마치고 수련 들어가니 다른 날보단 진동이 잔잔하게 온다. 얼마 안 있어 눈앞에 일렁임이 점차 선명하게 보이는데 오른쪽에서 왼쪽으로 빛이 이동하면서 불상 얼굴이 보이는데 다양한 각도로 보여짐과 동시에 머리에는 화려한 장신구나 관을 쓰고 있는 모습들이다. 5번 정도 화면이 지나간 이후 다시 깜깜해지면서 수련 마무리.

2017년 12월 2일 〈8단계 화두〉

선생님께 인사드리고 좌선하니 앉자마자 몸이 빙글빙글 돌아가기 시작한다. 손이 떨리고 고개가 돌아가다 다리까지 진동이 와 버리니 주변에 민폐가 되는 것 같아 진동을 억누르고 나니 잠잠해지다가 멈췄다.

화두 들어오는 기운이 처음에 비하면 많이 약해진 것 같고 오늘이 마지막이라는 느낌으로 바짝 해보자 하고 집중하니 얼마 안 되어 인당으로 꿰뚫듯이 기운이 확 들어오고 나선 뚝 끊긴다. 끝났다는 느낌이 들어 자성에게 화두수련을 넘어가도 좋겠냐고 물어보니 격렬한 진동이 온다. 좀 더 확실하게 가기 위해 지금 하는 화두수련을 더 진행해야 되는지를 물으니 아무런 반응 없이 잠잠하다.

수련 이후 삼공재에서 우해님의 현묘지도 축하 파티가 열렸으며 이를 보시는 선생님의 표정은 굉장히 밝으셨다. 그동안은 수련하고 집에 가고 커뮤니케이션이 많이 없었는데 선생님이 함께하는 자리에서의 축하 파티는 굉장히 신선했다. 이후 선생님에게 8단계 화두를 받았는데 그동안 내가 해왔던 것들의 종지부를 찍는 내용이라는 생각이 들었다.

2017년 12월 7일

8단계 화두를 받은 지도 약 5일 정도 지난 것 같다. 마지막 화두는 비교적 빠르게들 넘어가시는 편이라 가벼운 맘으로 들어갔는데 여태껏 했던 단계 중에 가장 큰 정성과 집중이 요구되는 것 같다. 문구가 다른 주문수행에 비하면 그렇게 긴 편은 아님에도 불구하고 외다보면 어느새 딴소리를 하는 걸 볼 수 있고 그러다 보니 화두를 자연스레 외기보단 자꾸 맞는지 틀리는지 의식을 하면서 진행하게 된다. 집중도가 떨어지니 기운이 들어오는 강도도 약하다.

6단계 시작했을 때처럼 반응이 거의 없다시피 해서 이번에도 이렇게 하다 끝나나 하는 생각도 해봤는데 이번 월요일부터 이어져 오는 여러 가지 상태를 봤을 땐 화두 자체에 적응을 못한 것 같다. 토요일 화두 받고 일요일부터 시작했는데 그날은 탁주를 마셔 일찍 잠든 걸 제외하면 월~수 밤중 잠든 시간이 평균 2시간인데 숙면을 취해서가 아니라 신경이 예민해져서 잠이 안 올 때의 증상이다. 월화 이 두 날은 수련 진행을 하다가도 기운 들어오는 것도 미비하고 진동도 잠깐 일어나다 말고 하다 보니 약 30분 정도씩만 하고 끝낸 거 같다.

오늘은 나름 숙면을 취해보고자 운동 패턴이나 먹는 부분 여러 가지를 나름 신경 쓴다고 했는데도 다른 두 날보다 더 심각하다. 오히려 이렇게 잘 때가 아니니 일어나라는 느낌까지 든다. 몸은 정말 피곤한데 어차피 잠은 안 오니 그대로 수련 진행. 오래 앉아 있으니 확실히 다른 날보다는 여러 가지로 진행되는 느낌은 있지만 이렇다 할 만한 건 없고 들어오는 기운이 편안하진 않다. 약 2시 정도 시작해서 시계 보니 3시 반이 넘었다. 그런데도 잠이 올 기미는 안 보이는데 오래 앉아 있다 보니 다리도 아프고 화두 집중도 힘들어서 누워서 태을주로 수련 전환.

은은하게 들어오는 기운이 포근하게 감싸주는 게 편안하다. 얼마 되지 않아 태극의 반쪽 모양만 눈앞을 휙휙 돌다가 이후 가운데 점이 점차 커지면서 모양을 갖추기 시작하는데 긴장이 탁 풀리면서 다시 캄캄해져 버린다. 마치고 보니 30분 정도 시간 경과. 1시간 정도 잠깐 누웠다 기상하는데 이번 한 주는 수면 패턴이 이렇다보니 내가 뭘 하면서 시간이 지나가는지 모를 정도다.

2017년 12월 11일

날씨가 갑자기 추워진다 했더니 온수관이 얼어버린 모양이다. 그래도 다행인 건 냉수라도 잘 나오니 설거지와 샤워는 할 수 있는 최소한의 여건은 보장이 된다는 점. 간만에 냉수 샤워를 하니 고등학생 때 피부 및 컨디션 증진을 위해 아침마다 냉수 샤워를 했던 게 생각이 난다.

당시 아침 기상 시 15~20분 스트레칭 및 냉수 샤워, 밥따로 물따로, 육식의 최소화 및 인스턴트 식품X, 자기 전 스트레칭. 당시 피부가 울긋불긋하고 외모에 대해 신경이 많이 쓰이던 시기다 보니 몇 번의 시행착오를 거치다가 30일은 일탈행위 없이 내가 하고자 하는 방향으로 진행했던 기억이 난다.

그 과정에서 68kg~9kg를 오락가락하던 체중은 62kg~3kg까지 감량이 되고 진행 시 보름 정도 이후부터는 하루하루 피부가 달라진다는 느낌을 받았었다. 그리고 당시에 즐겁게 하던 게임이 있었는데 자연스레 흥미가 떨어져서 놓게 되고 성욕이 떨어져 금욕을 생각한 건 아니었지만 자연스레 같이 진행이 됐었다.

항상 무겁던 머리는 명확해지고 자도 자도 졸립기만 했던 수면 패턴은 4시간만 자도 더 이상 잠이 안 올 정도로 줄어들었었다. 감각이 예민해져 으스스한 장소에 가거나 하면 나 이외의 다른 존재가 있다는 느낌이 강하게 느껴져 그 당시엔 그런 장소들은 피해

다녔던 것 같다.

그대로 쭉 갔으면 괜찮은데 30일 이후 리미트 해제를 해버리고 원래 패턴으로 돌아가니 일주일도 안 되어서 체중은 70kg을 넘어버리고 모든 것이 시작하기 전보다 더 안 좋아져서 그 패턴으로 몇 년간을 쭉 이어나갔던 것 같다.

지금도 컨디션이나 신체적으로 나아지고는 있지만 그 시절에 느꼈던 만큼의 맑음은 아직도 다가가지 못한 느낌이다. 그동안은 식단으로만 몸의 컨디션 조절을 항상 하려고 했었는데 뭔가 2% 부족한 느낌이었는데 지난번 적림님의 댓글을 봤을 때 금욕 진행을 하면서 몸과 정신이 변해가는 과정을 수기로 적어 놓은 걸 봤던 기억이 떠올랐다.

카페를 알아보니 3금이라 해서(금욕, 금연, 금주) 3가지를 금하는 것을 원칙으로 하고 이것들이 진행됐을 때의 효과나 수기들이 많이 올라와 있는 걸 접하게 되었다. 초반에는 육체적인 부분으로 나타나지만 점차 갈수록 정신적인 각성 및 변화로 이어지는 경우도 종종 있었으며 이러한 자료들은 현대 의학에서 적당한 성관계는 몸에 좋다는 통념을 없애기에 충분한 자료들이라는 생각이 들었다.

퇴근 이후 수련 시작. 머리가 지끈지끈한 게 집중이 잘되진 않는다. 30분 정도 경과 후 양 옆으로 팔이 쭉 뻗어졌다가 위로 그리고 합장하는 자세로 변화가 된다. 그리고 손이 서로를 밀어내면서 몸이 전체적으로 왔다 갔다 진행. 기운은 그렇게 세다라는 느낌은 없고 잘 돌다가 항상 중단에서 막히는데 밀어내기에 기운이 약하다. 1시간 정도 경과 후 누워서 수련 진행. 얼마 지나지 않아 어두운 동굴 안에 있는 이미지가 떠오르는데 외부적인 뭔가에 의해 폭발하면서 나갈 수 있는 출구가 보이는데 그 사이로 강하게 빛이 들어온다.

2017년 12월 15일

아침 기상 5시 반. 모닝콜이 울림과 동시에 주변이 밝아지면서 눈꽃 하나가 반짝반짝하면서 보인다. 핸드폰 불빛 때문에 눈앞이 밝아졌나 하고 바로 눈을 떠보니 주변은 어두컴컴하다.

이번 한 주는 금욕을 두고 정기적으로 자료 열람을 하고 있는데 단순히 참는다고만 될 게 아니고 시각적 청각적 마음적인 부분에서의 공부가 같이 되야 온전한 금욕이 되는 것 같다.

지속적인 음란물 시청 및 생각은 도파민의 순간적인 분비를 유도해 순간의 강력한 촉매제가 되지만 이후 다른 자극들에 대해 무뎌지기 때문에 점점 더 자극적인 것을 탐닉할 수밖에 없기 때문에 결국에 가선 금욕 유지마저 힘든 상황이 된다고 한다.

그동안 『선도체험기』에서 여러 차례 나왔던 내용이지만 이런 식으로 다르게 풀이해서 나오니 지금 해야 될 일들이 명확해진다. 시각 및 정신적으로 자극 및 스트레스가 되는 게임 삭제 및 도움되지 않는 카페 정리. 일단 이 정도만 해도 개인적인 시간 및 여유가 많이 생긴 느낌이다.

여기서 식단적인 부분만 해결되면 좋을 것 같은데 지난 5월부터 해서 지금까지 체중이 89kg→75kg로 지금도 빠지는 중이다보니 화식 위주로 식단 구성을 해서 진행 중인데 확실히 속은 좀 불편한 감이 있다. 올해까진 상황을 좀 살펴보고 어느 정도 체중 안정화가 되면 다시 생식으로 조금씩 가야 되지 않나 하는 부분이다.

2017년 12월 16일

삼공재 가는 도중의 화두 암송. 백회에 약간의 느낌 있다가 인당으로 관통하듯이 강하게 들어온다. 이후 백회로 잔잔하게 들어오는 상태에서 삼공재 방문. 일심님과 조광님 두 분이 먼저 와 계신다. 아무래도 12월이다 보니 시간 내기가 만만치들 않으신 듯하다.

오늘은 진동이 와도 신경이 덜 쓰이겠다고 생각하고 수련 들어갈 준비하는데 조광님께서 현묘지도 통과했냐고 물어보신다. 아직이라고 하니 지난번에 비해서 기운이 많이 강해져서 통과한 줄 알았다고 하신다. 좌선 시작하자마자 단전이 뜨겁다. 그 열기가 중단전까지 전해지는데 장작 위에 불꽃이 하늘 위로 길게 타오르는 모습이 연상된다. 이후 열기가 식고 나서는 약간의 진동 아른거림 크게 이렇다 할 만한 건 없었던 듯하다.

2017년 12월 17일

전날 일찍 잤음에도 다소 늦게 기상. 인강 듣고 카페 글 읽다보니 시간이 금방 간다. 저녁 시간쯤 돼서 수련 시작하는데 잠만 오고 이렇다 할 만한 반응도 없다 20분 정도 좌선 하다 와공으로 진행하는데 명상과 수면의 경계선에서 오락가락하면서 정신이 점점 명확해진다. 전체적으로 3시간 정도 경과했고 정신이 번쩍 뜨여서 다시 좌선으로 수련 시작. 뭔가 나오지 않을까 싶었지만 그냥 전반적으로 돌아가던 페이스대로 진행되다가 마무리 2시간 정도 경과된 것 같다.

2017년 12월 19일

금욕 진행하면서 눈에 점점 힘이 들어간다는 느낌을 받고 있었는데 그게 과했는지 한쪽 눈에 쌍꺼풀이 져서 풀리지가 않는다. 아침에 붓기 있을 때 잠깐 있다가 보통 점심이 지나면 원래대로 되는데, 이번에는 하루 종일 잡혀서 풀리지 않는 걸 보니 이대로 굳혀질 것 같은 느낌이 든다. 그리고 성욕이 일어 간만에 동영상을 한번 봤는데 순식간에 몰입이 되어 시간이 훅훅 지나간다. 행위로까지 이어지진 않았지만 자극적인 걸 보면서 거기에 따라 오락가락하는 감정 때문에 에너지가 상당히 많이 빠진 것 같다.

저녁 일 마치고 수련 시작. 1시간 정도 경과했음에도 다른 날과 비슷하게 진행. 기운도 어느 정도 들어오고 약간의 진동도 있긴 한데 혹시 끝났나 하는 마음이 있어 자성에게 화두수련이 끝났는지 질문을 해본다. 잠잠하니 아무 반응이 없길래 아직 화두수련이 안 끝났는지를 물어보자 강렬하게 진동이 온다. 올해 안에 끝냈으면 하는 마음이 있지만 그것도 욕심이니 좀 더 여유를 갖고 여여하게 가야겠다는 생각이 든다.

2017년 12월 22일

금욕 12일차. 첫 주차에는 그냥그냥 지나갔던 것 같은데 어제 저녁부터 해서 내면에 에너지가 충만한 느낌이다. 거기에 시험 삼아 약간의 부스터 섭취(정량의 5분의 1)을 했더니 몸에서 체감되는 약발이 더 강해져서 밤을 샌 것 같다.

잠 못 잤을 때는 오늘 어떻게 보내나 했는데 막상 잠에서 깨고 나니 몸에 에너지가 충만한 느낌이다. 그런데 에너지가 갑작스럽게 몸에 강제 주입된 느낌이라 이 에너지를 가지고 뭘 해야 될까 하는 인지 부조화가 일어난다. 정신도 말똥하다보니 시간도 굉장히 천천히 간다.

출근 전 수련도 잠깐 하긴 했는데 이렇다 할 만한 것도 없고 자꾸 뭘 보려고 하는 욕심만 생겨서 30분 정도 하고 마무리. 센터서 2시간 정도 하체 운동을 빡세게 하고 퇴근하는데도 잠이 절대 안 올 것 같은 느낌이 확 온다. 여자 친구와 통화 50분. 노래방 가서 목 쉴 때까지 지르고 오랜만에 연락 온 동생하고 통화하다보니 새벽 3시 정도가 됐는데도 음... 힘이 남는다. 삼공재 방문을 위해 강제 취침.

2017년 12월 23일

기상 시간은 좀 늦었지만 어제에 이어 그 기분은 여전하다. 오늘은 7분 먼저 와 계신데 진동이 크게 오면 민폐가 되지 않을까 했는데 다행이 진동은 잔잔하게 에너지도 어느 정도는 잠잠해진 것 같다. 수련 이후 쌍화탕과 팥빵 타임 이후 뒤풀이. 조용한 분위기 속에서 우해님이 이야기를 잘 이끌어주셔서 시간이 금방 지나갔다.

그러고 여자 친구와의 데이트를 하는데 역시 크리스마스 전날이다 보니 거리에 사람이 많아 가급적 돌아다니지 않고 실내 데이트. 헤어질 때쯤 되니 기운이 한층 꺾여서 집에 가도 편안히 잘 것 같은 느낌이고, 여자 친구한테 기운이 넘어갔는지 오늘은 밤새 어딘가 돌아다닐 정도로 쌩쌩한 기분이라 한다. 집에서 별다른 수련하지 않고 취침.

2017년 12월 24일

전날 기운 소모가 좀 있었는지 아침에 일어나기가 힘이 든다. 아침에 잠깐 눈떴다가 다시 누우니 점심시간. 좌선하니 얼마 안 지나 눈앞에 검은 물체가 다가왔다 멀어지다를 반복하다 검은 형태의 태극 문양이 되어 눈앞에 휙휙 돌아간다. 피로감이 생겨 와공하니 여러 가지 화면들이 보이는데 확 이렇다 할 만한 게 없다.

8단계부터 화면이 보이면 그 중에 글씨가 간간이 보이는데 흐릿하거나 내가 잘 모르는 형태의 문자인데, 보면서도 모르는 문자다 보니 그냥 그러려니 하고 넘어가 버린다.

오늘도 시간이 괜찮아서 저녁 시간에 여자 친구와의 데이트. 평상시는 일 주일에 한 번씩만 만나다 이틀 연속으로 만나니 감회가 새롭긴 하다. 어제 워낙 인파가 많아서 오늘은 좀 없지 않을까 했는데 어제보다 더 많은 듯하다. 가고 싶은 맛집이 있어 방문했더니 예약자가 만만치 않다. 어쩔 수 없이 다음을 기약하고 어제와 마찬가지로 실내 데이트.

2017년 12월 25일

주말이 지나고 나니 다시 평상으로 돌아온 느낌. 평상시보다 많은 인파가 많은 곳을 지나다닌 것과 여자 친구의 관계에서 마지막까지는 안 갔지만 금욕을 진행한 상태에서 체감해보니 소모되는 기운이 적잖게 많이 된다는 게 느껴졌다.

집에서 공부하면서 느긋하게 먹고 싶은 음식 먹으면서 하루 일과 진행. 움직임 없이 먹기만 하다 보니 배가 많이 빵빵한 게 중간 맞추기가 쉽지 않다. 여러 가지가 바뀌는 내년을 위해 남은 12월 한주 마무리를 잘 지어야겠다.

2017년 12월 27일

오후 1시 반 기상. 전날 컨디션도 괜찮았고 운동할 때 약간 피로하다는 느낌은 있었는데 카페인 섭취 없고 공부할 때 집중력도 괜찮았던 것 같다. 집에 돌아와서 피로감이 심해 수련 자세만 잡다가 바로 취침했는데 일어나서 보니 점심을 훌쩍 넘겼다. 요즘 금욕 대신에 간간이 야식을 조금씩 하는데 그 영향인지 아침 기상이 점점 더뎌지는 느낌. 체중도 조금씩 올라 77kg~78kg 사이를 오락가락한다. 여러 가지를 제대로 하기가 쉽진 않다.

퇴근 후 수련 시작. 기운 들어오는 느낌도 약하고 진동도 거의 없다시피 하다. 자성에게 물어보니 이번에는 수련이 끝났다는 쪽으로 반응이 오기는 하는데 마음 한구석에 뭔가 미진한 구석이 있다는 느낌이다. 은연중에 끝내고 싶어하는 마음 때문에 이런 게 아닐까 싶은 생각도 들어 지나갔던 화두들을 점검차 다시 시행.

1차: 백회로 어느 정도 기운이 들어오면서 명문까지 관통. 이후 약간의 진동과 함께 주천을 하는 쪽으로 마무리.

2차: 처음 들어왔던 기운에서 묵직함이 더해지는가 싶더니 기운이 더 세게 들어온다. 이전 2차 진동과 8차 진동이 번갈아 나타나거나 섞여서 진행. 인당 쪽으로 찡할 정도로 기운 유입이 되는데 너무 강해서 이목구비가 인당으로 빨려 들어가는 느낌. 녹색 빛이 아른거리면서 사람 얼굴이 보이는가 싶더니 구름에 가려진 태양 같은 모양으로 바뀐다. 빛을 발산하고 있지만 구름에 가려져 보이는 건 일부분이다. 지나고 나니 여의주일지도 모른다는 생각이 든다. 이후 격렬하게 진동 몇 차례 더 하고 인당으로의 기운 유입을 경험한 후에 점차적으로 약해지면서 마무리.

3차: 부드러운 느낌으로 백회로 기운 유입. 이렇다 할 만한 진동이나 특이 사항 없음

11가지 호흡: 호흡 진동 순차적으로 나타남

5차: 특이사항 없음

6차: 백회로의 기운 유입은 거의 느껴지지 않는데 단전이 확 뭉치면서 몸통이 빙글빙글 돌아간다. 이후 인당으로 약간의 기운 유입과 대맥 위주로 기운 유통이 강하게 돌아가다가 마무리.

가볍게 테스트만 하려고 했는데 2차에서 생각보다 시간이 길어져서 7차와 8차 화두는 다음날 다시 테스트를 해봐야 될 것 같다.

왜 2차만 그럴까 생각을 해보니 끝났다고 느꼈던 시기의 몸 상태가 굉장히 안 좋다 보니 그 상태에 맞춰서만 기운이 들어오고 지금 와서 그 때 수용하지 못했던 기운이 들어오지 않았나 하는 생각이 든다.

2017년 12년 28일

어제에 이어 화두 점검 및 마무리

7차: 별 반응 없음

8차: 백회와 장심 단전으로 은은하게 기운 유입. 이후에 이렇다 할 만한 반응은 안 보이길래 와공으로 추가 진행 후 취침. 의미 없는 꿈을 꾸다 정신이 번쩍 드는데 나선형으로 이루어진 회색 타일이 빙글빙글 돌면서 중앙에 있는 검은 구체안으로 빨려 들어간다. 타일에 연속적인 이미지가 새겨져 있고 검은 구체는 타일을 빨아들일수록 점차적으로 커지면서 화면은 끝이 난다. 결국 우리의 인생은 공으로 시작해서 공으로 끝난다는 생각이 들었고 천부경의 일시무시일 일종무종일의 문구가 머릿속에 맴돈다. 마지막으로 다시 한번 자성에게 현묘지도 통과했는지에 대해 물어보자 어느 때보다도 강렬한 진동이 일어나며 수련의 끝을 알린다.

글을 쓰는 지금 갑자기 이유 모를 눈물이 흐른다. 선도를 알게 해주고 이렇게까지 올수 있게 해주신 선계 스승님, 삼공 선생님 그리고 카페 도반님들에게 감사드립니다.

2017년 12월 31일

성민혁 올림

【필자의 논평】

직장인 헬츠 센터 일을 보면서 보디빌딩과 현묘지도 수련 세 가지 일을 2015년 1월 15일부터 3년 동안 꾸준히 병행하면서, 성민혁 씨는 갖가지 어려움을 극복한 이야기를 실감나게 펼쳐 보여주고 있다. 끝내 현묘지도 수련에 합격한 남모르는 인내의 과정이 돋보인다. 그는 마침내 33번째 현묘지도 과정에 합격했다. 선호는 인암(忍岩).

이영호 화두 수련일지

이영호입니다. 현묘지도 수련일지를 다시 한번 정리해 보았습니다. 읽어보시고 통과 여부를 알려주시길 부탁드립니다.

저는 고등학교 때 헤르만 헤세의 데미안과 크리슈나무르티의 자신으로부터 혁명을 읽고 궁극적인 실체에 의문을 품기 시작했습니다. 대학교에 진학하여 기독교 써클에 가입하여 성경 공부를 통하여 진리를 찾고자 하였습니다. 그러던 중 증산 상제와 천지공사를 접하게 되었고 매력을 느껴 대순진리회란 단체에서 태을주 수행을 하였습니다.

대학교 졸업반 때 도서관에서 『선도체험기』를 우연히 보게 되었고 밖에서 찾지 말고 내안에서 찾으라는 가르침에 따라 모든 조직과 단체에서 벗어나 자성구자의 길을 걷기 시작했습니다. 직장생활을 하면서도 『선도체험기』가 발간될 때마다 사서 읽으면서 단독수련을 계속하였습니다. 20여 년 다니던 회사가 경영상의 어려움으로 구조조정을 단행하게 되었고 저는 정리해고를 당하게 되었습니다.

집에서 쉬면서 『선도체험기』를 1권부터 109권까지 찬찬히 읽어

보게 되었고 삼공재를 찾고 싶은 강한 충동을 느끼게 되었습니다. 처음 찾은 삼공재에서 단전이 따뜻하게 달아오르며 축기가 시작되는 것을 느꼈습니다. 그로부터 꾸준히 다닌 지 일 년이 되었을 때 축기가 완성되면서 기운이 온몸과 임독맥을 순환하는 것을 느꼈습니다.

그런 상태가 6개월 정도 지속되었을 때 선생님께서 백회를 열어주셨습니다. 선배님들의 현묘지도 체험기를 세 번 읽은 후 현묘지도 첫 화두를 받았습니다. 화두를 외우자 우주선이 백회에 안착하면서 광선을 내뿜는 모습이 보였습니다. 첫 화두를 외운 지 3주가 지나도록 화두를 어떻게 끝내야 하는지 갈피를 잡지 못했습니다. 마음에 작심을 하고 밤을 새면서 화두를 외우던 중 우주선에서 쏟아지던 기운이 끊어지는 것을 보았습니다.

2단계 화두를 받은 뒤부터는 계속 같은 요령으로 화두수련을 진행하였습니다. 밤을 새면서 8시간에서 9시간을 집중해서 외우면 화두의 기운이 끊어진다는 것을 알게 되었습니다. 5단계 화두를 외울땐 오직 모를 뿐이라는 답이 자성으로부터 느껴졌었고, 6단계 화두에선 시작도 없고 끝도 없는 허공에서 내가 왔다는 답을 느꼈습니다. 7단계 화두에서는 내 본래의 모습이 빛이요 광명이며 부처라는 응답이 왔습니다. 8단계 화두에선 끊는 용광로라는 답을 느꼈습니다.

화두를 마무리하고 수련일지를 보냈건만 어찌된 일인지 두 달이 다되도록 선생님께서는 아무런 말씀이 없으셨습니다. 저는 눈치로 탈락되었다고 느끼게 되었고 삼공재와 기수련을 중단한 채 마음공부와 자기성찰에 주력하였습니다. 마음 길이 끊어지는 곳까지 가보고자 하였으나 근본당처에 이르진 못하였고 무엇을 알고자 몸부림치는 급한 마음과 분노와 짜증을 일으키는 꿈틀거리는 한 물건의 존재를 어렴풋이 느끼게 되었습니다.

이상으로 현묘지도 수련일지를 끝마치며 백회를 열어주시고 현묘지도 화두를 가르쳐주신 선생님의 은혜에 감사를 드립니다.

2018년 1월 5일

이영호 올림

【필자의 논평】

화두 수련일지가 비록 짧기는 하지만 그의 수련과 함께 구비해야 할 조건은 모두 다 갖추었으므로 현묘지도 화두 과정 34번째로 합격되었다. 도호는 광명(光明).

아내라는 존재

새해가 벌써 일주일가량 지나갔습니다. 어제 아침에 북한산 능선에 올라 해발 약 600m 고지에서 서울과 수도권을 내려다보니 하늘은 파랗게 청명한 날씨였으나 지상에서부터 해발 400m 정도의 대기층까지는 미세 먼지가 자욱하게 끼어 있는 것이 보였습니다. 아침 10시경의 따스한 햇볕을 받으니 회색과 보라색을 섞어놓은 것과 같은 스모그 층이 더욱 선명하게 보이더군요.

평소 그 대기권 안에서 생활할 때에는 잘 모르고 지내왔는데 그곳을 벗어나서 보니 '내가 공기가 오염된 곳에서 수십 년 동안 지내왔다'라는 생각이 들었습니다. 더불어, 오염된 공기를 마시는 것은 어쩔 수 없다 해도 열심히 운동을 해서 건강을 지켜야겠다는 생각도 해 보았습니다.

등산 내내 제 머리를 떠나지 않았던 것은 바로 제 아내에 대한 상념이었습니다. 어떻게 해야 할지 고민했지만 뾰족한 해결책이 떠오르지 않았습니다. 사건은 지난 금요일 퇴근하고 집에 와서 발생하였습니다. 가족들과 함께 저녁 식사를 하려고 거실에 앉아 있는데 일주일 후로 다가온 '인사이동' 얘기가 나왔습니다.

와이프는 올해로 육아 휴직 기간이 끝나 올 연말쯤 사무실에 복직해야 하는 상황입니다. 아이 엄마는 딸들이 아직 만 10살 이하라서 신경 써야 할 부분이 많아 아무래도 일이 많은 부서보다는 업무 강도가 덜하고 칼퇴근할 수 있는 과를 가려고 합니다. 제가 집 현관을 들어서자마자 '어느 과 어느 팀이 좋을까' 얘기를 꺼내는 것이었습니다.

그런데 제 반응이 시큰둥했나 봅니다. 핑계 같지만 그날 제가 고발한 건 관련하여 파주 경찰서에도 다녀오고 해서 좀 피곤해서 그랬는지 제 입에서 뜨뜻미지근한 답변이 나오자 아내가 발끈하였습니다. 지금까지 10여 년 동안 사귀고 결혼하고 지내오면서 인사이동 때 제대로 챙겨준 게 무어냐는 것입니다. 다른 남편들은 '빽'이다 '인맥'이다 줴다 동원해서 인사청탁을 하고 연줄이 안 닿으면 중간에 다리라도 놓아 부탁을 하는데 당신은 꾸어다 놓은 보리자루마냥 뭐 한 게 있느냐는 것이었습니다.

차라리 배우자랑 직장이 서로 달랐으면 이런 일이 없을 텐데. 하지만 엎질러진 물이니 주워 담을 수도 없는 노릇이구요. 저는 기분이 나빴지만 아내의 말이 별로 사실과 다른 부분이 없어 '인사이동 때 내 힘껏 물심양면으로 지원을 해 줘야 하는데 못 해준 부분은 처신을 잘못한 것 같다'라고 시인하였습니다.

아내는 잘못한 것은 잘못한 것이고 어떻게 남편이 아내를 위해 주는 것이 남보다 못하다고 하면서 '어찌 보면 은근히 자기(배우자)가 힘든 부서에 배정되는 것을 즐기는 것 같다'라고까지 하였습니다. '아니 어떻게 팔이 안으로 굽지 바깥으로 굽겠냐'면서 '잘 챙겨주지는 못했지만 마냥 팔짱만 끼고 있지는 않았다'라고 얘기하면서 아내 기분을 누그러뜨리려고 노력했지만 별무효과였습니다.

저는 아내 얘기를 들으면서 아이들에게 상추에 삼겹살과 김치를 싸서 저녁을 먹이고 있었는데 순간 욱하는 심정에 밥상을 뒤집어엎고 말았습니다. '쨍'하는 소리와 함께 접시들이 두동강 나고 먹다 남은 삼겹살, 김치, 밥 등이 마룻바닥에 그대로 내팽개쳐졌습니다. 후회가 밀려왔지만 돌이킬 수도 없고 묵묵히 깨어진 접시조각과 반찬들을 주워담고 바닥을 청소하고 있는데 와이프는 얼굴이 벌게지더니 '이제 하다하다 밥상까지 엎는다'면서 '두 번 다시 그랬다간 각오하라'고 바락바락 대들었습니다.

열 번을 생각해 보아도 밥상을 뒤집은 것은 제가 잘못하였지만 제가 아내의 인사이동 때 제대로 챙기지 못한 것이 그 정도로 비난받을 거리인가 하는 생각이 치솟아 올라 제때에 사과를 하지 못하였습니다.

저뿐만 아니라 주위 사람들과도 얘기하다 보면 대개 배우자와의 관계가 원활하지 않음을 알 수 있습니다. 의사소통이 제대로 되지 않은 채 그냥 하루하루를 살아가는 것이지요. '화성에서 온 남자 금성에서 온 여자'란 책 제목처럼 서로 관심 분야가 다르고 똑같은 사실을 받아들이는 것도 서로 달라 상대방을 온전히 이해하기란 애시당초 어려운 것일까요. 와이프 입장에서는 자기에게 관심과 사랑을 더 보여 달라는 애정의 표현일 터인데 저는 왜 그걸 이해하고 보듬어주지 못하고 알량한 자존심만 지키려고 하는 것인지요.

아내와 나와는 과연 전생에 어떤 인연이 있어 금생에 부부로 맺어진 것일까요. 결혼하기 전 처형이 점쟁이를 찾아가서 저희 부부의 궁합을 보았더니 그 무당 왈 '어디 가서 궁합볼 생각을 하지 말라'고 할 정도로 좋지 않았다고 합니다. 전생에 좋지 않게 끝난 인연이었다면 이번 생에는 어떻게 승화시켜야 할까요. 혹 채권채무 관계에 있었다면 대체 얼마나 마음의 빚이 남아 있는 것일까요.

지금은 알 수 없지만 수련을 계속하다 보면 잡히는 것이 있으리라 생각합니다. 배우자와의 수백 생에 이어진 숙세(宿世)의 끈을 부여잡을 수 있다면 아내를 더 잘 이해하고 따뜻하게 챙겨줄 수 있을 거란 기대를 가져봅니다. 그날이 올 때까지 이를 화두로 삼아 수련해 나가고자 합니다. 그때가 되면 산에 올라 아래를 내려다보는 것처럼 확연히 뭔가가 드러나 보이겠지요. 수행이 그 단계에 이를 때까지 열심히 산을 오르려 합니다.

스승님이 저에게 '배우자를 사형처럼 모시고 뜻을 거스르지 말라'

고 하셨을 때 저는 스승님이 그렇게 말씀하신 연유가 분명 있으리라 생각했습니다. 그럼에도 불구하고 이를 제대로 이행하지 못한 것 같아 죄송스럽습니다. 인격수양이 많이 부족한 저의 탓이지요. 남이 변하기를 바라지 말고 나 자신이 변해야 한다는 것을 알고 있습니다. 기수련을 통해 전생을 살펴보는 것과는 별도로 아내에게 서둘러 미안하다고 말하려고 합니다. 진정어린 사과라면 와이프도 받아들이겠지요.

수련 상황에 대해 말씀드리면 몸공부는 스승님의 지침대로 따르고 있으며 기수련에 있어서는 축기를 계속하고 있습니다. 요즈음은 기감각이 예민해진 것인지 빙의가 될 때 몸 상태가 느껴집니다. 며칠 전에는 직장 동료들과 점심 때 식당에서 가서 해물순두부가 나왔는데 아직 먹지도 않았는데 머리가 띵하면서 어질어질 현기증이 나더라구요. 배가 고플 때 에너지가 딸려 현기증이 나는 경우와는 다른 것 같습니다. 일상생활을 해 나가면서 경험이 쌓이면 빙의될 때의 느낌이 확실해지리라 생각합니다. 마음공부는 제 아내에 대한 메일 내용에서 보신 것처럼 진창에 빠져 허우적대고 있습니다.

올해 스승님께 바람이 있다면 항상 건강을 유지하셔서 좋은 글도 많이 쓰시고 오래도록 제자 양성에 힘써 주시는 것입니다. 수련 진도가 더딘 제자이지만 『선도체험기』를 통해 좋은 가르침을 주시고 이 한 마음을 전하면서 이만 줄입니다. 그리고 생식요금을 계좌

이체하였으니 표준 4봉지 발송 부탁드립니다.

4351년 1월 7일

김강한 올림

【필자의 논평】

아내가 남편에 대하여 불평을 한다든가 잔소리를 할 때는 그것 자체가 그동안 쌓여온 남편에 대한 아내의 스트레스 해소 과정이라는 것을 알아야 합니다. 그럴 때는 바로 그 순간부터 아내의 잔소리가 완전히 시들 때까지 벙어리가 되는 것이 상수입니다. 맞상대는 하수 중의 하수입니다.

지금은 역학으로 보아 여자의 기세가 상승할 때입니다. 앞으로 최소한 1만년 동안은 그리 될 것이라 합니다. 과거의 1만년 동안은 남존여비(男尊女卑) 시대였고 여자들의 남자들에 대한 원한이 사무칠 대로 사무쳐왔으니 다음 1만년 동안은 여존남비(女尊男卑) 시대가 활짝 꽃피게 될 것입니다. 의식이 있고 민감한 남자들은 진즉부터 이에 대비했어야 할 일입니다. 부부 싸움에서는 지는 것이 이기는 겁니다. 여성상위 시대에 접어든 이즈음 냉정한 눈으로 살펴볼 때 김강한 씨는 집에서 쫓겨나지 않은 것을 다행으로 알아야 할 것입니다.

자산의 천지개벽에 대한 수련일지

삼공 스승님!

증산도의 도전을 읽고서 수련에 들어 관찰한 수련일지를 보내드립니다. 증산도 도전에서도 인간계의 모든 일들이 인간만이 아닌 존재들과 인연된 신명계와 연결되어 진행되기에 강증산 상제도 척을 두지 말라고 강조하였습니다.

그리고 앞으로 일어날 일들에 대해 미리 그 시점에서만 할 수 있는 천지공사를 진행하며, 참 사람으로 살기 위해 어떤 마음을 내어야 하는지를 전한 것입니다. 그리고 그러지 못할 경우에 일어날 예언된 일들을 말해 주고 있습니다.

그러나 그 또한 피할 수 없는 일이 아닌 우주의 이치를 깨달은 각자들의 각성과 역할 속에서 현생을 살아가는 모든 사람들의 선택에 따라 바뀌기를 바라는 간절한 마음에서 남긴 메시지임을 느낍니다.

운기가 되는 순간부터 자신과 인연된 영가를 천도하며 이생의 한순간이 마음 한자락도 허투로 여기면 안된다는 것을 체감하였습니다. 그리고 세세생생 윤회하며 빚어진 인연의 고리들의 인과관계를 해업하며 자신뿐만 아니라 주변도 밝히어 변화시켜 나가는 것이 수행자가 반드시 행하여야 할 사명이라는 것이 더욱 명확해집니다.

이웃의 지인이 겪고 있는 영병과 관련된 자신의 오랫동안 어디에도 털어놓을 수 없었던 삶의 고민을 차 한잔 들며 도담을 나누는 과정에서 그동안 도전을 읽고서 관하였던 흐름과 함께 내면으로부터 전해진 자성의 메시지를 수련일지로 올립니다.

혹심한 한파로 인해 서울이 시베리아에 비유될 정도로 춥다고 합니다. 혹한 속에서도 지금처럼 밝은 햇살로 늘 존재해 주셔서 감사드립니다.

2018년 1월 24일

자산(慈山) 정정숙 올립니다.

자성과의 대화

현묘지도 화두수련을 마치고 관심(觀心)이란 화두를 받고서 매순간 자신의 내면을 성찰하고 나와 남이 둘이 아닌 하나의 존재인 나라는 존재 이외의 모든 존재들을 바라봄이 다르다. 요즘 한국과 지구 곳곳에서 천재지변과 전쟁 위기설 등 세상의 어수선한 소식이 밀려온다. 세상이 불안하니 주변 사람들이 앞으로 일어날 일들의 예언들에 대한 관심이 많은 듯하다.

이웃님이 잠시 차 한 잔 나누자며 찾아와서 조심스레 자신의 고민을 털어 놓는다.

"요즘 제가 작업을 하면서 누구에게도 말할 수 없는 고민이 있답니다."

"네. 무슨 고민이신데요?"

"왠지 내 얘기를 이상하게 여기지 않을 것 같다는 확신이 들어서요. 말하지 않으면 내가 겪는 것이 마치 꿈을 꾸고 있거나 아니면 정신적인 문제가 있는 것이 아닌가 여겨지는데, 내가 느끼는 것은 너무나 명확한 것이라 어디다 얘기할 수도 없었답니다."

"네. 너무 걱정 마시고 편안히 말씀해 보세요."

"어제 밤에 도자기 작업을 하고 있는데, 태엽 감는 소리도 들리고, 저 외에는 아무도 없는데, 저벅저벅 걷는 소리도 들리고, 사람

형태는 보이지 않는데 분명 누군가가 저를 지켜보고 제가 있는 공간에 함께하고 있다는 게 느껴져 너무 무서워서 작업장을 바삐 도망치듯 나와 버렸답니다. 그런데 이런 일이 어제가 처음이 아니에요.

우리 아들은 제가 요즘 들어 자꾸 아기 말투로 얘기한다 걱정해요. 제가 생각해도 이상하게도 내가 이런 말을 쓰지 않는데, 혀 짧은 말을 한다는 게 느껴지고요. 게다가 밤에는 통 잠도 못 이루고 소화도 안되고 음식도 먹을 수가 없는 것이…….

그래서 남편은 조심스레 정신과라도 다녀오면 어떻겠냐고 하면서, 저를 바라보는 눈빛이 거리감도 느껴지고… (잠시 침묵을 유지한다) 사실 마음이 이래저래 편하지도 않지만, 내가 지금 이렇게 사는 게 맞나 싶어요. 남편도 아이들도 다 저에게 잘해 주고, 저도 가족들을 사랑하는데, 왠지 모를 허전함과 허망함, 왠지 다른 세상에 나만 버려진 느낌이라고 해야 할까요. 그리고 어느 순간부터 사람 마음이 척 알아지고 그러니, 이젠 이런 제가 무섭다는 생각이 들어요."

이웃님의 말씀을 들으며 이미 이분이 오기 전에 이분과 함께 한 인연을 관하며 함께한다. 이분과 인연 되신 분이 세 분이 함께하신다. 전생에 도자기를 구우며 초상화를 그렸던 도공 부부와 어린 아이가 이웃님과 함께하면서 이분이 이생에 하고자 하는 일을 돕고 있다. 이웃님이 굽는 도자기에 표현되는 예술적인 세계는 마치 살아 있는 대상을 그대로 옮겨 놓은 듯 그 생동감이 뛰어나고 사실적이어서 해외에서도 인지도가 있는 도예가이기도 하다.

어찌하여 이분과 인연되었는지 제 안으로 관하니 이분들은 전생에 이웃님과 함께 하며 힘든 생활을 버티어 나갈 수 있는 도움을 받았던 인연이다. 이웃님은 전생에 양반의 아녀자로 기품이 있고 정이 많아 이 부부와 가족들을 살뜰히 살피며 아꼈던 사이였음을 알게 된다.

도공의 아이가 괴질병에 전염되어 마을 사람들이 두려워 정상인 이들 부부와 아이를 깊은 산중 헛간에 가두어 죽도록 방치한 것이다. 치료의 손길이 필요한 아이와 함께 음식도 물도 공급받지 못하고 고통스러워하는 아이를 지켜보아야 하는 고통 속에 숨지고 만다.

이분들을 아꼈던 이웃님이 도공 가족이 보이지 않아 수소문 끝에 산속 버려진 헛간에서 두 부부와 아이의 시신을 거두어 고이 묻어준 은혜를 잊지 않고 현생의 인연으로 육신은 함께하지 못하나 자신을 아꼈던 이웃님과 함께하며 이분의 꿈이 이루어지도록 도운 것이다.

이웃님이 만든 작품에 도공 부부의 아이의 혼령이 깃들어 마치 살아있는 대상처럼 자연의 친구들이 생동감 있게 보이며, 이웃님이

도자기를 구울 때 도공 부부가 함께 하며 그들의 재능이 함께 반영이 되어 작품이 탄생하는 것이다.

도공 부부의 이야기를 알고 나니 마음이 아리어온다. 그들은 자신이 죽었으나 삶을 마감하는 시점에 아이가 죽어가는 것을 보고도 그 무엇도 해주지 못한 것이 원한이 되어 아이와 함께 삼계를 떠나지 못하고 남아 있는 것이다. 이들은 누구를 해칠 마음도 없으며, 그저 자신을 아꼈던 인연에 감사하며 죽어서도 그 은혜를 갚으려 한 것이다.

그들이 이생을 떠날 수 없었던 것은 그러한 모든 것들이 삶의 전부로만 알았기 때문이 아닌가 한다. 마음이 그 시점에 멈추어 있기에 진정한 사람의 태어남의 의미가 무엇인지, 얼마나 많은 생을 윤회하며 자신이 누군가에게 버림을 받듯 자신도 누군가에게 아픔을 주는 존재로 살아 온 그 대가를 치르며 업을 갚고 있는 중이었다는 것을 알았다면 마지막 눈 감는 순간에도 그들은 자신에게 주어진 삶에 감사할 수 있었을 것이다.

모든 존재가 이미 깨달은 존재이며 부처라는 사실을 알기 위해 윤회하고 있다는 내 안의 앎과 그들의 의식이 하나가 되어 공명하며 빛이 강하게 확장된다. 그들과 내가 둘이 아닌 하나의 존재임을 알고 있는 나로서 그들이 인연 된 연유를 그들에게 묻는 것이 아닌 내 안으로 호흡과 의식이 하나 된 체, 고요한 가운데 오직 그 모든 것을 관하고 있는 의식에 의해 이러한 이치가 알려진다.

그리고 내 안의 일깨움들과 그들의 의식이 하나로 연결되어 산 자와 죽은 자의 경계도 없이 오직 깊은 감사와 사랑의 빛의 기운으로 하나가 된다. 그들과 모든 의식이 연결된 상태에서 대각경을 염송한다.

'나는 하느님의 분신으로서 하느님의 무한한 사랑, 무한한 지혜, 무한한 능력을 구사하고 있다. 이 큰 깨달음을 통하여 나는 뜬구름과 같은 오감의 세계를 벗어나 상부상조하는 대조화의 세계, 하느님과 나, 남과 나, 우주와 내가 하나로 합쳐지는 실상의 세계 속에 살고 있다.'

대각경에 담긴 빛의 기운과 그분들의 본래의 빛이 하나 되며 인간의 형상은 더 이상 존재하지 않은 채 환한 빛만 발현된다. 모든 우주 만물이 바로 빛의 존재임을 보여준다. 밝고 환한 의식이 그들의 외형을 이루는 모습도 아름다운 빛으로 발현되면서 세 가족이 공손히 합장을 하며 빛 무리가 되어 다른 공간으로 이동한다. 이어 자성에게 관한다.

'태을주 등 주문수련을 하는 의미에 대해 관합니다.'

'자신이 누구인지 일깨워지기 전에는 이러한 주문수련을 염송하는 것이 특정 주문에 연결된 기운의 변화 속에 본래의 자신에게로 안내하며 지원하는 것이나 자신이 누구인지 명확히 안 이후에는 이미 주문수련의 단계를 초월한 것이니, 화두를 위한 화두수련이나 주문에 의지한 주문수련 또한 의미가 없는 것이니, 이때부터는 구도중생의 역할로서의 활용하는 도구인 것이다.

우주를 이루고 있는 근본 깨달음은 오로지 의식과 기운으로만 존재하며 창조주의 근원의식의 빛으로 표현될 수 있다. 이 의식은 인간이 살고 있는 삼계의 3차원뿐만 아니라 다양한 차원으로도 존재하고 있으며 각 차원마다 빛의 에너지의 형태로 존재하는 생명체들이 있으며 그 이상의 차원에는 형체를 갖춘 생명체가 아닌 우주 의식으로 이루어져 있으며 이러한 모든 존재들이 근원의식과 연결된 하나의 존재이다.

삼계인 이곳 지구에서는 본래의 자신이 누군지 알지 못하는 인간은 육신이 있는 영가이며, 영가는 육신이 없는 인간인 것이다. 오직 육신을 갖추고 본래의 자신이 누군지 알고자 하며 지감, 조식, 금촉으로 참 자신을 찾아가는 여정 속의 작은 일깨움일지라도 그 일깨움으로 자신뿐만 아니라 육신이 없는 인간과, 이러한 참 자신을 알도록 돕고 있는 지구와, 지구에 존재하는 수많은 생명의 존재들인 동물과 식물들뿐만 아니라 죽어서 존재하는 영체가 아닌 인간의 진화를 돕고 있는 수많은 차원의 영성체들과 연결되어 영적 차원의 상승을 돕고 있다는 것을 알아야 한다.

인간만을 위한 진화가 아닌 다른 모든 생명에게도 서로가 모두

일체라는 일깨움으로, 지구 전체의 모든 생명체에 해원상생의 염원을 담은 간절한 파장을 전송해야 할 것이다. 지구는 인간만의 생명체가 아닌 다른 여러 생명에게도 살아야 할 권리가 있는 것이며, 현재 지구 곳곳에 일어나는 천재지변과 전쟁 등 그동안 수많은 선각자들에 의해 전해진 예언대로 진행될지는 오직 지금 이 순간을 살아가는 일깨워진 인간들의 선택에 달려 있는 것이다.

이러한 확장된 의식 속에 우주의 전체의식과 자신이 하나 됨 속에 발현되는 율려의 파장은 인간으로 현현한 일깨워진 의식을 통해 모든 만물과 공명할 수 있는 것이다.

진정한 주문수련의 참뜻은 그 의미를 알지 못하는 존재들에게 본래 알아야 할 깨달음의 빛의 파장을 율려에 담아 전하는 이치인 것이며 이미 본래 진면목을 찾은 구도자에게는 특별한 의미부여가 될 수 없는 것이다. 오직 고요함 속에 자신의 일깨워진 세포 하나 하나가 본성의 빛의 파장으로 승화되어 모든 만물에 대한 무한한 자비심이 발현되는 우주의식과 하나 됨이 모든 주문을 초월하는 것이다.

같은 주문을 염송하여도 어떤 마음으로 염송하느냐가 중요한 것이니, 자신을 위해 얻고자 하는 마음으로 하는 수련으로는 연결되는 기운이 한정될 것이나, 나와 모든 생명체들을 하나의 존재로 의식이 연결된 고요함 속에 자비심을 발현하는 상태에서 염송하는 주문은 온 우주를 진동하며 영적 차원을 상승시키는 진화의 빛인 것이다.

이러한 이치를 알고 이런 의식으로 매순간을 살아가는 구도자들이 더 많이 깨어나야 할 것이다. 보이지 않는 차원의 세계에서의 육신이 없는 인간들도 이러한 일깨움으로 염송하는 율려의 파장은 본래 자신의 자리인 빛으로 돌아가도록 안내하고 지원하는 것이니 지구를 포함한 모든 생명체들의 영적 차원을 상승시키는 것은 주문수련이 아니라 이러한 앎과 행에 있다 할 것이다.

'다가오는 미래에 대해 많이들 불안해합니다. 근자에 전 세계적으로 지진, 화산 폭발 등 여러 자연재해 현상으로 앞으로 천지가 개벽할 것이며 지축이 정립되며 물과 불로 다스리니 수많은 생명이 죽을 것이라 하며, 선각자들이 전한 주문들을 외우면 살 수 있다 하는데 이러한 예언들에 대해서는 그 의미를 어떻게 받아들여야 하는지요?'

'증산이 후세에 전하고자 했던 개벽(開闢)의 참뜻은 더불어 나누는 삶이며, 이것이 증산이 보여주고자 한 해원상생과 개벽의 참뜻인 것이다. 개벽을 천지를 개변하고 살아있는 생명체들의 대부분이 절망적인 상황에 처한다는 사실로만 받아들이는데 반드시 절망적인 메시지만은 아닌 것이다. 주변사람들이 불행한 상황에 처해 있을 때, 자신만의 안위를 생각하는 이기적인 수행이 아닌 서로 돕고

자 하는 간절한 마음이라 할 것이다. 상생의 진정한 의미를 바로 알아 더불어 나누며 함께 살아가자는 것이 개벽(開闢)의 진정한 뜻이다.'

'세상 사람들을 구원한다는 명목으로 증산의 천지개벽(天地開闢) 사상에 심취한 사람들이 많은 세상입니다. 그러나 증산의 사상을 바탕으로 해원상생과 천지개벽론을 펼치고자 했던 많은 구도자들이 얼마나 증산이 펼치고자 했던 뜻을 자신의 삶 속에 온전히 녹여내어 행으로 실천했는지는 그동안 증산사상을 세상 속에 전파한 단체들의 실상과 지나온 과정들이 현실에 어떻게 반영되었는지를 보면 될 것입니다.'

'이 시점에 이미 자신이 누군지 확연히 알고 자신뿐만 아니라 모든 존재들 또한 자신과 같은 존귀한 존재라는 사실을 아는 사람들이 어떻게 해야 하는지요?'라고 관하자 눈앞에 큰 화면이 빛으로 투영되며 그 속에 많은 의미를 내포한 문자들이 밝고 영롱한 빛의 형태를 이루고 있고 이러함은 내면의 깊은 의식 속에서의 알아짐이다.

'새 세상을 보기가 어려운 것이 아니오. 마음 고치기가 어려운 것이라. 이제부터 마음을 고치라. 대인(大人)을 공부하는 자는 항상 남 살리기를 생각하여야 하나니, 어찌 억조를 멸망케 하고 홀로 잘되기를 도모함이 옳으리오. (증산도 도전 2:75:11,12)'

눈앞에 펼쳐진 글을 모두 읽자 환한 빛의 장막 속에 밝게 빛나던 이 문자들이 사라지고 짙은 암흑처럼 고요하다. 깊은 호흡으로 고요함 중에 자성과의 대화를 이어간다.

증산사상이 거듭 강조하는 것은 개벽이란 거창하고 새로운 것이 아니며, 새 세상이란 세상사람 모두가 하느님의 분신으로서 하느님의 무한한 사랑, 무한한 지혜, 무한한 능력을 구사할 수 있도록 허상의 나를 비우고 참 자신으로 새롭게 태어난다면 바로 이것이 새로운 후천 세상을 여는 것이며 너와 내가 둘이 아닌 하나의 존재로서 더불어, 함께 나누는 진리를 전하고 있는 것이며, 이것이 천지개벽의 참 뜻이라 할 것이다.

종말론적인 모든 종교 사상이 추구하는 것들 중 잘못된 행태는 천지개벽으로 세상천지가 종말을 고하는 흐름 속에서 개벽사상이나 종말론적인 사상을 추구하고 맹신하는 자신들만 선택적으로 구원을 받아서 새로운 세상 속에서 부귀영화를 누릴 것이라는 이기적이고 맹목적인 믿음이라 할 것이다.

이들은 진실한 마음으로 말법시대 속에서 세상 사람들을 구원하겠다고 다양한 방편을 통해서 역할들을 하고 있으나 종말론적인 천지개벽론에 심취해서 자기 자신도 온전히 추스르지 못하는 것이 안타까운 현실이다.

증산사상의 핵심은 천지개벽론에 심취해서 본말이 전도되는 흐름이 아니라 본래의 증산이 전하고자 했던 타인과 함께 상생하는 삶을 글과 말로만 전하는 논리적인 사상이 아닌 인간의 본래 진면목을 찾아서 본래의 개벽사상의 핵심인 삶 속의 행 속에 담아냄 속의 상생 정신을 되찾자는 것이다.

강증산이 전한 '내 세상에는 내가 있는 곳이 천하의 대중화'라는 말속에는, 모든 사람들은 자신이 존재하는 우주의 주인공으로서 나를 출발점으로 삼아 새 세상을 연다는 뜻이 담겨 있다. 모든 것이 나로부터 다시 시작된다는 증산의 말은 내가 있는 곳이 세상의 중심이요, 나로 말미암아 새 세상이 열린다는 뜻이다.

지금껏 수많은 사람들을 혹세무민하게 했던 세상을 구원할 메시아가 와서 개벽시대를 여는 것이 아니요, 허상의 나를 온전히 비우고 참나(眞我)로 거듭난 모든 사람들이 자신의 삶속에서 새로운 정신문명을 만들어가는 주체라는 사실을 전하고 있는 것이다.

무엇이 본질인지 정확히 알지 못함 속에 이러한 예언된 일들이 반드시 일어난다고 믿는 집단주의 의식으로 인한 맹목적인 믿음으로 인해, 일어나지 않아도 되는 일들을 끌어당겨 앞당기고 있음이며, 인간 본래의 본성을 잃어버리고 인간만을 위한 이기적인 삶속에서 상생의 법칙을 무시한 채, 자연을 끝없이 파괴하는 탐욕에서 비롯된 인간의 마음의 결과로 인하여 현재의 자연재해들이 일어나는 것이다. 앞으로 어떤 형태로 새로운 세상을 이뤄 나갈 것인지는 오직 참 의식으로 일깨워진 사람들의 의식의 확장과 실천하는 행이 전 우주의 의식의 파장을 높일 수 있는 것이다.

이러한 함의를 알고서 일깨워진 구도자들이 평범한 듯 여겨지나 자신에게 주어진 삶의 자리에서 참사랑을 선택하는 일상을 영위한다면 그러한 행위가 우주 전체의식의 차원을 상승하여 예언되어진 일을 겪지 않아도 되는 것이니 이미 정해진 예언대로 진행된다면 이러한 예언의 의미가 무슨 의미가 있겠는가? 모든 것은 인간의 선택에 달려 있다고 하는 것이 바로 이런 의미인 것이며 진정한 개벽을 이루기 위해 먼저 다녀간 선각자들이 일깨움의 장을 마련한 연유인 것이다.'

얼마나 많은 인류가 참 자신의 본질을 각성하며 그러한 의식으로 인간의 언어로 전함이 아닌 다양한 차원의 생명체들에게 하나로 연결된 의식으로 참사랑을 전할 수 있느냐에 달린 것이라는 것을 알았습니다.

매일 반복되는 하루 같으나, 이렇게 일깨워진 의식을 오직 지감. 조식. 금촉 속에 지구와 함께 하는 생명들과 사랑과 감사를 누리며 전하느냐에 따라 그 파장의 공명의 주파수가 각 차원의 의식을 상승시키는 것임을 알았습니다. 밝게 빛나는 하늘과 바다, 생동하는 자연의 친구들, 사람과 공생하며 함께하는 동식물들과 육신이 존재하지 않으나 사람들과 함께 하며 이 모든 인과들을 해원상생 할 일깨움을 간절히 찾는 영혼들과 그들과 함께하며 누리는 지금 여기 이 순간들이 얼마나 감사한 것인지를 자각(自覺)하는 것이 바로 수행인 것이며, 이러한 의식들을 더 깊이 관하여 주변의 많은 존재들과 하나의 의식으로 연결되어 고요함 속에 발현되는 깊은 자비심으로 일상을 영위하는 것이 먼저 일깨워진 사람들의 삶의 의미라는 것을 알게 되어 감사드립니다. 지금 이렇게 존재하는 모든 것들에 대한 감사함을 더 많은 존재들과 누리며 나누겠습니다. 감사드립니다.

이러한 자성의 대화까지 고요함 속에 마무리하며 앞에 있는 이웃님과의 찻잔이 비워져 간다. 어느새 이웃님이 자신의 마음이 고요하고 평온하며, 자신의 가슴을 짓누르고 두려워했던 마음들이 사라진 자리에 감사와 사랑의 감정이 자리한다며 눈물을 보인다. 이분의 손을 살포시 잡고 “삶의 모든 고비들을 잘 견디어주어 감사합니다. 이렇게 제 앞에 고운 마음으로 자신의 삶을 지켜내고 존재해주어 감사합니다” 하니, “제 얘기를 들려 드리면서, 제가 얼마나 소중한 존재인지 느껴집니다. 늘 존재하는 세상인데, 지금은 너무나 맑고 투명하며 모든 존재하는 것이 아름답게 느껴집니다. 이 마음 이대로 제 삶으로 돌아가서 더 밝게 살아 보겠습니다” 하며 눈물을 훔치신다.

이웃님과 제가 두 눈을 마주하며 감사의 마음으로 하나 된 존재로 공감함을 나눈다. 돌아가는 이웃님께 『선도체험기』를 드리며, "지금의 그 마음으로 세상을 살아가는 사람들의 얘기들이 이곳에도 있답니다. 편안히 그냥 곁에 두셔도 좋고, 읽고 싶으실 때 저를 찾아 오셨듯, 그 안에서 자신의 본질을 찾아보세요."

감사하다는 인사를 하고 돌아서서 가는 이웃님의 뒷모습이 어쩜 그리 아름다운지! 자신의 참 마음을 찾아 가는 여정에 또 한 분의 도반을 만나 감사함이다.

2018년 1월 24일

자산(慈山) 올립니다.

【필자의 논평】

우아일체의 경지에 도달한 구도자의 심정이 구체적으로 실감나게 잘 묘사되어 있습니다. 계속 용맹정진하기 바랍니다.

이주홍 삼공선도 수행일지

삼공 스승님 안녕하세요.

달력을 보니 내일모레가 입춘이네요. 봄이 시작되니 삼공재에도 크게 길하고 경사스러운 일이 많이 생기기를 기원합니다! 지난 6월에 삼공선도 수행을 다시 시작하면서 수행일지를 작성해 왔습니다.

모아놓고 보니 내용이 조금 되서 스승님께 올려봅니다. 요즘 조경기사 시험 공부한다고 바빠 서울 가기가 어려운데 조만간에 찾아뵙고 인사 올리겠습니다!

항상 건강하세요.

2018년 2월 2일

서산에서 제자 주홍 올림

2017년 6월 1일 목요일 〈10년 만에 삼공재〉

10년 만에 삼공재에 방문했다. 예전에는 선릉역 근처 삼공빌딩을 오갔었는데 강남구청역 인근 아파트는 처음이다. 경비원 할아버지에게 호수를 이야기했더니 금방 문을 열어주셨다. 나와 같은 방문객이 많은가보다. 현관문 앞에서 도우 두 분을 만나 같이 들어갔다.

스승님께 인사 올리고 오행생식 이야기를 하자 서류철에서 내 이름을 한번 찾아보라고 하신다. 놀랍게도 내 이름이 써 있는 서류가 남아있었다! 2007년 3월 6일에 생식을 받아 갔었다! 20여분 정도 지나 선생님께 진맥을 받았다. 아픈 데는 없냐고 물어보시고 표준을 먹으면 된다 하신다. 기존에 서산 오행생식원에서 처방받아 먹던 분말형으로 요청을 드렸더니 제품명이 무엇이냐고 하신다. 아, 생식도 종류가 여러 가지구나! 상담원과 전화통화를 하고서야 "오곡의 속삭임" 임을 알았다. 비용은 택배비 포함 24만원. 『선도체험기』를 110~113권까지 네 권 구입하고, 집으로 돌아오는 고속버스에서 내내 체험기를 읽었다.

2017년 6월 8일 목요일 〈삼공재 두 번째 방문〉

삼공재 현관문 앞에서 지난 목요일에 뵀던 도우님을 또 만나 같이 입장했다. 선생님 앞에 나란히 반가부좌 하고 앉아 축기를 했다. 호흡을 할수록 온몸이 후끈후끈 달아오른다. 너무 더워 창문을 활짝 열고 싶었다. 그런데 장심과 용천으로는 기운이 잘 들어오는데 단전에 축기가 안된다. 전에 음양식 철저하게 할 때 잠깐 단전이 미지근했는데 긴장을 놓았더니 다시 멀어졌다.

기수련이 잘됐으면 좋겠지만 조급하지는 않았다. 거북이 걸음이라도 지속적으로 가다보면 언젠가는 성취가 있지 않겠나. 구도자로 살겠다는 발심을 잃는 것은 두렵지만 성취가 느린 것은 괜찮다. 선생님과의 인연이 아직 남아있어 다행이다. 이렇게 다시 만났지만 선생님 연세를 생각할 때 이 기회가 얼마나 더 남아있을까? 나도 항상 바쁘지만 매주 한 번씩 스승님을 찾아 뵈야지. 지금은 불씨를 얻어 와야 하는 단계이다.

2017년 6월 10일 토요일 〈현묘지도 카페 가입, 세 가지 꿈〉

천지인님으로부터 소개받은 현묘지도 카페에 가입 신청을 했다. 별명을 무어로 할까 고민하다 절에 다닐 때 받은 법명을 써넣었다. 열심히 수행해서 꼭 선호를 받고 싶다. 금요일 밤 11시경인데 금방 가입 승인이 되었다. 적림선도님을 비롯한 여러 사형들 수행일지와 도담을 읽었다. 글을 읽다보니 몇 년 전 꿈이 생각났다. 그때는 별 생각 없이 넘어갔는데 꿈속의 인연들을 지금 다시 만나는 걸까? 꿈은 세 파트로 나누어져 있고, 한 개의 꿈이 끝나고 바로 다음으로 이어졌다.

첫 번째 꿈의 장소는 산부인과 응급실(?) 같은 곳이었다. 한 여인이 아기를 낳고 복도로 걸어 나왔는데 내 와이프라는 직감이 전해졌다. 그런데 내 아내가(금생에서 나는 싱글이고 깊게 인연을 맺은 여자는 없다) 산후독 때문인지 퉁퉁해보였다. 꿈인데도 이건 아니잖아 하는 순간 다음 꿈으로 넘어갔다.

나는 어떤 으리으리한 궁전 앞에 서 있었다. 그리고 그 궁전의 주인인 듯한 남자가 건물 앞에서 내가 오기를 기다리고 있다가 인사를 건넸다. 그 큰 전각의 주인이 직접 예를 차리는 것으로 보아 나는 꽤 중요한 사람이거나 그런 임무를 띄고 왔나보다. 그런데 나는 그 점잖고 정중해 보이는 사람이 너무 무섭게 느껴졌고 정신을 바짝 차려야 한다 생각했다. 적진에 왔다고 할까.

마지막 꿈이 삼공재 선배님들과 연관이 있는 것 같다. 나는 도반 내지 제자들과 한 방에 둘러앉았다. 나는 내 아기를 매우 걱정하고 있었다. 아기를 중심에 두고, 도반 한분한분께 부탁해 아기를 중심으로 빙 둘러앉았다. 한참 명상을 하고 있는데 갑자기 갓난아기가 엉엉 울며 이야기를 했다. 자기는 일제시대에 독립운동(?)을 하다가 잡혀가 고문을 받아 죽었는데 고문을 받을 때 너무 아프고 괴로웠단다. 그런데 그 말을 듣는 내 마음도 너무 아파 눈물이 철철 나왔다. 한참 목 놓아 울다가 잠이 깼는데 여전히 마음이 아프고 꿈이 너무나 선명하게 기억났다.

2017년 6월 13일 화요일 〈혓바늘 돋다〉

며칠 전까지 윗입술 안쪽에 돋은 혓바늘 때문에 괴로웠는데, 오늘은 아랫입술 안쪽에 혓바늘이 돋았다. 혀끝으로 건드리거나 양치할 때마다 따갑다. 혓바늘 크기는 좁쌀만큼 작은 것 같다. 며칠 지나면 사라질 것 같다.

오늘 오후에 명치 부위가 아파왔는데 생식을 먹자마자 곧바로 아픈 느낌이 사라졌다. 생식이 건강에 좋기는 좋은 것 같다. 명치 부위가 아픈 원인은 아이스크림과 찬 음료 때문인 것 같다. 요즘 날이 덥다고 웰치스, 포카리, 빠삐코, 설레임 등을 많이 먹고 있는데 아무래도 칼같이 끊어야겠다. 『선도체험기』에도 냉독 이야기가 나왔었다.

나는 1월 5일부터 오행생식, 2월 3일부터 알즈너, 2월 14일부터 음양식(점심 저녁 일일이식)을 실천하고 있다. 요즘 오행생식을 먹으면 고소한 맛이 느껴지는 것이 꽤 맛있다. 생식 먹기 전에는 돈까스를 즐겨 먹었는데, 요즘은 튀긴 음식이 영 내키지 않는다. 유혹에 못 이겨 많이 먹으면 꼭 속이 탈난다.

내가 몇 개월간 알즈너를 신어보고 느낀 점은 접지력이 향상된다는 것이다. 지면에 더 잘 달라붙는 것 같고 균형 감각이 향상된다. 몇 차례 알즈너 없이 장화를 신고 일을 할 때와 운동화에 알즈너를 넣고 산책을 하면서 비교해보니 분명히 다르다. 나는 어렸을 때 바위에서 떨어져서 왼발과 오른발 길이가 미세하게 다른데 하루빨리 완전한 몸을 완성하고 싶다.

밥따로 물따로 식사법은 정말 효과가 있다. 현재 점심, 저녁 일일이식을 하고 있는데 밥과 물을 구분해서 먹으니까 음식물이 완전연소가 되고 정신이 맑다. 음양감식 덕분인지 오행생식과 알즈너 덕분인지 모르겠는데 명현반응으로 방구가 사나흘 동안 계속해서 나온 적이 있다. 그것도 매일 대여섯 시간 지속되니 이거 병원이라도 가야 되는 거 아닐까 생각이 들기도 했다. 그 이후로 몸이 많이 좋아졌다. 생식 시작하던 날인 1월 5일에는 체중이 72kg 이상이었는데 요즘은 67kg 정도(신장 177cm). 전에 위경련 때문에 고생 많이 했는데 최근에는 많이 좋아졌다.

2017년 6월 15일 목요일 〈삼공재 세 번째 방문〉

매주 목요일 오전 10시에는 한문서예 수업이 있다. 오늘도 도서관에서 두 시간 동안 붓글씨를 쓰고, 서울 남부터미널 행 고속버스에 올랐다. 버스 안에서 서해대교를 내다보며 지금 나는 전생의 습관대로 살아가는 게 아닐까 싶다. 서예와 선도 공부 모두 전생에 배우던 것을 이어서 하는 것 같다.

오후 3시. 삼공 스승님께 일배하고 단전호흡 시작. 반가부좌가 아직 익숙하지 않아 다리가 저리다. 10~20분 즈음 지났는데 몸짱 형님이 나타나 옆에 자리를 잡았다. 분명 초면인데 몸만 보고도 『선도체험기』 이메일 문답란에 등장하는 그분이구나 바로 알았다. 선생님 저서 『한국사 진실찾기』를 구입하고, 몸짱님과 같이 저녁을 먹었다. 삼공재에서 내 또래를 처음 만나 놀랐는데, 현묘지도 화두 수련 중이라 해서 더 놀랐다.

2017년 6년 16일 금요일

아버지와 말다툼이 벌어졌는데, 너무 화가 나서 앞에 보이는 목재 테이블을 발로 뻥 걷어찼다. 문제의 발단은 가뭄으로 말라가는 잔디밭 관수 때문이었는데, 결국은 나 혼자의 힘으로 스프링쿨러를 설치해 하루 종일 물을 주었다. 다툴 때 기분으로는 잔디고 뭐고 다 때려치우고 싶었지만, 내가 성질난다고 산 생명을 말려 죽일 수는 없었다.

테이블을 걷어차고 생각해보니 내가 참 한심하다. 하루 전날에는 평상심을 얻어 보겠다고 삼공재에 반가부좌하고 두 시간 동안 앉아있지 않았나? 그런 놈이 잠깐 화를 못 참았다. 내가 다혈질은 아닌데 날씨가 덥기는 더웠다.

2017년 6월 22일 목요일

삼공재 네 번째 방문. 현관문 앞에서 천지인 선배님을 만나 같이 입장했다. 스승님께 일배하고 좌선. 집에서 혼자 『선도체험기』 읽을 때는 단전이 미지근했는데 이상하게 선생님 앞에 반가부좌 하고 앉아있으면 다리만 저리다. 이삼십 분에 한 번씩 다리를 바꿔 앉다가 1시간 30분을 채웠을 때 천지인 선배님이 빙의령에 관한 질문을 했다.

스승님 답변이 "구도자는 빙의령과 같이 사는 거예요. 내가 지난번에도 이야기했지만 빙의령과 항상 같이 산다 생각하면 들어오고 나가는 것도 잘 몰라요. 구도자는 봉사자다. 세상에 봉사하는 마음으로 산다, 이렇게 생각해야 되요" 라고 말씀하셔서 인상이 깊었다. 지난번에는 빙의령이라는 참새들이 큰 나무에 앉아있다고 해서, 나무가 그 작은 새들 숫자를 일일이 세고 있지는 않다고 말씀하셨다.

2017년 6월 29일 목요일 〈삼공재 방문〉

삼공재 앞에서 구도자 선배님을 만나 인사하고 같이 입장. 오늘은 참선이 잘됐다. 단전도 미지근하게 데워지고, 호흡에 집중이 잘 됐다. 다른 때는 20~30분에 한 번씩 다리가 저려와 집중력이 흐트러졌는데, 이번에는 아무렇지도 않았다. 세상 모든 일은 기복이 있다는데 수행도 그런 것 같다.

삼공재를 나서기 전에 스승님께 음양감식법에 대해 여쭤봤다. 나는 6개월째 일일이식을 하고 있고, 하루라도 빨리 일일일식으로 넘어가고 싶다. 스승님께 일일일식으로 가는 시점을 여쭤봤는데 먼저 일일이식을 2년 이상 해보라 하셨다. 일일이식을 하는데도 몸이 자꾸 불면 일식으로 넘어가라는 신호라고.

2017년 7월 1일 토요일

요즘 펜션이 성수기로 접어들어 너무 바쁘다. 엊그제 삼공재에 앉아 참선에 몰입할 때는 세상일이 나와는 무관하게 여여하게 보이더니, 집으로 돌아오자 본래 습성으로 돌아왔다. 미지근하게 달아올랐던 단전도 금방 식었다. 『선도체험기』에서 호보 선배님 현묘지도 체험기를 읽어보니, 선배님은 은퇴 후 재취업 전까지 수행에만 몰입하였다. 나도 하루 빨리 먹고 사는 문제에서 자유로워져야겠다. 로버트 키요사키의 메시지 Retire Young Retire Rich(젊을 때 부자로 은퇴)를 실천에 옮겨야겠다.

2017년 7월 5일 수요일

매일 그렇듯이 아침에 일어나자마자 고양이밥 주고, 개밥 주러 견사에 갔는데 두더지 한 마리가 죽어있었다. 우리 강아지들이 물어뜯은 것 같지는 않은데 어쩌다가 여기 와서 죽어있을까? 무슨 징조 같기는 한데 내 실력으로는 모르겠다. 파리떼가 주검에 꼬이기 시작하는 것을 보고 땅을 파서 묻어주었다.

오전에 서울숲을 둘러보고, 오후에 삼공재에 방문했다. 방문 시간 10분 전에 도착해 문 앞에서 기다리는데 속이 냉했다. 서울숲에서 점심으로 오행생식을 4숟가락 먹고, 2시간이 지나 시원한 오렌지 쥬스 350ml를 한 통 마셨는데 그게 문제였다. 마실 때는 맛있는데 속이 편치가 않다. 음양감식법이 권하는 대로 밥 먹고 2시간 지나서 수분 섭취는 잘 지키는 편인데 요즘 덥다고 찬 것을 마시니 속이 좋지가 않다. 뜨뜻한 걸 마실 때는 아무렇지도 않았는데.

삼공재 현관문 앞에서 천지인 선배님을 만나 같이 들어갔다. 오늘 수련생은 총 5명. 7월 초순인데다가 사람이 여럿 모여 있으니 덥고, 의수단전이 영 안됐다. 지난주랑은 180도 다른 컨디션. 몇 번 졸았다 깼다 하는데, 결가부좌하고 진동을 계속하시던 남자분이 자기 명치를 쾅쾅 때리는 소리에 깜짝 놀라 잠이 깼다. 그 소리가 얼마나 컸던지 스승님도 타자를 치다가 그쪽으로 시선을 보냈다.

2017년 7월 12일 수요일 〈부동심, 평상심〉

오전에 서울로7017에 들렀다가 삼공재 도착. 오늘은 수요일인데 나 포함해서 8명이나 모였다. 좌선한 지 얼마 안 되서 졸음이 밀려왔다. 점심으로 돈까스를 먹었기 때문인 것 같다. 졸지 않으려고 캔 커피도 하나 마셨는데 속만 불편하고 별 소용없었다. 2~30분 졸다가 깨어서 결가부좌하고 다시 축기에 매달렸다. 호흡을 관하는데 부동심, 평상심이라는 단어가 떠올라 염불하듯 계속 되뇌었다. 삼공재에 앉아 이렇게 좌선을 하고 있으면 바깥세상의 일은 모두 헛것인 것만 같다.

서울과 서산을 오가는 고속버스, 삼공재와 남부터미널역을 오가는 지하철에서 『선도체험기』 114권을 계속 읽어 완독했다. 114권의 하이라이트는 현묘지도 카페의 매니저 적림 선배님의 수행일지! 책 전체 분량에서 자그마치 3분의 2가량을 채웠다. 적림 선배님 수행일지를 쭉 읽어보니, 나는 선배님에 비해 기공부의 성취는 말할 것도 없고 정성이 너무 부족하다. 정신 차리고 성심으로 공부하자.

2017년 7월 21일 금요일

오전에 국립중앙박물관에 들렀다가 대형 탱화와 철불에 눈을 뺏기는 바람에 삼공재에 10분 지각했다. 벨을 누르니 먼저 와 계시던 구도자 선배님이 문을 열어주었다. 오늘 수련생은 총 3명. 나는 오늘도 수마와 싸우느라 바빴다. 한 시간이나 사투를 벌이다 깨어보니 관이 조금 잡힌다. 숨이 들어오고 나가는 것을 묵묵하게 지켜보았다. 일상에서도 이 담담한 마음을 굳게 지킬 수 있다면 나도 도인이겠지?

『한국인에게 역사는 있는가』(김종윤 저) 구입. 이 책은 스승님이 직접 저술한 책이 아닌데도 불구하고 삼공재에서 한 자리를 차지하고 있다. 선생님은 사필귀정이라며 언젠가는 식민사관이 아니라 대륙사관이 대중들에게도 폭넓게 받아들여질 것이라 말씀하신다. 스승님의 말씀을 흰소리로 생각하지는 않지만, 대륙사관은 내가 학교에서 배웠던 식민사관과는 전혀 다른 내용이다. 시간을 두고 공부해봐야겠다.

2017년 8월 22일 화요일 〈명현반응? 피부병?〉

딱 한달 만에 삼공재 방문. 오늘은 총 8명이 출석했다. 기수련은 오늘도 죽기살기축기! 단전이 미지근한 상태에서 눈에 띄는 진전이 없다. 몸공부 측면에서 두드러진 것은 팔뚝에 돋아났던 빨간 반점들의 변화. 지난 금요일에 갑자기 수십 개가 돋아나 너무 가렵고 보기에도 흉했다. 명현반응인지 피부병인지 몰라서 일단 며칠은 두고 보기로 했는데 오늘 저녁 즈음해서 많이 좋아졌다. 발병(?) 첫날은 반점들이 터질 것처럼 우툴두툴하고 새빨간데, 지금은 본래 피부에 가깝고 연한 점 형태로 남았다.

좌선이 끝나고 스승님께 『선도체험기』를 읽으며 궁금했던 내용을 여쭤봤다. "선생님, 예로부터 전해오는 이야기에 의하면 사람이 죽으면 저승사자가 저쪽 세계로 데려다준다고 하잖아요. 그런데 왜 요즘은 영능력자에 의해 천도를 받아야 하나요? 제가 미국에 있을 때 세 들어 살던 집주인 할아버지가 저승사자 이야기를 자주 했거든요. 잠깐 낮잠에 들거나 하면 저승사자가 아무말 없이 지켜보며 이제 가자고 했다구요."

스승님 왈 "저승사자는 경찰서의 형사랑 똑같은 거에요. 중죄인만 그렇게 잡아가는 겁니다. 그런 사람들 죽을 때 보면 끝이 좋지 않아요. 그래서 사람이 착하게 살아야 되는 거예요" 라고 답하셨다. 그 집주인 할아버지 나한테는 정말 잘해주셨는데 과거에는 나쁜 놈이었던 걸까?

2017년 8월 27일 일요일 〈냉독〉

오전 10시까지 사무실을 지키다가 몸이 너무 아파 방에 들어와 드러누웠다. 새벽 2시에 마데카솔 찾은 고객님, 새벽 3시에 핀셋 찾은 끈질긴 고객님들 덕분에 잠을 설쳤는데 배가 출출하다고 냉장고에서 꺼내먹은 복숭아랑 조청유과 한 봉지가 문제였다. 복숭아가 약간 상했는데 반쯤 얼어있어서 냉독인 줄도 몰랐다. 빈속에 딱딱한 과자도 문제였고.

명치가 아파오는데 이때 특효약은 한봉꿀. 꿀을 3숟가락 먹고, 그리고도 속이 불편해 생식 4숟가락에 꿀 1숟가락을 섞어 먹으니 조금 편안해졌다. 그리고 오후 5시까지 계속 잠들었다. 저녁때는 잔디도 조금 깎고, 알바생들 데리고 수덕사 가서 산채비빔밥 사줄 만큼 몸이 좋아졌다.

2017년 8월 28일 월요일

아침에 어제 먹은 독을 다 뽑아냈다. 오행생식과 음양식 일일이식을 철저하게 상식한 지 벌써 8개월 차인 이 몸땡이. 최근에는 숙변 같은걸 본 적이 없어서 독덩어리에 내심 놀랐다. 앞으로는 빈속에 이상한 것 먹지 말고 무조건 생식을 먼저 먹고, 그 다음에 먹고 싶은 것을 조금씩 먹어야지. 『선도체험기』 103권 이메일 문답란에서 대륙사관에 대한 내용을 읽는데 지도가 생략되어 있으니 영 이해가 안 된다. 『한국인에게 역사는 있는가』부터 읽고 봐야 되려나?

2017년 8월 29일 화요일

첫차 타고 서울 올라와 국립중앙박물관에 들렀다. 고성 옥천사 10m 길이 괘불과 여러 철불, 국보 금동반가사유상을 감상하고 수련시간에 맞춰 삼공재에 도착했다. 오늘 수련생은 총 4명. 나는 오늘도 반가부좌하고 처음 10~20분은 꾸벅 졸았다. 박물관 구석구석 돌아다니면서 피곤했나 보다.

단전을 의식하며 수식관을 했는데 어느 순간부터 호흡하는 '나'를 무심하게 관했다. 삼공재에 90여 분 앉아있으면 마음이 참 편안하고 안정된다. 좌선이 끝날 무렵 '평상심을 얻으리라, 부동심을 얻으리라' 하고 수차례 염했다. 수련이 끝나고 스승님께 일배. 바쁜 날은 끝났냐고 물어보셔서 이제 성수기는 끝났고, 다음 주부터 대학원 개강이라 말씀드렸다.

2017년 9월 4일 월요일 〈전생의 도반〉

미국에서 학교를 같이 다니던 멕시칸 아메리칸 친구 루이스가 한국에 놀러온다고 한다. 9월 20일~26일까지 전주, 부산, 제주 등을 돌아다닐 예정. 재작년 여름에는 이 친구 고향인 멕시코를 갔다 왔고, 작년 여름에는 서울과 서산, 태안 등을 다녔는데 올 여름에 한국에 또 오는 것이다. 이 친구는 브라질 리우데자네이루에 있는 예수상처럼 생겼는데 아마 전생에 내 도반이었던 것 같다. 신부님 또는 스님으로 각자 동안거 하안거 지내고 같이 만행을 떠났던 것 같은데 금생에도 그 패턴을 반복하는 것 같다.

나는 KBS 9시 뉴스 전에 하는 연속극을 볼 때마다 배우들 이름하고 배경만 다를 뿐 스토리는 어쩜 그렇게 다 똑같은가 혀를 차곤 한다. 그런데 생각해보니 나 또한 이름하고 배경만 다른 삶을 무수히 반복한 것 같다. 조금만 정신을 놓치면 또 이렇게 살다 갈 것 같다.

『선도체험기』 103권을 다 읽고, 104권으로 넘어갔다. 몸공부로는 강아지들 데리고 일몰 무렵 마을 한 바퀴 산책. 오행생식을 밥따로 물따로 일일이식 식사법으로 잘 지키고 있고, 항상 알즈너를 신고 걷는다. 잠들기 전에 『선도체험기』 읽고, 좌선하고 와공을 하다 눈을 붙인다.

2017년 9월 5일 화요일

스승님께 인사드리고 자리에 앉아 처음 2~30분은 단전이 후끈했는데, 망념이 밀고 들어와 집중이 잘 안 됐다. 삼공재 도착 직전까지 주고받은 카카오톡 메시지 때문. 메신저는 미국에 있을 때 몇 번 만났던 오만 여자. 몇 달에 한 번씩 자기가 심심하면 연락을 해오는데 부잣집 철없는 막내딸 같은 캐릭터다. 내 직감에는 전생에 나의 딸이었던 것 같고. 애교 뿅뿅 이모티콘을 보며 기분이 좋았다. 금생에도 전생에 하던 것처럼 무의식적으로 행동하는 것 같은데 수행이 좀 더 깊어져 인과관계가 명확히 보였으면 좋겠다.

2017년 9월 15일 금요일

어제부터 갑자기 독한 방구가 나온다. 매점에 새로 들인 과자 맛이 궁금해 몇 봉지 주워 먹은 인과를 받는 것일까, 아니면 또 명현반응일까?

2017년 9월 16일 토요일 〈지네 두 마리〉

몸공부로 매일 일몰 무렵 강아지들과 마을 한 바퀴를 돌고 온다. 오행생식과 음양감식 일일이식은 잘 지키고 있다. 8월말에 받은 생식을 벌써 거의 다 먹어간다. 기공부는 좌공과 와공을 하고 있고 단전은 미지근한 정도로 성취가 더디다. 마음공부로 『선도체험기』를 꾸준히 읽고 있다.

오후 9시 30분. 내 방 현관문 옆에서 한 뼘만 한 큰 지네를 발견했다. 즉시 생포해서 집밖에 풀어줬다. 그리고 방에 들어오자마자 이번엔 현관문 커튼 위에서 비슷한 크기의 지네를 발견해서 같은 장소에 방생했다. 큰 지네는 종종 보는데 5분 간격으로 연거푸 잡아보기는 처음이다.

지금 내가 쓰는 방은 본래 창고 자리로 혼자 쓰기에는 크다. 지하수위가 높은 땅에 자리를 잡아 습기도 많아 지네가 좋아할 만한 환경이다. 큰 방을 혼자 차지하고 살아보니 집이 크다고 꼭 좋은 것 같지는 않다. 청소할 면적이 늘어나고 냉, 난방비도 많이 드니까. 나는 선승들처럼 좋아하는 책 몇 권, 옷가지 조금, 오행생식 몇 봉지 정도 있으면 된다. 괜히 야생생물의 땅을 너무 많이 점유하는 것 같아 미안하다. 앞으로 건물을 올릴 때는 건축은 작게, 조경은 크게를 원칙으로 삼아야겠다.

2017년 9월 26일 화요일

20일 밤 인천공항에서 친구 루이스를 픽업해서 21일부터 25일까지 전주, 부산, 제주를 돌아다녔다. 여행 기간 내내 먹는 문제로 고생했다. 부산의 한 게스트하우스에 깜빡하고 생식을 놓고 나왔기 때문. 생식 대신 식당 밥을 사먹었는데 그때마다 속이 불편했다. 차라리 굶는 게 나을 것 같아 마지막 날은 단식 상태를 유지했다. 뱃속이 비어 있을 때는 컨디션이 좋았는데, 친구 밥 사먹인다고 나도 분식을 집어먹었다가 끙끙 앓았다. 요즘은 생식이 체질화됐다고 할까, 식당 밥이나 제과점 빵이나 무엇 하나 땡기는 게 없다.

2017년 10월 4일 수요일

10월 1일부터 주문수행과 좌선, 2일부터 108배와 몸살림운동을 시작했다. 매일 아침 기상과 함께 108배(약 15분 소요)를 하고, 그 다음에 몸살림체조(약10분), 주문수행(약 15분), 좌선(15분)을 하고 있다. 오랜만에 108배를 했더니 허벅지 근육이 빵빵하게 뭉친다. 앞뒤로 움직이는 절 운동의 특성상 108배 후에는 꼭 좌우로 몸을 움직여 풀어주는 것이 좋겠다. 목과 허리를 좌우로 돌리고, 어깨를 뒤로 돌린다. 어깨를 돌릴 때마다 오른쪽 어깨가 빠그덕 거린다.

주문수행은 『구도자요결』의 순서대로 천부경, 삼일신고, 반야심경, 주기도문, 참전계경(10조씩)을 읽고, 마지막으로 태을주를 읽고 있다. 아침 좌선 시간을 15분으로 잡았는데 너무 짧다. 집중 좀 된다 싶으면 초시계가 울린다. 삼공재에서처럼 1시간 30분은 못 해도 최소 30분은 해야겠는데 다른 할일도 많다. 수면 시간이 좀 줄었으면 좋겠다.

2017년 10월 7일 토요일

또 명현반응인가? 며칠 전부터 매캐한 방구가 계속 뿜어져 나온다. 냄새도 꽤 독하다. 작년 겨울 오행생식과 음양식 시작한 지 얼마 안 됐을 때랑 상황이 비슷하다. 강도는 그때보다 약하다. 그때 안 빠진 탁기가 지금 나가는 건가? 방구를 뿜으면 뿜을수록 운기는 활발해지는 것 같다. 컨디션도 좋다.

2017년 10월 9일 월요일

삼공 스승님한테 회신이 왔다. "수련이 잘되고 있습니다. 더욱더 수련에 정진하기 바랍니다." 기공부는 이렇다 할 진보가 없는 것 같은데 수련이 잘되고 있다 하시니 어리둥하다.

아침 7시30분 기상. 운장주, 태을주 녹음파일을 들으며 절을 해봤는데 영 기분이 안 났다. 본래 하던 대로 능엄신주의 목탁소리와 함께 108배를 하니 무릎이 탁탁 접어진다. 절을 끝내고 구도자요결의 순서대로 주문수행을 했다. 천부경, 삼일신고, 반야심경, 주기도

문, 대각경, 참전계경(10조씩), 신성주, 시천주, 태을주, 운장주 순이다. 그 중에 반야심경과 참전계경이 제일 좋다. 도전 경전은 태을천 상원군이나 관운장 등의 신령에게 도움을 요청하는 내용인 듯해 썩 내키지 않는다. 반야심경을 소리 내어 읽노라면 갑자기 눈물이 날 것 같다. 경전을 암송하는 것만으로 업장소멸 효과가 있다는 말은 이런 뜻일까?

2017년 10월 17일 화요일

108배, 주문수행, 음양식, 오행생식, 알즈너 신고 반려견들과 동네 산책 등을 습관화하고 있다. 아주 바쁜 날이나 몸이 너무 안 좋은 날은 108배를 빼먹은 날도 있지만 대체로 잘 지키고 있다. 최근에는 너무 바빠 좌선할 시간을 내기가 어렵다.

2017년 10월 19일 목요일

아침에 외출을 하려고 차 문을 열었는데 조수석에 사마귀가 한 마리 앉아있다. 자세히 보니 앞발 한 쪽이 성치 못하다. 밥을 굶어서인지 날이 추워서인지 매가리도 없다. 전단지 쪼가리 위에 앉혀 화단에 풀어줬는데 괜히 신경이 쓰인다. 들고양이라면 밥이라도 먹여 보냈을 텐데.

2017년 10월 20일 금요일

너무 바쁜 날은 108배와 경전 독경을 생략하는 날이 있다. 나중에 생각해보면 어느 날 그냥 넘어갔는지 알 수 없어서 캘린더에 기록을 시작했다. 10월 1일에 주문수행, 2일에 108배를 시작했다. 어제와 오늘 아침에 일어나자마자 임무를 완료했으므로 달력에 "108, 독경"이라 썼다.

경전을 소리 내어 읽는데 자꾸 하품이 나온다. 방안에 산소가 부족한걸까, 내 몸에 산소가 필요한 걸까? 참전계경을 매일 10조씩 읽는데 마음공부의 방편으로 좋다.

2017년 10월 24일 수요일

새벽 2시. 오랜만에 위경련이 왔다. 명치 부위가 아픈데 견딜 만한 강도이다. 명현반응으로 온 것인지, 몸 관리를 잘못해서 병이 도진 건지 모르겠다. 이전에 위경련 때문에 응급실도 가봤지만 별 도움 안됐다. 몸을 따뜻하게 하고 꿀을 몇 숟갈 먹으면 진정이 된다.

오후 1시에 생식과 밑반찬, 단감을 몇 개 먹고 2시간이 지나 커피믹스를 한 잔 마셨다. 머그컵에 뜨거운 물을 70% 정도 채웠으니 150ml 정도 될까? 양이 많지는 않았던 것 같은데 이걸 마신 직후부터 속이 안 좋았다. 물이나 커피 자체에 문제가 있었던 것 같지는 않고, 그냥 내 몸이 거부한 것 같다. 음식을 잘못 먹으면 체하는 것처럼 물도 그렇다는 걸 처음 알았다.

문제는 이런 일이 처음이 아니다. 목이 마르지 않은데도 습관적으로 커피나 우롱차를 넘기고 조금 있으면 체한 듯한 느낌이 올라온다. 낮에는 특히 심하고, 저녁에도 머그컵으로 두 잔 이상 마시면 속이 불편하다. 물을 적게 마시니 몸이 저절로 뜨거워지는 것 같다. 낮에는 물 마시지 말아야지. 아, 나는 염소인가?

2017년 10월 26일 목요일

온몸의 뼈가 비명을 지른다. 특히 오른쪽 무릎과 고관절에서 계속 뚜둑 소리가 난다. 중간중간 어깨를 뒤로 돌리고, 다리를 툭툭 털어가며 절을 이어갔다. 빨리하면 13분 정도면 될 것을 108배 마치는데 20분이 넘게 걸렸다. 주기도문, 대각경, 태을주를 다 외웠다. 운장주는 며칠 더 걸릴 것 같다. 반가부좌하고 합장한 다음에 태을주를 외는데 눈으로 보면서 하는 것보다 효율이 좋다.

2017년 10월 28일 토요일

오후 12시 즈음 남부터미널 앞에서 20대 비구니 스님 두 분이 목탁을 두드리며 동냥을 하기에 발우에 만원을 넣었다. 오후 9시 30분. 오버부킹으로 방을 옮기게 해서 미안하다며 게스트하우스 사장님이 만원을 쥐어주셨다. 약 9시간 30분 만에 지갑에서 떠난 돈이 그대로 돌아온 것이다. 지금껏 거리의 홈리스와 온라인(네이버 해피빈에서 유기동물, 생태복원 관련 분야에 매달 조금씩 보시) 상에 보시금을 조금씩 내봤다. 바라는 마음이 있어서 그런 것은 아닌데 당일출금 당일입금은 처음 겪어본다. 부처님 빽이 좋기는 좋다.

2017년 10월 30일 월요일

조경기사 실기시험 공부한다고 이달 들어 삼공재를 한 번도 못 갔다. 『선도체험기』도 거의 못 읽었다. 앞으로는 스케줄 이렇게 빡빡하게 잡지 말아야겠다.

2017년 11월 3일 금요일

주문수행을 시작하면서 몇년 된 습관을 하나 바꿨다. 영어 오디오북을 경전 독송 듣기로 대체한 것. 원래 내 차 시동만 켜면 나폴레온 힐의 씽크 앤 그로우 리치(Think and Grow Rich), 헨리 데이비드 소로우의 월든(Walden) 등이 같이 켜졌다. 의식적으로 듣든 안 듣든 이를 들으며 운전하고 잠들었다. 요즘은 그 자리에 능엄주, 태을주, 운장주가 자리 잡았다. 마음을 집중해서 듣든 안 듣든 내 차와 방에서 불교와 증산도의 신묘한 주문이 반복 재생된다. 한 번 채널을 돌리고 나니 더 이상 오디오북이 안 끌린다. 기왕 이렇게 된 거 능엄주의 묘한 단어들이 완연히 들릴 때까지 쭉 들어보련다.

일기를 쓰면서보니 내 필체가 예전과 같지 않다. 전보다 침착하고 가지런하다. 붓글씨를 연습하다보니 펜글씨까지 영향을 받는 것 같다. 내 글씨가 변한 걸 보니 운명에도 변동이 많을 것 같다.

약식을 한 개 먹자마자 속이 답답해 혼났다. 이전에도 같은 경험을 했는데 오랜만에 먹으며 괜찮겠지 방심했다. 딱딱하고 기름진 것들, 약식, 생라면은 나한테 안 맞다. 앞으로는 피해 다녀야지.

2017년 11월 7일 화요일

운장주와 태을주를 다 외웠다. 앞으로는 한문본을 구해 한자를 외워야겠다. 운장주는 선비의 경전, 태을주는 신비주의 종교인의 주문 같은 느낌이다. 태을주의 "ㅎ"발음이 독특한 마력과 중독이 있어 나도 모르게 몇 번이나 반복하게 된다. 반가부좌에서 두 눈을 감고 합장한 다음 소리 내어 태을주를 외는데 단전이 미지근해지는 것 같다.

2017년 11월 8일 수요일

나는 스승 복이 있는 것 같다. 삼공 김태영 스승님과 인연이 닿은 것도 그렇고, 현재 나를 지도하는 조경과 교수님들, 도서관 서예 선생님, 연필화 선생님까지 다 좋다. 미국에서도 튜터 할아버지를 잘 만난 덕분에 스피킹이 트였다. 현묘지도 카페에서 구도의 선배님들을 뵙는 것도 큰 복이다. 항상 감사합니다! 저도 적절한 때가 이르면 인연 닿는 대로 베풀고 살겠습니다!

물을 마시기가 싫다. 점심 먹고 두 시간 지나 믹스커피 2개(150ml 정도)를 마셨는데 컵을 내려놓기가 무섭게 속이 불편했다. 얼마 전에도 같은 경험을 했는데 인스턴트 커피 마시는 습관 깨기가 쉽지 않다. 아예 끊을 수 없다면 물의 양을 60~70ml 정도로 줄여서 에스프레소처럼 마셔야겠다. 물의 양이 적을 때는 괜찮았다.

저녁 먹고 두 시간 지나 우롱차를 한 티백(150ml 정도) 우려냈는데 몸에서 계속 거부하는 통에 반밖에 못 마셨다. 요즘 이상하게 물을 못 마시겠다. 물은 조금밖에 안 마시는데 소변 양은 변화가 없다. 내 느낌으로는 몸속에 수분이 가득해 갈증도 안 나고 물을 마시기 싫은 것이다. 입안에 침도 계속 고인다. 이참에 절수를 해볼까?

2017년 11월 9일 목요일

오전 9시에는 성스러웠는데, 오후 9시에는 잡스럽게 끝났다. 12시간 만에 마음이 확 변했다. 평상심, 무심을 지키기가 쉽지 않구나. 이 마음이 아주 요물이다.

2017년 11월 10일 금요일

108배는 흐름만 타면 아주 쉽다. 한번 흐름을 타면 내 몸은 분주히 엎드리고, 내 마음은 무심하게 지켜볼 뿐이다. 어떤 날은 일배일배가 주리를 트는 것 같고 잡념도 많다. 이런 날은 108회를 채우는 게 태산을 오르는 기분이다. 108배와 주문수행까지 마치고 나면 잡념이 많이 줄어 자동으로 좌선을 하고 싶어진다.

조경 공부를 시작하고 보니 딱한 처지의 나무들이 많이 보인다. 나라면 절대 그렇게 식재하거나 설계하지 않았을 텐데... 사람들의 무지와 탐욕이 못마땅하다. 나는 선도, 불교 수행자로서 이름을 감추고 살고 싶지만, 동시에 조경인으로서 내가 속한 사회를 개선하고 싶다.

2017년 11월 11일 토요일

주기도문과 대각경, 도전경전(신성주, 시천주, 운장주, 태을주)을 다 외웠다. 그동안 좌복 위에 메모를 보느라 목이 아팠는데 두 눈을 감고 암송하니 이렇게 좋을 수가 없다. 하루빨리 천부경과 삼일신고도 외워야지.

2017년 11월 16일 목요일

앞으로는 일과를 마치면 아침처럼 108배, 주문수행, 좌선을 해야겠다. 나는 하근기라 그런지 절을 하고 경전을 외는 과정을 거쳐야 잡념이 준다. 가장 큰 골칫거리는 불쑥불쑥 솟구치는 성욕. 평상심에 가까울 때는 이놈을 무심히 지켜볼 수 있는데, 마음이 모이지 않을 때는 끌려다니기 바쁘다.

요즘 태을주와 운장주를 암송하면 입에 쩍쩍 붙는 느낌이다. 신성주나 시천주도 다 외웠으나 이런 느낌은 아니다. 능엄주도 녹음 파일 속 정원스님처럼 유장하게 외보고 싶다. 그런데 반야심경도 다 못 외웠는데 능엄신주를 언제 외우려나?

2017년 11월 19일 일요일

밤 12시부터 새벽 3시까지 『선도체험기』 106권을 읽었다. 마지막 장을 덮고 생각해보니 꽤 오랜만에 체험기를 펼쳤다. 그동안 너무 바쁘게 살았다. 간만에 리딩을 하니 평소보다 깊게 몰입한 것 같다.

2017년 11월 20일 월요일

학교 갔다 와서 저녁 먹고 『선도체험기』 107권을 읽기 시작했다. 오후 7시부터 11시 넘어서까지 쭈욱 읽었다. 107권 이메일 문답을 보면 어떤 사람은 체험기를 읽으며 신비한 소리를 듣고 빛을 보았다 한다. 나는 그런 경험은 없지만 115권이나 나온 책을 거의 다 읽었으니, 나는 나대로 삼공 스승님의 분신인 『선도체험기』와 인연이 깊은 것 같다.

2017년 11월 21일 화요일

오늘 삼공재에는 나 포함 총 3명이 왔다. 남자 두 분은 처음 보는 얼굴이다. 자리에 앉은 지 얼마 안되 졸음이 밀려왔다. 한 20분 꿈벅 졸고 안되겠다 싶어서 태을주와 운장주를 왔다. 그런데 생각해보니 스승님 앞이라 대각경이 더 좋을 것 같다. 마음속으로 대각경을 열심히 외다보니 잠이 깬다. 집중 좀 된다 싶은데 선생님이 오늘은 이만 하자 한다. 수행지도 시간이 3시에서 4시 10분(기존 90분에서 70분으로 단축)으로 변경되었단다.

신간인 115권 포함 『선도체험기』 9권을 구매하고 115권 안쪽에 사인을 받았다. 스승님께 2018년 반려견 캘린더, 사모님께 대봉감을 선물했는데 다행히 좋아하셨다. 버스와 지하철을 오가며 『선도체험기』 107권을 읽었는데 서울에서 내려오는 버스 안에는 조명이 없었다. 할 수 없이 책 대신 스마트폰으로 조선일보 조용헌 살롱을 읽었다. 요즘 해가 너무 짧다.

2017년 11월 23일 목요일

오랜만에 연암산 천장사에 갔다 왔다. 집에서 임도 따라 3km 가량만 걸으면 되는데 그 길 한번 걷기가 참 어렵다. 임도 양옆으로 시에서 심은 편백나무가 많이 자랐다. 작년에는 수고 1m 정도였는데 오늘 보니 내 키보다 좀 더 크다.

절에 와보니 많은 것이 변했다. 화재로 증발한 요사채 자리에 버림 콘크리트와 주춧돌이 올라있다. 육송, 동백, 일본목련, 주목 등의 조경수도 몇 주 심었다. 관음전 탱화와 불상 위치도 바뀌었고, 목불 앞에 통유리를 떼어냈다. 108배를 하고 1시간가량 좌선과 주문수행을 했다. 새로 부임하신 주지스님, 공양주 보살님과 같이 저녁을 먹고 내려왔다. 내 법명이 덕암인데 스님은 선암이라 묘한 동질감을 느꼈다.

2017년 11월 27일 월요일

요즘은 의식만 하면 단전이 미지근하다. 밥도 덜 먹힌다.

2017년 11월 29일 수요일

아침에 거울을 보며 양치를 하는데 한 승려가 보인다. 잿빛 승복을 입고 회색 좌복 위에 앉아 좌선과 절수행을 번갈아한다. 민머리의 얼굴이 나 같기도 하고, 지도령이나 보호령인가 싶기도 하다. 상념 치고는 묘한 면이 있어서 대각경과 기도문구(덕암 이주홍 수행지로 거듭나기를 기원하나이다)를 연달아 외웠다.

오후 1시. 학교에 갔다와 보니 공작이가 이상했다. 견사문을 열어주자 금방 죽을 것 같이 비틀거리며 내 앞으로 걸어와 선 채로 똥을 흘리고 주저앉았다. 네 다리와 몸통을 주물러주었지만 금방이라도 영혼이 달아날 듯 눈망울에 힘이 없었다. 이런 일은 처음이다. 마지막이 될지도 모른다는 생각에 녀석을 안고 정원을 한 바퀴 걷고 햇볕 따뜻한 곳에 내려 주었다. 다행히 저녁때쯤 되자 살살 걷기 시작했다. 28일 아침에는 활기를 찾았고, 오늘도 컨디션이 좋아 범이까지 해서 셋이 함께 산책을 다녀왔다.

대체 왜 멀쩡하던 반려견이 갑자기 생사의 기로에 섰을까? 내 귀가 시간이 늦어졌다면 이승을 떠났을지도 모르겠다. 공작이는 2011년 가을, 국도변 덤불숲에서 아사 직전인 상태로 발견됐는데 7년이 지난 지금까지도 나 외에 타인에게는 마음을 열지 않는다. 금생은 개로 태어난 우리 공작이와 범이. 밝은 내생을 위해 때때로 경전을 읽어 줘야겠다.

『선도체험기』 108권 이메일 문답란의 스승님 회신에서 "107권 전질을 다 구입하여 머리맡에 쌓아두고 읽으면 수련에 가일층 큰 도움을 받게 될 것입니다"라는 답변과 "도서관에서 빌려서라도 순서대로 꾸준히 읽어야 합니다"라는 내용을 읽고 뜨끔했다. 즉시 옆방에 모셔두었던 『선도체험기』를 모조리 들고 와 손 뻗으면 닿는 위치에 옮겼다. 지금 내가 소장하고 있는 체험기는 총 28권인데 나머지도 서둘러 구입해야겠다.

2017년 11월 30일 목요일

갱생주를 두세 번 암송하고 다 외웠다. 갱생주는 도전 주문 중에 암기가 제일 쉬운 것 같다. 신성주나 시천주가 길이는 더 짧지만 단어가 어렵다. 반면에 갱생주는 같은 한자를 반복하고, 꽹가리를 치는 것 같은 느낌이 든다.

2017년 12월 2일 토요일

아침에 볼일을 보는데 마치 풍선에서 공기를 빼는 것 같이 방구가 길게 나왔다. 한참 가스를 빼고나니 단전이 뜨뜻하고, 뱃가죽도 홀쭉해졌다. 우암 송시열이 방구로 독기운을 모두 뿜어버리는 바람에 항문을 막고 사약을 받았다는 이야기가 생각난다. 호사가들의 가십 정도로 생각했는데 실제 그럴 수도 있겠다.

탁기가 쌓인 이유는 어제 저녁에 먹었던 삼겹살 때문일 것 같다. 그냥 꾸준한 음양감식에 따른 명현반응일 수도 있고. 오행생식과 밥따로 물따로 식사법을 벌써 일 년 가까이 꾸준히 해보니 몸이 많이 맑아졌다. 어쩌다 날밤을 새도 피곤하지 않다. 아예 수면 시간이 서너 시간으로 줄었으면 좋겠는데 그러려면 아무래도 일일일식을 해야겠지?

2017년 12월 11일 월요일 〈일일일식 일주일 체험기〉

12월 4일(월요일)부터 오늘까지 1주일 동안 일일일식을 해봤다. 일요일 하루만 체력이 딸려 일일이식(점심, 저녁)을 하고 1주일 동안 일일일식을 잘 지켰다. 식사 메뉴는 생식 6+조청 1숟가락을 기본으로 갓김치, 마늘장아찌, 계란 후라이 2개, 홍시 2개, 삼치 1/4 토막, 두부 반 모, 과자 1-2봉지 등. 식후 2시간이 지나 감귤을 5-6개 정도 먹었고, 우유나 주스를 한 컵 정도 마신 날도 있다. 그 외 물 한 모금, 빵 한 조각 입에 대지 않고 단식 상태를 유지했다. 일일일식을 시작한 계기는

1. 점심, 저녁 일일이식을 했더니 과식을 하는 느낌이 들어서이다. 얼마 전까지는 점심과 저녁에 생식을 각각 3숟가락씩 먹고 위와 같은 반찬과 간식을 먹었는데 너무 많이 먹는 것 같았다.
2. 부모님이 해외여행을 가셔서 혼자서 먹고 살아야하는데 점심, 저녁 두 끼씩이나 반찬을 해먹는 것이 귀찮았다.
3. 예전부터 부처님이나 청화스님처럼 일일일식을 해보고 싶었다.

그런고로 직접 실천을 해봤는데... 할 만하다! 일요일 하루만 점심을 먹었는데 토요일 날 장시간 육체노동을 했기 때문인 것 같다. 몸을 많이 움직였는데도 불구하고 식량을 늘리지 않고, 일요일에도

부지런히 움직이려니 기력이 딸렸다. 식사 시간은 오후 5시를 원칙으로 했으나 너무 배가 고프거나 다리에 힘이 풀리는 날은 오후 3시 또는 4시에 저녁을 먹었다. 일일이식 초기에도 다리에 힘이 풀리는 것 때문에 고전했는데 일식도 적응기간이 필요한 것 같다. 다행히 1일 3식에서 1일 2식으로 넘어갈 때보다 1일 2식에서 1일 1식으로 넘어가는 것이 훨씬 쉽다. 지금 내 컨디션은 아주 좋고 앞으로도 1식을 유지할 생각이다.

2017년 12월 15일 금요일

12월 4일에 시작한 일일일식이 벌써 열하루차로 접어들었다. 아직까지 이렇다 할 부작용이나 어려움은 없다. 일식을 하면서 궁금한 점이 있으면 이상문 선생님과 나구모 요시노리의 저서를 펼쳐보고 있다.

『지상명령, 밥물이고식을 먹어라』(이상문, 2009, 정신세계사)

『밥따로 물따로 음양식사법』(이상문, 2005, 정신세계사)에는 1일 1식 밥물이고식 실천 준수사항이 있다. 그중에 내 눈에 띄는 내용.

"저녁 식사는 오후 5시에서 7시 사이로 시간을 정해 늘 일정하게 먹는다. 2~3주 정도만 굳은 의지로 견뎌내면, 우리 몸은 1일 2식 때보다 세포의 자연생산 기능을 더욱 활성화시켜 결코 기운 부족을 느끼는 일이 없도록 해 줄 것이다."

『1일 1식, 내 몸을 살리는 52일 공복 프로젝트』(나구모 요시노리, 2012, 위즈덤스타일)

『하루가 달라지는 오후의 집중력』(나구모 요시노리, 2016, 21세기북스)에서는 "결과를 내는 사람은 점심 식사를 하지 않는다. 하루의 끝을 마무리하는 저녁 식사를 권장한다. 인체의 세포는 52일 간격으로 대체되기에 52일간 '하루 한 끼' 식생활을 하고, 일찍 자고 일찍 일어나면 건강이 좋아진다"고 한다.

나의 경우 4일에 일일일식을 시작했으니, 이상문 선생님 견해에 따르면 다음 주 월요일까지, 나구모 요시노리 박사의 주장에 따르면 다음달 말일까지가 고비이다. 현재까지는 공복감도 심하지 않고, 다리에 힘이 풀리는 등의 어려움도 없다. 별다른 이상반응이 없으니 쭈욱 지속할 수 있을 것 같다.

2017년 12월 15일 금요일

기피 음식 리스트에 꿀꽈배기와 조청유과를 추가한다. 이 봉지과자만 먹었다하면 꼭 속이 뒤집힌다. 돈까스나 튀김류를 먹었을 때와 같은 거부반응이다. 왜 그럴까 생각해보니 과자도 유탕과정을 거치기 때문인 것 같다. 생식만 먹으면 속 편하고 좋은데, 이놈의 혓바닥이 문제다. 그래도 한 봉지 비우고 나면 꼭 아프니 어쩔 수 없다. 끊는 수밖에.

2017년 12월 18일 월요일

나는 다이어트 때문에 1일 1식을 시작한 것은 아니지만 해보니 체중감량에 효과가 있겠다. 아무리 먹고 싶은 게 많아도 위가 한번에 담을 수 있는 한계치가 있기 때문이다. 오늘 저녁은 평소대로 먹고 추가로 포장마차에서 사 온 국화빵, 순대, 호떡까지 먹었다. 그렇게 꾸역꾸역 밀어 넣었더니 배가 불러 도저히 고등어까지는 손을 댈 수 없었다. 물론 과자도 뜯지 않았다.

2017년 12월 18일 월요일

16일 토요일에 연구실 모임에 참석한다고 1일 2식을 했다. 늦게까지 술자리를 가지고 평소 리듬이 깨지는 바람에 17일은 오후 1시에 밥을 먹었다. 일식은 맞는데 시간을 못 맞췄다. 다행히 오늘은 오후 4시에 젓가락을 들었다.

2주 동안의 경험에 따르면 나의 경우 1일 1식 자체는 어렵지 않다. 배가 부르면 더 이상 무얼 먹고픈 생각이 없다. 그러나 음양식에서 권장하는 식사 시간인 오후 5~7시(너무 배고프면 3~5시)까지 기다리는 것이 쉽지 않다. 완전히 익숙해지려면 일 년은 걸릴 것 같다.

2017년 12월 6일 수요일 〈삼공재〉

오늘 삼공재에는 8명이나 방문했다. 앞줄과 뒷줄에 각각 4명씩 빽빽하게 붙어 앉아 좌선을 했다. 자리에 앉은 지 얼마 안 되어 따뜻한 기운에 긴장이 풀려 잠들 뻔했다. 점심을 기식으로 대체하지 않았더라면 지난번과 같은 절차를 밟을 뻔했다. 수련이 끝나고 지하철 역사 내 김밥집에서 뒤풀이. 삼공재를 수 차례 오갔지만 회식은 처음이다. 화기애애했다.

2017년 12월 19일 화요일

일일일식을 시작한 지 2주가 넘었는데 이렇다 할 명현반응이 없다. 왜 그럴까 생각하다가 지난 수행일지를 살펴봤다. 나는 1월 5일에 오행생식, 2월 4일에 알즈너, 2월 14일에 음양식 일일이식을 시작했다. 이 시기 눈에 띄는 키워드는 방구, 숙변, 수면, 냄새 독한 방구를 몇날며칠 그것도 서너 시간씩 계속해서 뿜어대서 놀라고, 쌀밥에 비하면 양이 반절도 안 되는 생식을 먹었는데 한 번씩 숙변을 봐서 놀라고, 수면시간도 왔다갔다 했다. 갑자기 잠이 줄어 하루에 4시간씩만 잤는데 어느 시점부터 졸음이 시도 때도 없이 찾아와 접촉사고가 난 적도 있다.

오행생식 11개월, 알즈너와 음양식 일일이식을 10개월가량 하면서 내 몸에서 숙변과 탁기를 많이 몰아낸 것 같다. 그래서 2식에서

1식으로 넘어왔을 때는 심신에 큰 변화가 없는 것 같다.

2017년 12월 20일 수요일

오늘은 어찌된 일인지 아침 9시부터 배가 고프다. 위장이 텅 빈 듯 계속해서 꼬르륵 소리가 난다. 지난 보름 동안은 공복감이 이렇게 크지 않았다. 내가 극기력이 뛰어나서 일일일식을 잘 지킨 것이 아니라 하루에 한 끼만 먹어도 배가 불렀던 것인데 오늘은 다르다. 『선도체험기』 삼공 스승님 1일 1식 체험담을 보면 초기에는 잘되다가 어느 시점부터 체력이 딸려 후퇴하셨다는 내용이 있다. 나도 정 어려우면 음양식에서 권하는 교환수련(일정기간 1식과 2식을 번갈아 실시)을 해볼까 싶다.

2주 만에 삼공재 방문. 스승님께 인사드리고 앉았는데 너무 배가 고파 집중이 안됐다. 태을주, 운장주, 대각경을 암송하며 단전을 관하는데 한 30분 즈음 지나 얼굴 왼쪽이 뜨끈뜨끈해졌다. 혹시 어디 히터를 틀었나 둘러봤지만 온풍기에 의한 표면온도 상승은 아니다. 내 옆에 앉은 스키니 젊은 고수 형님(얼굴만 여러 번 뵈서 성함을 모르겠다)한테서 뿜어져 나온 기운인지 스승님 기운인지 모르겠다. 수련시간 내내 단전은 안 뎁혀지고 얼굴 안마만 하다가 인사드리고 나왔다.

2017년 12월 28일 목요일

부모님이 19일에 귀국했는데, 이 날부터 일일일식이 흔들리고 있다. 어제와 엊그제 화목 보일러실 짓는다고 노가다를 조금 하고, 몸 많이 움직였다고 2식을 했다. 그런데 이렇게 먹고나면 1식 할 때처럼 속이 편안하지가 않다. 붓글씨도 2식보다 1식을 할 때 더 잘 써지는 것 같다.

3주 동안 일일일식을 해보니까 나구모 요시노리 박사의 "결과를 내는 사람은 점심을 먹지 않는다"는 말이 맞다. 쫄쫄 굶을 때는 정신이 맑았다. 그러나 이런저런 이유로 점심을 먹으면 졸음이 오거나 칼같이 날카롭던 신경이 둔해진다. 시간대를 막론하고 뱃속으로 음식물이 들어오면 정신이 흐려진다. 그 양이 많을수록, 인공적인 요소가 많이 가미될수록 그 정도가 심해진다. 낮에는 활동을 해야 하니까 쫄쫄 굶고, 잠들기 두어 시간 전에 저녁밥 먹고 일찍 자는 게 좋은 것 같다. 나도 지금 그렇게 못하고 오후 3시 즈음에 일식을 하는데, 오후 5~7시 전후에 한 번만 먹는 게 좋겠다.

2018년 1월 3일 수요일 〈견생은 이번이 마지막〉

지리산의 한 절에서 며칠 머물다 왔다. 종무소에서 처음 뵙는 스님께 "강아지 달력 하나 드릴까요?" 여쭈니, 주면 받으신단다. 한 부 드리고 우리집 알래스칸 말라뮤트 "나라범"이 15살이다 했더니,

"개도 심상을 보면 알지"하며 흥미를 보이셨다. 눈을 꿈벅 감았다 뜨고 사진 속 범이를 보며 이런 말씀을 하셨다.

"이 친구는 개의 가죽은 쓰고 있는데, 의식 수준은 이미 짐승의 수준을 벗어났어. 개는 자기의 마음을 끊임없이 주인에게 맞추는데 그렇게 10여 년 하다보면 개의 마음과 사람의 마음이 헷갈리거든? 그렇다고 10년 넘었다고 다 그런 건 아니고, 좀 더 빨리 오는 수도 있고, 10년이 넘어도 의식 수준에 큰 변화가 없을 수도 있지. 이 친구는 처사님을 만나서 금생에 업장소멸하는 게야. 다른 주인을 만났으면 몇 번 더 축생의 몸을 받았을지도 모르고. 범이한테 가서, 어느 절에서 만난 이름 없는 중이 그러더라. 견생은 이번이 마지막이다. 이렇게 이야기 해주면 저도 그 정도는 알아요라고 대답할거야."

말이 나온 김에 반려견 화장과 매장 중 어떤 것이 좋으냐 물으니 불가에서는 화장을 원칙으로 한단다. 그것은 가족들과 상의해서 결정하고, 범이가 죽은 후 성심으로 법성게 또는 해탈주를 외워주란다. 새 생을 시작할 때 좋은 몸을 받게 될 거란다. 살아있는 동안은 반야심경을 외워주면 좋단다. 진심으로 축원하고 사랑하면 짐승도 다 알아들으니, 그렇게 마음을 전하면 좋단다. 반려견 놀이터와 애견 펜션이 어떤 공간인지 설명해 드렸더니 선업을 쌓는 길이라며 칭찬해주셨다.

2018년 1월 5월 금요일

어제는 하루 종일 절에 붙어있었다. 새벽예불(오전 3시), 사시예불(오전 9시 50분), 저녁예불(오후 7시)에 모두 참석하고 짬짬이 쓰레기 배출, 장작 쪼개고 정리, 법당에서 참선, 공양간 배식과 설거지, 스님 및 보살님들과 이야기를 나누다보니 하루가 훌쩍 갔다. 조용한 절에서 밀린 독서와 임서 좀 해보나 했더니 이거 뭐 우리집이랑 똑같다. 출가수행자라고 해서 재가수행자보다 조건이 좋은 것 같지도 않다.

2년 전 나는 삼공선도를 까맣게 잊고 살았는데, 한 보살님의 조언으로 발심을 할 수 있었다. 이번 여행의 큰 성과는 그때 그 보살님을 또 만난 것. 4년 전 미국에서 한 번, 2년 전 절에서 한 번, 그리고 이번이 세 번째 만남. 첫 날만 해도 안 계시다 해서 못 뵙는구나 했는데, 다음날 오후에 갑자기 나타나셨다. 인연이란 게 참 묘하다. 이분 외에도 미국에서 그 당시 같이 만났던 다른 인연들도 우연히 마주쳤다. 나도 사정이 있어서 날짜를 한 번 변경한 참인데 꼭 만나야 할 사람은 어떻게든 만나는가 보다.

이 보살님은 우연히 만난 스승이 너 내 제자해라 해서 기공부를 시작했는데 너무 재미있어서 지금도 꾸준히 공부하고 있단다. 『선도체험기』와 삼공선도에 대해 설명드렸더니 삼공 스승님이 잘 가르치시는 것이라며 동감하셨다. 자기도 기공부가 잘될 때는 수승한 기의 힘으로 모든 것이 될 것처럼 생각했으나, 최소한 둘 이상은 같이 공부를 해야 하며, 등산을 할 것, 용호비결을 한 번 읽어볼 것, 마음공부의 방편으로 결혼생활을 권하셨다. 다만 기라는 것은 에너지로 한번 단이 생기고 공부를 놔버리면 안 하느니만 못할 수 있으니, 이미 이 길로 들어섰다면 중간에 포기해서는 안된단다. 나는 솔직히 혜가스님과 같은 구도열은 없으나 스트레스 받지 않는 마음을 얻는 것이 소원이다 했더니 그것이 깨달음이라고.

2018년 1월 12일 금요일

아버지와 나, 이웃집 아줌마가 온돌방에서 같이 잠자고 있었다. 늦은 밤, 아줌마가 몰래 일어나 나를 유혹했다. 그 바람에 잠이 깼지만 싫지 않아 계속 잠자는 척했다. 그런데 이 순간 완전히 잠든 줄 알았던 아버지가 운우지정에 빠져 미소를 짓고 있는 나를 바라보며 말씀하셨다. "이 친구는 열심히 공부해야 하는데 그렇게 장난을 쳐서야 되겠습니까!" 이 말에 아줌마는 무어라 변명을 해보다가 입맛을 다시며 사라지고, 나도 정신이 들어 참선이나 하러 가겠습니다 말하고 일어났다. 심상치 않은 꿈인 것 같아 눈을 떠보니 새벽 4시. 꿈속의 아줌마는 빙의령 아버지는 보호령이 아닐까 싶다.

2018년 1월 13일 토요일

새벽 5시. 명치 부위가 아파 잠이 깼다. 오랜만에 찾아온 위경련. 밤잠을 반쪽 낼 만큼 센 녀석이다. 얼른 주방에 내려가 한봉꿀 두 숟가락을 먹고, 연이어 미지근한 물에 꿀을 세 숟가락 섞어 마셨다. 꿀이 혓바닥에 닿는 순간부터 통증이 완화되더니 조금 있으니 살 만하다. 요즘 기사시험 공부한다고 스트레스를 너무 많이 받았나?

스승님께 인사드리고 자리에 앉자마자 졸음이 밀려왔다. 꿈벅 졸다가 태을주를 외다가, 또 졸다가 깨어보니 시간이 다 갔다. 삼공재만 오면 왜 이렇게 긴장이 풀리고 수마가 밀려오는지 모르겠다. 점심은 기식으로 대체했는데... 선생님한테 6개월 만에 진맥을 받았는데 몸 상태는 좋고, 죽을 때까지 표준만 먹으면 된단다. 명치 부위가 아픈 위경련은 과식 때문이라고. 신간인 『선도체험기』 116권을 구입하고 스승님의 사인을 받았다.

2018년 1월 18일 목요일

어제 밤 11시부터 천자문 체본 받은 것을 넉 장 임서했다. 약 두 시간 동안 글씨를 썼는데 기분이 들떠있던 참이라 잡념이 아주 많았다. 그런데 잡념이 꼬리에 꼬리를 무는데도 불구하고, 두 눈은 화선지에 고정되었다. 잡념은 잡념이고 글씨는 글씨일 뿐! 생각과 마음이 따로 노는데도 붓은 멈추지 않고 힘차게 갈 길을 갔다. 내 안에 또 다른 나가 있고, 나는 잠시 몸을 빌려준 듯한 기분이었다.

2018년 1월 19일 금요일

어제는 갑자기 토스트가 먹고 싶어서 점심, 저녁 이식을 했다. 그 외에는 이번 주내내 일일일식을 잘 지켰다. 며칠 전에는 너무 배가 고파 도면 그리는 데 집중이 안됐다. 그래서 곶감을 서너 개 먹었더니 딱 좋았다. 극기력으로 억지로 버티는 일일일식 말고, 한 끼만 먹어도 하루 종일 속이 든든한 것. 그래서 자연스럽게 추가적인 음식물 섭취를 거부하는 것. 그것이 제대로 된 밥따로 물따로 일일일식인 것 같다. 나는 아직 멀었다.

2018년 1월 29일 월요일 〈해인과 잣나무〉

지난주 월요일부터 수요일까지 임업기능인 훈련원에서 임업후계자 보수교육을 받고 왔다. 집에서 진안까지는 100분 거리라 4인실 생활관을 이용했는데 덕분에 생활리듬이 깨졌다. 대학원 선배와 같이 붙어있었다는 핑계로 2식을 하고, 수행도 까맣게 잊었다. 그나마 『선도체험기』 115권과 『화엄경』(다마키 고시로, 2015, 현암사)을 쬐금 읽은 것을 위안으로 삼아본다. "해인이란 진여본각이다. 망상이 다하고 마음이 밝아지매 만상이 한께 나타남이니, 대해는 바람에 의해 물결을 일으키되 만약 바람이 자면 맑아져서 현상의 나타나지 않음이 없음과 같다"는 법장의 설이 매혹적이다.

같은 방의 영월 아저씨가 TV 드라마 두 개를 챙겨보았다. 내가 볼 때는 배우와 배경만 다른 똑같은 내용인데 아저씨는 재가 울면 나도 운단다. 잣, 겨우살이, 석이버섯 채취와 독활(땅두릅) 재배를 하는데 오른팔 뼈가 여러 개 부스러진 1급 장애인이라고. 목포 앞바다에서 사고가 나고, 그 이후로 강원도 산속에 들어와 20미터 높이의 잣나무, 참나무, 암벽을 오르내리신단다. 바다에서 몸을 상하고, 산에서 고치다! 운명이란 게 있기는 있는 것 같다.

2018년 1월 30일 화요일 〈화이트 크리스마스〉

월요일 오후 11시10분. 『선도체험기』 115권과 『구도자요결』 속표지의 삼공 스승님 사진을 보며 삼배를 올린 후 자시수련을 시작했다. 처음 40분은 결가부좌를 하고 합장한 채 대각경, 태을주, 운장주, 갱생주를 소리 내어 암송했다. 그 후 무릎을 꿇고 앉아 단전을 의식하며 수식관을 했다. 한참 호흡에 집중하는데 갑자기 옛날 일이 생각났다.

지금으로부터 20여 년 전, 내가 8~9살 때 일이다. 나와 누나, 남동생은 크리스마스를 맞아 교회를 향해 걸어가고 있었다. 눈이 내리고 있었고, 부모님은 식당일이 남아있어 아이들끼리 먼저 출발한 것이다. 셋이 길을 잘 가다가 동생이 갑자기 내 손을 놓고 건너편으로 넘어갔는데 곧바로 뺑소니 교통사고를 당했다. 그 당시 교회 사람들은 하나님이 동생을 특별히 사랑해서 조금 빨리 데려갔다고 말했지만 납득은 가지 않았다. 근래에 들어서야 그 일은 인과응보였고, 전생에는 아마 동생과 뺑소니 운전자의 입장이 정반대였으리라는 생각이 든다.

그런데 왜 누나와 나는 그 현장을 목격해야 했을까? 왜 화이트 크리스마스에 피를 흘리며 죽어가는 동생을 보며 피눈물을 흘려야 했을까? 20여년이 지난 일인에도 이렇게 글을 쓰다 보니 그 당시의 깊은 절망과 슬픔이 되살아나는 것 같다. 그 인과가 무엇일까 궁금하다. 나는 왜 그 자리에 있었을까?

2018년 1월 31일 수요일

한 꼬마가 학교 건물 안을 또박또박 걸어간다. 교실 안에 들어서자 책상 위에 한자로 무어라 쓰여 있는 책이 올려져 있다. 꼬마는 그 책을 보자마자 단호하게 오른손 팔꿈치로 내려찍는다. 몇 차례 찍어누르자 책과 책상이 함께 쪼개져버린다. 그러자 한 여자아이가 겁에 질려 오줌을 지리고, 남자아이가 그 오줌을 손가락으로 찍어서 맛본다. 장면이 바뀌어서 꼬마는 교장실 같은 곳에 서서 감사를 표한다. 선생님 덕분에 일을 잘 끝낼 수 있었다고 하자 "나는 백여 년 전에 존재했던 혼령이다. 네 일을 돕기 위해 미리 준비를 해뒀다"고 답한다.

꿈을 깨서 생각해보니 꼬마는 나인 것 같고, 시대 상황은 일제강점기. 그냥 개꿈일까 싶은데 꿈속에 등장한 세 명의 아이들 성별이나 나이대가 20여 년 전 교통사고 현장과 일치한다. 간밤에 자시수련 끝내고 인과가 무엇일까 생각하며 잠들었는데 설마 이렇게 빨리 감응이 오나? 내가 판타지 세계를 여행하고 온 것인지, 화두에 대한 응답인지 잘 모르겠다.

2018년 2월 1일 목요일

11시 30분~새벽 1시까지 자시수련. 결가부좌하고 대각경, 태을주, 운장주, 갱생주, 주기도문을 소리 내어 암송했다. 30분이 지나자 크로스된 부분의 다리뼈가 너무 아파 반가부좌로 바꿨다. 기가 파도처럼 흐름을 만드는 건 명확하게 느껴지는데 단전은 그저 미지근하다. 운장주를 욀 때 왠지 목소리가 더 근엄해지는 것 같고, 이 주문이 내 주변에 보호막을 치는 듯한 느낌이 든다.

2018년 2월 2일 금요일

싸움이 났다. 내용은 정확히 기억이 안 나는데 고성과 몸싸움이 오갔다. 어머니는 나에게 이 집을 나가라 했고, 나는 가지 않겠다

한 것 같다. 내가 파리채로 맞았던 것 같고, 어머니 몸을 붙잡고 좌우로 마구 흔들었다. 그 영상을 보며 마음이 찡하게 아팠다.

꿈에서 깨어보니 새벽 5시. 지난밤에 어머니의 송사 문제를 생각하다 잠들었는데 그것이 원인이 되어 나타난 꿈같다. 현실에서도 어머니는 자비롭기보다 정의로운 분. 최근에는 조용한 편인데 부딪치는 일이 많아 내가 항상 피해다닌다. 엊그제는 자시수련 후 무협소설 같은 꿈을 꾸더니 오늘은 또 다른 영상이 나타났다. 지도령은 나의 기수련보다 마음공부에 관심이 더 많은 것 같다.

이번 주 화요일부터 일일이식으로 돌아왔다. 일일일식을 시작한지 약 두 달 만이다. 두 달 동안 일식을 해보니 초반에는 컨디션이 괜찮았는데, 한 달 넘어서부터 기력이 딸렸다. 그래도 밀고 나가면 어떻게 정착이 될 것 같은데 인간관계가 문제다. 보통 사람들은 점심밥을 먹으며 이야기를 나누고, 정보도 교환하는데 나 혼자만 계속해서 빠져나가기가 어렵다. 최소한 석사과정 끝날 때까지는 일일이식을 유지해야 될 것 같다.

【필자의 논평】

A4용지 24매나 되는 장문의 수련일지 재미있게 읽었습니다. 내가 늘 주장하는 글쓰기 요령이 잘 구사되었군요. 즉 문장은 15개 단어를 넘지 말고 같은 문장 인에 동일한 어휘가 반복되지 말아야

한다는 것입니다. 그리고 유우머와 익살이 적절히 배합되어 읽는 재미를 더해 주었습니다.

그건 그렇고 문제는 수련입니다. 남들 같으면 소주천과 대주천 과정을 마쳤어야 하는데 그렇지 못한 것이 안타깝습니다. 어떻게 하든지 이 관문을 통과하여 현묘지도 과정을 밟기 바랍니다.

오주현 선도수련기(2)

2018년 1월 15일~2018년 2월 11일까지 〈선도수련기〉

눈을 떠 핸드폰 시계를 보니 새벽 4:00, 와우 우연의 일치겠지. 간단히 몸을 풀고 좌선을 시작한다. 『선도체험기』를 보면서 수련을 한다. 빙의령은 가슴 중앙에서 이제 어깨까지 이동하셨다. 2시간 수련 후 다시 잔다.

오전 현묘지도 카페에 수련일지를 올리고 나자 중단전이 먼저 따뜻해지고 이어서 하단전도 따뜻하다. 이어서 적림선도님이 소개해 주신 블로그를 보자마자 중단전을 뜨거운 기운이 불로 지져대는 거 같다. 며칠 전부터 막혔던 신도 척중 혈이 뜨거워지면서 가슴 전체로 뜨거운 기운이 퍼진다.

오후 사업장 현장설명을 하고 있는데 종이에 빛이 반사되면서 글이 안 보인다. 헐 당황한다. 말을 더듬거리며 겨우 설명을 마친다. 이런 경우도 있었네. 앞으로는 철저하게 연습하고 준비를 해야겠다.

2018년 1월 16일 화요일

새벽 0시에 일어나 자시수련을 한다. 비몽사몽 간에 2시간 채우고 취침을 하는데 깊은 잠을 못 잔다. 역시 나에게는 새벽수련이 맞는 거 같다. 초저녁에 일찍 자고 일어나서 수련하는 것이 문제였다. 그냥 평상시대로 10시 즈음에 자고 새벽에 일어나서 수련을 해야겠다.

새벽꿈에 물이 오염되어 먹고 씻을 수 없어 깨끗한 물을 찾아다니는 꿈을 꾸었다. 물의 소중함을 느끼는 이야기다. 물도 공기도 다 소중하다. 10시 20분부터 바바지 명상음악을 들으면서 자시수련을 시작하여 11시 40분되어 마무리한다.

2018년 1월 17일 수요일

아침 6시에 일어나 몸 풀고 1시간 빗소리 음악 들으면서 수련을 하는데 규칙적으로 또 다른 음이 들린다. 무슨 소리일까? 이 비는 우주에도 내릴까? 아니면 지구에만 내리는 비일까?

이 비로 나의 얼룩지고 부정적인 생각 등 모든 것을 씻어 갔으면 좋겠다. 더 나아가 우리 가족, 직장, 지구, 우주에서 일어나는 모든 부정적인 것들을 다 씻어 가기를 기원해 본다. 등짝이나 몸이 순간적으로 후끈후끈거린다.

저녁 화식을 먹고 쉬다가 50분 보공하면서 뛰다가 걷다가 한다.

바바지 명상음악을 들으면서 좌공으로 자시수련 50분 한다. 와우 몸은 잠이 막 쏟아지려 하는데 기운은 들어온다. 이 무슨 조화인가. 바바지 음악으로 상, 중, 하단전에 기운을 트고 진동을 자제하면서 하단전에 축기를 한다. 어느 정도 자제가 되는가 싶더니 다시 진동이 시작되었다가 멈추었다가 한다. 자연스럽게 기운의 흐름에 맡기자.

2018년 1월 18일 목요일

오전 현묘지도 카페를 보자 기운이 들어온다. 수행하신 분들과 만나면 기운에 동화되어 에너지가 증폭되는 거 같다. 자시수련 글을 남기고 나자 조광 선배님의 답글이 오는데 순간 헉 큰 기운이다. 놀랬다. 오! 신령스러운 기운이여! 세세토록 영원하여라.

점심 생식을 먹으면서 증산도 사배심고와 주문수련을 한다. 몸이 뜨거워 옷을 하나 벗고 나서 수련을 한다. 단전도 뜨거워진다. 하단전을 크게 만든다는 의식이 생긴다. 그리고 그곳에 축기를 시작한다. 진동을 자제하고 하단전에 축기를 의념한다. 11시부터 1시간 자시수련을 하는데 잘된다. 앞으로 지속적으로 해야겠다.

2018년 1월 19일 금요일

새벽 5시에 일어나 사배심고와 함께 2시간 수련한다. 추운 겨울

운동량이 부족한 거 같아 호보법 35m 한다. 다리가 후들후들 떨리고 단전에 강한 자극이 온다.

2018년 1월 20일 토요일

새벽 4시에 일어나 30분 와공하고 1시간 좌공을 한다. 삼공재 수련시 태을주 주문이 30분 정도 자동으로 외워지고 나머지 30분은 대각경이 외워진다. 수련을 더하고 싶은데 1시간은 부족하다. 저녁 40분간 좌공.

2018년 1월 21일 일요일

오후 3시부터 1시간 20분간 바바지 명상음악을 듣고 태을주 수련을 하고 화엄사에서 연기암까지 1시간 보공을 한다. 저녁 자시수련 1시간 동안 좌공과 와공을 하다가 잠이 든다.

2018년 1월 22일 월요일

오전 사무실 출근 후 가까운 직원들에게 발효차를 타서드린다. 앞으로 지속적으로 타 드려야겠다. 점심 식사 후 사배심고와 주문수련 동영상을 들으면서 수련을 한다. 수련 중간에 자동으로 절이 되면서 상, 중, 하단전에 수인을 통해서 전해지는 뜨거운 기운이 느껴진다. 오늘은 임맥을 위주로 뜨거운 기운이 느껴진다. 수인을 통해 몸으로 전해지는 따뜻한 기운의 범위가 조금씩 확장되고 있다.

저녁 생식을 먹고 갔음에도 오랜 시간 동안 회식자리에 있다 보니 쌀밥을 2그릇이나 먹었다. 와우 집에 와서 배가 아파 고생하다가 자시수련을 못 하고 잠들었다. 새벽 1시에 일어나 꿀 한 숟가락과 꿀물을 마시면서 3시간 동안 사배심고와 주문수련을 3시간 했다. 더 할 수 있는데 내일을 위해서 중단하고 와공하면서 잔다.

2018년 1월 23일 화요일

점심시간에 생식을 먹고 사배심고와 주문수련을 한다. 독맥 위주로 뜨거운 기운이 일더니 임맥에도 기운이 돌면서 순식간에 일주가 된다. 그러나 백회에는 감이 없다. 오후 들어 머리에 시원한 기운이 조금 느껴진다.

저녁 사무실 회식에서 술과 과식으로 일찍 잠들고 새벽 2시 30분에 일어나 3시간 동안 사배신고와 주문수행 중 진동이 조금씩 줄어들더니 멈추었다. 아마도 명상하기 좋은 자세를 만든 다음에 진동이 멈춘 거 같다. 허리는 편안하나 다리가 저린다.

2018년 1월 24일 수요일

아침 출근 후 주문을 천부경부터 시작해서 전 주문을 외운다. 단전에 힘이 주어지면서 수련이 된다. 근래에 없었던 수련이다. 이제야 축기가 시작되는가 보다.

오후 2시 30분부터 몸이 더워진다. 삼공재에 있는 거 같다. 이거 어디에서 오는 기운일까? 단전은 불타오르고 얼굴은 뜨겁게 달아오른다. 몸은 더워서 옷을 벗었다. 아 그렇다. 현묘지도 카페에 글을 올리는 순간부터 몸이 더워진 거 같다.

날씨는 추우나 하늘은 맑고 공기는 깨끗하다. 호보법 30M를 2회 한다. 와우 힘들다. 점심때 먹은 간짜장이 오후 내내 눈에서 눈물과 하품을 동반하게 한다. 저녁 생식과 화식을 먹었는데 과식이다. 와우 유혹이 성욕만 유혹이 아니었다. 식욕도 유혹이었다. 먹는 것도 극복하지 못하면 챙피스러운 일인데 탈이다. 꿀 2숟가락과 꿀물을 마시면서 10시부터 1시간 수련을 하는데 몸이 더워 아래는 반바지, 위에는 겉옷 하나만 입고 수련을 한다.

2018년 1월 25일 목요일

새벽에 일찍 잠이 깨었으나 계속 잔다. 이틀간 무리를 했으므로 오늘은 편안히 쉰다. 실은 어제 먹은 과식 때문에 몸이 덜 회복되었다. 점심 동료들과 화식이다. 헐 요즈음 화식으로 몸도 피곤하고 수련도 잘 안된다. 저녁 1시간 보공 후 자시수련 50분, 수련이 안 된다. 원인은 과식이다. 배도 빵빵하다.

2018년 1월 26일 금요일

새벽에 정신은 돌아왔으나 일어나기가 싫다. 아직 잠기가 달아나지 않아서 이불속에서 태을주 주문을 외우면서 축기를 하면서 자다 깨다 한다. 어제 화식을 해서 그런지 맑은 정신이 돌아오지 않는다. 극단의 방법으로 아침을 굶었다. 수련이 잘된다. 큰 기운은 아니지만 그런대로 편안하다. 저녁 일찍 잠자리에 들어 새벽 2시에 일어나 4시까지 수련

2018년 1월 27일 토요일

축시에 일어나 수련을 하는데 음악 없이 수련을 진행한다. 기운이 약하다. 열감도 약하다. 결국 1시간이 지나자 증산도 사배심고와 바바지 음악을 들으면서 수련을 진행한다. 뜨거운 기운이 느껴진다. 아직은 수련 단계가 음악을 들으면서 해야 하는가 보다.

2018년 1월 28일 일요일

오후 3시 즈음에 1시간 동안 화엄사에서 연기암까지 보공을 한다. 저녁 10시 30분부터 사워를 하고 수련 준비를 한다. 샤워를 한 후라 뜨거운 기운이 느껴진다.

저녁 과식으로 인해 배가 아프다. 꿀을 두 숟가락을 먹는다. 그래도 아프다. 꿀물을 먹어도 마찬가지다. 무릎을 꿇고 앉아서 허리

를 펴고 태을주 주문을 외우면서 배 아픈 부위에 기운을 보낸다. 배 아픈 것이 잠잠해진다. 좌공을 하자 다시 배가 아프기 시작한다. 결국은 무릎을 꿇었다가 아프면 다시 풀었다 꿇었다 하면서 2시간 수련 진행하고 잔다.

2018년 1월 29일 월요일

사무실 출근 후 주문을 외우면서 업무를 시작한다. 오늘부터는 철저히 소식할 것을 다짐해 본다. 죽을 각오로 할 생각도 해본다. 먹는 것에서 자유롭지 못하면 수련의 향상은 없다.

점심 생식 먹고 사배심고와 주문수련을 한다. 진동이 계속 이어지면서 차가워진 몸을 뜨겁게 달군다. 어디에서부터 온 기운일까? 임독맥의 주요 혈자리를 원형의 수인이 망원경처럼 길게 늘렸다 좁혔다 하면서 뜨거운 기운이 들어온다. 그동안 진행되어온 진동을 빠짐없이 다한다.

그동안 수련을 해보면 점심 생식 먹고 쉬는 시간에 수련하는 것이 가장 잘된다. 막간을 이용하는 것이 최선의 방법인가?

저녁 11시부터 자시수련을 2시간 동안 한다. 스마트폰에서 나오는 오토바이 엔진 소리의 진동으로 몸을 풀고 사배심고와 주문수련을 하고 음악 없이 축기를 한다. 뜨거운 기운을 운기해 본다. 백회에서 대추 구간은 뜨거운 기운이 느껴지지 않는다. 아직도 멀었다.

2018년 1월 30일 화요일

어제 자시 수련 시 브라질 리우데자네이루 예수상이 생각난다. 양손을 펼쳐 손바닥이 보이는 부분에 거주하는 국민은 잘 살고 손바닥 뒷부분이 보이는 지역에 사는 국민은 못 산다고 한다. 나의 손이 그렇다. 손바닥이 보이는 부분은 뜨거운 기운이 나오고 손등은 기운이 느껴지지 않는다.

아침 일어나 바로 사배심고와 주문수련을 한다. 수인의 모양이 조금씩 변해가고 있다. 사무실 출근 후 주문을 암송하고 나서 업무를 시작한다. 기운이 동한다.

2018년 1월 31일 수요일

아침에 늦게 일어나 사배심고와 주문수련을 조금 한다.

점심시간에 사배심고와 주문수련을 한다.

저녁 자시수련을 20분 한다.

2018년 2월 1일 목요일

아침 수련을 이불속에서 했는데 정신이 맑지 않다. 백회에 조금씩 감이 오는 것이 열리려고 시동을 거는 거 같다.

2018년 2월 2일 금요일

능엄주를 외우고 있는데 한 줄이 안 외워진다. 정말 어렵다. 증산도 절후주를 겨우 다 외웠다.

2018년 2월 3일 토요일

오후 2시에 화엄사에서 연기암까지 2시간 운동하고 저녁 자시에 2시간 수련을 한다. 수련 중 능엄주 한 줄이 자동으로 외워진다. 외우려고 할 때는 안 외워지더니 손쉽게 외워진다. 이제 한 줄 외웠는데 올해 안에 다할 수 있을지 의문이다.

2018년 2월 4일 일요일

아침 1시간 수련하고 저녁 30분 수련하고 취침을 한다. 요즈음 화식으로 인해 수련도 안 되고 몸도 불편해서 고전을 면치 못하고 있다. 화식에 입을 댄 게 잘못이다. 절제하기가 정말 힘들다. 음악 없이 태을주를 해보았다. 잘된다. 뜨거운 기운도 느껴진다. 무의식 중에 개벽주의 처음과 끝이 자주 생각난다.

2018년 2월 5일 월요일

새벽에 일어나 오늘부터 각오를 새롭게 하고 수련을 하기로 다짐을 한다. 먼저 108배를 한다. 저녁에도 108배를 해야겠다고 마음을 먹었다. 실제로 저녁에는 허리가 뻐근하여 당분간은 새벽에만 하기로 한다. 백회를 여는 것이 안 되니 정성을 들여야겠다.

사무실에 통닭이 왔다. 와우 큰 놈이 배달이 왔다. 냄새는 그리 역하지 않다. 아마도 요즈음 화식을 많이 해서 그런지 싫은 냄새는 아니다. 그만큼 내가 탁해졌다는 소리다. 통닭을 피해서 추운데도 불구하고 바깥으로 나와 복도에서 산책을 한다.

닭도 나도 하나이다. 나도 과거에 아마도 동물로 태어나 한생을 살았을 것이다. 내가 안 먹고 싶으면 안 먹는 것이다. 그동안 다른 사람들 눈치도 보고 식욕도 땡기고 해서 먹었는데 이제는 수련을 위해서 과감히 육식을 먹지 않도록 실행을 해야겠다. 사는 동안에 죄를 짓지 않도록 노력해야겠다. 그래야 백회도 열고 현묘지도도 수련하지 않겠는가?

자시수련으로 사배심고와 주문수련 30분간 하고 취침

2018년 2월 6일 화요일

5시에 일어나 정화수 떠놓고 사배심고와 108배를 하고 『선도체험기』와 『구도자요결』을 읽으면서 수련을 한다. 사배심고 음악을 들으면서 수련을 하니 따뜻한 기운이 느껴진다. 점심 생식 먹고 사배심고와 주문수련을 한다. 뜨거운 기운이 느껴진다.

2018년 2월 7일 수요일

아침 3시에 일어나 정화수 떠놓고 사배심고와 108배를 하고 『선도체험기』, 『구도자요결』, 증산도 도전을 보면서 수련을 하는데 진동을 조금하다가 멈춘다. 이상하다. 축기에 전념한다. 기운이 느껴지지 않는다.

2018년 2월 8일 목요일

아침 3시에 이불속에서 수식관 200회 하고 일어나 사배심고와 108배, 『구도자요결』과 도전을 6시 40분까지 하고 나서 샤워 후 출근.

오후 4시 즈음 카페 글을 읽고 있으니 단전은 따뜻한데 몸통은 시원하다. 머리는 조금 시원하다. 백회에도 조금 묵직한 느낌이 온다. 108배의 효과를 보고 있는 거 같다.

저녁 1시간 사배심고와 수련하고 취침

2018년 2월 9일 금요일

새벽 3시에 이불속에서 수식관 300회 하고 일어나 108배로 아침 수련 마무리한다. 108배를 단배공이라고 한다. 단전강화와 하체단련, 허리를 강화시켜준다. 삼공 선생님은 108배를 하면 도인체조를 생략해도 된다고 했다.

저녁 자시수련 1시간 하고 취침

2018년 2월 10일 토요일

5시에 일어나 사배심고, 108배, 좌공을 하는데 앞이마 위 머리 부분이 스멀스멀하다. 원형의 수인이 임맥을 한 바퀴 돌고 이어서 양쪽 가슴에서 하단전으로 기운을 이동시킨다. 몸을 세로로 사등분해서 위에서 아래로 아래서 위로 기운을 유통시킨다.

평상시 보다 2시간 먼저 서울에 도착해 치과에서 임플란트 교체하고 삼공재에도 2시간 먼저 도착해 벤치에서 입공을 한다. 진동이 일어나고 이어서 발가락으로 서서 입공을 한다. 추운데 있어서 그런지 삼공재 안에서 뜨거운 열기는 없다. 다만 삼공재만 오면 1시간이 다 되어갈 때쯤이면 가부좌가 된다.

저녁 자시수련 30분하고 취침

2018년 2월 11일 일요일

아침 6시 30분에 일어나 108배를 하고 사배심고 후 수련을 시작한다. 양쪽 가슴에 원형의 수인이 자리한다. 왼쪽 심장 위에서 뜨거운 기운이 확확 타오른다. 조금씩 단전으로 이동을 하더니 이마로 움직인다. 그런데 오른쪽 가슴은 뜨거운 기운이 느껴지지 않는다. 몸의 반은 뜨겁고 반은 밋밋하다.

저녁 자시수련을 이불속에서 수식관 하다가 잠이 든다.

【필자의 논평】

소주천이 되고 있는 것 같습니다. 다음에 삼공재에 오면 소주천을 확인하고 대주천 수련을 받기 바랍니다.

대주천 및 현묘지도 수련일지

정 수 진

2017년 12월 22일 〈삼공재 첫 방문〉

현묘지도 수련을 마치고 도호(慈山)를 받은 언니와 친자매로서, 둘째 동생인 정수진 인사 올립니다.

겸손과 역지사지로 자신의 자리에서 자신을 드러냄 없이 조용히 역할을 하는 사람이 세상에 필요한 사람이라는 부모님의 가르침 속에서 성장한 저희 세 자매들에게 삶속에서 자신의 내면을 바라보고 오욕칠정을 비워가는 수행의 흐름은 철이 들 무렵부터 항상 숨을 쉬듯 자연스러운 일이었습니다.

부모님의 가르침을 따라서 동생과 저에게 부모님의 빈자리를 대신하는 큰 그늘이 되어주고 인생이라는 삶의 갈림길에서 항상 지혜로운 이정표가 되어주며 어찌 살아가야 하는지 말이 아닌 행으로 보여주는 자산 언니입니다. 그녀의 행보를 따라서 그림자처럼 함께 수련하는 흐름 속에서 삼공 스승님을 찾아뵐 때가 되었다는 자산 언니의 인도로 삼공재를 처음으로 방문을 하였습니다.

그동안 언니와 함께 수련도 하고 음양식과 생식도 하였기에 스승님을 찾아 뵐 수 있다는 기회가 주어짐에 감사함으로 자산 언니를 따라서 동생과 함께 찾아뵈니 반갑게 맞아주시는 사모님과 삼공 스승님을 뵈면서 온화하고 인자하신 기운에 긴장감은 편안함으로 풀어지며 따스한 봄날 같은 행복감이 피어올랐다.

인사를 올리고 오행생식 처방을 위해 맥을 안정시켜야 하니 호흡에 들라는 말씀에 호흡을 가다듬기 위해서 좌선에 들어갔다. 30분쯤이 지난 후 스승님께서 맥을 짚어 주시면서 맥 상태가 아주 좋고 평맥이니 표준을 먹으면 된다고 말씀해 주셨다.

오후 3시 수련시간이 되어 양손을 합장하고 먼저 대각경을 암송하며 호흡에 들고자 하였다. 지금 이 자리에 오기까지 이 자리를 지키며 이끌어 주시는 삼공 스승님과 사모님께 감사드리며 선배 도반님들과 우리 세 자매가 스승님 앞에서 함께 수련할 수 있는 축복에 감사함으로 가슴 뭉클하였다.

백회에서 하단전까지 원통형으로 강하게 내려오는 기운이 하단전으로 엄청나게 조여들 듯 응축됨을 느낄 수가 있었다. 수련하는 동안 내내 밝고 맑은 강한 기운이 축기되었으며 하단전으로 안정이 되면서 깊은 삼매에 젖어 들 수가 있었다.

2017년 12월 23일 〈삼공재 두 번째 방문 수련〉

집에서도 『선도체험기』를 읽으며 자산 언니의 안내에 따라서 동생과 함께 매일 수련을 이어가는 흐름 속에 임, 독맥이 더욱 크게 확장되며 소주천의 흐름이 시시각각으로 활발해지고 기경팔맥의 운기 유통이 더욱 활발해진다.

자산 언니가 수련 중에 나와 동생의 운기 상태를 점검하고서 이제는 삼공 스승님을 찾아뵙고 대주천이 되고 있으니 이번에 방문하면 점검을 받아야 한다고 해서 동생과 함께 언니를 따라서 삼공재를 방문하였다.

그동안 자산 언니로부터 전해 들었듯 늘 한결같이 반갑게 맞아주신다는 말씀처럼 다정하신 사모님께 감사의 인사를 먼저 올리자 긴장감이 사라진다. 편안하고 부드러운 모습의 스승님을 뵐 때는 어느덧 감사함 속에 행복한 미소로 마음이 확장되었다. 수련을 마치고 동생과 함께 백회에 벽사문을 설치해주시고 대주천 인가를 내려 주셨다.

이러한 축복을 내려주심에 감사한 마음을 표현할 길이 없으니 지금껏 삶을 온전히 올인 하시며 지금 여기 이 순간까지 제자들을 이끌어주시는 스승님께 부끄럽지 않은 구도자로서 더욱 정진하는 삶을 살아가고자 가슴속 깊이 각인하며 삼공 스승님께 삼배를 올렸다.

2018년 2월 9일 〈네 번째 삼공재 방문〉

삼공 스승님께 현묘지도 첫 번째 화두를 받고서, 2018년 2월 9일~2월 15일까지의 현묘지도 화두수련 일지를 작성하였다.

1단계 화두

첫 번째 화두를 받고서 새벽에 호흡에 들어 화두를 염송하자 온몸과 의식이 끝없이 밑으로 가라앉듯 낮아지며 조용히 호흡에 들어있는 나를 바라본다. 큰 별과 주변의 수많은 행성들이 소용돌이처럼 돌면서 무수한 빛 무리들이 소나기처럼 백회 위에서 전신으로 쏟아진다. 전신이 하나의 큰 원통으로 연결되어 하단전으로 투명한 액체가 원통의 관을 통해서 쏟아지듯 들어오며 단전이 크게 확장되다가 압축되며 둥그런 구 형태로 응축이 된다. 중단에서는 형용할 수 없는 환희지심이 일어나며 감사함으로 가득 채워진다.

얼마나 시간이 지났을지 시간이 멈춰버린 듯 너무도 고요한 적막함 속에 우주 공간에 홀로 남겨졌으나 두렵지도 외롭지도 않고 여여하고 충만하다. 화두가 끝났다는 것을 내면의 울림으로 알아진다.

첫 번째 화두가 끝났음을 확인하고 나서 선계의 스승님들과 삼공 스승님께 감사의 인사를 올리며 수련을 마치고 나서 너무도 생생한 실상의 현상들을 기록하기 위해서 수련일지를 작성하였다.

2단계 화두

화두를 염송하자 백회 위 10m 정도의 상공에서부터 맑고 투명한 빛줄기가 백회로 연결되면서 강한 기운이 쏟아지며 상, 중, 하단전이 투명한 빛줄기로 연결되어 단전으로 회오리치듯 회전하며 강한 기운이 축기된다.

맑고 투명한 기운의 흐름에 의해 자연계의 다양한 모습들이 영화의 장면처럼 눈앞에 펼쳐지며 전생부터 이어져온 이생의 인연들에 대한 의미가 저절로 알아진다. 육신의 세포 하나하나의 의미가 단순한 물질세포가 아닌 우주 삼라만상의 모든 이치를 담고 있는 단순한 물질이 아닌 빛의 파동으로 이뤄진 세포라는 의미로 다가온다. 세포 하나가 끝없이 확장되니 그 속에 천체망원경으로 보았던 장엄한 우주가 펼쳐진다. 인간의 육신을 우주를 축소한 소우주라고 말하는 의미를 눈앞에 펼쳐지는 너무도 경이로운 장면들을 통해서 온몸에 각인된다.

지금껏 나라고 여기고 살아온 허상의 육신의 나와 참나의 의미가 명확히 알아진다. 온몸이 완전히 이완되며 몸이 끝없이 커졌다 작아졌다 변화무쌍한 흐름 속에서 서서히 다양한 변화들이 사라지며 적막할 정도의 고요함의 삼매에 들어서 화두가 끝났음이 인식된다. 어느덧 2시간 50분의 시간이 훌쩍 지났으나 찰나지간처럼 느껴진다.

3단계 화두

화두를 염송하자 신묘한 느낌의 기운이 온몸에서 연기처럼 피어오르며 몸의 주변을 투명하고 신비로운 빛으로 감싸며 타원형의 빛의 형태가 주변으로 끝없이 확장되며 주변의 탁한 모든 것들을 씻어내듯 정화한다. 단전에서 기운이 강하게 조여들 듯이 응축되며 들이쉬고 내쉬는 호흡 속에 단전이 서서히 확장되며 동시에 몸 주변을 감싸고 있는 타원형의 빛이 함께 확장된다.

내가 존재하는 주변의 모든 것들을 정화하던 타원형의 빛이 지구를 벗어나서 우주 공간까지 끝없이 확장되며 확장과 수축을 지속적으로 반복하며 정화한다. 한동안 지속되는 흐름 속에서 도심 속 상공을 뿌옇게 덮고 있던 탁한 오염물질들이 정화되며 맑고 투명한 하늘이 펼쳐진다.

3단계 화두를 염송하면서부터는 전생과 이생의 인과로 인해 인연되는 영가들의 흐름이 기다렸다는 듯 더 많아졌으나 힘들지 않다. 그들과 내가 해원상생의 의미로 자신의 깨달음의 역량만큼 인연됨을 알기에 힘들지 않고 오히려 감사함 속에 유한함과 무한함의 의미가 알아진다.

이러한 경이로운 모든 현상들을 내면의 의식이 여여하게 바라본다. 인간의 끝없는 탐욕의 결과로 자연계의 생명의 순환의 고리를 끊어놓고 파괴하고 있는 인간들의 탐욕의 결과물인 자연재해의 현상들과 현시점의 우리들의 자화상을 고요함 속에 성찰한다. 내면으로부터 화두가 끝났음이 전해진다.

4단계 화두 11가지 호흡법

화두를 받고 바로 호흡에 들어 화두의 의미를 관하며 몸에서 일어나는 현상들을 바라본다. 어느 순간 단전에서 뜨거운 액체가 용암이 끓듯 부글부글 끓어오르다 둥그런 형태로 압축이 되면서 뜨거운 원형의 구가 뱃속에서부터 몸속을 무한대의 흐름으로 상체와 하체를 순환하듯 오르내리며 몸이 전.후 좌.우로 회전하듯 돌면서 진동이 일어난다.

다양한 형태로 호흡이 저절로 이뤄지며 예정된 프로그램처럼 진행된다. 신기함에 호흡을 멈추면 동작이 멈추고 호흡에 들어 화두를 염송하면 기다렸다는 듯 다시 시작된다. 이러한 흐름이 오전 동안 반복되다가 오후가 되면서 편안해지며 안정이 된다. 온몸이 내부와 외부로 강력한 스트레칭을 한 것처럼 진동 수축과 늘어짐을 반복함 속에 그 어느 때보다 편안하고 완전하게 이완됨이 느껴진다. 내면으로부터 화두가 끝났음이 전해진다.

5단계 화두

좌신을 하고 화두수련에 들자 대각경이 염송되며 전생부터 현생이 있기까지 수많은 인연들과의 관계 속에서 지금껏 나라고 알고 살아왔던 내가 참나인 본성을 잃어버리고 미망에 사로잡힌 시간 속을 영화처럼 비춰지는 화면을 통해 돌아본다.

모든 인간들이 오욕칠정에 사로잡힌 허상의 세계 속에서 자신이 왜 태어난 것인지 의미도 모른 체 때가 되면 육신을 벗고 인과의 법칙에 따라서 덧없는 인생을 마치는 허상의 울타리 속에 갇혀져 살아왔던 자신을 바라본다. 우주 공간으로부터 커다란 섬광이 번쩍이며 번개가 치듯 백회로부터 온몸의 세포에 내리치며 번쩍이는 섬광의 빛 무리에 휩싸인다. 한순간 대각경의 문자에 내포된 모든 이치가 꿰뚫어진다.

지금껏 허상의 고정된 관념으로 한정짓고 살아왔던 어리석은 삶의 순간들이 영화 속 장면처럼 투영되는 화면 속에서 허상의 모습 속에 가려졌던 모든 존재들의 생명의 실상과 본래의 참나의 실체가 알아지며 존재하는 모든 것에 대한 감사함으로 심연가득 채워진다. 화두가 끝났음이 인식되며 다음 화두로 이어진다.

6단계 화두

5단계의 일깨워짐이 더욱 깊어지며 화두의 기운과 내가 온전히 하나 된 상태에서 고요한 삼매 속에서 너와 나의 구분 없이 우주의 근본의식과 일체됨 속에 나라는 개념의 육신의 형상이 우주 공간으로 한순간에 사라지며 그러한 모든 것들을 바라보는 의식만이 존재한다.

7단계 화두

허상의 나를 벗어난 본래의 나는 하느님의 분신으로서 하느님의 무한한 사랑, 무한한 지혜, 무한한 능력을 구사하고 있는 하느님이 나이고 내가 하느님이며 깨어난 모든 존재들이 나와 하나의 의식으로 연결된 하느님이다.

대각경이 암송되며 본래의 나와 근원우주의 의식이 하나로 연결되어 고요하고 편안함 속에 참 자신을 찾아가는 지금 여기 감사함의 울림으로 가득 채워진다.

8단계 화두

화두를 암송하고 난 이후에도 별다른 현상 없이 고요하다. 우주 공간 속에 녹아들어 깊은 우주 공간을 유유히 유영하듯 너무도 편안하고 안온함 속에 감사함만이 우주 공간에 가득하다. 나라는 고정된 관념이 사라지며 내가 우주이고 우주가 나임을 자각하는 흐름 속에 존재하는 모든 것들에 대한 감사함으로 우주 공간이 충만하다.

이생의 삶속에서 나와 인연된 허상의 울타리 속에 갇혀있는 모든 이들에게 참 자신의 의미를 일깨우는 역할을 위해서 본래의 자신을 찾은 구도자의 역할이 새삼 중요함으로 심연 깊이 각인된다. 광명의 혜안의 빛으로 이끌어 주신 선계의 모든 스승님과 삼공 스승님께 마음 깊이 감사드립니다.

2018년 2월 15일
정수진 올립니다.

【필자의 논평】

정수진 화두 수행기를 감명 깊게 읽었다. 선도수련의 핵심을 꿰지 못했다면 도저히 나올 수 없는 주옥 같은 말들이 쏟아져 나왔다. 이에 또 하나의 수행자가 등장했다. 그녀의 언니인 자산(慈山) 정정숙에 이어 자해(慈海) 정수진이 나온 것이다.

일장춘몽 같은 현실을 깨고

오성국

삼공 김태영 선생님, 사모님 그간 강령하셨는지요?

입춘이 지나 어느덧 개구리가 겨울잠을 깨고 나온다는 경칩이 지나면서 봄기운이 다가옴을 느낍니다. 저 또한 일장춘몽 같은 현실의 꿈을 깨고 실상의 세계를 하루 속히 보기를 희망하나, 아직은 갈 길이 먼 듯합니다.

현묘지도 수련 시작(2018년 1월 5일) 현재 5단계 공처(2018년 1월 23일 공처 수련 시작~현재)에서 머물러 진전이 없으며, 집안의 어른이신 아버지께서 골다공증 원인으로 허리 척추의 요추 골절로 지난 1월 24일 시술하여 설 명절을 지내지 못하였는데, 2월 20일 또 다시 다른 부위인 척추의 흉추가 골절되어 척추 시술을 받아 결과적으로 2번 척추 시술을 받은 것입니다. 연세가 있으셔 회복하는 데 어려움(항생제로 인한 설사 동반과 판단력이 흐려짐)으로 인한 여러 상황으로 생활 자체가 수련이라고 생각한 마음이 복잡한 현실에서 적응을 못하고 있었으나 지금은 많이 수습이 되어 안정을 찾은 상태입니다.

이야기가 바뀌어, 어떤 난관이 닥쳐도 허허 웃어가며 슬기롭게 헤쳐 나가는 생활선도인 되기 위하여 열심히 노력하고자 하나 게으름에 행하지 못함에 몸 둘 바를 모르겠습니다.

항목별로 문의합니다.

1. 얼굴은 하얗게 피부가 일어나서 비듬이 나오는 것처럼 보여 스킨로션을 발라도 그때뿐이고, 좀 시간이 지나면 도루 피부에 눈싸리가 앉은 듯합니다. 다리 정강이는 가렵고 빨간 반점과 피부 살이 벗겨집니다. (제 생각은 명현반응이라 확신하나 아내는 피부가 건성이라 그러니 스킨로션을 듬뿍 바르라고 성화입니다.)

2. 공처 단계 수련 시 시간 가는 대로 기술하였습니다. 마음의 상으로 비구스님, 흑인 아이, 달빛 아래의 고요한 고대광실이 한때 보였으며, 화두 암송 산책 시 봉추라는 텔레파시가 왔습니다.

그리고 3단계 무위 삼매에서 진아와 가아를 5단계 공처 단계서 재확인하는 공부인 듯합니다. (이제 공부하는 제가 무엇을 얼마나 알겠습니까마는 진아를 느끼고 그 마음을 잊지 않으려 수련 시 항상 되새기며, 생활 자체가 수련이길 바라는데 제가 행이 없는 욕심인 듯합니다. 잠시 자성의 맛을 본 거 같아 스승님의 가르침에 다시 한번 감사드립니다.)

마음공부가 덜되어 그런 거 같네요. 현묘지도 공처 단계에서 정체된 듯, 앞이 절벽에 막혀있는 듯 진전이 없습니다. 기운은 화두 암송보다 천부경, 삼일신고, 대각경, 태을주 기타 주문수련 시 더 들오는 느낌을 받습니다.

눈과 코를 제외한 얼굴은 팩을 한 듯 기운의 장을 느끼며, 인당에서의 은백색 또는 황백색 원형 고리가 회전하는 정도와 피부호흡이 상반신의 일부가 불규칙하게 이루어짐이 최근의 수련 시 대체적인 상황입니다.

현재 공처 단계를 더 진행해야 하는지 자성에 의문하나 답을 얻지 못하고 있는 상황이라 답답하여 선생님의 지혜를 얻고자 문의드리며, 현묘지도 수련을 화면으로 볼 수 있을 때까지 잠시 중단 후 수련이 진척되면 다시 수련하는 건 어떤지 제 소견을 말씀드립니다.

덧붙여 오늘 산책하는 동안 3경 암송과 화두 암송하며 자성이란 바르고 착하고 지혜로운 마음이라 지각하고, 정선혜(正善慧)한 마음을 가지려면 정충, 기장하여 튼튼한 몸을 가지고 신명이 밝아야 바르고, 착하고 지혜로운 마음을 가지고 행할 수 있다는 확신을 갖는다는 조그마한 깨달음이 왔습니다.

못난 제자가 많이 부족하여 스승님의 뜻을 받들지 못함을 용서하시고 지혜를 주심에 감사합니다. 이번 주에 방문 예정이었으나 일정상 어려움이 있어 다음 주 금요일 방문코자 하오나 시간이 허락되시는지 여쭈어봅니다.

2018년 3월 7일(수)

천안에서 미욱한 제자 오성국 올림

【회답】

금요일에 기다리겠습니다.

황영숙 현묘지도 수련기

현묘지도 수련기 전 저의 소개를 잠깐 하겠습니다. 저는 울산에 사는 황영숙입니다. 『선도체험기』와의 인연은 어느 지인이 가지고 다니는 것을 빌려 먼저 보게 되면서부터였습니다. 이상할 정도로 『선도체험기』에 매혹되어 인터넷으로 구해서 41권을 보고 삼공재를 방문하게 되었습니다.

선도책 읽기 전에는 절에서 스님을 통해서 좋은 경전을 많이 보고 듣고 했지만 마음에 와 닿지가 않고 남 따라 왔다갔다 세월만 보냈습니다. 선도 책으로 인해 좋은 생식과 참나를 찾을 수 있게 되었습니다. 길이 멀어 자주는 못 다니지만 무소뿔처럼 꾸준히 공부를 하다보니 오늘이 오지 않았나 싶습니다.

어릴 적 물가에서 많이 놀아 귓병이 들어 시간이 많이 흐른 후 수술을 하여 기수련에 지장은 있었지만, 조금씩 향상이 되고 있음을 느꼈습니다. 그렇지만 현묘지도 수련을 받는다는 생각은 못 했습니다.

수련이란 현묘지도 수련을 해 자기 실상은 알 수 있지만 화두수련을 못 해도 그 나름으로 자기 자성 공부를 통한 깨달음이 있지 않나 생각으로 수련의 끈을 놓지 않고 선도 책과 스승님 도움으로 현묘지도를 하게 되었습니다.

스승님께 감사의 인사를 드립니다.

2018년 2월 7일 수요일 〈현묘지도 수련기〉

오늘 삼공재 예약을 하여 2시 30분에 도착했다. 선생님께 일배 드리고 자리에 앉자 스승님께서 백회 점검을 해주시면서 일 단계 화두를 주신다. 절 삼배 올리고 앉는 순간 깜짝 놀랐다. 기운이 평소 기운하고 다른 것을 느꼈다.

화두를 외우는 순간 강하고 청순한 기운이 백회로 인해 단전 온 기혈 하나하나에 파고든다. 나는 감정이 둔한지 눈물도 흐르지 않는다. 마음은 한없이 벅차오르는데 일 단계 화두가 끝나면 전화 드리기로 하고 나왔다. 1시간 30분이 5분정도 흘러가는 기분이다. 이 모든 것을 스승님께 감사드린다.

2018년 2월 8일 목요일 〈첫 화두〉

새벽에 첫 화두를 외우면서 수련에 들어갔다. 강하고 청량한 기운이 세포 하나하나에 흐르고 있다. 백회, 인당, 중단, 단전 4합을 이루면 액체 같은 기운이 물 호수로 내려온다. 요즘 반짝 전 세계적으로 지진이 자주 일어난다. 수련 중에 왜 문뜩 지진을 떠올렸을까? 한 사람이라도 더 살려야 될 것이라는 생각이 든다. 수련과 화두를 외우니 몸은 흔들흔들 하여 머리를 세차게 돌린다.

자시에 수련을 하였다. 화두를 암송 시작하니 귀에 기운소리가 들린다. 강한 기운이 백회 삼단전 온몸을 기운 덩어리로 만든다. 귀 수술 자리에서 기운이 감지된다 하단전이 용광로와 같다. 등, 목, 다리 기운이 안 가는 데가 없다.

"혼신을 다해라" 메시지가 온다. 2시간 수련을 하고 잠을 자는데 기운이 너무 강해 잠을 자는지 모르겠다. 신기하다 화두로 인해 이런 기운이 육체에서 나오다니...

2018년 2월 9일 금요일

아침 운동하러 갔다. 금요일에 화두 받고부터는 남과 대화를 간단하게만 하고 관을 한다.

운동하는 사람과 마주치고 몇 마디 인사정도 하니 머리가 아파온다. 마치면 곧장 집으로 와서 집 정리, 점심 식사 마치고 수련을 시작한다.

삼배 올리고 자리에 앉는다. 선도 책 앞장에 있는 스승님 사진 펴 놓고 화두를 외우면 몸과 머리가 세차게 돌고 몸이 흔들린다. 다시 조용해진다. 여자분 빙의가 수다를 떠는 장면이 떠오르고 천도가 되었다. 중단이 서서히 풀어져 다시 기운이 들어온다. 다른 이상은 아직 없다.

2018년 2월 10일 토요일

아침 수련에 화두 외우는 순간 온 기혈 하나하나 살아난다. 용천, 노궁, 다리에 청량한 기운과 온화한 기운이 들어와 머리가 세차게 돌고 몸은 흔들거린다. 기운에 비해 화면도 뜨지 않고, 천리전음이 아직 없다. 자성에 물었다.

반응은 없다. 화두만 외우고 무념으로 가고 있다. 귀에 아득히 관음소리가 윙윙 잠시 들린다. 기운은 첫날보다 많이 줄어도 삼합과 단전은 달아오른다. 삼공재 수련시간에 따라 절 삼배 올리고 화두를 외우며 수련에 집중을 한다. 아무 반응도 없고 진도도 나가지 않는다.

평상시에는 화면도 뜨고 빙의도 자주 보는데, 화두 받고부터는 기운만 강하고 다른 것은 반응이 없어 1단계 화두가 끝났는지 자성에 물어본다. 끝났다는 느낌이 와서 스승님께 문의하니, 2단계 화두를 주신다. 스승님 말씀이 떨어지는 순간 단전에서 온몸으로 기운이 쌓인다.

2018년 2월 11일 일요일

아침 2단계 화두를 외우면서 수련을 한다. 액체 같은 기운이 삼단전을 통해 단전에 빵빵해져 온다. 강한 기운이면서 온화한 기운이 쌓이며 피부호흡이 된다. 화두를 외우면 입점으로 들었다가 일체유심소조가 메시지로 전달되며 전생인지 희미한 집과 사람의 한 장면이 지나간다. 오늘은 일요일이라 산에 가야 되므로 아침 수련을 마쳤다.

산에 올라가면서 간밤에 꿈이 생각이 난다. 어떤 여자분이 나보고 돈은 안줘도 되고, 이모들만 주라고 한다. 내가 볼 때는 세 명 더 있다. 얼마 줄까? 2십만 원을 줄까 하는 순간, 굿을 하는데 나는 잠에서 누구 이름을 부르면서 오너라 하고 몇 번을 부르고 있는 순간, 몸을 쿵쿵 뛰고 아무리 해도 일어나지를 못한다. 이것은 실체의 느낌과 같은 기분이다.

산에서 계속 관을 해보니 아주 심한 빙의가 현묘수련을 못하게 방해하는지, 시험을 해보는 것 같다. 섬찟하다.

2018년 2월 12일 월요일

화두를 외우면서 몸이 흔들린다. 기의 흐름을 느끼면서 액체 같은 기운이 위 아래로 일고, 강하면서 온화한 기운이 단전에 쌓인다. 수술 관계로 기혈이 댕기는 것은 있어 조금 힘은 들지만 단전으로 축기가 되고, 온몸으로 기운이 퍼진다.

상체 바로 잡아 꼿꼿하게 세우고, 목도 세차게 들면 멈춘다. 몇 번 반복된다. 우리는 하나다. 메시지가 온다. 동계 올림픽에서 북한 예술단에게 눈길이 갔다. 셋이 나와 노래를 돌아가면서 부르는데 감상적이고 슬픔이 일어났다. 몸에서 전기가 찌릿찌릿 통하면서 눈시울이 따갑다. 우리는 하나인데... 불쌍하고 애처로움을 느꼈다.

한쪽 귀에서 바람소리가 아득히 들린다. 희미한 화면이 몇 편 지나간다. 알 수가 없다. 기운이 상체, 목, 등으로 돌고 하늘을 보고 제자리로 온다. 화두 첫날보다 기운이 떨어졌다. 3단계로 넘어갈까 생각해본다. 삼배 올리고 수련을 마친다.

2018년 2월 13일 화요일

오후 수련을 시작한다. 화두를 외우면서 수련에 들었다. 백회, 중단전이 꽉 막힌다. 숨쉬기가 힘들어진다. 화두를 외우면서 길게, 깊게 관을 하여 숨을 쉬어도 안 된다. 원한, 빙의 같은 것이 감지된다. 잘 보이지도 않지만, 수련을 시작하고부터는 숨이 꽉 막히는 것은 처음이다. 화두를 외우면서 계속 관을 하니 조금씩 풀리는 느낌이다. 중단전이 아프다. 여자 빙의라는 느낌이 와 사죄를 하였다. 남은 인생을 화하중생하면서 바르게 살아야 되겠다.

2018년 2월 14일 수요일

새벽 수련에 윙하는 바람 같은 관음소리가 들린다. 인당, 코 사이에 기운이 내려오면서 상 중단의 강한 기운이 단전에 축기가 되고 있다. 꽉 막혀있던 백회와 중단이 활짝 열려 기의 운동이 잘되면서 깊은 명상에 들었다. 머리 위에서 구름 같은 묵직한 기운이 들고 있다. 청량한 기운이 온몸을 감싸면 피부호흡이 되면서 시원하고 추움을 피부로 느낀다.

마음은 한 없이 편안하고 자비심이 온다. 기의 흐름에 따라 상체가 등 뒤로 넘어간다. 몇 번 반복하니 시원하고 신기하다. 평상시 할 수 없는 몸동작인데 마음은 무심으로 가고 있다.

오후 수련에 들었다. 기운이 호수처럼 백회에서 내려온다. 인당과 중단이 열려 축기가 잘되고 있으며, 오른쪽 고관절이 안 좋아 기운이 오른쪽으로 소모가 되고 있다. 몸의 탁기가 많이 빠져 나간다. 피곤함을 느낀다. 관음소리가 자주 들린다.

3단계로 넘어갈까 생각을 해보니 설이어서 며칠 수련을 못하지 싶어 설 지나가고 스승님께 전화를 드려 3단계 화두를 받기로 결정지었다.

2018년 2월 17일 토요일

새벽 수련 시 수련에 많은 기의 변화가 일어났다. 매일 오던 진동은 많이 줄었지만, 기운이 머릿속으로 파고들고 있어 귀 수술한 것이 조금 걱정이 된다. 기운이 너무 강해 중단 깊은 속 단전까지 기운 덩어리가 돌고 있다. 별 내용은 없지만 수련 중에 집 한 채가 보이면서 누군가 식사를 하고 있는 장면이 지나간다.

2018년 2월 18일 일요일

오후 스승님께 전화해서 3단계, 4단계 화두를 받았다. 3단계 화두를 받는 즉시 온몸에 전율이 일고 단전이 따뜻해 온다. 선계 스승님, 스승님 지도령님께 삼배 드리고 자리에 앉아 화두를 외우면 몸은 흔들거리고, 머리는 세차게 돌고 강약으로 몇 번 반복하며 앞의 화두보다 강하면서 조용하고 온화한 기운이 단전에 축기가 된다. 1시간 무심으로 수련을 마쳤다.

2018년 2월 21일 수요일

새벽 수련 시에 앉는 즉시 화두를 외우니 윙하며 바람 같은 소리가 왼쪽 귀에서 들리고 몸에 진동이 느껴진다. 화두가 몸을 많이 정화시킨다. 기운이 삼단으로 내려와 단전에 축기가 빵빵해 오면 피부호흡이 된다. 얼음 같은 차가운 손이 따뜻해지면 온기가 온몸에 흐른다.

오후 3시 삼공재에 오면서 수련을 한다. 입정에 드는 순간, 낯선 얼굴이 스크린을 꽉 채우면서 지나간다. 빙의 얼굴인지 잘 모르겠다. 화면도 별로 뜨지 않고, 천리전음도 없다. 화두공부는 하고 있지만 불안한 마음이 든다.

2018년 2월 22일 목요일

새벽 수련 시 백회와 단전이 꽉 막힌다. 빙의가 감지되고 화두를 외우면서 관을 한다. 좀처럼 풀리지 않아 1시간을 지나 서서히 중단이 조금 풀려 단전이 따뜻해 온다. 몸은 호전반응이 와 눈이 아프고 얼굴이 많이 붓고 몸도 무겁다.

예전에는 2, 3일이면 정상으로 돌아오는데, 기운이 강해서 그런지 좀처럼 돌아오지 않는다. 드러눕지는 않고, 일상생활에 큰 지장은 없다. 백회와 중단이 서서히 풀어지면 인당에서 콕콕하며 압박이 온다. 불꽃 같은 빛이 두 번 번쩍하고 지나간다.

2018년 2월 23일 금요일

오후 수련 시 기운이 줄고 있다. 화두를 외우면서 수련을 집중하니 중단이 꽉 막혀 있다. 강한 빙의가 심하게 감지된다. 화면이 잠시 뜬다. 버스가 사람을 가득 태우고 달린다. 그 많은 사람이 빙의란 말인가? 짜증 없이 수행해야 할 나의 사명이자 업인데 지혜롭게 해야 되겠다는 마음이 일고, 항상 바른 마음으로 살아야 되겠다. 3단계를 마치고 4단계로 넘어가야 되는 느낌이 온다.

2018년 2월 25일 일요일

저녁에 4단계 수련 화두를 암송한다. 11가지의 호흡은 평상시에도 몸의 진동이 심해 일부는 되고 있다. 척추가 똑바로 세워지며 기의 흐름을 관하고, 몸이 끄떡거리고 세차게 돌고 상,중, 하로 기운이 돌아가면서 몰린다. 액체 같은 기운이 중단, 단전을 휘젓는다.

호흡에만 집중하니 동계 올림픽 점화시키는 것처럼 불이 펄펄 올라오는 장면이 지나간다. 강한 기운이 중단전 깊숙이 파고들면 열기를 온몸으로 퍼지면서 몸의 아픈 곳도 치료가 되는 것 같다. 11가지 호흡을 마치면 신기함을 느낀다. 5단계 화두를 받으려는데, 스승님께서 편찮으셔서 전화 드리기가 죄송스럽다.

2018년 2월 28일 수요일

5단계 화두를 스승님으로부터 전화로 받았다. 스승님의 기운이 감지되었다. 삼배 마치고 이 앞 화두보다 갈수록 강한 기운이 상, 중, 하로 들어와 수술한 자리 경락이 당기면서 머리에 기운이 많이 모여 터질 것 같다. 집중도 안된다. 일단 수련을 중단하고 자시수련으로 들었다.

기수련이 안정이 되었다. 온화하고 박하 같은 기운이 몸을 감싸고 11가지 호흡이 되면서 집중에 들었다. 머리에서 묵직한 물체가 뜨면 따뜻한 기운이 내려온다. 기의 흐름을 관하고 윙 소리가 귀에 들리며 화면은 없다.

2018년 3월 1일 목요일

새벽 수련 시 몸과 목을 흔들흔들하면서 진동이 온다. 삼합이 이루면서 호흡은 깊고, 온화한 기운이 단전에 모인다. 화두를 암송하니 1단계 화두가 메시지로 들어온다. 무슨 뜻인지 모르겠다. 불꽃이 반짝이며 지나간다. 목이 뒤로 넘어가 세차게 도리질해 정신이 하나도 없다. 멈추고 나니 목이 시원하다.

아침 수련을 마치고 산에 올라가면서 화두를 암송하니 힘든 줄도 모르고 정상에 도착했다. 산을 내려오는 중에 어떤 남자분이 길을 물어 보는데 중단이 막힌다. 숨을 크고, 깊게 두 번 반복하니 괜찮아졌다. 화두수련에서 많은 도움을 받는다는 느낌이 든다. 중단 구멍이 두 배로 넓어져 호흡의 길이가 많이 길어지고 기운이 단전으로 차곡 쌓인다.

2018년 3월 2일 금요일

몸이 무겁고 만사가 귀찮다. 그대로 잠만 자고 싶다. 수영하려도 안 갔다. 이럴수록 정신을 차려야 되겠다 싶어 생식과 과일로 식사를 하고 수련을 한다. 생각보다 집중이 잘되고 있다. 화두를 암송하니 기운이 활발하여 앞, 뒤로 기운이 흐르면 중단전이 약간 막힘이 있어도 단전이 빵빵해 온다.

화두의 뜻은 무엇일까? 관을 하니 참나를 깨우치는 뜻이란 메시지가 왔다. 참은 무엇일까? 아상을 벗어 진정한 나를 찾는 것이라는 느낌이다.

2018년 3월 3일 토요일

새벽 수련에 들어 잡념이 몰려온다. 대각경 태을주를 암송해 호흡이 진행되면서 수련에 집중한다. 단전이 강해저서 온몸이 따뜻하고 시원한 피부호흡을 하고 있다. 흰 새가 한 마리 날아가고, TV에 나오는 젊은 사람들의 한 장면도 지나간다. 인당에 기운이 뭉실 모이다가 중단으로 왔다가 단전에 모인다.

몇 번 반복한다. 마음심 한자가 뜬다. 수련하면서 단전에 항상 마음심을 새기면서 수련을 한 영향일지도 모른다. 오후 수련 시 기운이 활발해 단전에서 구멍이 나 박하 같은 기운이 솔솔 나온다. 다른 도우님 체험기에는 백회에 기운이 들어온다는데 나는 왜 단전에서 나오는지 바로 하고 있는지 모르겠다. 비몽사몽으로 있는데 동물과 사람들이 몇 장면 지나간다. 5단계 화두를 마치고 6단계로 넘어갈 예정이다. 일요일은 산에 가고 월요일에 스승님께 전화로 6단계를 받을 예정이다.

2018년 3월 5일 월요일 〈6단계〉

오후 봄비가 촉촉이 내린다. 마음에 준비를 하여 6단계 화두를 받을까 생각하는 즉시 기운이 엄청 들어온다. 화두를 받고 자시수련에 들었다. 암송을 하니 조용한 기운이다. 피곤하지도 않고 밤을 새워도 될 것 같다.

흔들흔들하는 진동은 조금 있어도 많이 조용해졌다. 산과 바다가 보이고, 남자와 여자가 보인다. 오리도 보이고 지나간다. 암송을 계속하니 불꽃이 번쩍인다. 공이다 공이다 진공묘유 메시지가 온다. 기운과 마음이 하나가 되어 삼천대천세계가 내 속에 다 있는 느낌이다.

2018년 3월 6일 화요일

오늘따라 점검하러 사람이 많이 온다. 머리가 서서히 아파오고 중단이 꽉 막힌다. 숨 쉬는 것도 힘들어진다. 빙의에 초점을 맞추어 관을 하니 여자 빙의가 보이고 누구인가 물어도 답이 없다. 넓은 기와집 마당에 단정한 머리를 하고 옷을 차려 입은 여자가 앉아 있다.

2018년 3월 7일 수요일

새벽 수련 시 중단이 수월한 느낌이다. 빙의가 계속되고 있어 나를 공부시키는 과정이라 생각하니 마음은 편하다. 상구보리 화하중생이다. 화두를 외우니 집중에 들었다. 바구니에 빛도 없는 구슬이 몇 개가 보인다. 잠시 피곤해 누워서 화두를 암송해 본다. 일체유심조 단어가 스친다. 공부는 나하기 나름이라 생각이 들어 희망을 가진다.

2018년 3월 8일 목요일

비가 자주 온다. 오후 수련 시 단전에서 기운이 솔솔 나온다. 화면도 없다. 계속 무심으로 수련을 했다. 수련을 마치고 우울한 기분이 든다. 정신이 번쩍 들어보니 빙의 작용이다. 잠시도 정신을 놓치면 안 되겠다.

스승님께 화두를 받기 위해 전화를 걸까 생각하는 즉시 전과 같이 기운이 엄청 들어오면서 단전은 뜨겁다. 오후 늦게 스승님께 전화로 문의하니 7단계, 8단계 화두를 같이 주신다. 삼배 마치고 화두를 암송하며 수련을 한다. 엄청 강한 기운이다. 기의 흐름을 관하다 피곤해서 일찍 잠들었다.

2018년 3월 9일 금요일 〈7단계〉

새벽 수련 시 암송하니 기운이 온몸을 감싸면서 들어온다. 집중으로 11가지 호흡이 된다. 상단전에서 기운이 모이다가 중단으로 내려와 단전에 청량한 기운이 솔솔 바람을 내며 쌓인다. 화두 뜻을 새기면서 집중에 들어 내 마음과 몸, 우주와 내가 하나가 된 느낌이다. 호흡은 자동으로 되고 공이다 공이다 하는 메시지가 온다. 하나님의 분신이다. 무한한 사랑이다. 메시지가 온다. 나의 자성공에서 머물러 공으로 인해 이 자리에 있는 것을 깨닫게 되었다.

2018년 3월 10일 〈8단계〉

새벽 와공으로 수련한다. 인당에서 기운이 솔솔 들어와 다시 좌공으로 바꾸어서 화두를 암송하니 하나님과 나, 남과 하나가 되어 우주 속에 살고 있다는 메시지가 온다. 대각경이 자동으로 외워진다. 상체가 커졌다, 작아졌다 하면서 내가 없어지는 느낌이다. 마음은 한없이 편하다. 8단계 화두가 끝났다는 느낌이다.

선계 모든 스승님, 삼공 스승님께 삼배 올립니다.

현묘지도 수련 후

현묘수련의 기운이 단계별로 하나하나 다르다. 현묘지도 수련 후에는 기분 변화가 많이 왔다. 단전에서 구멍이 생겨 온몸에 청량한 기운이 퍼져 하루 종일 인당에 솔솔한 바람과 묵직함이 이루고 백회는 인당과 단전 기운보다는 약하고, 피부호흡이 되고 있다.

현묘수련 전과 후의 기 순환이 차이가 신비스럽기만 하다. 현묘수련을 마친 후부터는 지금부터 수련 시작이라는 메시지가 온다. 기운, 마음, 몸 3박자의 수련을 해 생사일여를 깨달음에 임하며 열심히 해야 되겠다는 다짐을 한다.

2017년 12월에 삼공재 수련을 마치고 나오면 도반님과 차도 한 잔 한다. 김우진 님의 현묘 카페에서 수련을 한다는 소식을 듣게 되었다. 10년 넘게 나홀로 수련 책과 삼공재에 오고 가며 했는데 싫어 별 생각이 없었다. 집으로 오는 KTX 기차에서 곰곰이 생각해 보니 카페에 가입하면, 서로 수련 소식을 듣고 상구보리 화하중생 한다는 생각이 들었다. 그리고 카페에 도반님께서 모두 삼공재 오시는 분이고 하니 가입을 해야겠다고 마음먹었다. 카페는 서로 소통하여 수련에 많은 공부를 주고받고 한다.

『선도체험기』 책을 잘 써주셔서 여기까지 오게 된 것을 진심으로 스승님께 감사드립니다.

도반님, 카페 회원께 감사드립니다.

【필자의 논평】

황영숙 씨의 수련기를 읽다보면 글솜씨는 별로지만 그 서툰 문장이 도리어 읽는 사람으로 하여금 진리를 깨닫게 하는 특이한 매력이 있다. 그리하여 그녀의 말 한마디 한마디는, 사람은 누구나 우주의 분신이고 결국은 우주 자신이라고는 확신을 갖게 해 준다. 앞으로 그녀의 이야기들은 많은 구도들에게 도움이 될 것이다. 도호는 우화(宇話).

오주현 수련일지

수련일지(2월 12일부터 3월 1일까지)

2018년 2월 12일 월요일

단배공 108배를 마치고 사배심고를 한다. 수련일지(1월 15일 ~ 2월 11일)를 정리해서 삼공 선생님께 보내드린다. 바쁘신 선생님의 시간을 빼앗지 않을까 걱정이 앞선다. 실력은 안되지만 수련에 대한 열의만큼은 크다는 것을 보여 주는 게 중요하다고 생각된다. 수련만큼은 다른 사람에게 양보해서는 안 된다고 우해 선배님과 조광 선배님의 말씀에 큰 힘을 얻었다. 저녁 생식 후 30분 보공하고 30분 자시수련 후 취침.

2018년 2월 13일 화요일

새벽 4시에 일어나 2시간 동안 사배심고와 108배, 좌공 수련을 한다. 왼손 수인이 소주천을 자동으로 4바퀴 돈다. 이어서 이마, 눈 위에서부터 단전까지 따뜻한 기운이 내려온다. 요즈음 베개를 베지 않고 잠을 잔다. 아침에 일어나면 목과 허리가 편안하다.

점심시간 25분 동안 사배심고와 주문수련 중 개벽주를 하니 단전에 손바닥이 가더니 얼굴까지 뜨거운 기운을 보내준다. 이어서 반대편 손이 꼬리뼈 부근에 가더니 뜨거운 기운을 보내주는데 열기가 약하다. 아직 기운이 부족한가 보다. 어제는 하루 종일 어지럽고 이마 부위에 감이 왔다. 오늘은 어지러운 기운도 없고 이마 윗부분에 미지근한 감이 온다. 저녁 기타로 음악을 들으면서 수련하다가 취침

2018년 2월 14일 수요일

아침 5시에 일어나 사배심고, 108배, 좌공 수련을 하는데 임맥 부분에 뜨거운 기운을 확확 뿌려준다. 중단전과 하단전이 달아오른다. 상단전은 얼굴만 화끈거리고 인당에는 감이 없다. 독맥에도 수인이 가는데 뜨거운 기운이 느껴지지 않는다. 이마 주위를 손 수인이 서너 바퀴 빙빙 돌리고 나서 백회혈 위를 지나 머리 위로 돌면서 올라간다. 기운이 내려오는 것은 느껴지지 않는다.

요즈음 음악 없이 태을주 수련을 한다. 이제는 음악 없이 해도 기운이 잘 느껴진다. 수련 중 허리를 두드려도 아프지 않다. 허리 아픈 것이 수술을 하지 않고 1년 만에 완치가 거의 다 된 거 같다.

삼공 선생님께서 소주천 수련이 진행되고 있는 거 같으니 다음에 오면 소주천을 확인하고 대주천 수련을 하시자고 메일로 답장

을 주신다. 알 수 없는 기쁨과 잔잔한 미소가 일어난다. 아직 백회는 열지 않았지만 그동안 도와주신 현묘지도 카페 회원님들과 삼공 선생님, 보호령, 지도령께 삼배를 올린다. 결코 나 혼자서는 해내지 못했을 것이다. 두손 모아 가슴 앞에 합장하고 다시 한번 감사 인사를 드립니다.

2018년 2월 15일 목요일

5시에 일어나 수식관 100번 하고 몸 풀고 사배심고와 108배를 한 후에 태을주로 집중 수련을 8시까지 한다. 가슴에 뜨거운 기운이 느껴진다. 오후에 형하고 조카랑 성묘를 한다. 수련 열심히 해서 조상님들 천도를 다짐해 본다.

2018년 2월 16일 금요일

8시에 일어나 사배심고와 108배, 좌선을 1시간 동안 한다. 오후에 산불이 났다. 산불 저지 방어선 구축을 하는 데 힘을 썼더니 피곤하다. 나무와 낙엽 등이 타면서 나는 냄새를 많이 맡았더니 옷과 몸에 냄새가 배었다. 자시에 12시 46분부터 1시 51분까지 수련.

2018년 2월 17일 토요일

오후 3시 즈음에 화엄사→연기암→참샘터까지 산책을 한다. 자시수련 1시간 한다. 자시 수련하는 동안 108배를 하려고 했는데 못했다. 어제 산불 방어선 구축하느라 많이 피곤했는가 보다. 잠이 와서 취침.

2018년 2월 18일 일요일

아침 6시 40분에 일어나 사무실 가는 날인 줄 알고 바삐 서두른다. 집사람에게 사무실 갔다 온다고 하니 오늘은 일요일이라고 한다. 이런 실수를. 다시 잠을 잔다. 11시 30분에 일어나 사배심고와 108배, 태을주 수련을 1시간 20분간 한다. 초저녁에 일찍 1시간 동안 태을주 수련을 한다. 자시에 수련을 준비하였으나 잠이 와 조금 하고 취침.

2018년 2월 19일 월요일

새벽 2시 50분에 일어나 사배심고와 태을주 수련을 1시간 하고 무릎 상태가 조금 이상해서 다시 잠을 청한다. 예전에는 무식하게 강행군을 했는데 허리를 크게 다치고 나서는 최상의 컨디션일 때에만 집중적으로 수련을 한다.

오후 점심시간을 이용해 태을주 수련을 한다. 일주일 수련일지를 올리고 나자 적림선도님과 도우님들의 답글이 이어지자 단전이 달아오른다. 등 쪽이 시원해진다

저녁 목욕재계하고 10시 30분부터 정화수 떠놓고 108배, 사배심고를 하고 『구도자요결』을 읽는다. 독맥에 따뜻한 기운이 퍼진다. 오랜만에 독맥 부분이 따뜻하다. 『구도자요결』을 읽는데 아랫배가 급하게 움직이고 호흡도 급하게 흡지호가 이어지면서 조금 쉬었다가 다시 급하게 이어지곤 한다. 인당에 집중하면 반대쪽 강간혈이 같이 따뜻해진다. 임맥에 집중하면 반대쪽 독맥도 달아오른다. 12시 30분에 취침한다. 정신은 말짱하고 더 할 수 있으나 내일을 위해 중단한다.

2018년 2월 20일 화요일

아침 늦게 일어나 몸 풀고 출근. 점심 생식 먹고 사배심고를 하면서 누워서 와공. 얼굴이 가렵고 두드러기가 난다. 등짝이 따뜻하다.

저녁 10시에 목욕재계하고 정화수 떠놓고 10시 30분부터 2시간 수련을 한다. 사배심고와 주문수련, 108배, 오늘은 대각경이 많이 외워진다. 임맥~독맥 수련이 같이 진행된다. 아문혈과 대추혈에도 조금 기운이 느껴진다.

2018년 2월 21일 수요일

아침 늦게 일어나 몸풀고 출근. 사무실 출근 후 주문을 외우니 몸이 따뜻해진다. 점심 생식 먹으면서 수련했으나 큰 변화는 없다. 저녁 동계올림픽 보고나서 목욕재계하고 정화수 떠놓고 11시부터 사배심고와 주문수련, 108배 수련을 한다. 인당에 동전만한 하얀 원이 생기면서 기운이 들어와 단전으로 가는 거 같다.

매일 수련을 할 때마다 처음에는 똑같은 패턴이 이어진다. 삼각형의 손 수인이 단전에서부터 임맥을 따라 인당까지 간다. 그리고 인당에서 잠깐 멈추었다가 단전으로 이동한다. 그리고 진동이 일어난다. 이어서 아문혈에 손이 멈추면서 독맥 부분을 따뜻하게 해준다.

수련 중간에는 수인이 이동하면서 머리 위에 소용돌이를 만들고나서 머리에 원을 그리면서 원형의 띠를 만드는 거 같다. 목에도 원형의 띠를 만든다. 단전 앞이나 꼬리뼈 위에서 중지가 만나 뜨거운 기운을 임맥과 독맥으로 보내준다. 얼굴도 화끈거린다.

2018년 2월 22일 목요일

점심 식사하면서 사배심고와 수련. 저녁 방역초소 근무하면서 사배심고와 퇴근 후 20분 수련, 108배 수련은 쉰다. 저녁 과식으로 인해 새벽에 배가 아프다. 헐 챙피스럽다. 수련하는 사람이 입에서 요구하는 대로 마음껏 먹다니. 언제나 식욕에서 벗어나지?

2018년 2월 23일 금요일

아침 사배심고와 수련 중 허리와 배 부분을 마사지 해준다. 아침을 굶었다. 살을 빼기 위해서이다. 저녁 사배심고 후 20분 자시수련하다 잠든다.

2018년 2월 24일 토요일

오전 2시간 사배심고와 좌선을 한다. 오후 2시간 화엄사에서 연기암까지 보공. 저녁 20분 정도 자시 수련하다가 잠든다.

2018년 2월 25일 일요일

저녁 사배심고를 겨우 끝내고 잠든다. 금요일부터 일요일까지 계속해서 잠만 온다.

2018년 2월 26일 월요일

빙의가 된 거 같다. 오른쪽 뒷골이 당긴다. 배는 벙벙하다. 오늘은 운장주를 많이 외워야겠다. 오후에 카페에 글을 올리고 나니 운기가 되고 서서히 단전이 가동된다. 아마도 삼공 선생님의 건강이 서서히 회복단계로 변화하고 계신 거 같다. 왜냐하면 나의 단전도 활활 타오르고 있고 몸이 다시 회복되고 있기 때문이다. ㅎㅎ 그렇다면 아직은 자가 발전이 안 되고 삼공 선생님 기운의 영향을 받고 있는 것이다. 머리에 감이 조금씩 오고 있다.

저녁 생식에 화분가루와 꿀을 혼합하고 토마토, 미니야채, 사과를 먹으면서 1시간 동안 수련을 한다. 수인의 모양이 바뀌었다. 운장주와 태을주를 집중적으로 암송한다. 밥 먹으면서 수련을 하는 것이 좋은 거 같다. 급하게 먹지 않고 서서히 음미하면서 수련을 더불어서 하니 효과가 있는 거 같다. 생식으로 인한 기의 느낌을 감지하면서 수련을 한다.

22시부터 수련을 해서 23시 20분 정도에 자시수련을 끝낸다. 임맥, 독맥에 따뜻한 기운이 느껴진다. 잠시 후 기운에 의해 자동으로 이마를 두드리고 백회를 비롯한 머리를 아프게 손가락으로 두드려 준다.

2018년 2월 27일 화요일

새벽에 정신이 맑은 것을 보니 몸이 서서히 회복되고 있는 거 같다. 이불속에서 칠성경을 외워본다. 몇 군데 잊어버렸지만 그래도 1주일 정도 걸려서 다 외웠다. 아침 6시 즈음에 이불속에서 와공수련하고 30분부터 운장주, 태을주 수련을 집중적으로 한다. 뜨거운 기운이 느껴진다. 저녁 샤워 후 10시 40분부터 30분간 자시수련을 하는데 등이 뜨겁다.

2018년 2월 28일 수요일

오후 5시부터 6시까지 1시간 수련을 하는데 주먹이 쥐어지면서 주먹이 이동하면서 수련이 된다. 저녁 손위 처남댁에 가서 장인 제사를 지내면서 기운의 흐름을 가만히 관찰해 보니 중단전과 하단전에 수인이 이동하면서 따뜻한 기운이 느껴진다. 저녁 11시부터 한 시간 동안 자시수련을 한다.

2018년 3월 1일 목요일

11시 50분부터 2시간 동안 『선도체험기』를 보면서 수련을 한다. 3월 1일 TV 삼일절 특집 영화도 보고 도울 강의도 들었다. 일본놈들이 우리 조상들에게 한 일들을 생각하면 목숨 바쳐 나라사랑을 해야 한다고 다짐해 본다. 또 한편으로는 인과응보의 이치가 적용되었을 것이라고도 생각하니 미움의 감정도 없어져 마음이 그저 그렇다.

저녁 자시수련 참여하려고 초저녁에 일찍 잤는데 일어나 보니 다음날 아침 6시다. 배가 아파서 약을 먹었더니 약기운에 취해서 잠을 많이 잔 거 같다. 저녁에는 반드시 밥을 먹고난 후에 바로 보공을 해야겠다고 다짐해 본다.

【필자의 논평】

사배심고와 주문 수련에 집중하여 상당한 수련 효과를 거두고 있는 것은 사실이지만 너무 심고와 주문 쪽이 편중된 느낌이다. 관(觀) 수련 쪽으로 방향을 바꾸어 깨달음에 무게를 두어야 할 것이다.

대주천 수련과 현묘지도 수련일지

31번째 현묘지도 수행자인 자산(慈山) 언니와 2018년 2월 15일 현묘지도 수련을 마친 정수진 언니와 친자매인 막내 정수정 인사 올립니다.

그동안 수진 언니와 함께 음양식과 생식을 하고 자산 언니에게 수련 지도를 받으면서 소주천을 이루고 대주천 수련을 하고 있던 시점에 자산 언니의 인도로 삼공 스승님을 찾아뵙고 생식 처방과 가르침을 받기 위해서 2017년 12월 23일 삼공재를 방문하여 스승님께 인사 올리고 두 언니와 함께 삼공재에서 수련을 할 수 있게 되었습니다.

자산 언니의 인도로 수진 언니와 함께 삼공재에 수련하러 가는 길이 명절에 고향집에 가는 길처럼 즐겁고 행복하다. 삼공재에 가면 매번 한결 같은 모습으로 부모님처럼 반겨주시는 사모님과 삼공 스승님을 뵙는 시간들이 봄날에 소풍을 가는 심정으로 설레고 뵙고 나면 가슴속 깊이 따뜻한 참사랑으로 가득 채워오는 시간들이기에 소중하고 감사합니다.

2017년 12월 29일 수진 언니와 함께 삼공 스승님께 대주천 인가를 받는 축복을 누릴 수 있었기에 마음 깊이 감사드립니다.

현묘지도 수련일지 : 2018년 3월 14일~19일까지

2018년 3월 14일 〈1단계 화두(○○○)〉

삼공 스승님께 첫 화두를 받는 순간 아직 염송하지도 않았는데 하늘로부터 반경 1m 정도 되는 투명한 백색의 빛이 몸 전체를 관통하며 상, 중, 하단전의 구분이 없어졌다. 몸 전체가 투명한 빛으로 변화되며 신체 주변으로 확장되어 퍼져나간다.

화두수련 시작부터 일어나는 신묘한 현상에 경건한 마음으로 화두를 염송하며 일상을 마무리하고 저녁 수련시간에 더욱 집중하여 화두를 염송하는 중 입정에 들어 오색영롱한 터널 같은 곳을 순식간에 통과하여 어느덧 무수한 별무리들이 있는 광활한 우주의 공간을 유영하고 있다.

장엄하고 경이로운 우주 공간과 신묘한 색상을 발현하는 무수한 행성들 속에서 일정한 형태로 자리한 몇 개의 행성들이 내가 유영하는 눈앞에 펼쳐지며 그중 하나의 행성과 내가 하나의 투명한 빛으로 합쳐지며 그 행성의 태초부터의 모든 것들이 스캔하듯 통찰된다.

두 언니의 화두수련에 대한 경험과 지도가 없었다면 이러한 현상에 대해서 두려울 수도 있었을 텐데 어떠한 두려움도 없이 자성의 느낌대로 첫 번째 행성부터 마지막 행성까지 표현할 수조차 없는 다양하고 신묘한 흐름 속에서 시간차를 두고서 빛으로 하나 됨 속에 실상을 확인하며 우주의 생성과 지구와 인간의 상생의 이치가 찰나지간에 통찰된다.

다양하게 전개되던 모든 화면들이 사라지고 화두를 염송해도 더 이상 어떠한 현상도 없이 고요함 속에 화두가 끝났음이 자성으로부터 전해진다.

2018년 3월 15일 〈2단계 화두(○○○)〉

오늘은 길을 지나가다 유난히 가게 앞 강아지가 눈에 들어온다. 강아지가 나에게 무슨 말을 하는 것만 같았다. 평상시에는 나의 일이 우선이라 별 관심 없이 지나쳤지만 화두수련 시작하고 나서 지나던 발걸음이 멈추어진다. 역지사지란 무엇일까? 생각하다가 먼저 앉아서 강아지와 눈높이를 맞추고 서서히 다가가서 머리를 쓰다듬어 주면서 가려운 부분을 긁어주었다. 이심전심으로 눈빛만으로도 서로 교감을 하며 강아지의 이곳저곳을 보살펴주었다.

인간만을 위한 역지사지와 헤아림은 아닐 텐데, 그동안은 인간의 소유로 키워지고 있는 강아지로만 인식하고 있다가 서로 교감을 하면서 나와 똑 같은 귀한 존재라는 말씀처럼 강아지 또한 나와 다르지 않는 귀한 생명이며 우주와 하나로 연결된 존재라는 것이 느껴진다. 강아지와 교감하는 동안 중단이 어머니 품처럼 포근해지면서 강아지의 사랑이 느껴진다. 너와 내가 둘이 아닌 하나라는 인식과 함께 강아지를 통해서 인간만을 위한 지구가 아닌 우주만물이 더불어 상생하는 둘이 아닌 하나라는 의미가 더 깊이 전해져 온다. 서로 교감하며 소통한다는 것이 무슨 의미인지 가슴으로 터득된다.

막내인 나를 부모님을 대신해서 항상 살펴주는 두 언니를 통해서 세상을 배우고 익히며 수련의 길 또한 두 언니의 영향이 크다. 자산 언니를 바라보면 인연되는 사람들과 모든 동식물들을 품어주는 헤아림의 깊이와 정성이 나와 너무도 다름을 보면서 항상 사랑이 부족한 자신을 돌아보게 된다. 자산 언니는 철부지인 나를 일깨워주고 품어주는 내게는 세상에서 가장 존경하고 사랑하는 스승이자 엄마 같은 존재이다. 화두수련에 들어서 자산 언니와 수진 언니에 대한 사랑과 감사함이 더욱 깊어진다.

업무상 사람들과 전화 통화를 하고 만남을 가질 때마다 단순히 사람과의 소통이 아니라 상대와 인연 있는 영가도 함께 인연이 된다. 그동안 두 언니를 통해서 옆에서 지켜보았지만 화두수련을 하면서부터 인과의 업연과 해원상생에 대한 허상의 습과 실상의 인식이 더 깊이 각인된다. 아직은 습관적으로 업무에 집중해서 삶과 수련에 대한 인식을 자각하지 못할 때는 머리가 무겁고 중단 막힘 현상이 더 심해지면서 온몸에 힘이 빠진다.

자산 언니가 이러한 시점을 놓치지 않고 가르침을 주며, 항상 자신을 관하고 있는 내가 있어야 하며, 이를 알아차리지 못할 경우 영가가 본래의 자신이 가고자 하는 곳으로 천도시켜 주길 원하는 흐름 속에서 수행자가 알아차리도록 더 강하게 신호를 보내는 것이라고 가르침을 주었다. 자신의 마음 안에서 일어나는 마음조차 알려고 하지도 않고 모든 원인을 외부에서 찾고 있었다.

내가 어떤 마음이었으며 내 마음과 세포의 반응도 모르면서 그동안 상대를 손가락질하며 잘못된 점을 지적하며 살았다. 모든 원인은 자신 안에 있음을 영가를 통해서 더 깊이 알아차리며 천도되기까지 힘들고 어려움도 있었지만 한 사람의 영혼이 나의 알아차림으로 인해 함께 공명할 수 있고 상생할 수 있다는 사실에 감사함이 더 깊어진다.

천(天), 지(地), 인(人)의 이치를 첫 번째 화두를 통해서 체득한 이후로 전신으로 운기되는 흐름이 더 깊어지고 강해지며 온몸으로 숨을 쉬는 것 같다. 두 번째 화두를 염송하자 물줄기 형태의 빛이 백회를 통해서 회음까지 관통하며 음양에서 오행으로 무지개처럼 다양한 색상과 형태로 변화되어 펼쳐진다. 자연계의 순환의 원리와 인간의 생로병사의 모든 이치가 하나로 꿰뚫어진다.

화두를 염송하는 흐름 속에서 인간의 세포 하나하나의 의미가 단순히 물질 세포가 아니라 빛의 파동으로 채워진 빛의 세포라는 것을 자각하며 그동안 겉모습의 육신이 나라고 알고 살아온 허상의 육신에서 참나의 의미가 명확해진다. 자연계와 인간의 상생의 의미를 깊이 인식함 속에서 다양한 변화들이 안개가 걷히듯 사라지고 고요함 속에 무한한 감사함으로 채워지며 화두가 끝났음을 인식하고 감사의 삼배를 올리고 수련을 끝냈다.

2018년 3월 16일 〈3단계 화두(○○○)〉

3단계 화두를 염송하자 온몸의 세포들이 수축이완을 반복하며 강력한 운기현상이 일어난다. 몸 전체가 머리부터 하체까지 양쪽으로 절반으로 나뉜 듯 명확하게 구분되며 시원한 기운과 따뜻한 기운이 교차하며 시시각각 다양한 변화가 일어난다.

얼음을 부은 듯 차가운 기운과 따뜻한 기운이 물줄기가 흐르는 것처럼 몸의 절반을 정면에서 반으로 나뉘듯 흐르다가 어느 시점부터는 몸의 옆모습을 기준으로 앞면과 뒤의 등 쪽으로 구분되며 차갑고 뜨거운 기운이 흐른다. 마치 인체의 큰 줄기인 음양의 이치를 깨우치게 하려는 듯 다양한 현상들이 일어난다. 차가운 기운이 흐르는 부위를 만져보면 얼음을 만지는 듯하다. 그러나 한겨울 차가운 바깥바람을 맞았을 때 느끼는 것처럼 오한이 들거나 고통스럽지는 않으니 신기하다.

어느 시점부터 멀쩡하던 잇몸이 들뜨고 온몸이 움츠러들 듯 춥다가 찜질방에 있는 듯 덥고 한열이 몸의 전면, 후면, 상체, 하체, 양손, 양 다리를 기준으로 교차하며 음양의 기운을 온몸으로 체감한다. 그리고 호흡기로 숨 쉬던 흐름에서 전신의 피부모공으로 호흡하듯 변화되는 미세한 흐름까지 느껴진다.

음양오행이 균형을 이룬 투명한 오색의 기운이 백회에서 상단. 중단. 하단으로 폭포수처럼 쏟아지며 상단. 중단. 하단에서 각각 시계방향으로 빠르게 회전하다가 응축되면서 오색의 빛이 점점 투명한 황금색으로 변화되어 둥근 형태로 안착된다.

새벽녘까지 전신으로 숨을 쉬는 고요한 흐름 속에서 화두에 집중하는 중에, 첫 화두수련 시 경험했던 것처럼 결가부좌로 좌정하고 화두를 염송하는 육신의 나를 또 다른 투명한 상태인 내가 몇 미터 상공에서 물끄러미 바라보고 있다.

어릴 때부터 자산 언니, 수진 언니와 함께 다양한 기적인 현상과 신묘한 체험을 했었기에 당황하거나 두려운 마음 없이 여여하게 바라보며 화두에 집중한다. 유체이탈, 투시를 활용하여 호기심 충족과 초능력을 추구하는 것은 구경각을 이루는데 오히려 장애가 됨을 자산 언니로부터 항상 가르침을 받았다.

그리고 삼공 스승님께서도 누누이 강조하시는 가르침이시기에 수행의 완성을 통해서 대의를 위한 흐름에 사용하는 것이 수행자가 갖춰야할 덕목이며 자신을 드러내고자 이러한 능력을 사용하는 것은 결국은 자신을 삿된 길로 빠뜨리는 어리석은 선택이라 생각한다. 수행자가 반드시 경계해야 할 흐름을 성찰하며 돌아봄 속에 화두가 끝났음이 전해진다.

2018년 3월 17일 오전 〈4단계 화두(○○○)〉

화두를 염송하자 백회에서 양 용천까지 강력한 기운이 회오리처럼 일어나며 고개가 좌우로 도리도리 흔들리고 온몸에서 미세한 진동과 부르르 떨리는 듯 강한 진동이 동시에 일어나고 몸이 앞뒤로 끄덕끄덕 흔들리며 호흡이 끝없이 이어지듯 깊어진다.

상단, 중단, 하단에 응축된 둥근 공 형태의 투명한 황금색 빛이 각각 평행으로 원을 그리며 돌면서 점점 그 원이 몸의 앞뒤로 확장되며 주변으로 퍼져 나간다. 어느 순간 몸의 앞뒤로 원을 그리며 확장되던 삼단전의 황금색 빛의 원이 점점 본래의 형태로 작아지고 압축되며 상단전의 빛이 중단에서 합쳐지고 강하고 빠르게 회전하며 하나로 압축되다가 중단에서 하단전으로 합쳐진다.

세 개의 빛이 하단전에서 합쳐지고 더욱 빠르고 강하게 회전하며 하단전에서 무한대로 부풀어 오르고 주변으로 확장되며 주변이 맑고 투명한 빛살로 채워진다. 우주 공간을 정화하는 블랙홀처럼 빛이 빠르게 회전하며 점점 작고 투명한 상태로 압축되다가 작은 동전 크기의 투명한 빛의 구슬로 하단전의 중심점에 안착된다.

다양한 변화 속에 체험했던 모든 현상들이 고요해짐과 동시에 사라지고 화두가 끝났음을 자각하고 다음 화두로 이어진다.

2018년 3월 17일 오후 〈5단계 화두(○○○)〉

5단계 화두를 받고나서 지금까지의 지나온 순간들을 돌아보니, 화두를 위한 화두가 아닌 일상의 삶이 수련이고 삶속에서 매 순간 선택하는 모든 것들이 진정한 화두이니 삶과 수행이 하나 될 수 있어야 한다고 항상 가르침을 주는 자산 언니의 보살핌과 존재함이 수진 언니와 나에게는 그 어느 때보다 깊은 감사함으로 다가온다.

삼공 스승님께서 수행의 전 과정을 압축해서 전해주신 대각경의 핵심인 하느님의 분신으로서 하루 일상을 어떻게 생각하고 말하고 행동해야 하는지 항상 의수단전 하면서 자신을 지켜보는 내가 있어야 한다는 가르침을 놓치지 말아야 하겠다.

화두를 염송하자 수많은 전생의 장면들이 영화처럼 다양한 형태로 나타나며 현생의 삶의 모습이 있기까지의 과정들과 이생의 주변 사람들과의 필연으로 인연된 해원상생의 의미가 절실하게 체감된다. 뿌린 대로 거두는 만고불변의 인과의 법칙을 머리의 지식으로 아는 앎이 아닌 생생한 실상의 세계 속에서 체감하면서 무심코 내뱉는 말과 행동들이 어떠한 결과를 초래하는지 알고 나니 자신을 객관적으로 돌아보는 관이 더욱 익어져야 함을 통감하는 순간이다.

화두수련 과정 중 지인들과 이런저런 대화를 나누면서도 허상의 자신을 바라보는 관을 놓치지 않기 위해 나는 누구인가에 대한 화두를 각인하며 역지사지와 겸손을 갖추고자 호흡 속에서 대화를 나누었다.

평상시의 습에 의한 목소리가 아닌 내면의 단전에서 울리는 맑고 힘 있는 목소리로 내가 알고 있는 평상시의 나의 목소리가 아님이 인식된다. 함께 했던 식구들 또한 저와 함께 하면서 몸도 마음도 가벼워지는 느낌과 함께 진솔한 대화를 하면서 다들 행복했었다고 전해준다.

평상시 같으면 서로 대화를 하면서 내 의견과 다를 경우 그 사이에서의 갈등과 감정을 다스리기가 가장 어려웠는데 상대가 하는 말을 귀 기울이고 먼저 이해하려 하는 헤아림 속에 상대 또한 이심전심으로 나와 같은 마음으로 서로가 서로를 헤아린다. 의견은 달라도 마음이 하나로 서로를 아끼니 서로에 대한 감사함이 봄날의 아지랑이처럼 중단에서 피어나면서 끝없는 감사함으로 채워진다.

일상을 어떤 마음으로 살아야 할지, 일상의 삶의 순간순간 선택하는 모든 순간들의 자신의 마음과 행동을 바라봄이 화두가 되라는 자산 언니의 가르침이 떠오른다. 이것이 머리로 인식하는 앎에서 가슴으로 각인되는 진정한 지혜의 앎으로 허상의 내가 아닌 본래의 나로서 어떠한 삶을 살아가야 하는지 이정표가 되니 감사하고 행복하다.

화두를 염송할수록 강력한 기운이 운기되며 물질인 육신의 세포들 하나하나에 맑고 투명한 빛으로 채워지며 전신의 세포가 빛으로 변하며 끝없이 확장이 되고 수축됨을 반복하다 어느 순간 우주 공간으로 홀연히 흩어지며 사라지고 무한한 환희지심과 감사함만이 가득함 속에 화두가 끝났음이 전해진다.

2018년 3월 19일 오전 〈6단계 화두(○○○)〉

화두수련에 들어서 그전의 삶과 지금의 삶을 바라보면 막내로서 부모님의 사랑과 두 언니의 보살핌 속에서 의지하는 마음이 많아서 스스로 세상을 살아가는 지혜가 많이 부족했다. 인간관계에서도 무시당하거나 자신의 뜻과 같지 않으면 감정을 쉽게 추스르지 못했으나 현묘지도 화두수련을 하면서 수련이 깊어질수록 인과로 인한 전생과 현생의 의미를 깊이 인식하였기에 일상의 매 순간이 화두로서 바라보는 관이 될 수 있도록 더 깨어 있음 속에서 하루를 보내기 위해 눈 뜨는 순간부터 잠자는 순간까지 다짐하고 또 다짐한다.

화두수련을 할 수 있도록 시공을 초월해서 기운을 지원해주시고 계시는 삼공 스승님과, 항상 곁에서 부모처럼 모든 것을 챙겨주고 보살펴주는 자산 언니와 수진 언니 그리고 같은 길을 걸어가는 도반이라는 이유만으로 이심전심으로 반겨주는 삼공재 도반님들의 존재함이 가슴속 깊이 감사함으로 다가온다.

화두를 염송하자 자연스럽게 깊은 입정에 들어가며 좌정하고 있는 나를 또 다른 투명한 빛의 존재인 내가 백회 위 상공에서 잠시 바라본다. 이어서 우주의 상공에서 바라보는 지구의 대륙과 바다 속 깊은 곳까지 확대경으로 보는 것처럼 사실감 있게 다큐멘터리처럼 보여진다. 지구의 현재의 형태와 과거의 형태로 계속 형상이 변화되며 지구의 태초의 모습과 생성의 과정과 안으로도 안이 없고 밖으로도 밖이 없는 거대한 우주의 생성의 이치가 머리의 지식이 아닌 온몸의 세포로 인식된다.

내가 지구에 현재의 모습으로 존재하기까지 나의 본질과 근원 우주에 대한 깨달음 속에 그동안 내가 알고 있는 옳고 그름에 대한 인식과 그러한 앎을 기준으로 판단하고 살아왔던 지난 시간들 속의 모든 삶에 대한 깊은 자각이 일어난다. 내가 무엇을 알고 깨달았는가? 내가 알고 있다는 어리석은 인식 속에서 알고도 짓고 모르고도 지었을 수많은 업연들의 결과물이 현생의 모습임을 가슴 속 깊이 절절함으로 다가온다.

이러한 내가 존재할 수 있도록 매순간 일깨워주고 도움을 주는 주변의 모든 우주 만물들에 대한 감사함이 깊어지며 좌정하고 있는 주변으로 투명한 황금색의 밝은 빛이 크게 확장되며 숨을 쉬고 있는지도 느껴지지 않는 고요함 속에 화두가 끝났음이 전해진다.

2018년 3월 19일 오후 〈7단계 화두(○○○)〉

화두를 염송하자 호흡이 끝없이 깊어지며 의식적으로 호흡을 하는 내가 더 이상 느껴지지 않고, 물질세포로 존재하며 때가 되면 소멸되고 사라지는 한정된 유한한 존재가 아닌, 우주 공간 속에서 영원불멸한 무한한 생명으로서 우주와 하나의 존재임이 느껴진다. 어머니의 따스하고 안온한 품처럼 평온한 우주 공간 속에서 나의 근원과 연결된 깊은 의식만이 존재하며 화두가 끝났음이 전해진다.

3월 19일 저녁 〈8단계 화두(○○○)〉

화두를 염송하자 상단, 중단, 하단전에서 황금색의 맑고 투명한 신묘한 빛이 몸 전체로 퍼지며 좌정하고 있는 주변으로 수천 가닥의 레이저를 투과하듯 사방으로 햇살처럼 퍼져나간다. 상단. 중단.

하단전에서 삼태극 도형 같은 투명한 형상이 생성되며 확장되고 몸 전체가 투명한 빛의 형태로 변화되면서 어느 순간 환한 빛으로 화현한 몸체가 우주 공간으로 흩어지며 사라지고 고요한 정적 속에 만상의 모든 이치를 통찰한 뚜렷한 의식만이 존재한다.

지금 이 순간까지 가르침을 주시고 인도해주신 선계의 스승님과 삼공 스승님께 감사의 삼배를 올립니다. 지금껏 전해주신 가르침을 이정표 삼아 하와중생의 삶을 살아가도록 노력하겠습니다.

2018년 3월 19일

정수정 올립니다.

【필자의 논평】

정수정 씨는 그녀의 두 언니 자산(慈山) 정정숙, 자해(慈海) 정수진에 뒤이어 세 자매 중 마지막으로 삼공재 화두수련에 합격함으로써 만만찮은 실력을 과시했다. 그녀의 말 그대로 하화중생에서도 발군의 실력을 과시하기 바란다. 도호는 자월(慈月).

『선도체험기』 116권을 읽고

삼공 선생님 전상서

늘 가르쳐 주심에 깊은 감사를 드립니다. 도육입니다. 그동안 안녕히 계셨는지요? 우선 결론부터 말씀을 드리자면, 대개벽이니 지축정립이니 하는 것은 삼공선도를 공부하는 사람들에게는 아무런 의미부여가 되지 않는다는 생각입니다.

현묘지도를 통하여 우아일체를 깨닫고 참나를 찾은 사람이나, 현 삶속에서 터지게 싸워가며 진아를 찾아가고 있는 수련생들에게 있어 가장 중요한 것은, 현상과 깨달음에서 얻어지는 그 실상 간의 틈을 줄여나가는 과정 즉 보림만이 오로지의 관심사가 되어야 하니까요.

즉 많은 예언들대로 지형이 바뀌고 아비귀환의 세상이 된다 해도 "나는 한 그루의 사과나무를 심겠다"가 전부인 것이지요. 즉 참나는 모든 것에서 자유로우니까요.

그리고 삼공선도가 적어도 국경을 초월하고 한글을 아는 사람들의 것이 되기 위해서도, 지엽적이고 편엽적인 면에서의 탈피가 필요한 부분 같습니다. 즉 『선도체험기』에 있어 백미는 메일 문답이라고 생각합니다. 선생님께서도 완독하신 다니구찌 마사하루의 생명의 실상(총40권)을 이전에 구입하여 읽히지 않아 남아있지만, 한 철학 전공 교수님 왈 "우익적이야"로 이해되니 모든 것을 포용할 수는 없게 되는 것이지요.

그러면 삼공선도는 앞으로 무엇을 추구해 나가야 하나 하는 문제입니다만, 생활행공이라 생각합니다. 즉 체험기에 수록된 메일 문답이, 먹고 살기에 바쁘고 그냥 주어진 일에만 최선을 다해가는 범인들의 마음을 치유해 주는 그저 그렇고 그럴지는 모르겠지만 은은하게 퍼져오는 감동을 주는 지침서가 되고, 평범한 수련자들 혹은 일반인들이 모여 관심사를 나누고 치유를 나누는 그런 매개체로서의 역할이 아닌지 생각해 봅니다.

물론 선생님께서는 관심이 없으시지만, 가칭 "삼공 힐링 연구회" 혹은 "현묘지도 힐링 연구회" 등과 같은 관심을 나눌 수 있는 장도 필요한 것이 아닌지 하는 생각도 해 봅니다.

결국 116권에 나오는 증산 상제니 여러 주문을 외우는 것보다는 지금 당장 봉착하고 있는 문제들 예를 들면 "고민" "스트레스" 등을 화두로 삼아 겸허히 하루하루에 최선을 다하는, 즉 그를 위한 매개제가 되는 것이 삼공선도의 나아갈 길이 아닌가 하는 생각입니다.

우선 이상입니다만, 늘 건강하시고 안녕히 계십시오.

2018년 4월 6일

도육 올림

【회답】

매우 핵심적이고 유익한 문제들을 예리하게 지적해 주었습니다. 그러나 내가 지구격변이니, 지축정립이니 하는 것을 언급한 것은 그러한 돌변 사태에 처하더라도 당황하지 말고 침착하게 처신하여 반망즉진(返妄卽眞)을 일깨우자는 데 본뜻이 있습니다. 어차피 우리가 오감(五感)으로 알 수 있는 것은 몽환포영(夢幻泡影)이니까요. 거짓 나를 깨닫게 되면 지구 종말 따위에 흔들리지 않게 됩니다.

이번 메일을 받고, 나는 도육이 삼공재에서 완전히 떠난 사람으로 간주했었는데 지금 와 보니 한때 정을 두었던 삼공재에 그렇게도 깊은 관심을 가지고 있음을 보고 하도 반가워서 말문이 막힐 지경이었습니다. 앞으로도 가끔 이러한 소중한 충고 부탁합니다.

선생님, 사모님 모두 안녕하신지요?

스승의 날을 맞아 그동안 부족하고 미거한 제자를 가르쳐주시고 이끌어주심에 감사드립니다. 선생님, 사모님 모두 계속 건강하셔서 저를 비롯한 제자들의 곁에서 오래도록 바른 길로 이끌어 주시기를 간절히 소망합니다.

개인적으로는 작년 말부터 수련이 발전하면서 지난달 말에는 드디어 선생님과 선계 스승님의 도움으로 백회까지 열게 되어 수련으로 인생의 새로운 전환기를 맞이하게 되었습니다.

선생님의 은혜에 다시 한번 감사드리며, 이에 보답하기 위해서라도 선생님의 가르침에 따라 수련에 더욱 정성을 쏟아 금생에 상구보리하고 하화중생을 할 수 있도록 최선을 다하겠습니다.

저는 지난달에 백회를 연 직후에는 기몸살과 빙의령으로 열흘가량 고전을 하였으나, 지금은 하루 종일 백회로 기운이 솔솔 들어와 뒤통수와 등 쪽이 항상 시원하고, 손끝과 발끝까지 몸 구석구석에서 기운이 느껴지며, 단전이 더 단단해진 것 같고 이전보다 열감도 더 강하게 느껴지고 있습니다.

또한 가끔씩 한없이 너그러운 마음이 들면서 주변사람들과의 마찰도 줄어들고, 탐진치 오욕칠정이 일어나더라도 순간적으로 그런 제 마음을 관찰하고 제압하고 있는 제 자신이 느껴지는 일이 자주 생겨나고 있습니다.

상대적으로 다소 부진한 몸공부를 만회하기 위해 주말에 3시간 이상씩 등산을 하며 점차적으로 시간을 늘려나가려고 노력하고 있고, 평일에는 점심시간을 이용하여 약 40분가량 법원 뒤에 있는 동산에 오르거나 산책을 하고 있습니다.

그리고 틈틈히 『선도체험기』에 수록된 선배님들의 현묘지도 체험기를 읽으며 현묘지도 수련도 준비하고 있습니다. 대주천이 정착되고 자신감이 생기면 선생님께 말씀드리도록 하겠습니다.

다시 한번 선생님의 은혜에 감사드리고, 자중자애하면서 열심히 수련하겠습니다. 이번 주는 삼공재 방문이 어려울 것 같아 다음 주 월요일에 방문하여 직접 인사드리겠습니다.

안녕히 계십시오.

제자 김동수 올림.

【회답】

지금 대주천 수련이 호조를 이루고 있습니다. 수련에 계속 박차를 가하여 화두수련도 곧 깨내도록 착실하게 준비해 주기 바랍니다.

안진호입니다

안녕하세요. 삼공 선생님.

천안에 살고 있는 안진호입니다.

1년 만에 선생님께 편지를 보냅니다. 선생님과 몇 번의 이메일을 주고받고 하였으나 수련을 용맹정진하지 못하여 죄송한 마음에 연락을 드리지 못했습니다. 너무 오랜만에 연락을 드려서 기억하실지 모르겠습니다. 그동안 『선도체험기』는 116권까지 모두 보았고 증산도 도전도 일독하였습니다. 그리고 제가 가지고 있는 선생님의 다른 저서도 거의 다 보고 있으며 다시 『선도체험기』 1권부터 읽을 다짐을 하고 있습니다.

미흡하나마 그동안 수련하면서 경험했던 것들을 적어보았습니다.

1. 얼굴 곳곳이 간지럽고 정수리 부분이 강하게 짓누른다. 몸 여러 부위에서는 경련과 전기적인 자극이 생겨난다. 군대에서 다쳐서 아직도 이명으로 고생하는 오른쪽 귀 안쪽으로 무엇인가 파고들어 간다. 하단전 부위는 따뜻한 느낌이 퍼지고 몸에서 열기가 나와 티

셔츠를 벗고 앉아 있어도 될 듯하다. 축기에 집중하고 호흡을 하니 항문 쪽이 뜨거워지고 묵직해진다. 점점 강해진다. 발바닥에 약한 전류가 흐르더니 허벅지 쪽까지 전기가 찌릿 흐른다. 허리, 등 쪽으로도 약한 기운이 흐른다.

2. 단전호흡을 하는 중 오른쪽 가슴 부위에 송곳에 찔리는 듯한 통증이 느껴지고 오른쪽 눈마저 통증 때문에 찡그렸다. 잠시 후 명치 쪽에 답답함이 밀려온다. 머리는 항상 고양이가 꾹꾹이를 하듯 압박감이 들고 있다. 수식관을 하고 있는데 하반신 전체가 전기 자극으로 반짝반짝하는 듯하다. 몸 구석구석 자극이 동시에 일어난다.

수련 중 갑자기 좌측 입꼬리가 잡아당기듯이 올라간다. 순간 당황했지만 최대한 하단전에 집중하려고 노력했다. 그리고 잠시 후 오른쪽 입꼬리도 잡아 당겨진다. 마치 하회탈처럼 웃고 있다. 조금은 무서웠지만 그대로 몸을 맡겼다. 어느새 미소가 사라지며 입꼬리가 부드럽게 다시 돌아온다.

3. 여전히 똑같은 분이 머리 위에 자리를 잡고 앉아 계시는 듯하다. 얼굴은 오만상 찌그러지고 좌우로 얼굴이 도리질을 하는데 강력하다. 평상시처럼 책을 보거나 핸드폰을 해도 갑자기 머리 전체

가 도리질을 한다. 수련을 하라는 신호인가 하여 좌선을 하고 호흡에 들어간다. 여전히 똑같은 현상. 얼굴은 일그러지고 강력한 도리질을 몇 번 한다.

그동안 수련하면서 겪은 특이한 점만 적어서 보내드립니다. 선생님 작년부터 시도했고 계속 실패해 왔던 금연을 드디어 성공하였습니다. 지금은 한 달 넘게 담배를 피우고 있지 않습니다. 금연을 한 이후로 의식이 더 맑아져서인지 하루 종일 머리 부분이 강력하게 압박감에 시달리고 있습니다. 단전호흡을 하거나 평상시에도 얼굴이 오만상 찌그러지며 도리질을 합니다. 이런 현상이 강력한 빙의령의 작용인가요?

선생님 『선도체험기』도 모두 보았고 금연도 하고 있습니다. 그래서 선생님을 직접 뵙고 생식도 처방받고 수련을 지도받고 싶습니다. 제가 『선도체험기』를 본 후부터 선생님을 직접 뵙고 수양 지도를 받는 것은 저의 간절한 소망입니다.

천안에서 항상 선생님의 건강을 기원하며 삼배 올리겠습니다.

감사합니다. 선생님.

천안에서 안진호 올림.

【회답】

삼공재 수련을 하려면 오행생식을 상식해야 합니다. 한달 내지 두달 분이 24만원입니다. 이것을 감당할 자신이 있으면 찾아오기 바랍니다.

김우진 도법 수련기

안녕하세요? 삼공 선생님 김우진입니다.

증산 상제님의 태을주 도통수련 후 태모님에게 받은 시천주주 도법수련 내용을 보내드립니다. 이미 저의 수련일지가 『선도체험기』에 여러 번 실렸으므로 이번에 보내드리는 체험기는 그냥 읽어 보시고 검토만 해주셔도 괜찮습니다. 선생님의 판단에 맡기도록 하겠습니다. 아울러 괜찮으시다면 차후에 개벽주 수련일지와 천부경 수련일지도 선생님의 고견을 위해 보내드리도록 하겠습니다.

선생님, 삼공재 내에서도 태을주 수련과 개벽에 대해서 믿는 분들과 그렇지 않은 분들이 많은 것으로 알고 있습니다. 개인적으로 증산도 주문수련과 개벽에 대한 생각은 아래와 같습니다.

임진왜란 당시 사명대사가 구국의 일념으로 승병을 일으킨 일과 석가모니 부처가 노구의 몸을 이끌고 자신의 고향을 침범하는 비두다바 왕의 군대를 몇 번이고 막아선 일은 모두 하화중생과 애민의 마음으로 그랬던 것으로 봅니다. 진표율사와 도선대사, 진묵대사 같은 고승들도 말년에 부모님을 시봉하며 끝까지 효를 다하신 경우도 구도자이기 전에 자식된 도리를 다하려 했던 것으로 보입니다.

증산도 도전에서 말하는 지축정립이나 개벽에 대한 저의 생각도 이와 같은 마음입니다. 혹시 있을지 모르는 그날을 위해 증산 상제님의 가르침을 바르게 알리고 일심으로 용맹정진 수련에 집중하면 될 것으로 봅니다. 도전의 내용을 너무 비판적인 시선으로만 다가가는 것은 오히려 구도자로서 너무 한쪽으로만 집착하는 것으로 보입니다. 구도자는 생각이 유연해야 한다고 봅니다. 다른 종교단체의 수행법에서 배울 것이 있고 크게 상식선에서 벗어나지 않는다면 일단 자신을 내려놓고 다가가는 것이 좋다고 봅니다.

개인적인 경험으로는 증산도의 주문수련은 격투기 선수가 주먹뿐만이 아니라 강력한 두 다리를 함께 사용하는 경우와 같다고 봅니다. 즉, 양 다리를 사용하면 주먹의 몇십 배에 해당하는 파워와 효과를 얻을 수 있습니다. 아울러 태을주를 비롯한 증산도의 여러 주문들은 하단전에 충분한 축기가 되어 있어야 상당한 효과를 볼 수 있고 주문수련 시 가장 중요한 것은 절실함과 믿음, 정성이라는 것도 알게 되었습니다.

항상 강건하시고 평안하시기 바랍니다. 좋은 하루 되세요.

시천주주 도법수련(侍天主呪 道法修鍊)

2017년 9월 10일 일요일

오전 수련 중에 태을주 도통수련 시 받은 구경각 주문을 암송하였다. 그런데 무엇인가 기운이 흩어지는 느낌이다. 다시 신성주, 태을주, 시천주주 암송 수련으로 되돌아왔다. 이때부터 진동이 다시 시작되고 있다. 끝난 줄 알았던 진동이 다시 시작된 것이다. 신성주를 지나 태을주로 넘어가자 자수(紫数)라는 천리전음이 들려온다.

특이한 건 자수(紫数)라는 천리전음이 들려오자 생전 처음 듣는 관음법문이 요동치기 시작한다. 양손이 자동으로 삼각형을 만들고 상, 중, 하단전으로 차례로 이동하며 흰색의 삼각형 모양의 빛이 들어온다. 상단전에 삼각형의 에너지가 들어오는 느낌이 든다. 관음법문이 마치 거대한 엔진이 돌아가는 음파 소리가 들려온다. 자수(紫数)라는 천리전음이 들리는 동안 내내 켜져 있다.

오전 수련을 모두 마치고 자수(紫数)라는 천리전음의 의미를 생각해 보니 아무래도 자미두수(紫微斗数)로 보인다. 구글링을 해보니 자미두수(紫微斗数)는 원래 중국 도교에서 시작된 점술로 100여 가지 이상의 별들로 이루어진 명반으로 사주를 보는 학문인데 송나라 시대의 유명한 신선 진희이가 창제했다고 한다. 아울러 자미두수(紫微斗数)라는 이름은 북극성이라 불리는 자미성에서 유래하게 되었다고 한다.

도통수련과는 무슨 연관이 있는지 잘 모르겠다. 도통수련이라는 것이 아마도 한두 번에 끝나는 것이 아닌 것으로 보인다. 각기 수련자의 수련상태에 따라 다르게 반응이 오는 것으로 보인다. 모든 수련이 끝나고 앉은 채로 자동으로 절이 이루어진다.

2017년 9월 15일 금요일

최근에 태을주 도통수련이 끝나면서 연이어 시천주주 도법을 받을 예정이었던 것으로 보인다. 수련 중에 태모님의 모습이 보이고 내 본성이 도법을 받을 준비를 하고 있었다. 그러나 웬일인지 정작 시천주주를 집중 암송하자 도법전수는 시작되지 않았고 무표정한 태모 고수부님의 얼굴만 보였다. 무엇인가 나에게 단단히 화가 나신 느낌이다.

시천주주 도법전수를 받아야 할 것만 같은데 이후에도 며칠 동안 태모님이 묵묵부답이시다. 결국 그렇게 의미 없이 시천주주만 암송하다가 매번 오전 수련을 마치고 말았다. 이런 식으로 한동안 반복되다가 보니 아무래도 태모님에게는 도법수련을 못 받나 보다 하고 결국 포기하였다.

수련을 마치고 태모님이 왜 그러시는지 곰곰히 생각해 보니 아무래도 일전에 기운줄을 연결하여준 일공 신지현 선배님에게 함부로 대한 것을 상당히 괘씸하게 생각하셨던 것으로 보인다. 당시 일공 선배님과 크게 말다툼을 벌이고 다음날 교통사고가 났는데 개인적인 추론으로는 이 사고가 아무래도 일공 선배님을 지키는 신명(神明)들의 간섭작용도 한몫한 것으로 보인다. 다투고 난 이후에 대단히 특이한 파장을 일으키는 강력한 원령이 들어왔고 결국 이 빙의령 때문에 동부간선에서 접촉사고까지 발생하였다. 심리적으로 상당히 불안한 파장이 전해져 왔다.

이 일이 있기 전에도 종종 일공 선배님과 말다툼을 하고나면 온몸에 너무나 강력하고 견디기 힘든 파장이 전해져 왔다. 나름 나 자신도 상당한 정신력과 맷집이 있다고 자부하는 편인데 일공 선배의 기운을 감당하기가 버거웠던 모양이다. 온몸의 기운이 흐트러지는 느낌을 받았다.

사실 그렇게 특이하고 강력한 기운의 파장은 처음 느껴봤다. 그렇게 강력한 기운을 정작 본인은 어떻게 감당하며 사는지 모르겠다. 삼공 선생님이 대주천이 되는 선도수련자가 남과 함부로 싸우면 안된다는 말이 새삼 실감나는 순간이었다. 곰곰이 생각해 보니 나니까 그 기운을 견뎠지 아마도 일반인이나 수련이 덜된 사람이었다면 기절했을지도 모를 일이다.

태모님에게 다시 한번 마음속 깊이 사죄를 드린 후 결국 시천주주 도법전수를 포기하고 다시 태을주 수련으로 넘어갔다. 그렇게 태모님의 무표정한 표정을 뒤로하고 일주일이나 지났을까? 지난 9월 15일 여느 날처럼 오전 수련을 하고 있었다. 마침 며칠 동안이나 밀려드는 업무로 잠을 제대로 못자서인지 전에 없이 피곤이 몰려와 순간적으로 약간 졸음이 일어 났는데 그 순간 천둥 같은 태모님의 천리전음(千里轉音)이 들려온다.

"도통을 준다! 도통을 준다! 도통을 준다!"

벼락 같은 소리에 화들짝 놀라 집중을 하니 영안으로 오색의 오로라에 둘러싸이신 태모님의 모습이 보인다. 너무나 눈부신 모습이다. 마치 섬광속의 빛덩어리 같다.

"도통! 도통! 도통! 도통군자! 성인군자!"

"도통군자! 성인군자! 도통군자! 성인군자!"

"해원상생! 해원상생! 원시반본! 원시반본! 해원상생! 해원상생! 원시반본! 원시반본!..."

시천주주가 저절로 암송되고 약하게 나타나던 진동이 그 순간 미친 듯이 특유의 진동이 일어나기 시작한다. 신기한 것은 쏟아지는 기운인데 증산 상제님과 전혀 다른 느낌의 기운이다. 증산 상제님의 기운이 열풍같이 뜨거운 강력한 남성의 기운이라면 태모님의 기운은 너무나 잔잔하고 포근한 전형적인 여성의 기운이다. 마치 음과 양을 확실하게 보여주는 느낌이다.

그런데 이 기운이 왠지 낯설지 않다. 이전에 느꼈던 기운인데 중단전으로 흘러 들어와 상당히 포근함을 주었던 일공 신지현 선배님의 기운과 너무나 닮아있다. 지금 와서 돌아보면 맨 처음 일공 선배에게 느꼈던 기운은 태모님의 기운과 상당히 유사하였고 댓글로 흘러들어와 대대적인 기갈이를 시작한 것은 증산 상제의 기운으로 보인다. 즉, 일공 선배를 통해서 증산 상제님의 기운이 들어온 것이다.

한참을 다이나믹한 진동을 유지하다가 증산 상제님에게 받은 구경각 주문이 자동으로 암송된다. 구경각 자동암송이 지나가고 연이어 태을주 암송이 자동으로 지속된다. 태을주 암송이 지나고 갑자기 돌부처처럼 멈추어 입정 상태로 들어간다. 너무나 고요하고 편안한 따듯한 기운이 흘러 들어온다. 내 몸 주위로 잔잔한 파장이 일어난다. 앉은 채로 자동으로 절을 한다.

"감사합니다. 하느님 어머님"

어머님이라는 말이 자동으로 나온다. 증산도에서 말하는 태모님이 여자 하느님이라는 말이 맞는 것으로 보인다.

"감사합니다. 하느님 어머님, 감사합니다. 하느님 어머님"

몇 번이고 되뇌이다 오전 수련을 마쳤다. "여자에게 함부로 하지 말라"는 파장이 전해져 온다.

2017년 9월 16일 토요일

천지기운 한기운으로 기운을 모으고 신성주로 넘어간다. 태을주를 지나 시천주주로넘어 가는데 이전과는 다르게 시천주주에 가장 크게 비중을 두게 된다. 증산 상제님에게 도통수련을 받을 때에는 신성주와 시천주주는 수련 시작과 마무리 단계로만 암송하고 태을주에 가장 큰 비중을 두었지만 지금은 신성주와 태을주를 지나 시천주주를 가장 길게 암송하고 있다. 시천주주로 넘어가자 본성의 천리전음이 들려온다.

“도법을 받겠습니다. 도법을 받겠습니다...”

내 말이 끝나기가 무섭게 태모님의 천리전음 같은 질문이 들려온다. 태모님이 파장을 전해오면 자동으로 내 본성이 그 말을 따라하고 있다.

“도법을 받아서 무엇을 하겠느냐?”

“세상을 이롭게 하겠습니다”

“ㅇㅇㅇ과는 어떻게 하겠느냐?”

“ㅇㅇㅇ하겠습니다”

“그 마음 변하지 않겠느냐?”

“변하지 않겠습니다”

“후회하지 않겠느냐?”

“네...”

다시 한번 다짐을 받고 본격적인 진동이 수련 시작을 알린다. 다이나믹한 진동이 지속되다가 자동으로 중단전 바로 앞에 완벽한 합장이 만들어진다. 합장을 만든 양손이 자동으로 상단전으로 이동한다. 그 순간 합장한 양손이 회오리 같은 기운을 만들어 낸다. 인당을 중심으로 합장한 손이 빠르게 회전한다.

상단전이 욱씬거리다가 천리전음이 들려온다.

"천리안 천리안 천리안..."

한참을 이런 상태로 인당 부분에 기운이 만들어지고 상단전이 욱씬거리며 기운이 들어오기 시작한다. 합장한 손이 서서히 중단전으로 이동한다. 중단전에서도 빠르게 회전하며 회오리 같은 기운을 만들어낸다. 타원형의 기운이 만들어지고 있다. 다시 하단전으로 이동하여 또 다른 타원형의 회오리 기운을 만들어낸다.

이런 식으로 상, 중, 하단전을 거쳐 차례대로 타원형의 기운이 각 단전에 쌓인다. 합장한 양손이 몇번이고 위 아래로 오르락내리락하다가 자동으로 시천주주가 암송된다. 그런데 특이하게 시천주가 아니고 신천지(新天地)로 들린다.

"신천지 조화정 영세불망 만사지 지기금지 원위대강, 신천지 조화정 영세불망 만사지 지기금지 원위대강, 신천지 조화정 영세불망 만사지 지기금지 원위대강"

다시 천리전음이 바뀐다.

"신인합일(神人合一), 신인합일, 신인합일..."

아마도 시천주주 도법수련이 '신인합일(神人合一)' 수련법으로 보인다. 신인합일(神人合一) 도법수련을 받는 동안 주천화후가 일어나고 증산 상제님과 전혀 다른 잔잔하고 한없이 따뜻한 여성적인 느낌의 기운이 전해져 온다. 평화롭기까지 하다. 자동으로 앉은 채로 절이 되고 "사랑합니다 어머님, 하느님 아버지, 하느님 어머님"이라는 말이 흘러나온다. 합장한 채로 수련이 진행되는 동안 상단전의 영안으로 번쩍번쩍 빛나는 금부처의 모습이 보인다.

평상시 일하는 동안에도 태을주는 생략하고 일심으로 시천주주만 암송하고 있다.

2017년 9월 17일 일요일

신성주를 지나 태을주를 지나고 시천주주로 넘어가자 자동으로 합장이 만들어진다. 갈수록 완벽한 모양의 합장이 만들어진다. 왜 그런지는 모르겠지만 평상시에는 합장이 잘 만들어지지 않는다. 삼공 선생님의 말씀처럼 합장수련이 우리민족 고유의 수련법으로 느껴진다. 인사법 또한 마찬가지로 보인다. 개인적으로는 원래 합장은 불교의 고유 인사법인 줄만 알았다.

상단전으로 합장한 손이 이동하자 인당의 영안으로 광활한 우주공간이 펼쳐진다. 그 순간 자동으로 천리전음이 암송되기 시작한다.

"천리안 천리안 천리안..."

합장한 손이 빠르게 회전하며 천리전음이 다시 바뀐다.

"인당의 점, 석가모니 부처의 터럭, 부처의 터럭, 부처의 터럭, 석가모니 부처의 터럭..."

중단전으로 이동하자 회오리 같은 기운을 일으키며 천리전음이 바뀐다.

"평상심, 구경각, 누진통... 평상심, 구경각, 누진통... 평상심, 구경각, 누진통..."

하단전으로 이동하자 회오리 같은 기운을 일으키며 다시 천리전음이 바뀐다.

"금강불괴 금강불괴 금강불괴..."

상반신 전체가 회전하고 합장한 손이 기운을 일으킨다. 연이어 온몸이 하나가 되어 빠르게 회전한다. 다시 천리전음이 구경각 주문암송과 함께 자동으로 바뀐다.

"신인합일 신인합일 천상천하유아독존... 신인합일 신인합일 천상천하유아독존..."

앉은 채로 자동으로 절을 한다.

"하느님 어머님 감사합니다... 하느님 어머님 감사합니다."

2017년 9월 19일 화요일

“천지기운 한기운”으로 기운을 모으고 신성주, 태을주를 지나 시천주주로 넘어가자 천리전음이 들려온다.

“내일은 판밖에서 성도하여 들어온다. 내일은 판밖에서 성도하여 들어온다...”

영안으로 순백의 태모님이 선명하게 보인다. 얼마나 시간이 흘렀을까? 자동으로 완벽한 합장이 만들어진다.

“천상천하유아독존 천상천하유아독존...”

한동안 “천상천하유아독존”이라는 천리전음이 들려오고 영안으로 번쩍번쩍 빛나는 금불상이 선명하게 보인다. 상단전으로 합장한 손이 이동하며 자동으로 시천주주가 암송되고 “부처의 광명”이라는 천리전음이 들려온다. 그 순간 자동으로 천리전음이 암송되기 시작한다.

“천리안 천리안 천리안...”

합장한 양손이 중단전으로 이동하자 회오리 같은 기운을 일으키며 천리전음이 다시 바뀐다.

“부처의 마음 환희지심 평상심... 부처의 마음 환희지심 평상심...”

기운이 세차게 휘몰아치며 요동친다. 하단전으로 이동하자 회오리 같은 기운을 일으키며 다시 천리전음이 바뀐다.

“부처의 몸 부처의 몸, 금강불괴 금강불괴 금강불괴 ”

상반신 전체가 강하게 회전한다. 연이어 온몸이 하나가 되어 빠르게 회전한다. 다시 천리전음이 구경각 주문 암송과 함께 자동으로 바뀐다.

"신인합일 신인합일 천상천하 유아독존, 신인합일 신인합일 천상천하 유아독존..."

한동안 걷잡을 수 없는 진동이 지속되다가 갑자기 돌부처처럼 멈춘다. 입정... 고요한 상태가 유지된다. 앉은 채로 자동으로 절을 한다.

"하느님 어머님 감사합니다... 하느님 어머님 감사합니다..."

2017년 9월 23일 토요일

신성주, 태을주를 지나 시천주주로 넘어가자 천리전음이 들려온다.

"강증산 고판례, 강증산 고판례..."

두 분의 살아생전 모습이 영안으로 선명하게 나타난다. 시천주주가 자동으로 암송되고 그 순간 등 뒤에서 안개 같은 기운이 파도처럼 밀려온다. 주천화후가 일어난다. 상단전에 자동으로 합장이 만들어지고 천리전음이 들려온다.

"하느님의 눈 하느님의 눈 하느님의 눈..."

기운이 일어나 인당으로 들어온다. 합장한 양손이 중단전으로 이동하자 회오리 같은 기운을 일으키며 천리전음이 다시 바뀐다.

"하느님의 마음 하느님의 마음 하느님의 마음..."

합장한 양손에서 기운이 일어난다. 하단전으로 이동하자 회오리 같은 기운을 일으키며 다시 천리전음이 바뀐다.

"하느님의 몸 하느님의 몸 하느님의 몸..."

연이어 온몸이 하나가 되어 빠르게 회전한다. 한동안 걷잡을 수 없는 진동이 지속되다가 갑자기 돌부처처럼 멈춘다. 입정... 고요한 상태가 유지된다. 앉은 채로 자동으로 절을 한다. "하느님 어머님 감사합니다. 하느님 어머님 감사합니다..."

2017년 9월 24일 일요일

신성주, 태을주를 지나 시천주주로 넘어가자 영안으로 별똥별같이 생긴 우주선이 광속으로 지나간다. 너무 빨라 꼭 번갯불이 지나가는 것처럼 보인다. 동영상으로 보는 UFO처럼 생겼다. 합장이 자동으로 만들어지며 한참 시천주주를 암송하고 있는데 영안으로 또 다른 화면이 너무나 선명하게 보인다.

보통은 이렇게 선명한 화면은 신명(神明)들이 보일 때 그런데 이번 경우는 좀 특이하다. 화면이 일렁이다가 조선시대 왕후 같은 복장을 한 여인이 보인다. 얼굴이 점점 선명해지는데... 아... 그런데... 이 여자분 20년 전쯤 아주 가깝게 지내던 아는 여동생이다.

이 친구와 한창 밀당을 하고 있었는데 당시에 선도수련을 시작하고 얼마 안 되어 수련이 고속으로 진행되던 중이었다. 이때 나는 보호령과 지도령의 존재를 너무나 강하게 느꼈었다. 이 친구와 원래는 깊은 관계까지도 갈 뻔한 사이였다. 그러나 약속을 잡으려고 하면 매번 알 수 없는 이상한 현상들이 발생하고 결국에는 이 친구와는 수련 때문에 자연스럽게 멀어지고 말았다.

부부의 인연이었던 것으로 보이는데 아마도 수련으로 운명이 변경된 것으로 보인다. 만약에 다음 생에 다시 만난다면 부부의 인연으로 만날 것만 같다. 상당히 귀티가 나고 권력과 덕망을 고루 갖추었던 조선시대 왕후였던 것으로 보인다. 한복 색상이 자줏빛이었는데 상당히 인상적이고 알 듯 모를 듯 화장을 한 얼굴이다.

개인적인 경험으로는 전생과 관련 된 화면은 연기화신(煉氣化神) 단계에서 자주 보았다. 한 편의 단편 영화처럼도 보이고 사진처럼도 보이며 바로 눈앞에 있는 것처럼 생생하게 보이기도 한다. 그중에서 유독 자주 보이는 인물이나 화면, 장면 등이 자신의 수많은 전생 중에서도 가장 인상적인 삶이었던 경우가 많다. 화면을 보고 그 의미를 스스로 찾아야 한다.

영안으로 보이는 화면은 모두 이유가 있기 때문이다. 그러나 전생의 인연에 집착하면 안된다. 이미 끝난 인연을 다시 만나면 좋지 않은 일이 일어난다. 아직 공부가 끝나지 않은 수련생이라면 수련 중에 보이는 화면은 스승님들이 꼭 필요한 장면만 보여주시는 것으로 보인다. 수련이 깊어지면 점점 화면은 사라지고 모든 기운이 빙의령 천도에 포커스가 맞춰지게 된다.

2017년 9월 28일 목요일

신성주, 태을주를 지나 시천주주를 암송하자 영안으로 용포를 입고 면류관 같은 것을 쓰고 계신 태모님이 보인다. 태을주 도통수련을 받을 당시 보았던 증산 상제님과 거의 유사한 복장이다. 진한 노랑색 용포로 보인다. 합장이 자동으로 만들어지며 한창 시천주주를 암송하고 있는데 영안으로 또 다른 화면으로 오버랩된다.

정면으로 한 남자가 쏘아 보는듯한 강렬한 눈빛으로 나를 노려보고 있다. 너무나 형형한 눈빛... 전봉준... 커다란 화면으로 상반신만 보이고 있다. 전봉준은 도전에서 “전명숙”이라는 이름으로 등장한다. 시천주주 도법수련을 시작하고부터 동학에 관련 된 원한이 깊은 원령들이 자주 들어온다.

보통은 아무리 강해도 하루 이틀정도면 나가는데 최근에는 삼일 이상 머물다 천도되는 경우도 있다. 웬만해서는 중단전이 고통스럽지 않은데 최근에는 불쑥불쑥 상당히 강한 통증까지 동반한다. 그들의 한이 얼마나 큰지 알것도 같다. 원령들 때문에 당분간 카페글에 댓글을 자제하려고 한다.

수련이 한창 진행되며 시천주주를 암송하는데 일월성신(日月星辰)이라는 천리전음이 들려온다.

“일월성신(日月星辰) 일월성신 일월성신...”

잠시 후 다시 바뀐다.

“해원상생(解寃相生) 해원상생 해원상생...”

손바닥 방향만 다른데 수련 시에 양 손바닥이 하늘로 향한다. 앉은 채로 자동으로 절을 한다.

“하느님 어머님 감사합니다. 하느님 어머님 감사합니다. 오전 수련을 마칩니다.”

오전 수련을 마치고 태모님 사진을 검색하는데 태모님이 지구를 안고 있는 그림이 유독 눈에 띈다. 태을주 도통수련 시에 경험했던 진동과 거의 동일한 모습이다.

잘못하면 기복신앙으로 오해의 소지가 있는데 증산 상제님과 태모 고수부님은 삼공 선생님처럼 스승님으로 봐주시기 바랍니다. 스승님들은 존경의 대상이지 결코 맹신의 대상이 아닙니다. 맹신하면 수련자 스스로의 한계에 가로막히게 됩니다. 나중에 현묘지도 화두 수련을 완수하고 자신을 돌아보면 스스로가 하느님이고 부처라는 사실을 알게 됩니다.

결과적으로 증산 상제님과 태모님을 우리 자신과 하나로 보셔야

하고 수련이 깊어질수록 내 안의 본성과 천지만물 각각의 본성이 모두 하나로 연결되어 있다는 것을 알게 됩니다. 심지어 내 자신의 본성과 나뭇가지 하나의 본성과도 연결되어 있고 이들이 경우에 따라 파장을 전해 옵니다. 천부경(天符經)의 용변부동본(用變不動本)의 원리와 같다고 봅니다.

2017년 10월 6일 금요일

시천주주 도법수련을 시작하고부터 들어오기 시작한 강력한 원령들의 천도가 대부분 끝난 것으로 보인다. 지난 10월 4일 수요일부터 원래 레벨의 빙의령들만 들어오고 있다. 이번에 다시 한번 체감한 것은 원한이 깊은 빙의령들이 천도되고 나면 상당히 강력한 기운이 하단전으로 들어온다. 그만큼 손기가 컸다는 의미도 될 것이고 반면에 기운이 한층 더 향상된 것으로도 보인다.

시천주주 도법수련을 시작하면서 다시 시작된 진동도 이젠 거의 멈추고 있다. 진동이 멈추니 상, 중, 하단전 집중이 좀 더 수월한 느낌이다. 그러나 수련 중간에 자동으로 합장이 이루어지며 각 단전 부위로 기운이 모이는 현상은 지속되고 있다. 아마도 이 현상이 끝나야 시천주주 도법수련이 일단락 될 것만 같다. 진동은 시간이 지나면 자동으로 멈춘다는 삼공 선생님의 말이 생각난다. 결과적으로 장기간 유사한 패턴의 진동이 지속된다면 한번쯤 돌이켜 보아야 할 것이다.

수련이 한창 진행되며 시천주주를 암송하는데 한 무리의 농민들이 선명하게 보인다. 약간은 비장한 모습으로 보아 아마도 동학운동에 참여했던 사람들로 보인다. 특이한 것은 동학운동을 일으켰던 농민들과 이들을 제지하던 포졸들의 얼굴이 번갈아 가며 보인다. 어떻게 보면 양쪽 모두 피해자일 것이다. 이젠 정반대의 생각을 가졌던 사람들이 서로를 인정하고 해원상생을 하라는 의미로 보인다.

양손이 자동으로 합장을 만들며 상, 중, 하단전을 거쳐 기운을 일으킨다. 앉은 채로 자동으로 절을 한다.

"하느님 어머님 감사합니다. 하느님 어머님 감사합니다. 오전 수련을 마칩니다."

추석 연휴 기간 동안 어머님, 누님과 오래 전 추억들에 대해 이야기를 나누는데 어려서 몰랐던 주변 사람들의 살아 온 인생들에 대해 상세하게 들을 수 있었다. 그런데 나름대로 모두 사연들이 있고 기구한 인생들이 참 많다. 힘들지 않게 살아 온 사람들이 단 한명도 없다. 문득 내 자신에게 끊임없이 반문하던 질문이 떠오른다.

우리는 왜 이렇게 고통스럽고 힘든 인생을 반복하는 것일까? 왜 이렇게 복잡하고 외로운 삶을 윤회하는 것일까? 개인적인 생각으로는 그 이유는 단 하나일 것이다. "진화, 영적 진화, 하느님의 마음과 같아지는 것" 수많은 인생들을 반복하며 학습한 내용으로 잃어버린 본성(本性)을 스스로 찾으려는 섭리의 작용으로 보인다.

2017년 10월 14일 토요일

최근 직원이 그만두는 바람에 업무량이 많아져 자주 야근을 한다. 어제도 밤늦게 퇴근하였다. 그래서인지 오늘 오전에 일어나기가 조금 힘이 든다. 온몸이 몽둥이로 두드려 맞은 기분이다. 통증이 밀려온다. 아침에 일어나서 몸이 무거우면 수련을 생략하는데 오늘은 그대로 진행하였다. 신성주와 태을주를 지나 시천주주를 암송하자 서서히 진동이 일어나기 시작한다.

"시천주 조화정 영세불망 만사지 지기금지 원위대강..."

잠시 후 영안으로 태모님의 상반신 모습이 선명하게 보인다. 이와 동시에 중단전으로 커다란 "마음 심(心)자" 화면이 나타난다. 이 화면과 태모님의 모습이 오버랩 된다. 시천주주를 암송하며 "마음 심(心)자" 화두에 집중한다. 한 주 동안 쌓였던 스트레스가 녹아 내려간다.

어제 야근을 하는데 갑자기 황당한 상황이 벌어지자 짜증이 일어나고 중단전이 조여오기 시작한다. 그 순간 침착하게 "처음부터 다시 시작하자"라는 본성의 목소리가 들려온다. 그 순간 신기하게 중단전이 풀어진다. 심기혈정의 원리... 마음에 어두운 파장이 일어나니까 순간적으로 중단전이 막혔던 것이다. 잊고 있던 "마음 한번 고쳐먹으면 생지옥도 천국으로 바꿀 수 있다"라는 삼공 선생님의 말씀이 생각났다. 자동으로 합장이 만들어지고 각 상, 중, 하단전으로 이동하여 힘차게 회전을 일으킨다.

"시천주 조화정 영세불망 망사지 지기금지 원위대강..."

상단전에 차례로 이동하여 자동으로 시천주가 암송된다.

"하느님 어머님 오전 수련을 모두 마칩니다. 감사합니다. 수련에 더 도움주세요."

수련이 끝나자 컨디션이 최고조다.

오전 수련을 마치고 최근 시험 중에 있는 본성과의 대화를 시작하였다. 얼마 전에 가까운 장래에 벌어질 몇까지 일들을 물어 봤는데 신기하게 모두 그대로 되었다. 그러나 테스트 결과 구체적인 내용들 즉 평상시의 대화체로 하면 정확성의 확률이 조금 떨어진다.

100% 신뢰할 수 있으려면 백번을 시험하든 천번을 시험하든 매번 같은 결과가 나와야 할 것이다. 구체적인 대화체로 묻고 긴 문장의 글로 답을 받아보면 아직까지는 확실성이 떨어지고 있다.

그 이유는 아마도 내 수련 정도와 관계가 있을 것으로 보고 현재 여러 가지 방식으로 시험해 보고 있다 그러나 간단한 문답 형식으로 진행하면 대략 90% 이상의 정확성이 있는 것으로 확인하였다.

항상 하는 말이지만 본성과의 대화는 진짜와 가짜가 있기 때문에 늘 조심해야 한다. "기운의 변화, 마음의 상태, 몸의 반응" 등에 초집중하여 본성의 파장을 정확하게 읽어내야 한다.

본성과의 대화가 끝나갈 무렵 평소 궁금하던 진표율사의 간자의 위치를 묻자 오른손이 중단전을 가르킨다. 마음 심(心)... 태모님의 살아생전 말씀이 생각난다. "심통(心通)이 도통(道通)이다."

2017년 10월 17일 화요일

얼마 전에 증산교의 주문 문구를 둘러보다 놀라운 사실을 발견했는데 바로 "개벽주(開闢呪)"라는 주문이다. 주문 내용들을 읽는 순간 그야말로 깜짝 놀라고 말았는데 그 내용이 내가 받은 태을주 도통수련과 거의 유사했기 때문이다. 대부분의 내용이 신장(神將)을 부르는 문구들인데 내가 받은 도통수련 내용과 너무나 흡사하다.

좀 더 상세하게 말하자면 내가 수련 중에 받은 내용은 기존의 개벽주에 몇 가지가 더 추가 된 내용이다. 그러나 태을주 도통수련 중에 받았던 신장들의 이름은 기존의 개벽주가 더 정확하다. 아마도 현재 내 수련 상태가 파장을 정확하게 읽어드리기에 부족한 것으로 보인다. 아무튼 이 유사성을 어떻게 받아드려야 할까? 사실 난 개벽주 주문 내용을 엇그제 처음 읽어 보았다.

두 달 전 삼공 선생님과 이메일 문답 시 선생님도 태을주, 시천주주, 신성주, 운장주, 갱생주를 천부경 삼일신고와 함께 매일 암송하신다고 한다. 증산교의 주문수련은 각 주문 별로 효과가 다르니 열심히 암송해 보시고 그 차이점을 체감해 보시기 바랍니다. 시천주주를 암송하실 때는 하단전에 "마음 심(心)자"를 올려놓고 암송해보시기 바랍니다.

요즘 본성과의 대화를 테스트하며 오늘부터 한 가지 더 시험해 보기로 하였다. 최근 아무리 강력한 원령이 들어와도 파장을 멈추라는 한마디에 거짓말처럼 고요해지는 현상이 잦아졌다. 이것이 원래부터 그랬는데 내가 몰랐던 것인지 아니면 최근에 수련이 좀 더 깊어지면서 이런 것인지는 잘 모르겠다.

아침에 일어나자 중단전에 중압감이 일어나서 오전 수련을 모두 마치고 테스트를 시작하였다.

"모습을 나타내고 해원상생하자. 정체를 드러내고 해원상생하자..."

사실 그동안은 시간이 걸려 빙의령을 영안으로 잘 보려 하지 않았는데 주문 암송과 함께 테스트를 시작한 것이다.

"모습을 나타내고 해원상생하자. 정체를 드러내고 해원상생하자..."

얼마나 시간이 지났을까? 별안간 일 미터 전방에 영체 덩어리의 기운이 느껴진다. 그야말로 불쑥 나타난 것이다. 영안이 반응하기 시작한다. 화면이 선명하지 않자 다시 몇 번 더 암송을 하였다.

"당신은 누구입니까?"

그 순간 텔레파시가 전해져 온다. 더 이상은 힘들다는 메시지이다. 빙의령이 나름 모습을 보이려 했는데 선명한 화면을 보기에는 내 기력이 부족한가 보다. 원령으로 인한 손기 때문으로 보인다. 40~50대 중년의 여성이고 꼭 삼국시대 같은 복장의 한복을 입고 있다. 남자 한명이 더 보이고 최종 산짐승 같은 동물의 입과 코가 보인다. 부분부분 상당히 선명하다. 인연을 물으려다 출근시간이 다가와 이내 멈추고 말았다. 아무래도 이젠 빙의령을 보는 연습과 그들과 대화하는 시간을 점점 늘려가야 할 것으로 보인다.

얼마 전에 블로그를 일부 다시 운영하기 시작했는데 다시 블로그에 글을 올리는 순간 기운이 들어온다. 항상 느끼는 것이지만 이제는 좀 더 대중적인 선도수련으로 가야하고 그들과 소통해야만 서로 상생할 것으로 보인다.

블로그를 통해 이미 또 한명의 도우를 만났고 조만간 삼공재를 방문할 예정이었는데 아직 인연이 아닌가 보다. 남성분으로 이미 기문이 열렸고 『선도체험기』를 최근 114권까지 모두 정독하신 분이다. 이전에 상당한 기감을 보여준 여성 도우 두 분은 계속 주시하고 있는 중이다. 부디 삼공 선생님이 생존해 계실 때 도심이 싹터 본성을 밝히시길 바란다.

2017년 10월 22일 일요일

저녁에 오랜만에 친구들을 만나고 술을 한잔하는데 방심했는지 중심을 잃어버리고 말았다. 습관적으로 과음 후에 방사를 하는데 그 순간 태모님의 천둥 같은 천리전음이 들려온다.

“큰 도인은 못되겠구나!”

이 말이 너무나 강렬하여 며칠 동안이나 가슴을 친다. 아상(我相)과 습기(習氣)라는 것이 이렇게 무서운 것이다.

2017년 10월 28일 토요일

최근 평상시에는 운장주를 집중적으로 암송하고 태을주를 추가로 암송한다. 좌선 시에는 시천주주 도법수련에 집중하려 오늘부터 시천주주만 오롯이 암송하기 시작하였다. 시천주주를 암송하자 서서히 진동이 일어난다. 양손이 자동으로 합장을 만들고 이전과 같이 각 삼단전으로 이동하여 기운을 일으킨다. 얼마나 지났을까?

허공에 떠있는 태모님의 상반신이 보이고 진동으로 회전하고 있는 내게로 점점 가까워진다. 양손이 하늘로 향하고 태모님의 화면을 그대로 받아들인다. 이내 함께 회전하기 시작한다. 힘차게 회전하며 태모님의 화면이 서서히 하단전으로 녹아 내려간다. 천리전음이 들려온다.

"신인합일 신인합일, 하느님 어머님, 하느님 어머님..."

태모님과 하나가 되는 느낌이다. 도전에서 상제님이 태모님에게 말했던 문구가 생각난다. "내가 너 되고 네가 나 되는 일이니라" 수련 마지막 시점에는 온몸에 잔잔하고 따뜻한 기운이 흐르고 있다.

"시천주조화정 영세불망 만사지 지기금지 원위대강, 시천주조화정 영세불망 만사지 지기금지 원위대강..."

양손바닥 방향이 하늘로 향하다가 다시 뒤로 향한다. 앉은 채로 자동으로 절을 한다.

"하느님 어머님 감사합니다... 하느님 어머님 감사합니다. 오전 수련을 마칩니다."

2017년 11월 2일 목요일

갱생주를 얼마 전에 처음 암송해 봤는데 그 순간 하늘에서 기운줄이 내려와 하단전에 연결되고 훅하고 기운이 밀려들어온다. 더 놀라운 건 그 다음 상황인데, 원령의 파장으로 인한 감정의 흔들림이 사라지고 마음이 진정된다. 하단전으로 열풍 같은 기운이 흘러 들어오고 이내 임맥을 타고 주천화후가 발생한다.

주문암송만으로 하단전이 달아오르기는 처음이다. 최근 들어 하단전이 뜨거워지는 경우는 강한 빙의령을 천도시킨 후에 손기 현상이 일어날 때 빼고는 드문 경우이다. 도전에 보면 증산 상제님이 갱생주로 죽은 사람을 여러 번 살리는 장면이 나오는데 정말로 신비한 주문으로 보인다.

운장주는 강력한 힘으로 빙의령을 누르는 기운이라면 갱생주는 빙의령의 파장을 서서히 흩어지게 하는 느낌이다. 결과적으로 빙의령이 들어오면 운장주→갱생주→태을주 순으로 암송한다면 상당한 효과를 볼 수 있다. 만약에 빙의령의 파장이 그리 심하지 않고 기운만 부족할 때에는 운장주를 15~20분 정도 암송하시고 갱생주→태을주→시천주주 순으로 집중 암송하면 좋을 것으로 보인다.

그러나 최근에는 태을주, 운장주, 천부경등의 세 가지 주문을 집중적으로 암송하고 있다. 태을주와 천부경 자체가 구축병마주로 보이기 때문이다. 도전에서 증산 상제님은 불경 같은 식으로 주문을 암송하라고 하시는데 개인적으로는 그냥 MP3로 듣는 것은 상관없으나 직접 암송할 때에는 약간 빠르게 경쾌하게 암송하는 것이 더 효과적이다.

항상 하는 말이지만 주문암송의 비결은 절실함, 믿음, 정성, 리듬감, 반복성입니다.

갱생주→하단전 열감(하단전이 뜨거워짐)

태을주→소주천(열풍 같은 기운이 주천화후를 발생함)

시천주주→대주천(백회로 원통의 기둥 같은 하늘기운이 연결됨)

2017년 11월 5일 일요일

시천주주를 암송하자 강한 진동과 함께 양손 바닥이 이 하늘방향으로 완전히 펼쳐진다. 그 순간 원형의 지구가 품안으로 들어온다. 암송이 자동으로 바뀐다.

"해원상생 해원상생 해원상생..."

파란 지구가, 아름다운 지구가 잘도 돌아간다. 빙글빙글

"해원상생 해원상생 해원상생..."

마치 한풀이라도 하듯이 진동과 함께 암송이 한 박자가 되어 유유히 흘러간다. 얼마나 시간이 흘렀을까? 암송이 바뀐다.

"레무리안 아틀란티스, 뮤..."

인류의 기원인가 보다. 언젠가 삼공 선생님이 현재 지구인은 과거 레무리아인들의 후손이라던 『선도체험기』의 내용이 생각난다.

"시천주조화정 영세불망 만사지 지기금지 원위대강, 시천주조화정 영세불망 만사지 지기금지 원위대강..."

한참 동안이나 자동으로 시천주주가 빠르게 암송되고 오전 수련을 마쳤다. 수련을 마치고 선도수련을 시작하고부터 늘 궁금하던 두 가지가 떠오른다. 인류의 기원과 윤회의 기원은 맨 처음 어떻게 시작되었을까? 물론 생명의 실상이 아닌 유물론적인 의구심이다.

선생님 여기까지가 시천주주 도법수련(侍天主呪 道法修鍊)에 관한 내용입니다. 최근에는 작년 현묘지도 수련 후 에고와 카르마를 소멸시키는 것에 집중하고 있습니다. 마음을 일으키는 에고는 욕심 많은 자아의 모습으로 평상시 제 자신을 끝임 없이 내려놓는 연습을 하고 있습니다.

아울러 카르마의 결정체인 빙의령 천도에 포커스를 맞추고 가능한 모든 손기 현상을 자제하고 있습니다. 앞으로도 절제와 계율, 좌선 수련 등으로 현묘지도 수련 시 보았던 제 자신의 본 모습인 진아를 유지할 수 있도록 일심으로 수련하겠습니다.

긴 수련체험기를 끝까지 읽어 주셔서 항상 고맙고 진심으로 감사드립니다.

【회답】

오래간만에 좋은 글 잘 읽었습니다. 그런데 옥에 티라고 할까 참으로 딱한 적림의 아킬레스 건을 알아낸 기분입니다. 김대봉 씨 같은 유망한 구도자가 가끔씩 주색에 곯아떨어지다니 이건 그야말로 천부당만부당한 일입니다. 구도자가 주색에서 결연히 빠져나오지 못하는 한 아무리 수련을 열심히 해도 밑 빠진 독에 물붓기가 되고 말 것입니다. 우리가 수련으로 공급받는 우주의 핵심에서 흘러들어오는 막중한 에너지를 밑 빠진 독에 받아놓는 것과 같습니다.

『선도체험기』에도 구도자가 주색에서 빠져나올 수 있는 다양한 방법들을 다루었건만 지금까지 무얼 하느라고 아직도 그 덫에 걸려있는지요? 그러나 지금도 늦지 않으니 오늘 이 시간부터 당장 그 올가미에서 빠져나오는 일에 전력을 기울이기 바랍니다. 그런 일이라면 나라도 괜찮다면 발 벗고 나서서 도울 것입니다.

【김대봉 씨의 회답】

네, 선생님 구도자로서 부끄럽습니다. 선도수련하고부터는 거의 술도 마시지 않고 그나마 남아있던 주변 인연들도 모두 정리했는데 친구 두 놈만은 아직까지 만나고 있습니다. 일년에 겨우 1~2번 만나는데 불알친구들이라서 그런지 이놈들을 만나면 까딱 잘못하여 과음을 하게 됩니다. 과음을 하면 정신줄을 놓게 되고 순간적으로 주색에 빠지곤 합니다.

최근 저의 전생을 화두로 삼아 수련하던 중 무인(武人)과 도인

(道人)으로 여러 생을 반복하여 살았던 것으로 보이는데 무인(武人)으로 살았던 생에서 쌓인 습기(習氣)가 아직도 간혹 되살아나고 있는 것으로 보입니다. 평생 보림으로 알고 저의 약점을 이번 생에 꼭 극복하도록 하겠습니다. 선생님이 이렇게 따끔한 질책을 해주시니 그날 들었던 태모님의 호통이 다시 한번 되살아납니다.

수련이 좀 더 깊어지고 때가되면 선생님을 다시 찾아뵙도록 하겠습니다.

항상 강건하시고 평안하시기 바랍니다.

【필자의 두 번째 회답】

누가 뭐라고 해도 주색잡기(酒色雜技, 잡기는 도박을 말함)는 구도자에게는 3대 장애라는 것을 명심해야합니다. 전생의 친구들보다 수행이 더 소중하다면 지금 당장 주색잡기는 그야말로 완전하고 검증 가능하고 불가역적으로 포기해야 합니다.

대주천 및 현묘지도 수련기

정 영 범

대주천이 되기까지

저는 고등학교 때 '단'이라는 책을 본 후 '민족비전 정신수련법', '백두산족에게 고함', '한단고기', '다물' 등의 한민족 고대사와 수련법에 빠져들었고 책에서 채우지 못한 허전함을 달래기 위해 대형서점과 정신세계사 책방을 유랑하곤 했습니다.

고등학교를 졸업하고 재수생활을 거쳐 들어간 대학에서 술과 담배로 방탕한 생활을 하다가 급성 간염에 걸려 입원을 하였고, 퇴원 후에는 자연스럽게 친구를 따라 학원을 다니는 장수생이 되었습니다.

의미 없는 하루하루를 보내던 1993년 여름 노량진 학원가 앞 지하 서점에서 우연히 『선도체험기』를 만나 며칠 동안 선 채로 십여 권의 책을 읽고 한줄기 빛을 찾게 되었습니다. 인연이 있었기에 『선도체험기』를 만났고, 며칠을 책에 빠져 살았으며, 신간이 나오기만을 기다려 구입해 읽고는 했습니다.

군 제대 후 돈을 벌자마자 삼공재를 찾아갔지만 의지 부족과 어리석음에 1997년부터 2010년까지 몇 번을 생식만 구입하고 수련을 꾸준히 하지 못하였습니다. 어떻게든 삼공재와의 끈을 놓지 않으려고 『선도체험기』 전산화 작업에 참여했지만 '수련의 기회는 스승에게도 양보하지 않는다'라는 귀중한 말씀을 잊어버리고, 고작 일곱 권의 문서 입력을 끝으로 소중한 동아줄을 놓치고 중도 탈락하였습니다.

세월이 흐르고 가장이 되어, 어느덧 사십대가 된 2015년 11월 잃을 게 없다고 생각하여 수련을 다시 시작하였고, 나약함에 채찍질을 가하려고 유튜브, 아프리카 TV 등의 사이트를 통해 매일 명상하는 모습을 방송했습니다. 우연히 지인의 형사재판에 증인으로 참석해 증언을 하고 나오다 기운이 빠지고 급체를 한 것처럼 중단이 꽉 막혀 있어서 이런 게 빙의구나 느꼈고, 인과에 대해 살펴보았습니다.

몸 운동은 이백 미터 낮은 언덕 넘어가는 데 오십 분이나 걸리는 저질 체력에서 시작해 일 년이 지나서는 매일 매주 남한산성을 오르면서 마천동에서 축전까지 광주까지 두물머리까지 종주를 할 수 있었습니다.

생식도 김또순 원장님께 처방받아 준비를 하였고, 삼공재에 나오면서부터 평균 하루에 두 끼 정도 먹었습니다. 블로그 운영을 하면서 적림님을 비롯한 많은 도반을 알게 되었고, 2016년 12월 드디어 삼공재에 방문해 매주 한두 번 수련을 해오고 있습니다.

2016년 12월 27일 화요일 〈삼공재 방문〉

며칠 전부터 방문을 여쭙고자 한다는 메일을 작성해 놓고, 생식 비용을 준비해서 스승님께 메일을 드렸다. 오후에 답장이 와서, 오늘 시간 있다고 말씀드리고 출발했다. 세시 십분 경에 도착해 인사를 드리니 사모님께서는 여전히 밝은 미소로 맞아주셨고, 스승님께서도 온화한 미소로 지긋이 바라보신다.

삼배 올리고 이름을 말씀드리니 예전 생식 카드에서 본인 것을 찾아보라고 카드 뭉치를 주신다. 잠시 주위를 둘러보니 책장에 책이 가득 찬 건 그대로이고, 자연스럽게 나무판자로 이어놓은 책장도 반가웠다. 생식 카드를 열심히 찾다가 뜻하지 않게 돌아가신 아버지 카드를 보았다. 까맣게 잊었는데, 아버지를 모시고 삼공재를 방문해 생식을 처방받았었다. 막걸리를 좋아하셔서 간경화가 진행 중이셨는데, 거동이 불편하셨는데도 삼공재에 모셨었다. 아버지께 스승님과의 작은 인연이라도 만들어 드렸으니 하늘에서 기뻐하실까?

내 카드는 마지막에 있었는데 생식을 많이 사 먹은 걸로 적혀 있었다. 새로 고객카드를 작성하고 자리에 앉아 명상에 드니 갑자기 운기가 활발해져서 땀이 비 오듯이 쏟아진다. 이내 가슴의 답답함은 금방 풀렸고, 다리가 불편해지면 자세가 뒤로 젖혀지면서 저린 느낌이 풀어진다. 아직은 집중이 약해서 평소처럼 고마운 분께 감사의 인사를 드리면서 경전 암송을 계속 반복했다.

네시 반쯤 되어 다른 네 분이 절을 하고 나가셔서 예전에는 다섯시까지였는데 시간이 줄었냐고 여쭈어보니 웃으시면서 체력이 예전 같지 않다고 하신다. 생식 처방받고 나오려고 하니 시간이 되면 일주일엔 두 번 나와서 수련을 하라고 하신다. 내 생애 마지막 기회라는 생각으로 열심히 다녀야겠다고 결심한 하루였다.

2017년 1월 24일 화요일 〈빙의령을 달고 삼공재로〉

아침부터 체한 느낌이 들면서 속이 쓰리고 답답해서 점심도 건너뛰었다. 삼공재에 앉아 좌정해도 여전히 속은 불편하고, 꼬르륵 소리가 날까 화장실을 가는 것은 아닌지 걱정이 앞선다. 불편한 대로 인과응보, 해원상생, 극락왕생 암송을 열심히 돌리는데 배가 너무 아파서 식은땀이 계속 난다.

열심히 외우다 보니 조금씩 가슴 아픈 증상이 무뎌졌는데 삼공재에 오면 빙의령의 파장이 약해지겠다고 예상은 했지만 막상 증상이 이리 나오니 조금 신기하기는 하다. 마음은 원령이 들어오면 이렇게 힘든지 원령이 나가고 나면 계속 힘이 빠지고 졸린 것인지 여쭈어 보고 싶었으나 용기를 내지 못했다.

세시 오십분이 되자 답답한 가슴은 풀어졌지만, 몸의 통증이 사라지진 않고 하품과 함께 눈물 콧물이 모두 흘러내린다. 시간이 되어 인사를 드리고 나와서 선릉역까지 걸어오는 동안 여전히 컨디션이 안좋다. 삼공재에 가면 빙의령이 알아서 넘어가는 것인지, 스승님께서 보시고 데리고 가는 것인지, 아니라면 스스로 공부하게 지켜보시는 것인지에 대한 관이 필요해 보인다.

2017년 3월 17일 금요일 〈첫 진동〉

조금 이른 시간에 강남구청역에서 몸과 마음을 깨끗이 하고 삼공재로 출발해 세시에 맞추어 들어간다. 사모님께 인사드리고 스승님께 일배 올리고 앉아 있었지만 아무도 안 오셔서 개인 지도를 받았다.

역시나 폭풍 같은 열감이 쏟아지는데 바닷가에서 알몸으로 바람을 맞는 것 같다. 집중이 잘 안되고 호흡이 짧은 듯해 수식관은 태우지 않고 인과응보, 해원상생, 극락왕생, 업장소멸을 암송한다. 몸이 앞뒤로 조금씩 움직이는데 눈에 크게 보일 정도의 흔들림은 아니다. 몇 번 다른 분의 진동을 보았지만 경험하지 못해서 신기한 느낌은 든다.

약하게 움직이면서 제어가 되는 진동이지만 어쨌든 이제야 오니 얼마나 느리고 답답한가? 살아오면서 지은 죄가 많고, 어리석음이 많고, 방황이 많으니 모든 것이 느리게 변화한다. 좋은 날도 있고, 좋지 않은 날도 있지만 열심히 나아가다 보면 조금씩 바뀌어 가는 것이라고 위안을 삼았다.

2017년 5월 12일 금요일 〈단전의 성냥갑〉

삼공재에서 스승님께 궁금한 점이 있어서 질문을 드렸다.

"수련생이 자신의 축기 단계를 알려면 어떻게 해야 하나요?"

"단전이 늘 따뜻하고 단전에는 성냥갑만한 이물감이 있어야지."

옛날 석유곤로 옆에 있던 육각 성냥갑을 말씀하시는 것 같아서 '그거 굉장히 큰데. 있어도 달걀 같은 거정도 아닐까?'라고 생각하면서 나의 현재 상태도 말씀드렸다.

"단전은 뜨겁고, 배가 농구공처럼 빵빵하며 가끔 백회가 찌릿찌릿 합니다."

"아직 멀었어. 예전에는 독수리 같은 애가 있어서 쪼아주고는 했는데, 그냥 자연스러운 게 좋아."

축기가 되면 성냥갑 같은 게 생기고 차고 넘쳐서 대맥으로 돌고 소주천이 되는가 보다. 몇 달 후 여쭈어보니 담배와 같이 가지고 다니는 네모난 작은 성냥갑을 말씀해 주셨다. 혼자만의 착각이었다.

2017년 5월 19일 금요일 〈개인 지도〉

오늘은 삼공재에서 혼자 수련을 하였다. 아무래도 혼자 있다 보면 궁금한 점을 물어보기가 조금 수월하다. 적림님 현묘지도 통과 관련해서 말씀을 드렸다.

"육조 혜능 같아. 살불살조. 전부 다 해봐. 수련은 그렇게 해야 해."

"김우진 씨 덕분에 몇 분이 삼공재에 나오십니다. 무조건 가라고 독려를 합니다."

"삼공재는 그렇게 억지로 나오면 안 돼. 절실하게 무언가 배울게 있어야 해."

"네, 다 같이 격려하면서 나왔습니다."

문재인 대통령 이야기를 조금 나누고 정치 이야기하고, 대북 안보관에 대해 걱정이 많으시다. 내 주변에는 문재인을 넘어서 심상정까지 간 왼쪽 분이 많으신데, 요즘은 뉴스 볼 맛이 난다고 하시는 분이 많다. 점심 먹으면서 그런 이야기 듣고 삼공재에 와서 스승님 말씀 들으면 열대 지방에 있다가 북극에 와 있는 듯하다.

스승님께서 정치에 대한 의견을 피력하실 때도 전부 관을 하고 글을 쓴다고 하셨던 것 같다. 나라를 걱정하시는 마음이 전부라는 걸 잘 안다. 수많은 스펙트럼을 가진 사람이 모두 만족할 수 있는 정책이라는 건 없다. 어차피 정치는 나와 적이라는 프레임을 만들어서 대립각을 세운다. 모든 정치인이 오로지 나라를 생각하는 마음을 가지고 올바른 방향으로 나아가기를 기원하면서 감사의 인사를 드렸다.

2017년 6월 2일 목요일 〈지박령〉

어제 화성에 있는 친구 회사에 방문해 일을 마치고, 시간이 남아서 옆에 있는 산을 올랐다. 나중에 검색을 해 보니, 백 패킹으로 유명한 화성 건달산이란다. 정규 등산로가 아닌 창고에서 난 오솔길로 올라갔는데, 가다 보니 산딸기가 밭처럼 펼쳐진 곳에서 수풀이 우거지면서 길이 희미해졌다.

오싹하고 이상한 기분이 들어서 내려왔는데, 이상하게 저녁부터 몸이 으슬으슬 춥더니 몸살기가 심해서 옷을 껴입고 잤다. 고작 움직인 건 십오 분에 거리는 육백이십 미터 고도는 오십 미터 정도 올라갔다 왔는데, 지박령이 들어온 것 같다.

고통도 상당해 자고 일어나서도 컨디션이 안 좋아 호흡을 차분히 하면서 억지로 오전 시간을 참았다. 오후에 삼공재에 다녀오고서야 확실히 가슴이 편해졌지만 아직 여파가 있고 몸살기에 복부가 약간 당긴다. 스승님께 지박령 빙의의 영향이 큰지 여쭈어보니,

지박령 때문에 바위에서 떨어지고 물에 빠지는 사람이 많다고 하신다.

친구에게 산에 갔다 와서 몸살 걸렸다고 하니, 그 산이 원래 음기가 흐른다는 소문이 있다고 한다. 귀신이 많고 음기를 누르려고 산 이름을 건달산으로 지은 것 같다고 생각해서 찾아보니 하늘 건(乾)과 통할 달(達)을 쓴다. 하늘과 통할 정도면 기운도 좋아야 하는데 나한테 왜 이리 큰 시련을 주시는지 좀 더 기운이 장대해지면 등산로를 이용해서 다시 한번 올라봐야겠다.

2017년 6월 30일 금요일 〈기운이 메신저야〉

어제는 예능 프로그램을 보면서 잠깐 소파에서 잠들었는데, 깨어났다 누우니 잠은 안 오고 온갖 잡념이 가득하다. 수위 높은 영화의 감독을 하면서 혼자 아주 생쇼를 하는데 '오호라 네가 오후에 삼공재에 못 가게 하려고 하는구나. 그래 오늘 못 가면 내일 가도 된다'라고 내려놓고 잠을 청했다.

이제 나를 괴롭히는 증상의 원인을 알았으니 마음이 편하다. 오늘 삼공재에 가서 생식을 들고 오리라. 오늘 시간이 안 되면 내일 가면 된다. 답답한 가슴은 조금 풀어지고, 백회는 찌릿하고, 단전은 뜨거워진다.

삼공재에서도 가슴 답답한 건 계속되더니 경구를 암송해도 전혀 집중이 안 되어서 겨우 천부경 십 회를 암송하고 네시가 넘어서는 눈물과 콧물이 나와서 다리를 풀고 질문을 드렸다.

"태을주 시천주 운장주를 암송하시면 들어오는 기운이 다르시나요?"

"응 전부 달라. 전부 실험해 봐야지."

"세계의 많은 종교와 수련단체의 방편이 있는데 전부 실험해봐야 하나요?"

"기운이 들어와야 해. 기운이 하늘의 메신저야" 하시면서 미소를 지어주신다.

오늘의 명언 '기운이 하늘의 메신저야' 아 저 말씀 가슴에 와서 꽂힌다.

2017년 7월 10일 월요일 〈백회 융기〉

삼공재에서 경구 암송은 안 하고 호흡만 집중하니 천천히 호흡이 깊어지고 컨디션이 좋아지면서도 가슴 통증은 있다. 자리가 좋아서인지 호흡이 길고 깊고, 오른쪽 뒤에서는 훈훈한 열기가 왼쪽 뒤에서는 애틋한 기운이 느껴진다. 가끔 고개를 좌우로 돌리면 두 분이 시야에 들어오는데 선녀 같다고 생각했다.

머리 위로 형광등이 있는데 눈을 감으면 비치는 불빛이 하늘의 오로라처럼 느껴진다. 들숨에 장심과 용천으로 기운을 끌어당기고 이 호흡 상태에서 백회로 기운을 끌어당겨 단전에 쌓는다. 기운이 생각을 따라 움직이면서 마지막에는 세 군데에서 한꺼번에 들어온다. 날숨에 단전을 회전시키면서 기운만 단전에 떨군다.

적림님께서 말씀하신 단전 회전을 생각하니 잘되지 않지만 기운은 떨어진다. 호흡이 길고 깊어지기에 계속 이어가니 시간이 금방 금방 지나간다. 관음법문은 안 들리는데 악동뮤지션의 '오랜 날 오랜 밤' 멜로디가 귀에 맴돈다.

가슴이 아픈 것으로 보아 빙의령이 나간 것은 아니지만, 호흡이 이렇게 잘되는 경우는 몇 번 없었던 것 같다. 근래 보기 드물게 삼공재에서 수련이 잘되었다.

아내에게 요즘 내가 가슴이 답답한 사람과 통화를 하면 불편함이 옮겨온다고 했더니 곧 있으면 작두 타겠다고 한다. 거실 소파에 누워서 머리를 만지작거리는데 백회 쪽이 조금 튀어나온 것이 느껴져서 자랑을 하려고 만져보라고 했다. 준비한 대화는 '이게 고승이나 성인이 튀어나오는 거야' 였는데, '애가 머리 위가 튀어나와서 머리 묶기가 힘들었는데 이제서야 범인을 찾았네' 였다. 어릴 때부터 머리를 묶으면 안 이뻐서 고민이 많았다고 하면서 지금도 아이는 불만이라고 투덜댄다고 한다. 매서운 공격과 함께 순식간에 죄인이 되었다.

2017년 8월 14일 월요일 〈백회 여는 것 보고 충격〉

카페 글을 보니 와공 보공 좌공에 대한 이야기가 많아 따라 해 보기로 한다. 단전에 의식을 걸어 가는 내내 능엄경을 듣고 지하철에서 좌공과 보공을 하고 수련일지를 쓰거나 인터넷을 보면서도 단전에서 의식을 놓지 않고 입꼬리를 올려 미소를 짓는다.

월요일이 되니 전화와 카톡도 많이 오면서 지하철에서 잘 들어오던 기운은 사라져 가고 가슴이 답답해져 온다. 컨디션이 좋지 않지만 삼공재로 출발해 도착하니 몇 분이 이미 자리를 잡고 계신다.

가는 길에 꿉꿉하니 땀이 많았는데, 앉아 있다 보니 선선하다. 오늘은 기운이 잘 들어오니 중상 이상으로 수련이 되는 것 같다. 노궁 용천 백회에서 기운이 잘 들어오고, 천부경 십 회를 천천히 암송하니 시간도 잘 간다.

오늘은 수련생 두 분이 백회 여는 걸 직접 지켜보면서 야구 대기타석에 서 있는 타자처럼 따라서 호흡하고 느꼈다. 백회 여는 장면은 처음 보았는데, 굉장히 충격이고 노력해야겠다고 생각하면서 자극도 엄청 받는다. 어릴 때 놀던 뱀 주사위 게임에서 고속도로로 빨리 가게 하는 것처럼 대변혁 시기의 초고속 수련 방법이라는 느낌이 들었다.

2017년 9월 14일 목요일 〈격렬한 진동〉

어제는 콧물감기 기운이 있어 컨디션이 좋지 않았지만, 물 없이 생식을 씹어먹고 삼공재로 출발하였다. 다섯 분의 수련생과 같이 정좌해 앉았지만 기운이 불안정해서인지 집중하지 못하고, 이십여 분 정도 책상 앞에 놓여 있는 책 서문만 읽었다.

이 책 저 책 살펴보다가 『구도자요결』의 한자 반야심경을 읽고, 천부경 십 회 암송 후 삼일신고 암송에 들어가니 갑자기 격렬한 진동이 시작된다. 눈을 떠봐도 허리를 펴보아도 책을 읽어도 스마트폰을 보아도 멈추지 않는 심한 진동에 어찌할 바를 모르고 당황했다.

멈추고 싶다는 마음과 이 진동을 계속 느끼고 싶다는 마음속에서 한 시간가량 땀을 빼다가 다리를 푸니 그제서야 멈추었다. 면허를 따고 처음 운전할 때 차선을 바꾸지 못해 계속 직진해서 부산까지 갔다는 초보 운전자가 오늘의 나였던 것 같다.

오늘은 새벽과 아침에 정좌해 있는 한시간 삼십분 내내 너무 심한 진동이 계속되었고, 달리기를 한 것처럼 땀이 범벅이 되었다. 오후에 도서관에서 반가부좌를 하니 진동이 시작되려고 한다.

저녁에는 좌공 중에 가스밸브 안 잠긴 게 보여서 일어났더니 신들린 무당이 추는 칼춤 같은 동작이 나온다. 노트북을 무릎에 놓고 카페에 댓글을 달 때와 폰으로 수련일지 정리할 때에 다리를 바닥에 붙이면 가슴 배 허리 등 살찐 곳 위주로 출렁대면서 요동친다.

진동이 재미있어서 계속 좌정은 하는데, 몸살 기운까지 겹쳐서 땀이 줄줄 나고 힘이 들었다. 다른 분은 수련 시작하고 얼마 되지 않아 시작한 진동이 이제야 와서 게을렀다는 게 증명되었으니 열심히 노력해야 할 것 같다. 이틀간의 격렬한 진동이 나에게는 기감이든 화면이든 천리전음이든 진동이든 게으르면 안 오는 것이라는 걸 깨우쳐 준 소중한 경험이었던 것 같다.

2017년 10월 14일 토요일 〈밥 먹으면 사기꾼〉

오후에 집에서 잠깐 집안일하고 눈을 붙였는데 스승님께서 잔뜩 걱정하시는 목소리로 전화를 주셨다.

"어제는 괜찮았는데 컴퓨터가 이상해."

"어떻게 안 되시나요?"

"안 되는 건 아닌데. 판이 바뀌었어."

도전을 읽으셔서 그러신지 표현이 참 멋있었지만 상황 파악은 어렵다. 오래 되었으니 하드디스크에 문제가 있지 않을까 생각하면서 열한시경 집을 나섰는데, 가다 보니 점심시간인 걸 생각 못 했다.

인사를 드리고 삼공재에 들어서니 맛있는 찌개 냄새가 가득한데 나 때문에 식사를 못 하실까봐 죄송스러운 마음이 가득하다. 밥을 먹었다고 말씀드리니 사모님께서 참치 샌드위치를 만들어서 송편과 우유까지 내어주신다.

쟁반을 건네시면서 하시는 말씀이 선생님께서는 세끼 생식을 드시고, 사모님께서는 아침은 생식을 점심과 저녁은 화식을 드신단다. 좀 먹어보라고 하시면 '생식 파는 내가 밥 먹으면 사기꾼이야'라고 하셔서 사모님과 깔깔대고 웃었다. 대신 평생 병원은 안 가신단다.

판이 바뀌었다는 컴퓨터는 상황 파악까지 한참 걸렸는데 결론은 공장 초기화가 된 것이었다. 서비스센터에 문의하는 등 여러 우여곡절 끝에 최근에 백업받아 놓은 상태로 복원하고 나왔다.

2017년 10월 27일 금요일 〈제3의 도맥〉

지난주에는 스승님의 건강이 염려가 되어서 미약하나마 기운을 보내드려야겠다고 생각하고 눈을 감으니 엄지손가락 크기의 얼굴에 LED가 반짝이는 반지 같은 것이 보인다. 불이 세 개 정도 켜져 있고 나머지 열다섯 개는 꺼져 있었다.

스승님께서는 현재 상태가 『선도체험기』 1권에 나오는 침체기와 비슷하다고 하신다. 조광 선배님께서는 손이 차다고 하셨고, 제가 갔을 때는 손이 따듯하다고 말씀드렸더니 왔다 갔다 하신단다. 무슨 변화가 있는 것 같다고 하신다.

이번 일 이후 스승님의 기운이 엄청 강해지셨다고 하는 도반들의 이야기를 전해 드렸더니, 그걸 느끼냐고 물어보신다. 저는 그렇지 않고 다른 분은 아신다고 말씀드리면서 그럼 혹시 현묘지도 도맥과 증산도 도맥이 삼공재로 왔듯이 무언가 새로운 도맥이 오는 건 아니냐고 여쭈어보니 별말씀이 없으시다.

뭔가 있나 보다. 제삼의 도맥인가? 큰 기대가 된다고 말씀드렸다. 운장주 태을주 시천주 암송 수련에 대해 여쭈어보니, 운장주가 빙의령 천도를 빠르게 한다고 하신다.

나오기 전 스승님께서 말씀하시기를 요즘 참전계경을 읽고 계신데 들어오는 기운이 다르다고 하신다. 근래에 희미했던 정신을 차렸다고 하신다. 참전계경에 숨어 있는 다빈치 코드가 있던 것일까? 매일 읽는 『구도자요결』도 정성을 들여서 읽어야겠다.

2017년 11월 6일 월요일 〈소주천 연습〉

어제는 도반이 소주천 확인받고 벽사문 달고 대주천 수련 받는 것을 옆에서 지켜보면서 경혈 자리를 외우다 보니 나도 덩달아 뜨거워지면서 욱신거린다. 도반이 먼저 가신 후 혼자 남게 되니 나도 점검받으면 어떨까 싶어 굉장히 완곡한 표현으로 여쭈어보았는데, 스승님 눈이 벌겋게 충혈되신 걸 보니 아차 싶었다. 내 욕심이 너무 드러난 질문이었는데 기운 소모가 너무 많다고 하시면서 웃으신다.

오늘은 앉자마자 진동이 심했던 평소와 다르게 소주천 회로도 돌리는 연습을 하니 진동이 멈춘다. 노궁, 용천, 백회, 인당으로 기운을 받아들이고, 열감이 쌓이면 하단전, 회음, 장강, 명문으로 밀어서 척중, 신도, 대추로 올린 후 아문 강간, 백회, 인당, 인중, 천돌, 전중, 중완으로 돌려본다.

수련을 마치고 도우님과 분식집 도담을 나누고 귀가한다. 한 달 정도는 축기에 전념해야 할 것 같다. 수련생에게 도움을 주시고 기운을 나누어 주시기는 아직 힘드신 듯하다. 마른 어미젖에 매달린 다 자란 새끼의 모습일까? 조급해 하지 말아야 한다.

2017년 12월 14일 목요일 〈화면〉

새벽에 일어나 잠시 태을주 암송과 호흡을 하고 생식과 녹즙을 먹고 출근해 오전 일 보고 삼공재로 출발한다. 오늘은 스승님과 삼공재의 기운이 부드럽고 포근하다.

눈앞에 스마일맨, 호빵맨, 아메바가 지나다니고 삐 하는 소리는 울어대고 머리 위로 빛이 비치는 환한 느낌이 든다. 태을주도 조금 외워 보았지만 그다지 당기지 않아서 축기만 신경 쓴다.

우주를 여행하는 화면보호기 같은 장면이 이어지다가 잠깐 눈을 뜨니 사십 분이 지나 있다. 잠시 후 눈앞에 가루지기 주인공 같은 큰 얼굴이 나오면서 모공이 소연하고 소름과 함께 눈물 콧물이 나오고 손님이 나간다. 호흡이 잘 되어서 없는 줄 알았는데, 미련하게도 잘 몰랐던 것 같다.

이후 편안한 마음으로 수련을 하다가 인사를 드리고 나왔다. 집에 오는 길 도반님과 지하철에서 나누는 도담 중에 백회로 공명이 일면서 기분 좋은 웃음이 난다.

2018년 1월 1일 월요일 〈새해 결심〉

작년 한해 아쉽지만 많은 진전이 있었다. 일주일에 한두 번 삼공재에서 수련을 하였고, 축기가 시작되었다. 근래에 게을렀지만 주변 상황의 변화에 적응한다고 위로하면서 노력해 보면 좋을 것 같다. 스승님과 삼공재의 모든 도반님께 감사하다는 말씀을 드리고 싶다.

새해 결심은 무엇인가? 손기와 빙의가 있어도 두렵지 않다. 느낌만이지만 금세 복구되고 단전이 달아오른다. 막 쓰고 갑갑해하지는 않겠지만 이미 불이 붙어 있음을 안다. 세상사에 대한 욕심이 없다. 가진 것이 없어도 웃음이 난다. 쳇바퀴처럼 돌아가는 일상 속에서 수련하는 나 자신만이 바뀌어 간다. 일상사가 모두 없어진다. 잡다한 것과 일상다반사 모두 버린다.

2018년 1월 11일 목요일 〈딸아이 꿈〉

꿈을 자주 꾸지는 않는데 새벽에 딸아이가 죽어서 장례를 치르는 꿈을 꾼다. 내용이 자세히 생각나지는 않지만 꿈은 반대라고 하고, 아래 자손이 죽는 꿈은 일이 아주 잘 풀리는 거라니 신경 쓰지 않는다.

아침 생식과 녹즙을 먹고 출근길에 『구도자요결』을 일독하는데 단전의 열감이 빵빵하다. 기분 좋은 열감에 천부경부터 경구 암송 한 바퀴를 돌리고 운전 중 태을주 암송을 열심히 한다. 잠시 후 빙의령의 영향에 눈이 침침해지고 답답한데 애써 무시한다. 삐 하는 소리가 공터에서도 들리는데 작은 모터 소리나 기계음 등이 주변에 있으면 울림이 큰 것 같다.

『선도체험기』 116권을 읽는데 자산님은 실제 현묘지도 끝낸 건 세 시간이라는 건가? 도반님의 수련기를 보면서 내 일지를 살펴보는 게 재미가 있다. 지난달에 소주천 운기에 대해 조언해주시고 책에는 젊은 청년 같다고 해 주셨는데 감사의 인사를 못 드렸다.

적림님 태을주 수련기를 읽을 때는 책에 쓰여진 진동이 비슷하게 일어나면서 삼공재에 있을 때처럼 눈물 콧물 하품이 계속 나온다. 세 번에 나누어서 읽었는데 그때마다 대단하다. 요즘 삼공재에서도 졸음 하품 눈물이 너무 심하게 나오던데, 관을 통해 살펴보아야 할 것 같다.

2018년 2월 1일 목요일 〈삼공재 꿈〉

조광 선배가 수식관을 두 번 해 보는 건 어떻겠냐고 제안해서 집으로 오는 길부터 시작해 자시 수련시간까지 백 회를 채우고 잠들면서 새벽까지 자다 깨다 백육십 회 진행했다.

중간에 삼공재에 있는 꿈을 꾸었는데 생식 값을 준비하지 않아서 다음번에 구입해야 하나 망설였을 때 스승님께서 "빵 세 개 사가. 오만사천 원이야. 무화과빵이야"라고 하신다. 돈을 준비하지 못한 게 마음에 걸려서 "내일 와서 받아 가거나 못 오면 다음 주에 오겠습니다"라고 말씀드리니 "내일이 맛있어" 하신다. 사모님께서도 맛이 있다고 권하셔서 카드로 결제하니 내일 받을 수 있다고 하셨다.

무슨 꿈인지 모르겠지만 삼공재 꿈을 다 꾸고 희한하다. 꿈 해몽을 찾아보니 무화과나무는 결실의 의미가 있다고 한다. 나쁘지 않은 해석이니 기분 좋게 생각하고 삼공재 열심히 가야겠다. 꿈보다 해몽이라고 하지 않는가?

2018년 2월 6일 화요일 〈백회 개혈〉

삼공재에 가기 전에 집에서 정화수 떠놓고 사배심고 후 정좌하니 단전이 데워지고 어깨가 들썩거리면서 얼쑤얼쑤 하는 느낌의 진동이 몰아쳤다. 소주천 운기를 뒤로 세 바퀴, 앞으로 한 바퀴 돌려보니 임독맥과 특히 단전에 열감이 뜨겁게 느껴졌다.

삼공재에서도 증산 상제님, 태모님, 삼황천제님, 선계의 스승님, 지도 신령님, 보호령님, 삼공 스승님, 여러 도반님께 감사의 인사를 올리고 서서히 소주천 운기를 시작하니 가는 물줄기에서 굵은 느낌으로 점점 빨리 돌았고 진동이 이는데 덩실덩실 춤을 추는 느낌이었다.

수련을 마칠 시간이 되었을 때도 따로 말씀이 없으셔서 다음을 생각할 때쯤 스승님께서 백회에 느낌이 있냐고 물으셨다. 스승님께서 내 인당으로 기운을 보내시고 나에게는 단전에서 스승님의 단전으로 기운을 보내라고 하신다. 인당에 기운이 들어올 때는 몸이 주체를 못 할 정도로 강한 진동이 일었다. 이후 벽사문을 달아 주시면서 위치를 잘못 잡으면 말을 하라고 하셨는데 정확히 보이는 것은 아니었다.

벽사문을 다시고는 손끝 발끝으로 기운이 가는 걸 느끼냐고 물어보시니 평소에 노궁, 용천에서 기운이 들어올 때의 느낌보다 강한 기운이 감지되었고, 특히 통증이 있는 오른쪽 팔목에 시원한 감각이 지속되었다.

이로써 백회를 열고 466번째 대주천이 된 것이라고 말씀하셨고, 얼떨떨한 기분에 삼배를 올리라는 말씀을 듣고, 정성껏 삼배를 드렸다. 선배들의 현묘지도 체험기를 읽어보고 생각이 있으면 도전해

보라고 하셨고, 현묘지도가 스승님께서 해 주실 수 있는 마지막 단계의 공부라고 하셨다.

지하철역을 걸어갈 때도 집에서 텔레비전을 보면서 저녁을 먹어도 일지를 정리해도 백회 부분의 묵직함이 계속되고, 오른쪽 팔목에 시원한 기운이 지속된다. 금생에 지은 죗값이 많아 벗겨야 할 업장이 많은 나에게 큰 기회를 주셨으니, 수련에 매진해 본성을 찾으라는 준엄한 꾸짖음으로 새겨듣고, 착하게 욕심 없이 한 걸음 다가가 보아야겠다.

증산 상제님, 태모님, 삼황천제님, 선계의 스승님, 지도 신령님, 보호령님, 삼공 스승님과 여러 도반님께 감사의 인사를 올립니다.

2018년 2월 11일 일요일 〈대주천 이후의 변화〉

기운이 잘 들어올 때는 머리 전체가 너무 묵직하고, 단전과 대맥 부위가 뜨거우며, 아픈 팔목 부분이 시원하다. 빙의령이 있을 때는 무얼 먹어도 속에서 안 받고 울렁거리고, 너무 피곤해 세상 모르게 자고, 눈앞에 흐린 안경을 쓴 것처럼 뿌옇게 보이고, 가슴의 통증이 있고, 짜증 대마왕으로 변신해 주변 사람에게 은근한 공격의 화살을 퍼붓는다.

관음법문은 삐 소리만 조금 커진 상태이고, 보이는 화면도 흑백의 형태만 지나다닌다. 지금의 상태에서 대량의 손기는 강하게 화를 내거나, 부부관계 시의 방사인데 빠른 기운의 회복이 이루어진다.

변화는 현묘지도를 시작하면서 수련에 매진하면 시작될 것 같다. 대주천이 되면 많은 것이 바뀌리라 생각했지만 지금은 너무 무덤덤하고 바뀐 것이 없어서 뭐라 말하기도 민망하다.

주위를 찬찬히 둘러보고 살펴보면 현재의 상황이 수련을 해야 하는 방향으로 흐르는 것 같다. 물살에 몸을 맡기듯 순응해 흘러가는 것이 맞지 않을까 생각되고, 지금 나에게 일어나는 것에 대한 관심을 줄이는 것이 필요할 것 같다.

대주천 수련기

1단계 천지인 삼매(2018년 3월 21일~3월 26일)

2018년 3월 21일 수요일

대주천 이후 선배님들의 현묘지도 체험기를 읽으면서 마음의 준비를 하고 삼공재에서 스승님께 현묘지도에 도전해 보겠다고 말씀드렸다. 왜 말을 안 했냐고 하셔서 선배님들의 체험기를 전부 읽고 지금 처음 말씀드린다고 설명해 드렸다.

현묘지도는 스스로 하겠다고 해야지 화두를 준다고 하신다. 80권

대에 처음 실험하실 때를 제외하고는 스승님께서 먼저 주시지는 않나 보다. 백회 여는 것도 현묘지도 화두를 받는 것도 무조건 자기 밥그릇은 찾아 먹어야 한다. 둥지에 있는 새끼는 무조건 입 크게 벌려야 한다.

첫 번째 화두를 받는 순간 몸 뒤쪽으로 찌릿찌릿 기운이 몰아친다. 그런 현상을 말씀드리니 "뭔가가 오지요?" 하시면서 화두는 가까운 데 사니까 직접 와서 받아 가라고 하신다. 자성의 소리나 끝났다는 소식이나 느낌이 들면 말을 하라고 하신다.

스승님께 정성을 다 바쳐 삼배 드리고 옆에 앉아서 집필 작업하시던 거 잘되는지 지켜보면서 칠성경 말씀드리니 다른 건 일체 신경 쓰지 마라고 하신다. 오직 지구상에서 삼공재 이 공간 스승님을 통해서만 현묘지도가 되는 거라고 말씀하신다. 그리고 화두의 비밀 유지에 주의하라고 하신다.

오후에 집에 와서 화두 암송하면서 일지 정리하는데 머리 위쪽 뒤쪽으로 기운이 쏟아진다. 눈이 늘 침침했는데 너무 환하다. 소파에 앉아 잠시 화두를 잡는데 계속 백회로 기운이 쏟아진다. 그동안은 백회 주변이 묵직했는데 지금은 백회의 정확한 포인트로 기운이 들어온다. 저녁을 먹을 때도 화두를 암송하고 책을 읽을 때도 의념을 둔다. 귀의 삐 소리도 더 날카로워지고 양쪽 귀를 관통해서 울린다.

2018년 3월 22일 목요일

새벽 사배심고 후 좌정하여 화두수련 후 1단계 수련의 얼개를 잡기 위해 선배님들의 현묘지도 체험기가 실린 책들을 한 군데 모아놓고 1단계만 보면서 화두는 계속 잡고 있다.

왼 손바닥이 아프고 중단이 답답하고 관음 법문 삐 소리가 낮게 우웅 하고 머리 뒤를 감싼다. 읽으면서 생각해 보니 스승님께 삶의 활력을 드리는 것은 빨리빨리 소주천, 대주천 통과하고 화두수련해서 제자들이 계속 체험기를 보내는 것이 아닐까?

아침에 동이 트기 전 붉은 하늘을 보며 '나는 어디서 오고 무엇인가?'라는 생각이 들면서 경외심이 든다. 빙의령 덕분에 기운이 안 들어오고 가슴이 답답해도 조금 더 가보자는 생각으로 운전 중에는 계속 화두를 암송한다. 크게 소리도 질렀다가 장단에 맞추기도 하다가 잊어버리기도 한다.

자성에게 묻고 진동으로 답을 해 본다. 일 단계 화두가 하루 만에 끝나겠습니까? 반응이 없다. 삼 일 만에 끝나겠습니까? 조금 출렁대지만 반응이 없다. 일주일 안에 끝나겠습니까? 고개가 앞뒤로 출렁인다. 삼일로 당겨주시면 안될까요? 약간 출렁이면서 반 정도 움직인다.

열심히 해 보아야겠다. 화두를 잡으면서도 계속 졸더니 결국 못 버티고 낮잠을 세 시간 가까이 누가 오고 가는지도 모르게 잤다.

화두수련 좌정하니 11가지 진동 중 움직이는 동작 네 개가 계속된다. 백회로 기운은 계속 들어오고 삐 하는 관음법문 소리도 메아리친다.

2018년 3월 25일 일요일

새벽 사배심고 후 좌정하여 수식관 100회로 단전을 데운 후 화두수련에 매진한다. 수식관 때는 백회 원 포인트로 기운이 들어오더니 화두를 잡자 인당에서 넓은 폭포수 같은 기운이 들어온다. 중단이 트이며 압통이 있는데 빙의령의 가슴 답답함과는 다르다. 흑백의 화면이 일부분 보이는데 세로줄 원고지와 글자들이 보인다. 총 50분 정도 지나자 화두를 암송해도 기운이 들어오지 않는다.

천부경을 암송하면 백회로 기운이 들어오고, 끝난 건지 아닌지 아리송하다. 잘 몰라서 다시 1단계 화두 끝나는 장면들을 살펴보니 전부 다르다. 잘 모르겠다. 모르면 가는 거다. 낮에 자리에 앉아 화두를 잡는다. 기운이 쏙쏙 들어오는 게 아니라 백회와 인당 쪽에서 졸졸졸 새듯이 들어오면서 단전만 데워진다.

2018년 3월 26일 월요일

현묘지도 화두 수련 중에는 선계의 스승님들께서 잠을 자지 말라고 하시는지 그냥 새벽에 눈이 떠진다. 말씀 안 듣고 좀 빈둥거리다가 사배심고 후 좌정하니 역시 화두 기운은 안 들어온다. 소파로 이동하여 일지 정리하면서 화두 의념하는데 백회 쪽이 살살 묵직한 느낌이 든다. 어차피 오늘은 오후에도 일이 있어서 삼공재 못 가니 하루 더 계속 암송해보자.

백회로 기운이 솔솔 들어오는 느낌은 없어도 호흡을 하니 단전으로 축기는 되니까 손해 볼 일은 없다. 화두 기운은 없고 단전은 데워지고 좋은 기분에 일지를 정리하는데 또 가슴이 답답하다. 어느 누가 승리하지 못한 채 우열을 가리지 못하고 가슴 답답함과 단전의 열감이 공존한다.

카페에 일지를 올리고 현재 상태를 지켜보고 비교해 본다. 선배님들 중에는 화면도 소리도 그리고 아무 반응이 없는 분도 계셨다. 결론은 기운으로 살펴봐야 한다. 솔솔 들어오는 기운은 없고 미세하게 백회로 기운이 들어오거나 단전만 데워진다. 스승님께 전화드려 1단계 화두 기운이 안 들어온다고 말씀드리려고 했으나 답답한 가슴을 억누르는 빙의령에 괜한 부담을 드릴 것 같아서 내일로 미루었다.

2단계 유위 삼매 (2018년 3월 27일~ 4월 1일)

2018년 3월 27일 화요일

새벽 사배심고 후 좌정하여 천부경, 삼일신고, 대각경, 태을주를 암송하고 화두를 잡았다. 인당으로 미세하게 간지러운 기운은 들어오는데 백회의 반응은 없다. 11가지 진동 중 움직이는 진동이 다양하게 나오기에 한 30분 내버려 두었다. 신나게 들썩들썩 거려도 백회는 반응이 없어서 중단한다. 운전 중에는 가슴 답답함이 공존하여 세 시간여 동안 운장주만 팠다.

스승님께서 혹시나 전화상으로 알려 주실지도 모르니 1단계 진행 상황과 상태를 정리해 놓고 노트북을 열어놓은 상태에서 전화를 드렸다. 사모님께서 받으셔서 바꾸어 주셨는데 목소리가 잠겨 계신다. 쉬시는 중에 괜히 전화를 드렸나 싶어 죄송스러운 마음이다.

'1단계 화두가 끝났습니다'라고 말씀드리니 '끝났어요?' 하시더니 2단계 화두를 주신다. 화두를 듣는 순간 머리 주변이 웅 하면서 머리카락이 쭈뼛 선다. 안 들어오던 기운이 움직이기 시작한다. 구름에 숨어 있던 달을 형상화한 글자라고 해서 구름 운 들어간 글자들을 전부 검색해 봤던 게 떠올라 헛웃음이 났다.

사배심고 하고 좌정하여 화두를 잡으니 그냥 진동이 바로 시작되는데 여태까지 했던 진동은 진동도 아니었다. 그냥 날아다닌다고 표현하는 게 맞을 것 같다. 이리저리 앉은 채로 빙빙 돌아가는 느낌에 눈을 떠 보면 이쪽, 다시 눈을 떠 보면 저쪽을 바라보고 있다. 팔도 정말 미친놈처럼 휘젓는다. 너무 심해서 유리창이라도 때릴까 텔레비전도 깨버릴까 싶어서 좀 자제하고 소파로 올라가 일지를 쓰니 단전이 너무 뜨겁다.

관음법문은 다시 시작되고. 땀이 너무 많이 났다. 단 20분 만에 이 많은 일들이 일어나 버렸다. 적림 형님 개벽주, 시천주, 천부경 수련일지를 차례로 살펴본다. 관음법문과 단전의 열감이 다시 가동되고 있다. 카페 글과 『선도체험기』 속 2단계 수련기를 천천히 읽어보고 있다. 단전의 열감과 관음법문이 함께 한다. 1단계처럼 확 들어오는 기운은 아니다.

벽공 선배님의 수련기 중 '배려 받지 못한 영혼'이란 말이 가슴에 남는다. 수련기를 읽어나갈수록 단전이 뜨겁게 데워진다. 책을 읽으면서도 화두를 잡고 있다.

2018년 3월 28일 수요일

현묘지도 화두수련 시 방사는 극도로 경계해야 한다. 운전도 면허 따고 좀 할 만하면 사고가 나는 것이다. 조심조심 벽사문을 흡기 배기 두 개 다 달아야 하는 건지 참. 새벽에 어제 읽던 『선도체험기』 2단계 현묘지도 체험기들을 살펴보니 비슷한 분도 있고 좀 다른 분도 있다. 느껴지는 기운은 비슷한데 난 진동이 조금 더 강한 거 같다.

차에서는 불경 암송이나 시조 중창처럼 큰소리로 화두를 내질렀다. 집에 와서 사배심고 후 좌정하니 또 진동이 너무 심하게 오려고 한다. '씻은 지 얼마 안 되었는데 진동은 안됩니다' 하고 자리에 앉아 카페 글들 읽고 일지 정리하고 올렸다.

두 번째 화두수련의 얼개를 잡아본다. 기운이 인당 앞으로 넓게 퍼져서 들어온다. 관음법문이 삐 하면서 요동친다. 단전이 무척 뜨겁다. 진동이 활발한데 내일 낮에는 한번 내버려 두어야겠다. 기대했던 전생의 모습이나 화면 등은 아직 깜깜하다. 화면이 안 보인다기보다 전원은 켜졌는데 검은색으로만 나오는 거 같다. 더 가보자고 하고 내가 불을 켜 본다고 하고 저 끝에 불빛이 보이고 걸어가서 나간다고 생각해도 움직이지 않는다.

자성 진동 응답에 물어본다. 2단계 화두가 일주일 안에 깨지겠습니까? 앞뒤로 끄덕끄덕. 하루 만에 깨지겠습니까? 진동이 멈추었다가 옆으로 흔들흔들. 이틀 만에 깨지겠습니까? 옆으로 흔들흔들. 사흘 만에 깨지겠습니까? 앞뒤로 고개가 끄덕끄덕.

2018년 3월 29일 목요일

새벽에 선배님들의 수련기를 읽으면서 2단계의 특징들을 살펴본다. 진동과 단전 위주의 축기 그리고 아픈 몸의 치유까지 비슷하게 가는 것 같다. 책을 보면서도 화두를 잃어버리지 않는다. 단전이 데워지고 관음 법문이 울리는데 우웅 하는 저주파와 삐 하는 고주파가 함께 한다. 아팠던 오른쪽 팔목을 왼손으로 문지르니 따닥 거리면서 무언가 자리 잡히는 소리가 난다.

운전 중에는 화두로 계속 노래를 부른다. 시조나 아리랑 운율에 태운다고 해야 하나 계속 으음 거리면서 다녔다. 가슴 답답함과 함께 어떤 갑갑함이 목까지 올라와 있는데 무시하고 그냥 화두만 판다. 오후에 백화점에 갔다 오면서 너무 많이 걷고 사람들 속을 돌아다녀서 일까? 오며가며 화두는 생각했는데 머리가 아프면서 관음법문이 요동친다. 소리는 나고 머리는 아프고 가슴은 답답한데 졸리기까지 하니 결국에는 참지 못하고 잠들었다. 역시 누워서도 삐 소리가 너무 날카롭고 요란하다. 관음법문이 요동치는 것은 좋은데 손님과 함께 머리가 너무 아프니 그 소리마저 고통스럽게 느껴진다.

2018년 3월 30일 금요일

새벽 좌정하여 화두에 의념하니 관음법문이 요란하고 인당 앞으로 넓은 기운이 들어온다. 운전 중에는 세 시간 반 정도 중간중간 잊어버리기도 했지만 계속 화두를 암송했다. 오후에도 운전 중 천천히 화두에 집중하니 단전이 뜨겁고 대맥도 뜨겁다. 관음법문 삐 소리가 어제처럼 날카롭지만 머리가 안 아프니 한결 편하다.

오후에 도천 형님께 카톡으로 안부 인사를 드렸다. 현재 공처 단계인데 답보 상태이시고 졸음이 너무 와서 미쳐 버릴 것 같다고 하신다. 졸린 것 때문에 자꾸 수련이 중단되는데다가 화면도 안 보이고 진행이 안 되니 많이 답답하신가 보다. 졸린 건 나와 너무 비슷해서 나도 궁금하긴 한데 딱히 답을 알고 있지 못하니 해 드릴 게 없어서 정리해 놓은 현묘지도 체험기 페이지 보내드리고 파이팅 해드렸다.

집에서 한 시간 정도 좌정하여 화두에 집중하니 기운이 꽂혀서 들어오는 느낌보다는 살짝살짝 건드리면서 백회에서 무언가 작업을 하는 듯 간지러운 느낌도 난다. 잠시 후에는 인당으로 내려오는데 역시 간지럽히는 느낌이다.

아이가 학원에 혼자 간다고 해서 잠시 수련을 중단하고 차로 데려다 주는데 접촉사고가 났다. 우회전 진입 전 건널목이 파란불이어서 정차 중 뒤에서 쿵 하며 박았는데 상대방 운전자 말이 미처 보지 못했단다. 한 시간 정도 사고 처리 정리하고 집에 와서 보니 양말이 땀에 젖어 있다. 별거 아닌 일이라고 생각했는데 긴장을 많이 했었나 보다. 집에 와서 가만히 살펴보니 정신 차리라고 벌주시는 것 같다.

2018년 3월 31일 토요일

새벽 사배심고 후 삼십 분씩 세 번 좌정하여 수련했다. 첫 번째 수련에는 여자 눈 같은 게 보이고 소름이 들었지만 무시하고 계속 화두를 암송하였고, 잠시 후 두 번째 좌정하니 진동도 계속되고 상념이 많이 든다. 여러 상념 중 너무 수련을 대충 하는 것 같다는 생각과 절실함이 없다고 느껴지는 것, 그에 따른 행동 변화가 필요할 것 같다는 생각. 가슴 윗부분 답답함이 있지만 화두도 계속 암송하였고, 백회의 간질간질거림은 계속된다.

운전 중에는 화두만 팠는데 자주 놓치고 잊어버렸다. 오늘도 우회전 중에 오토바이가 휙 지나가는 위험한 상황이 생겼는데 더욱 조심해야겠다. 외식을 하면서 식당 창가에서 바라본 문정동 건너편은 십 년 전만 해도 논밭 비닐하우스였는데 세월이 많이 흐른 것일까? 이런저런 상념 중에 무한한 기쁨과 가슴 확장 그리고 단전의 열감을 느꼈다.

2018년 4월 1일 일요일

새벽 좌정하여 화두에 집중하며 수련하였다. 중간에 시험해 본 자성 진동은 고장 났고, 관음법문과 백회 인당 쪽의 작은 기운이 유입되면서 알 수 없는 화면들이 나오고 잡념과 화두가 번갈아 가면서 들어오고 나갔지만 시간은 잘 갔다. 운전 중에는 화두에 의념하였는데 알 수 없는 염화미소와 함께 단전의 열감이 지속되었다.

저녁에는 덜 말라 냄새가 나려고 하는 수건과 늦게 오는데도 여유를 부리며 들어오는 아이를 보고 짜증이 일어나지만 관을 하며 살펴보았다. 저녁으로 등갈비와 보쌈김치를 포장해 오는데 가스충전소에서 주유원 아저씨와 운전자가 욕을 하고 침을 뱉고 몸을 밀면서 싸운다. 내 차도 아닌데 쿵쿵 부딪히면서 싸우니 좀 짜증이 나서 금액 이야기하면서 조금 크게 말을 했더니 그때부터 감정이 움직였나 보다. 감정을 흔드는 빙의령이 나를 흔들고 아이를 슬슬 약 올린다.

아직 많이 부족하다. '나는 관대하다 관대하다'를 떠올렸으나 결국 약하게 폭발하여 아이에게 화살을 날렸다. 다른 사람들에게는 한없이 부드러우면서 아이에게만 그런다고 아내가 나무라면서 어머니가 이 모습을 아시는지 모르겠다고 한다. 빙의령 때문이라고 말도 못하고 반성과 후회 속에서 와공으로 화두를 생각하면서 잠들었다.

3단계 무위 삼매 (2018년 4월 2일~4월 9일)

2018년 4월 2일 월요일

새벽 사배심고 후 화두에 집중한다. 사배심고 할 때 떠 놓는 정화수를 물병에 담아서 그 물을 들고 다니면서 하루 종일 먹을 생각이다. 더 이상 백회로 기운이 들어오지 않고, 외계인 눈 같기도 하고 백열등 빛 같은 화면과 함께 단전의 열감은 지속된다. 어제와 같은 짜증이나 불안감을 일으키는 건 없다. 운전 중에는 화두를 창을 하듯 큰소리로 길게 내질렀다가 속으로 태웠다가 한다. 가슴 답답함이 조금 있으나 약한 느낌이어서 화두는 끊어지지 않고 계속 이어진다.

어제에 이어서 또 싸우는 분들을 보았다. 택시 두 대가 손님을 태우려고 경쟁을 하다가 시비가 붙었다. 손님을 태운 1차선 택시와 태우지 못한 3차선 택시 두 대가 나란히 섰고, 2차선에 있는 나는 조금 뒤로 빠져 있는 상태. 양 옆에서 서로 욕이 날아다니고 동전도 날아간다. 동전이 저렇게 정확하게 직선으로 날아가는 줄은 처음 알았다. 어제오늘 왜 이런 모습들이 보이는지. 어제보다는 더 무덤덤하다.

집에 와서 사배심고 하고 화두에 집중하여 좌정한다. 앉기 전 더 이상 기운이 안 들어오면 3단계 화두를 여쭈어 볼 생각으로 집중했다. 30분 정도 앉아서 화두를 암송해도 기운이 들어오지 않아서 자성 진동에게 물어보았다. 화두가 끝났습니까? 앞으로 흔들흔들 내일 전화를 드릴까요? 무릎이 옆으로 흔들흔들, 한 시간 후에 전화를 드릴까요? 옆으로 흔들흔들 지금 전화를 드릴까요? 앞으로 흔들흔들.

스승님께 전화를 드렸더니 직접 받으신다. "건강은 좀 어떠신가요?" 여쭈었더니 "그냥 그렇지." 목소리는 밝고 경쾌하시다. 컴퓨터는 어떠냐고 여쭈어보니 그냥 쓰신단다. 2단계가 끝났다고 말씀드리니 3단계 화두를 주신다. 1, 2 단계처럼 무언가 짜릿함은 없고, 그냥 단전이 조금씩 다시 데워지기 시작하면서 백회로도 기운이 조금씩 들어온다. 가슴 답답함이 있어서인지 뚜렷한 변화가 없다. 화두 기운으로 가슴 답답함을 풀어볼까?

진동이 일어나는데 옆으로 도리도리가 많고, 어깨춤을 추듯이 둥실둥실 거리고 머리와 어깨가 타원형을 그리면서 돈다. 진동이 상당히 요란한데 특징이 어떤 장단에 맞추어서 움직이고 내 입에서도 장단이 나온다. 사고 났던 차 수리되어 온 거 인계받고 잠시 집에서 쉬면서 간식을 먹는데 관음법문이 요동친다.

빙의령이 떡하니 가슴에 자리를 잡고 움직이지를 않아서 화두 기운을 잘 모르겠다. 죽을 정도는 아니니 화두 기운에 계속 올라탄다. 선배님들의 수련기를 읽고 특징을 정리하면서 화두를 잡으면서 나의 수련 상태를 살펴보았다. 두두두두 하는 관음법문이 추가되었고, 단전의 열감이 강하다.

2018년 4월 3일 화요일

새벽 사배심고 후 좌정하여 화두를 잡으니 진동과 함께 인당에 넓은 기운이 잠깐 내려오고 끝날 무렵에는 백회로 기운이 내려온다. 어제 못 본 선배님들의 체험기를 읽으면서 정리하고, 출근길에는 『구도자요결』 한글 하루 분을 일독하면서 간다. 걸어가면서부터 화두를 계속 잡기는 했는데 가슴속 빙의령이 강하고 가슴 답답함이 상당하다. 운전 중에도 계속 생각나는 대로 화두를 잡았지만 중단의 벽은 요지부동이다. 집에 오면서 한 시간 반 정도 걸어오다 보니 조금씩 풀어지는데 느낌이 하루나 반나절은 더 갈 것 같다.

교통사고 치료를 위해 정형외과에 다녀왔다. 사고로 인한 치료는 처음 받아보는데 주위에 물어보니 몸이 생명이라면서 무조건 치료를 받으란다. 한 시간 반 정도 사진 찍고 물리치료 받고 오니 머리가 너무 아프다.

2018년 4월 4일 수요일

새벽 사배심고 후 자리를 잡으니 백회와 인당으로 화두 기운이 솔솔 들어오고, 'athletic'이라는 글자가 화면으로 보였다. 운전 중에는 화두를 암송하였는데, 이전 단계에서 나오는 창이나 시조 운율과 다르게 서양 오페라나 뮤지컬 노래 같은 음에 맞추어서 소리도 내다가 속으로 읊었다가 한다.

집으로 오는 길 한 시간 반 화두를 의념에 두고 걸어서 왔고, 물리치료 받으러 정형외과 다녀온 후 사배심고 하고 좌정하여 한 시간 반 동안 화두만 팠다. 졸리고 하품 나오고 눈물이 나와도 좋아도 계속 화두만 파다 보니 백회와 인당에 기운이 내려오고, 알 수 없는 화면들인지 잡념인지 생각들이 지나다닌다. 아이가 집에 와서 함께 고구마케이크 조금 먹고, 다시 자리 잡고 한 시간 좌정하여 네가 이기나 내가 이기나 화두만 판다.

저녁에 괜찮던 컨디션이 나빠지면서 머리가 아파서 아예 일찍 자리에 누웠다. 빙의령이 감정을 자극하는 바람에 휘둘려서 아내와 사소한 신경전이 있었으나 휘말리지 않겠다는 생각에 먼저 잠들어 버렸다.

2018년 4월 5일 목요일

새벽 사배심고 후 좌정하여 화두를 잡았으나 화두 기운이 안 들어오고, 잡념과 생각들이 꼬리를 물었다. 중간에 백회에서 환한 빛이 내려오는 게 보였으나 어제와 같은 선명한 기운과 함께 하지는 않는다.

운전 중에도 화두를 잡았으나 가슴의 답답함과 함께 자주 흩어져서 운장주와 인과응보, 해원상생, 극락왕생, 업장소멸을 같이 암송하였다. 크게 위험한 상황은 아니지만 횡단보도 앞에서 급 브레이크를 잡거나 큰 도로 진입할 때 부딪힐 뻔한 상황들이 발생하는데 조금 더 신경 쓰고 가슴이 답답하다 싶으면 운장주를 적극 암송해야겠다.

오후에 사배심고 후 좌정했으나 삼십 분 동안이나 고개를 꺾고 졸아서 침대로 이동, 세 시간 자고 나서야 졸음과 답답함이 풀리는 듯하다. 한 시간 침대에서 그대로 앉아서 화두를 잡으니 백회와 인당으로 기운이 솔솔 들어오고, 중단도 느낌이 있고 단전도 뜨거웠으나 역시 잡념이 많다.

가슴 답답함과 졸림이 계속 동반 중이어서 아예 일찍 누워서, 조광 선배님의 댓글 '거룩한 마음으로 수련하십시오. 대개의 빙의령이 범접하지 못합니다' 의 의미를 다시 한번 잔잔히 생각해 보았다. 도천 형님 공처에서 너무 졸리시다고 하는 게 벌써 와 버린 건지 왜 그런 것일까? 생각과 많은 번민이 함께 하는 하루였다.

2018년 4월 6일 금요일

새벽 침대에서 그대로 좌정했더니 백회와 인당에서 솔솔 기운이 들어오나 답답한 가슴은 그대로이다. 오후 집에서 다시 마음을 가다듬고 사배심고 후 좌정하여 화두를 판다. 팔각정 또는 암자 같은 화면이 보이고 수염 난 아저씨 할아버지 얼굴도 보이는데 너무 흐리고 점처럼 보여서 선명하지가 않다. 화두를 온몸의 혈에다 태우니 진동이 격렬하다. 경혈 자리를 다 모르는 게 아쉽다. 태극기도 보이고 일장기도 보이고 간달프 같기도 하고 간디 같기도 한 수염이 있고 머리숱이 없는 분도 보인다.

2018년 4월 7일 토요일

새벽에 일어나 116권 체험기 보는데 염화미소가 지어진다. 누워서 앉아서 화두를 암송해도 염화미소가 지어진다. 화두를 잡는데 화두 기운은 안 들어오고 아니 미세하게 백회로 인당으로 들어오고 미소만 계속된다. 운전 중에도 생각날 때마다 화두를 잡는데 미소는 계속되고, 가슴 답답함도 미미하게 이어진다. 카페 글을 읽고 댓글을 다는데 소름이 좌악 내려온다고 해야 하나 갑자기 기운이 바뀌는 신기한 경험을 했다.

2018년 4월 9일 월요일

새벽 사배심고 후 '국유 현묘지도' 책을 보았다. 산상 수련을 떠나는 저자의 구도정신이 치열하다 못해 처절하다. 그분의 노력으로 내가 현묘지도 수련을 받을 수 있었을 것이다. 운전 중에는 창이나 시조 운율에 화두를 태웠다. 화두를 암송하면 운전을 얌전하게 하게 된다. 세 시간이 넘게 화두를 읊었는데도 별 변화가 없다.

4단계 무념처 삼매

2018년 4월 10일 화요일

새벽 사배심고 후 좌정하여 중간에 잠깐씩 쉬면서 총 한 시간 반 정도 화두를 잡았다. 백회로 기운이 미세하게 들어오는데 잡념이 많다. 이번 주는 평소보다 운전 시간이 조금 길어져서 화두 암송 시간도 많아지고 있다. 운전 중에는 화두 기운을 받아들이는 가슴의 확장, 중단의 확장, 백회의 확장, 단전의 확장, 인당의 확장이라는 생각이 들어간다. 오후에 화두 잡고 앉아 있는데 기운이 안 들어오니 답답하고 잡념도 많다. 다시 마음을 잡고 집중하니 머리 앞쪽으로 하얀 기운이 서리면서 내려온다. 순간 드는 느낌이 '스승님이시다. 스승님이시다. 스승님이시다.' 그래서 여쭈어보았다.

삼 단계가 끝났습니까? 앞으로 진동. 일이삼 단계를 다시 암송할까요? 옆으로 도리도리. 삼공재에 전화를 드릴까요? 앞으로 진동. 며칠 전부터 계속 염화미소가 지어졌었는데 아마도 그때 무엇인가 바뀌고 마무리가 되었었나 보다.

삼공재에 전화드렸더니 스승님께서 받으신다. 인사드리고 건강은 좀 어떠신지 여쭈어봤더니 그냥 그렇다고 하시면서 "요즘 왜 안

와?" 하신다. "네 알겠습니다. 전화드리고 찾아뵙겠습니다." 말씀드리고 삼 단계가 끝났다고 하니 열한 가지 호흡을 하라고 하신다. 화두를 잡는 건지 책 보고 따라 하는 건지 몰라서 그냥 선도 체험기 14권 펴 놓고 보면서 따라 하니 희한하게 그대로 된다. 고개 좌우로 흔드는 것만 빼고 나머지 진동은 미리 다 했었던 것이었고 호흡과 주걱만 새로 했다. 땀을 듬뿍 흘리면서 20분 만에 호흡이 끝났다.

5단계 공처 (2018년 4월 11일~ 4월 30일)

스승님께 다시 전화를 드려 호흡이 끝났다고 말씀드리고 5단계 화두를 받았다. 5단계가 제일 중요하다고 말씀하신다. 그래서 여쭈어보았다. "저는 화면이 거의 안 보이는데 어떻게 할까요? 괜찮을까요?"

"화면이 안 보이면 안 보이는 대로 가야지. 억지로 할 필요는 없어요. 체험기를 보고 내가 판단해요"라고 하신다. "네 알겠습니다. 방문 드리기 전에 전화 드리겠습니다." 생식도 사야 하니 방문 드려야지 하는 생각과 함께 전화를 끊기 전부터 백회로 기운이 들어오기 시작한다.

집에 와서 사배심고 후 화두를 잡는데 멀리서 하얀 한 점이 보이고 알 수 없는 화면들이 이어지다가 탱크도 보이고 비행기도 날아다니고, 관제탑 송수신 소리가 들리는데 항공 영어다. 뭐라 뭐라 하는데 마지막에 '지로 원'만 들린다. 잠시 후에 아주아주 큰 지렁이 같은 게 보인다. 물어보니 뭐라고 말도 한다.

또 잠시 후에는 복면을 쓴 가수(안에 내가 있다)가 랩 같은 노래를 하는데 '내 이름 공처 화두. 내 이름 공처 화두'만 반복하고 있다. 또 이어지는 화면에서는 하나는 돈데크만같이 생겼고 하나는 이쁘게 생긴 주전자 두 개에서 물이 떨어지고 있는데 백회로 떨어지는 것 같다. 장면이 바뀌어 새로로 세워진 관 위 꼭대기에서 백골이 나오면서 위로 솟구친다. 그리고 별이 많은 밤하늘로 바뀌었다. 40분 정도 지났는데 추워서 그만 일어났다.

2018년 4월 11일 수요일

새벽에 사배심고 후 좌정하여 화두를 잡았다. 백회로 기운이 묵직하게 들어오는데 따라온 잡념이 어마어마하다. 역시 어제와 같이 저 멀리 한 점의 빛이 보이면서 화면이 시작된다.

'하늘의 기운이다. 하늘의 기운이다. 하늘의 기운이다'라는 느낌이 든다

운전 중에도 화두를 노래 부르듯이 계속 흥얼거렸는데, 유미리의

'젊음의 노트' 노래를 부르면서 화두를 채운다. '내 젊음의 빈 노트에 무엇을 채워야 하나? 공처 화두' 여러 노래 중에 그래도 창이나 불경 비슷한 운율에 태우는 게 백회로 기운도 잘 들어오고 제일 좋은 것 같다.

2018년 4월 12일 목요일

운전하면서 화두 암송 중 갑자기 조용필 노래 '어제오늘 그리고 내일'에 맞추어 화두가 나온다. '이제 우리가 찾은 것은 무엇인가? 공처 화두' 그러나 집중도는 떨어진다. 역시 운전 중 화두는 불경이나 창 시조 같은 운율에 맞추어야 맛이 나는 것 같다.

오후에 삼공재로 방문하여 사모님께 인사드리고 들어가 보니 식탁 위치가 바뀌었다. 공진단 하나씩 스승님도 드리고 사모님도 드리니 바로 드신다. 식탁 위에 있는 전등이 머리에 닿을 거 같아서 벨크로로 고정해 올려놓고 스승님께 일배 드리고 옆에 앉았다. 컴퓨터 백업 걸고 117권 집필은 잘되시냐고 여쭈어보니 아직 다 끝나지 않았다고 하신다. 수련에 들어가니 펭귄 두 마리가 양쪽에 아치로 있는 큰 문인데 머리를 숙여 인사를 하는 듯 반복해서 움직이는 화면이 나타난다. 그 사이로 유치원생들이 몰려나온다. 그날 밤에 잠꼬대로 아이들을 구해야 한다고 했다는데 꿈이 이어진 건지 기억은 안 나고 궁금하다. 잠시 후 마차를 타고 가는 모습인데

'배틀 그라운드' 게임처럼 내 다리와 손 그리고 말의 앞모습만 보인다.

공처라고 하니 조바심이 났는지 앉아있는 내 모습을 바라보고 돌려보는데 돌기만 하고 잡념이 많다. 다른 화면으로 넘어가니 인터넷 쇼핑몰에 거울 2개 파는 곳이 보인다. 브라우저에 거울 두 개만 두 줄이 있는데 왼쪽에 사진과 오른쪽에 설명된 화면으로 구분되어 있다.

순간 드는 생각이 내 자성을 보라는 것인가? 선과 악을 보라는 것인가? 성과 명을 보라는 것인가? 공처에서 하얀 점 또는 빛, 별을 보고 수련이 시작되는데 다른 분들도 그런 분이 많은 것 같다고 말씀드리니 사람마다 전부 다르다고 하신다. 천천히 드는 느낌이 '수련생마다 전에 살던 별이 다르다'였다.

수련이 끝날 때쯤 보니 스승님 눈이 빨갛게 충혈되셨고, 여쭈어보니 손기가 좀 있다고 하신다. 스승님께서는 제자들이 보고 싶으신 것이고, 방문 드려서 수련에 집중하는 것도 좋지만 사는 이야기 등을 나누면 좋을 것 같았고, 아직은 손기에 힘이 드신 듯이 보였다.

2018년 4월 13일 금요일

새벽 사배심고 후 좌정하여 화두를 잡았는데 바로 앞에 둥그런 얼굴에 큰 눈을 한 아이가 보인다. 소름과 함께 다가와서 눈 한쪽만 크게 보여서 깜짝 놀랐고, 인과응보 해원상생 극락왕생 업장소멸을 암송하니 갑갑한 백회 느낌은 사라지고 십여 분 지나자 관음법문과 함께 화두 기운이 들어온다

마치 비행선 뒤 유리를 통해 우주가 뒤로 지나가는 것 같은 풍경이 보이는데 별은 안 보이고 가스 구름 같은 것들이 뒤로 지나간다. 화면이 바뀌어서 물소뿔 부는 원주민 또는 원시부족 얼굴 옆모습도 보이고, 바닥에 박혀서 세워진 짤 주머니에서 크림이 나오듯 양 갈래로 무엇인가가 한참을 나오면서 계속 위로 올라온다. 그리고는 형태가 흐려지면서 화면은 사라졌다.

오후에 억지로 사배심고 후 앉았는데 집중이 힘들다. 아이를 피해서 방으로 들어가 또 집중했는데 그래도 안된다. 금박으로 된 화려한 문양의 가면을 쓴 얼굴이 보이는데 거기까지다. 컨디션도 안 좋으니 폭풍 질주해 보았는데 현묘지도 수련 시의 부부관계는 세파 속에 있으니 피할 수는 없지만 최대한 자중해야 하고 특히 손기에 신경 써야 할 것 같다.

2018년 4월 14일 토요일

새벽 좌정하여 화두를 잡았는데 나오는 화면은 없고 무언가 뚫어야 되겠다는 느낌만 전해진다. 동굴 속을 한참 기어가 출구를 찾

은 거 같은데 우로 45~60도는 기울어져 있는 미세한 출구가 갈수록 좁아지고 작은 틈만 보인다. 좌절인가 싶어 수평으로 돌리고 지렛대를 넣어 벌려서 받침돌들을 밀어 넣는다. 알 수 없는 화면들이 보이고 마무리하였는데 더 파야겠다는 생각이 들었다.

2018년 4월 15일 일요일

새벽 사배심고 후 좌정하였는데 화면이 보일 듯 말 듯하고 잡념이 나올락 말락 하는데 눈 떠 보면 시간은 금방 지나간다. 낮에 오십분 좌정하니 사십분이 지나서야 화면이 보이는데 오른쪽 아래로 여자아이들 선물 가방 같은 게 보이면서 가슴이 아프다. 머리 풀어헤친 귀신 모습이 보이면서 소름이 돋는데 연정 관계였던 느낌인데 정확하지는 않다.

2018년 4월 17일 화요일

욕심이 생기는 순간 마가 끼어든다. 빙의령의 존재를 눈 크게 뜨고 늘 지켜보고 있어라. 아침에 내비게이션 오 분 빠른 길로 가려다가 자전거를 타고 가던 남학생이 브레이크를 잘 잡아서 간신히 사고가 나지 않았다. 하나씩 배워가는 거다. 염화미소가 어제에 이어 계속되고, 단전은 따뜻하다.

집에 와서 사배심고 후 좌정하였으나 나도 모르게 머리를 상에 대고 자고 있다. 잠시 후 깨어나 정신을 차리니 관음법문 매미소리가 들린다. 강아지들이 보이고 그 다음은 너무 조용하다. 화두 기운이 미미해서 자성 진동에게 질문을 하니 공처는 끝났다는데 일 주일 더 하란다. 오류인가? 화면 볼 게 더 있나?

2018년 4월 19일 목요일

새벽에 좌정하였으나 화두 기운은 안 들어오고 백회로 묵직한 느낌과 꾸물꾸물하는 느낌만 난다. 기운은 다 들어왔고 공사가 덜 끝났나 보다. 오후에 사배심고 후 앉았는데 불암산 같은 절벽도 보이고, 사각형으로 된 고층 빌딩만큼 높은 탑 위에 올라가서 아래를 내려다보는데 내 발도 보이고 식물들도 보인다. 인당이 꾸물꾸물하고 백회도 꾸물꾸물한데 집중은 짧고, 예전보다 시간은 금방 지나간다.

보일락 말락 알 수 없는 화면들이 보여서 댕겨보고 줌으로 더 댕겨보아도 뭔지를 모르겠다. 잠자기 전 누워서 와공 중 영어로 소리가 들린다. 'looks at on at on me'처럼 들리는데 뭔 소리인지 정확하게 기억을 하는 건지 모르겠다. 말은 안 되는 단어들이지만 나를 바라보라는 말 같다. 계속 와공으로 화두 잡으면서 잠들었다.

2018년 4월 20일 금요일

새벽 사배심고 후 좌정하여 화두 암송했다. 흑백의 오로라 같은 화면들이 일렁이는데 더 이상의 진전은 없다. 화두 기운은 안 들어오고 잡념이 한가득이다. 자리에 누워서 일지 정리하고 카페 글들 보는데, 백회로 기운이 내려온다. 공처는 어느 정도 마무리가 된 듯하다. 화두를 암송했을 때 내려오는 기운과는 다르다. 화면이 안 보이는 것이 아쉽지만. 보림 중에도 얼마든지 볼 수 있으리라고 생각하면서 잠 들었는데 꿈을 꾸면서 내가 들을 수 있는 잠꼬대를 한다. '70% 정도 되었어.' 조금 더 가보아야겠다. 화두 암송하면서 와공 중에 잠들었다.

2018년 4월 21일 토요일

오늘 사장님 한 분이 차 안에서 심장마비로 돌아가셨다. 시동을 걸어놓고 출발을 안 해서 문을 열어보니 반응이 없었다고 한다. 119에 전화하는 사이 얼른 뛰어 올라가 소방서 안전교육 시간에 배운 대로 흉부압박을 차에서 했고 시트를 뒤로 젖혀서 계속 시도했다.

인영맥은 반응이 없고 내가 심장 압박을 해서 뛴 건지는 모르겠지만 촌구맥은 약한 반응이 있었다. 이내 직원들이 달려들어 평편한 곳으로 옮겨 흉부 압박을 계속 시도했고 곧 119구급대가 와서 기도 확보하고 심폐소생하면서 병원으로 이송했는데도 깨어나지 못하신 것 같다.

돌아가시면 바로 영혼이 들어온다고 해서 지켜봤는데 오후까지 소식은 없었다. 둘러보아야 할 것들과 가보아야 할 곳이 따로 있으셨나 보다. 오후 네시가 넘어서 가슴이 답답해졌고 꽤나 오랫동안 압박감이 있었다.

2018년 4월 24일 화요일

새벽꿈에 사람들을 만나러 술집에 갔다가 눈앞에서 묻지 마 총격이 벌어지는 걸 보고 얼른 도망쳐 빠져나왔다. 일어나 와공으로 화두 잡으니 비몽사몽 중에 아직도 가슴 답답함은 지속되고 있다.

버스에서부터 가슴 답답함과 함께 피곤에 절어서 졸고 있다. 자야 하나 고민하다가 정형외과로 출발하여 손목 치료받으면서 결국 자 버렸다. 잠들기 전 손목을 치료기에 맡기고 화두를 잡으니 화면이 보이는데 하늘 위에서 내려다보는 시선으로 네모난 옥상에 서 있는 내 모습이 보인다. 줌으로 당겨도 보고 밀어도 본다. 치료 중에 코를 심하게 골면 민폐라서 녹음을 해 보았는데 다행히 조용하다. 카페 글을 보고 이어폰 연결하여 노트북에서 빗소리를 들으니 반응은 더 깊어지고 잠시 버퍼링이 생겼을 때에는 빗소리 대신 관음법문이 요동친다.

집으로 오는 길 보험사 대인사고 담당자와 통화해서 이번 달 말까지 치료받고 소정의 합의금으로 마무리하기로 했다. 하나씩 마무리되어 가는 번잡함 속에서 일찍 누워 빗소리 그리고 화두와 함께 잠들었다.

2018년 4월 25일 수요일

새벽에 베란다에서 무슨 쿵 소리가 나서 깨어나 살펴보니 아무것도 없다. 잠이 깼지만 혼자 나가 있기는 이른 시간, 옆으로 누워 자세는 이상하지만 와공으로 화두를 암송한다. LED 조명처럼 밝은 호랑이 눈이 보이고, 엄청나게 높은 초고층 빌딩의 몇 배는 될 만한 건물이 무너지는 것이 보인다. 몇몇 화면들이 이어서 보이다가 이내 꿈으로 이동하여 스토리가 더해진다. 어느 높은 아파트를 아내와 가는데 자기부상 열차처럼 엘리베이터가 옆으로 한참을 위로 옆으로 이동하여 도착하니 사람들이 많은 번화가가 있다.

거기서 딸아이와 만나 아내와 둘이 먼저 올라가면서 나보고는 차를 가지러 오라고 한다. 이내 장면이 전환되어 무언가를 받아야 해서 근처 식당에서 만나기로 하고 가는데 트럭이 로봇처럼 보도블록을 걷듯이 올라간다. 잠시 후 잠결에서 깨어 다시 화두를 암송하니 등에 꽃무늬가 있는 새끼 거북이가 얕은 시냇가를 지나간다. 오케스트라가 연주 중인 화면이 보이고 이어서 고풍스러운 올드카

스타일의 자동차가 보인다.

2018년 4월 27일 금요일

오후에 감사 인사드리고 명상에 들어가 화두를 잡는데 눈앞에 얼굴과 함께 소름이 들어 지금 공처 단계에서 중요한 전생을 보는데 잠시 대기하라고 했다. 작은 날갯짓이 펄럭이다가 이내 큰 날개의 나비가 펄럭거린다. 이어서 줄에 매달린 인화지가 끝도 없이 펼쳐져 있다. 전생인 듯한데 정작 중요한 인화지 화면은 안 보인다. 끈이 마치 유전자 나선형처럼 길게 이어져 있고, 줄 자체는 투명하고 끈적거리며 요즘 아이들에게 유행인 액체 괴물처럼 안에 별 또는 반짝이 같은 것들이 있다.

잠시 후 조명 장식이 되어 있는 다보탑 같은 큰 탑을 위에서 바라보는 화면이 나온다. 국적 시대 언어가 모두 다른 화면들이 무수히 지나간다. 보고 싶은 화면이 안 보이니 의도적으로 어릴 때부터 전생으로 들어가 본다. 어릴 때까지 대표적인 일들이 지나가고 자궁 안으로 들어간다. 반짝이와 별들이 박혀 있는 투명한 공간이 두더지 굴처럼 파여 있으며 좌우로 꾸불꾸불한 공간을 거꾸로 거슬러 가면서 계속 들어간다. 가도 가도 끝이 없더니 금발의 외국인이 보여서 누구냐고 물어보았는데 말이 없다.

2018년 4월 30일 월요일

오후 동네 마실을 가면서 드는 생각. 천천히 가도 되지만 천천히 해도 되는 건 아니다. 치열해야 한다. 한참 진도가 나갈 때는 새벽에 낮에 저녁에 화두에 들었다. 여유가 있는 것은 좋으나 너무 편하게 생각하는 것도 아닌 듯하다.

사배심고 후 좌정하여 화두에 든다. 지난주에 보았던 자궁 안 터널 같은 곳을 거슬러 올라가니 줄에 매달린 인화지 같은 사진들이 집게에 걸려 있다. 전생의 모습인데 사진은 여전히 안 보인다. 줄을 따라서 끝도 없이 계속 간다. 가도 가도 끝이 없다. 수십 킬로미터 짚라인을 타는 것 같다. 가다 가다 다 간 듯하니 이제는 줄이 온다. 오고 또 오는데 끝이 없다. 한참 후에 끝이 보이는 듯한데 또 온다. 조금씩 조금씩 속도가 줄더니 저 위에서 줄이 떨어진다. 줄이 다 끝나니 밝은 빛이 보인다. 빛을 따라 위로 구멍 같은 곳을 나가니 너무나도 밝은 빛이 가득하다. 빛이 다 없어지니 어둠만 가득하다. 이내 어둠 속을 움직이니 우주 공간 어디로 가는 듯하다. 끝없이 가고 있다. 잠결인지 꿈결인지 헤매고 있는데 초인종 소리에 깨어났다.

자성 진동에게 물어보니 끝났다는 답이 온다. 전화를 드릴까요? 물으니 아니란다. 시간을 보니 수련생들이 오실 시간. 네 시 경에 전화를 드릴까요? 그렇단다. 네 시까지 선배님들의 공처 체험기를 살펴보았다. 전생 장면 얼굴 하나만 보면 좋겠다는 생각에 파 보았지만 자세하게는 안 보인다. 네 시가 넘어서 스승님께 전화를 드렸다. 직접 받으신다. 수련생들이 가셨는지 여쭈어보니 조금 전에 일어났단다.

공처가 끝났다고 하니 식처 화두를 주신다. 예상한 듯하지만 또 새로운 느낌. 수련생들이 많이 오냐고 여쭈어보니 케이스 바이 케이스라고 하신다. 올 거면 미리 전화하고 오라고 하신다. 백회로 기운이 내려오고 관음법문이 진동한다. 공처에서 무엇을 등한시했는가? 생각하니 선배님들의 체험기를 꼼꼼하게 읽는 것부터 소홀했다. 그래서 다시 처음부터 찬찬히 살펴보고 읽었다.

6단계 식처 (2018년 5월 1일~5월 17일)

2018년 5월 1일 화요일

오늘로 직업이 바뀐 지 딱 반년이 되었다. 어느 정도 안정화되었으니 수련만 화두만 파보자. 파다 보면 답이 나오겠지. 매일 10개조씩 읽는 『구도자요결』 속 참전계경을 또 한 번 다 읽었다.

오후에 일지 정리하고, 정화수 물통에 떠 놓고 사배심고 후 좌정하여 화두 암송에 들어간다. 저 멀리 하얀 별 무리 구름이 보이고 이내 다가온다. 가까이 가보니 은하 같기도 하다. 앞으로 이동하면서 빛의 속도로 앞으로 나아간다. 비대칭적인 하얀 점 8개가 보인다. 나비 날개 같기도 하고 거북등 같기도 하고 무당벌레 무늬 같기도 하다.

2018년 5월 3일 목요일

새벽 사배심고 후 좌정하여 화두수련에 들어간다. 어제부터 있던 가슴 답답함이 계속되었는데 화두에 집중하다 보니 단전과 대맥이 따뜻해져 온다. 하얀 빛줄기를 옆에서 따라간다. 빛줄기라고 쓰지만 앞으로 이동하는 하얀 터널 같고, 영화 '니모를 찾아서'에 나오는 바다에 있는 해류 같다. 비슷한 속도로 따라가다가 빛줄기에 올라탄다.

주변은 온통 환하고 밝음 속에서 이동하는 속도만 느껴진다. 끝없이 가다가 보니 옆으로 퍼진 은하계 같은 것이 보이고 이내 가까워지면서 커진다. 그 주변으로 가니 블랙홀 같은 곳이 있다. 주변을 모두 빨아 당긴다. 그곳을 넘어가니 온통 모든 것이 환하다. 그리고는 다시 모든 것이 어둡다. 완전한 블랙. 장면이 전환되어 높은 건물이 있는 곳을 하늘에서 뒤로 이동한다. 아래쪽 배경이 도시에서 숲으로 바뀌다가 하얀 안개 속에서 뒤로 이동한다. 느낌이 끝난 것 같아서 자성 진동에게 물어보니 안 끝났단다.

그 순간 소름과 함께 영정사진이 눈앞에 떠오른다. 자성 진동에게 물어본다. 현생 인연이냐? 남자냐 여자냐? 언제 적 인연이냐? 묻다 보니 떠오르는 사람이 있다. 운장주와 인과응보, 해원상생, 극락왕생, 업장소멸을 암송해 주었다. 오후에도 아침에 보았던 영정사진을 다시 살펴보았는데 아닌 것 같기도 하고 정확하지 않다. 괜히 예전 주소록을 뒤져보고 했는데 좀 지나고 보니 다 소용없다는 생각이 들고 가슴만 무지하게 답답하다.

2018년 5월 6일 일요일

퇴근길 버스 안에서 천부경, 삼일신고, 대각경, 반야심경 암송 후 눈 감고 화두 암송하니 백회에서 작업이 시작되어 인당으로 이어지는데 한참 진행이 되면서 기분 좋은 시간이 이어진다.

2018년 5월 8일 화요일

새벽 사배심고 후 좌정하니 백회와 인당에 무언가 작업하는 느낌이 든다. 수련이 게으르면 이 느낌이 없다. 운전 중 브아걸의 노래 'My Style - 어느 별에서 왔니 내 맘 가지러 왔니' 가사에 맞추어 화두 암송을 한다. 식처 화두를 암송했을 때 처음부터 이 노래가 자연스럽게 나왔었다. 백회와 인당의 느낌이 계속된다. 집에 와서 사배심고 후 좌정하여 앉아 있었으나 백회나 인당에 반응이 없다.

너무 일찍 자서 새벽에 일어났는데 잠이 안 오는 중에 상념이 계속 떠오른다. '나에게 소유란 아무 의미가 없다.' 수련 이외의 상황에 관심을 끄라는 자성의 꾸짖음인듯하다. 주변 정리는 평생의 화두와 실천할 일이니 제때에 자극이 와서 다행이다.

2018년 5월 10일 목요일

새벽에는 아무 기억도 꿈도 없이 약한 몽정기가 있다. 헐 누가 장난질을 한 건가? 운전 중에는 화두를 노래에 태워 암송하는데 부작용으로 화두보다 노래가 더 자주 튀어나온다.

2018년 5월 11일 금요일

오후 삼공재에서 수련 중 광주에서 여성 독자분이 사전 연락 없이 올라오셨다. 스승님께서는 멀리서 온 것이 안타까우셨는지 십분 정도 앉아 있다가 가라고 하신다. 가족들의 반대도 심하고 수련 여건이 힘들다고 하신다. 도서관에 가서라도 『선도체험기』를 보고 공통점이 있어야 수련도 할 수 있다고 하신다. 빙의와 접신이 많은 유형같이 보여서 운장주라도 알려주고 싶었는데 차마 나서기가 애매했다.

끝나고 나오는데 남들보다 수련에 대한 열의가 부족하다고 하시면서 삼공재에 자주 오라고 하신다. 부끄러움에 얼굴이 화끈거리다. 더욱 열심히 해야 한다.

2018년 5월 14일 월요일

새벽에 정화수 올려놓고, 사배심고 후 좌정하여 화두수련에 들어간다. 하얀 빛 덩어리와 함께 화면이 시작된다. 가늘고 입구가 좁아졌다 넓어지는 곳을 지나 온갖 화면들이 지나가는데 조금 지나니 의미 없다는 생각이 든다. 삼십 분이 지나 다시 집중하니 환한 빛이 점점 밝아지다가 밝아지고 밝아지고, 다시 어두워지고 어두워지고 어두워지다가 화면이 끝나고, 화두도 끝났다는 느낌이 든다.

일하는 중 숫자 계산이 안 되어 한참 헤맸다. 이럴 땐 손님. 역시 한 판매장 도어록이 방전으로 안 열려서 시간이 계속 지체된다. 비상용 조치로 사용하는 9V 건전지로도 안 열리다가 나오기 직전 어느 누구의 작업 없이 그냥 열려 버렸다. 이럴 땐 손님. 무언가 알 수 없는 꿈들과 함께 잠을 자다가 텔레비전에서 나온 비명 소리를 듣고 아이한테 무슨 일이 생긴 줄 알고 벌떡 일어나 뭐야 뭐야 하면서 소리를 지르며 달려갔다. 가족 모두 깜짝 놀라고, 정신질환 있는 거 아니냐고 물어보고 참. 심신이 많이 약해진 모양이다. 이것도 손님 같다.

7단계 무소유처 (2018년 5월 17일~5월 25일)

2018년 5월 17일 목요일

새벽 사배심고 후 좌정하니 화두는 반응 없고 단전만 데워진다. 자성 진동에게 질문을 한다. 끝났냐? 삼공재에 전화드릴까요? 오늘 드릴까요? 마칠 수 있겠냐? 잘하고 있는 거냐? 그렇다고도 하고 아니라고도 한다. 오후에 사배심고 후 좌정했지만 졸고 있다. 세시까지 버티다가 자성 진동에게 물어보고 스승님께 전화드려 식처가 끝났다고 말씀드렸다. 무소유처 화두 받고 내일 방문 허락받았다.

2018년 5월 18일 금요일

새벽에 일어나 준비하고 삼십분 좌정하였으나 예열이 잘 안된다. 삼공재 방문한다고 말씀드렸는데 하필 기계가 고장 난다. 늦게까지 시간이 지체되어서인지 운전 중 화두에 집중하지 못한다. 심지어 화두도 잊어버린다. 늦은 시간 조개 미역국을 전해드리려 잠시 삼공재에 다녀온다. 스승님께서 직접 문을 열어주셨고 거실에서 잠시 건강 여쭙고 인사드리고 왔다. 삼성동 들어서면서부터 기운이 다르다. 잠시 뵙고 인사드리고 나온다. 사모님께서 전화를 주셨는데 선생님께서 미역국을 잘 드셨다고 하신다. 다행이다.

8단계 비비상처 (2018년 5월 25일~6월 9일)

2018년 5월 25일 금요일

집으로 가는 길 삼공재에 들고 갈 '버섯 맑은 탕'을 포장하는데 직원분께서 '잠깐만요'라고 하시면서 홀에서 식사하시고 가는 손님 결재를 먼저 한다. 덕분에 환승할 버스를 놓쳐서 십분이나 기다리는데 짜증이 올라와서 오분 정도 살펴보니 조금 내려간다.

삼공재로 출발하여 사모님께 인사드리고 스승님께 일배 올리고 앉아서 화두를 암송하니 처음부터 계속 하얀 빛이 가득 차 있다. 이내 화면이 보이는데 헤어와 스타일이 다른 내 얼굴이 계속 바뀐다. 이어진 화면에서는 상당히 선명한 천연색 장면들이 보이고 사람의 모습이 이전과는 다르게 크게 등신대의 모습으로 다가온다.

자성 진동에게 이것저것 물어본다. 화두가 끝났다고 오늘 말씀드릴까요? 칠 단계 끝났다고 말씀드리고 다음 화두를 받았는데 첫 느낌이 '이게 뭐지? 길다' 였고 잘 외워지지도 않는다.

2018년 5월 26일 토요일

새벽에 일어났으나 졸린 기운이 엄습한다. 화두 생각하며 누워 있는데 잡념 망상이 스토리를 쓰면서 엄청나다. 고등학교 때부터 알던 여인 둘(은 친한 친구)과 우연히 여행지에서 만난다. 그중 한 명은 얼굴 안 본 지 삼십 년이 되어간다. 이게 무슨 망상인지 아마도 SNS에서 둘의 사진을 보았기 때문에 무의식 중에 기억 속에 박혀 있었나 보다. 한참을 말도 안 되는 상상 속에서 헤매다가 다시 잠들었다.

화두 암송하면서 걸어가는데 화두가 자꾸 헷갈린다. 뭐 이런 화두가 다 있나 싶다가도 결국은 핵심적인 이야기라는 생각이 든다. 운전 중에도 화두 암송하고, 노래에도 태워봤는데 길어서인지 만만치가 않다. 집에 와서 낮잠 자려고 누웠으나 잠이 안 와 빈둥빈둥 화두에 대한 생각만으로 백회가 꾸물거리고 단전이 화끈거린다.

2018년 5월 28일 월요일

새벽에 사배심고 후 좌정하여 화두 암송에 들어가니 잡념들이 지나간다. 화면이 보이는데 자꾸 뭔가가 치솟아 올라간다. 메타세쿼이아 같은 나무들도 올라가고, 바닷속에 군집을 이루고 있는 말미잘 같은 것들도 커지면서 올라가고, 수정 같은 것들도 넓은 화면을 가득 채우면서 올라간다. 의미 없는 화면들이 자꾸 나오는데 일단 무시하고 마무리한다.

오후에 어머니 스마트폰 교체해 드리러 다녀왔다. 근래에 어머니를 만나면 머리가 너무 아프다. 내가 해 드릴 수 있는 작은 효도이니 힘들지만 기분이 좋다. 부적 같은 거라고 태을주를 알려드렸는데 별 관심은 없으신 것 같다.

2018년 5월 29일 화요일

새벽에 일어나 일지 정리하고 사배심고 후 좌정하여 감사 인사 드리고 오래 있었으나 집중이 안되어 천부경, 삼일신고, 대각경, 반야심경, 태을주, 운장주 암송 후 현묘지도 화두를 1단계부터 8단계까지 반복하여 복습했다.

서서히 보이는 화면과 잡념 속에 저팔계같이 눈꼬리가 길게 그려진 여인의 얼굴이 눈앞에 훅 그런데 이쁘다. 어떻게 저팔계 상인데 이쁠 수가 있지? 무시하고 더 집중해 본다. 집게를 가지고 있는 게 종류와 전갈 같은 게 보이는데 검은색 배경에 하얀 형광색 몸이다. 이내 저 멀리에서 하얀 빛이 다가오는데 더 다가오지는 않고 등대처럼 돌아서 왔다가 사라지는 모습이다. 그 빛 속에서 동굴 같은 곳이 보이는데 다양하게 살아가는 사람들의 모습이 그림자 놀이처럼 움직이면서 사라진다. 졸려서 한 시간 정도 누워서 『선도체험기』 15권에 있는 기운으로 사랑할 수 있다는 구절이 생각나서 연습해봤는데 잘 안되고 의미 없는 듯하여 자고 일어나 다시 이십분 좌정하여 잡념 속에서 마무리한다.

2018년 5월 30일 수요일

새벽에 사배심고 후 좌정하여 화두를 잡아도 처음에는 집중이 안되다가 천부경을 암송하면서부터 백회와 인당에 기운이 내려온다. 삼일신고, 대각경, 반야심경, 태을주, 운장주, 현묘지도 화두 1~8단계까지 암송하니 아까 내려왔던 기운 같은 게 동상 제막식 할 때 드리워진 천이 걷히듯 위로 올라간다. 그러더니 동상 대신 한없이 밝은 빛이 가득하다. 그런데 그 빛 속을 자세히 살펴보니 아무것도 없다. 그리고 소름. 8단계 화두와 기가 막히게 떨어지긴 하는데 기록하기 위해 멈추고 다시 생각해보니 빛 속을 자세히 살펴본 것은 나의 상상 또는 욕심 같기도 하여 아쉽지만 조금 더 파보아야 할 것 같다.

출근길 『구도자요결』 일독하고 운전 중에는 화두를 배인숙 님의 노래 '누구라도 그러하듯이'에 태워본다. 오후에 이십 분 정도 화두 암송에 들어 천부경부터 화두 전체까지 순차적으로 암송하면서 예열하니 화면으로 꼴뚜기같이 생긴 얼굴들이 지나다닌다.

2018년 6월 1일 금요일

아침부터 기계 고장이 나 대기하는 시간이 길어지고 있다. 삼공재 방문 여쭙는 메일을 보냈는데 오후에 약속을 잡을 수가 없으니 난감하다. 차 안에서 에어컨 틀어놓고 나의 지난 수련기 들을 지금과 살펴보니 확실히 욕심이 많이 줄었다.

식색 등 기본 욕구가 줄었고, 재물, 명예, 자존심 같은 거에는 그 전에도 그랬듯이 관심이 없다. 운선 중 운장주 암송하고 화두를 노랫가락에 태워본다. 그러면서 드는 상념. 놓아야 쥐고, 내려놓아야 물고, 버려야 채우고, 술잔도 없고, 손도 없고, 아무것도 없다. 없는 것도 없다. 퇴근길 『선도체험기』 현묘지도 체험기 읽으니 백회가 꾸물꾸물 거린다.

2018년 6월 3일 일요일

출근길 『구도자요결』 한글 하루분 일독하고, 걸어가면서 천부경부터 시작하여 암송을 하다 보니 몇 년을 끌어오던 반야심경을 다 외어간다. 운전 중 약간의 가슴 답답함이 있어 운장주를 암송한다. 운전하면서부터 들었던 생각이 누워서 화두를 잡을 때까지 이어지는데 이런저런 상념 속에서 현묘지도 수련 마무리를 잘해야겠다는 생각이 강하다.

2018년 6월 5일 화요일

새벽에 사배심고 후 좌정하였으나 절대 수련시간이 너무 짧다. 여러 화면들이 지나가는데 무의미한 것들이 가득하니 잡념과 함께 흘려보낸다. 출근길 『구도자요결』 한글 하루분 일독하고, 운전 중에는 가슴 답답함에 운장주도 외웠다가 '영광 영광 할렐루야' 찬송가에 '여유 여유'를 붙이면서 안전운전에 신경 써 본다.

삼성동에서부터 인당 백회가 꾸물꾸물 거리더니 삼공재에 앉으니 인당 주위가 반응한다. 화면들도 보이기 시작하는데 벽에 구멍이 열리고 우주가 보이고, 별들이 어떤 패턴으로 연결되어 있다. 다시 하얀 빛이 가득한데 속으로 들어가니 얇은 구덩이가 보인다. 이내 잡념과 의미 없는 화면들이 이어지는데 선거 유세 차량, 무슨 당도 보인다. 수련을 마무리하고 인사드리고 나왔다.

2018년 6월 6일 수요일

새벽 사배심고 후 좌정하여 천부경부터 8단계 화두까지 암송하니 잡념이 많고 백회로 기운이 주로 들어온다. 하얀 빛이 마치 용암이 끓어오르듯 넘어오는 화면과 함께 인당으로도 기운이 들어오면서 백회와 인당 주변의 묵직함과 함께 마무리한다.

피곤하여 와공 화두와 함께 누웠는데 잠이 안 온다. 덕분에 천부경부터 화두까지 그리고 8단계 화두를 계속 암송한다. 별의별 화면들이 지나간다. 잡념과 상상과 화두와 화면이 뒤엉켜있다. 꽤나 오래도록 화두 속에 있다가 잠들었다.

2018년 6월 9일 토요일

새벽에 사배심고 후 좌정하니 화면이 보이기 시작하는데 두꺼비가 꾸불꾸불한 길을 기어간다. 천천히 가도 된다는 의미인 줄 알았는데 가다 보니 큰 도마뱀으로 바뀌어 올라가다가 너구리 하이에

나 같은 걸로 바뀌고 군중 속 사람들의 모습이 가득하다. 소음과 함께 끝까지 올라 어두운 곳을 지나가니 산 정상에서 바라보는 것과 같은 뷰에 산과 강의 모습이 장관인 곳이 나타난다. 은근 다음 장면이 기대되면서 예상과 같이 날아서 가다가 성층권을 지나가고 어딘가에 내리니 직립보행을 하는 유인원들이 있는데 인간만 있지는 않고 생긴 모습이 다양하다.

집에 와서 낮잠을 자기 위해 잠자기 전 누워서 화두를 암송했으나, 잠은 오지 않고 일어나 앉아 다시 좌선한다. 사람들 얼굴이 인파처럼 지나간다. 인파라기보다는 윤전기에 인쇄되어서 나오는 큰 전지에 사람 얼굴들만 가득하다.

끝났는가? 그때 (5월 30일 하얀 빛이 사라지면서 아무것도 없었던 그 화면) 깨달았다는 생각과 느낌이 든다. 사람들의 얼굴은 풀어야 할 인과, 보림, 하화중생인가 보다. 더 가보자. 빛 하나, 작은 별이 보인다. 이내 별로 가득 찬 우주에서 다시 어둠도 가득하고, '하느님이 되어 보자. 하느님이 되어 보자. 하느님이 되어 보자' 라는 생각이 든다.

2018년 6월 10일 일요일

삼주 만의 쉬는 날. 푹 자고 낮잠도 자고 늦잠도 자는데 조광 선배님께서 전화를 주셨다.

현묘지도가 끝났냐고 물어보신다. 끝났다는 느낌은 받았지만 확실하지 않아서 확인도 할 겸 조금 더 진행을 해 보겠다고 말씀드렸다. 전화를 끊고 생각에 잠겨 있는데 잠시 후에 다시 전화를 주셔서 수련기를 정리해야 한다고 말씀하신다. 나는 진행 사항을 정확히 파악하지 못했는데 제자의 부족함을 멀리서 이미 알고 계셨구나. 한없이 감사한 마음과 큰 은혜와 함께 걱정이 몰려온다. 글재주가 없으니 수정에 수정을 해야 그나마 읽을 수가 있는데 당장 오늘 저녁부터 정리해야겠구나. 괜스레 마음이 급해진다.

작년 11월부터 수입이 일정하지 않았던 프리랜서 일을 정리하고 화물차 운전을 하면서 생활에 대한 걱정을 덜게 되었고, 오전에 일을 하고, 오후에 수련을 할 수 있는 시간과 여건이 되면서 대주천과 현묘지도 수련에 집중할 수 있었습니다.

백회 개혈 이후에도 일주일에 한 번 정도 삼공재에 방문 드려 스승님의 기운과 함께 수련에 임하였고, 출근길 퇴근길 『구도자요결』 한글 한자 하루분을 꾸준히 암송하고, 현묘지도 카페에 주 일회 정도 수련기를 올리고 적림 형님을 비롯한 도반님들의 수련기에 응원과 감사의 댓글을 달면서 기운의 소통을 나누었고, 조광 선배님께서 이끌어주신 자시수련시간에 참석하여 현묘지도 수련 전까지는 수식관으로 단전의 축기에, 현묘지도 수련 중에는 화두에 집중하였습니다.

『선도체험기』와 선후배님들의 수련기를 참조하고 배우면서 태을주, 운장주 등의 효과를 확신하게 되었고, 힘들 때마다 화두수련과 더불어 적절한 주문수련을 병행하면서 힘든 고비와 나태함 등을 넘겼던 것 같습니다.

돌아보면 아직 식색의 늪에서 헤어 나오지 못해 허우적거리고 있고, 수련의 깊이가 깊지 못해 전생의 장면과 인물을 특정하지 못하는 등 많은 부분이 부족한 상태입니다. 그렇지만 석 달간의 현묘지도 체험을 통해 『선도체험기』에서 보았던 신묘한 경험을 하였고, 대주천 이후 화두에 집중하면서 나의 본성, 나의 어리석음, 나의 업걱생의 인과, 내가 헤쳐나가야 할 보림의 단계 단계를 처절히 깨달았습니다.

수련 중에 늘 사배심고 후 좌정하여 감사의 인사를 드렸듯이 선계의 스승님과 삼공 김태영 스승님, 지도 신령님, 보호 신령님, 나를 이 자리에 있게 해준 조상님들과, 삼공재와 현묘지도 카페의 여러 선후배 도반님들, 그리고 나의 자성에게 너무나도 감사하고, 감사하고, 감사드립니다.

막연하지만 보림의 방법과 방향의 시작에 대해서도 화두수련 중에 어느 정도 정리가 된 것으로 보여집니다. 옳은 길인지 방법인지는 모르겠으나 함께한다는 것에 중점을 두어 『선도체험기』 15권

187페이지에 있는 말씀처럼 어떤 종교도 어떤 수련법도 모든 방편이 내 마음의 본바탕 속에 하나로 용해되어 있다고 깨달을 수 있도록 최선을 다해 노력하겠습니다.

감사드립니다. 감사드립니다. 감사드립니다.

【필자의 논평】

정영범 씨의 수련기를 읽노라면 마치 빛의 흐름을 타고 유유히 대해 속을 흘러가는 조각배를 탄 것 같다. 부디 지금까지 도를 가르쳐준 스승들과 사형들의 기대를 능가하는 업적을 쌓기 바란다. 도호는 유광(流光).

저자 약력

경기도 개풍 출생
1963년 포병 중위로 예편
1966년 경희대학교 영어영문학과 졸업
코리아 헤럴드 및 코리아 타임즈 기자생활 23년
1974년 단편 『산놀이』로 《한국문학》 제1회 신인상 당선
1982년 장편 『훈풍』으로 삼성문예상 당선
1985년 장편 『중립지대』로 MBC 6.25문학상 수상

저서로는 단편집 『살려놓고 봐야죠』(1978년), 대일출판사, 민족미래소설 『다물』(1985년), 정신세계사, 장편 『소설 환단고기』(1987년), 도서출판 유림, 『인민군』 3부작(1989년), 도서출판 유림, 『소설 단군』 5권(1996년), 도서출판 유림, 소설선집 『산놀이』 ①(2004년), 『가면 벗기기』 ②(2006년), 『하계수련』 ③(2006년), 지상사, 『선도체험기』 시리즈 등이 있다.

선도체험기 117권

2018년 7월 9일 초판 인쇄
2018년 7월 16일 초판 발행

지 은 이 김 태 영
펴 낸 이 한 신 규
본문디자인 안 혜 숙
표지디자인 이 은 영
펴 낸 곳 글터
주 소 05827 서울특별시 송파구 동남로 11길 19(가락동)
전 화 070-7613-9110 Fax. 02-443-0212
등 록 2013년 4월 12일(제25100-2013-000041호)
E-mail geul2013@naver.com

ISBN 979-11-88353-06-4 03810 정가 15,000원